KB052679

정통

한국인의 해학

엽기적인 시험답안 총집합…!!!

고등학교

문 제 — 정약용의 형 정약전이 흑산도에서 저술한, 우리 나라
         주변의 어족과 그 정보에 대해 저술한 책은?
정 답 — 자산어보
보통답 — 목민심서
엽기답 — 월간낚시

문 제 — 한국 광복군 탄생의 계기가 된 의거로서, 1932년 상하
         이 홍커우 공원에서 거행된 일제의 전승축하식장을 폭
         파한 의사는 누구인가?
정 답 — 윤봉길
많은 학생들이 적은 답 — 안중근
엽기답 — 윤복길(전원일기의 출연자)

문 제 — 유전적 원인 등에 의한 뇌 기능 이상으로 지능발달이
         떨어지고 인격이 제대로 형성되지 못한 상태에 있는 정
         신 장애의 명칭을 4자로 적으시오.
정 답 — 정신박약
일부답 — 정신불량, 정신병자, 소아마비 등
엽기답 — 돌대가리

문　제 — 수신자가 요금을 부담하는 전화인데, 전화로 상품 주
　　　　　문, 항공권 예약 등을 하는 경우에 수신자 측인 기업에
　　　　　서 요금을 부담하는 서비스는?
정　답 — 클로버 서비스
아주많던 답 — 수신자 부담 서비스 (정답 인정 안됨. 문제 그대로 니까)
엽기답 — 나는 018이다

문　제 — 1995년에 출범하여 공산품과 농산물 및 서비스 교역에
　　　　　까지 무역자유화를 추구하는 국제경제기구는?
정　답 — WTO(빈칸이 3개 주어졌었음)
그 외의 답들 — IMF(정답보다 더 많았음) WHO나 WPO
엽기답 — U — N(엽기적으로 3칸을 채움)

중학교

문　제 — 괄호 안에 들어갈 단어는? (주관식 문제)
〈 곤충은 머리, 가슴, (　)로 나뉘어져 있다 〉
정　답 — 배
엽기답 — 곤충은 머리, 가슴, (으)로 나뉘어져 있다

문　제 — 개미를 세등분으로 나누면 (　),(　),(　).
정　답 — 머리, 가슴, 배
엽기답 — 개미를 세등분으로 나누면 (죽), (는), (다).

문　제 — 올림픽의 운동 종목에는 ( ),( ),( ),( )가 있다.
정　답 — 육상, 수영, 권투, 유도, 체조, 역도..........
엽기답 — 올림픽의 운동 종목에는 (여), (러), (가), (지)가 있다.

초등학교

작문 숙제로 선생님께서
( )라면 ( )겠다를 문장으로 만들어 오라고 하셨대요.
정　답 — "(내가 투명인간이)라면 (여탕에 가)겠다" "(내가 부
　　　　자)라면 (오락기를 사)겠다" 등등
엽기답 — (컵)라면 (맛있)겠다

문　제 — 행진을 할 때 어느 쪽 발을 먼저 내밀까요?
정　답 — 왼발
엽　기 — 앞발

문　제 — "미닫이"를 소리나는대로 쓰시오
정　답 — "미다지"
엽　기 — "드르륵"

문　제 — 찐달걀을 먹을 때는 ( )을(를) 치며 먹어야 한다.
정　답 — 소금
일부 — 간장, 식초 등등
엽기답 — 찐 달걀을 먹을 때는 (가슴)을 치며 먹어야 한다

최후의 승자는 웃기는 자

『고금소총』은 우리 선조들의 해학적인 민속소담(民俗笑談)을 한데 모은 고전적인 기서(奇書)로 널리 알려진 우리의 얘기입니다.

그것은 상층계급이나 지식계급 사이에서가 아니라 서민대중 사이에서 생겨나고, 길러지고, 얘기되어 온 민중의 얘기입니다.

거기엔 허식이 없으며 숨김이 없습니다. 그래서 알몸의 인간의 냄새가 물씬 풍기는 생생한 인간상이 부각되어 있습니다.

따라서 그것들은 우리 선조들의 적나라한 생활과 의식의 결정체로써 현대인에게 때로는 뛰어난 충고가 되기도 하고 때로는 훌륭한 해독제가 되기도 합니다.

'비극은 만국 공통이지만 희극은 한 나라의 것'이라는 말이 있습니다. 웃음이란 언어와 풍속, 제도와 관습을 배경으로 하는 것이기 때문입니다.

따라서 우리의 풍토와 전통의 표현인 우리의 해학은 은은한 은(隱)의 웃음이라고 할 수 있습니다.

우리의 익살로 대표될 수 있는 해학은 서양엔 유머(humor)·조크(joke)·위트(wit)·개그(gag)·에스프리(esprit) 등이 있습니다.

그러나 서양의 그것은 당사자로서는 불쾌하고 제삼자가 들을 때

우스워지는 게 그 특징이지만 우리의 그것은 말하는 사람이나 듣는 사람, 그리고 제삼자가 모두 웃게 된다는 데에 그 빼어난 예지가 있습니다.

이 책에 세계의 유머 걸작을 덧붙인 것도 바로 그 때문입니다. 그것은 단순한 재미있는 읽을거리에 그치지 않고 세계의 인정의 종합적인 비교 연구에 일조가 될 것이며, 게다가 우리의 선조들의 해학의 진수를 음미하게 해줄 것입니다.

요컨대 우리의 익살에는 농(弄)·희(戲)·해(諧)·학(謔)·기(譏)·자(刺)·배(俳)·풍(諷)·은(隱)·미(謎)·외(猥)·설(褻) 등의 모든 것이 담긴 우리 고유의 것입니다.

그것은 영감이며 슬기이고, 저항이며 해방인 하늘의 묘약입니다. 막다른 골목에선 웃음으로 뚫으라는 것이나 최후에 이기는 자는 웃기는 자라는 것은 결코 헛된 말이 아닙니다.

미소, 고소, 조소, 홍소, 폭소.........자, 당신도 웃어 보십시오, 그리고 웃겨 보십시오.

웃음은 인간만의 지혜입니다. 그리고 어떤 고통도 웃음으로 날려버릴 수 없을 정도로 무겁지는 않습니다.

편저자 드림

차례

1 천지창조 엿새째 이후

너는 진실로 나의 양민이로다 / 처와 첩은 다르다
나를 때려 죽여라 / 닭 값은 그만 두시오
뉘것인데 함부로 굴려 / 두 눈이 아롱진 것을 보니
그것 참 잘 됐다 / 남의 문상 갈 게 아니라
이제 비록 죽는다 해도 / 귀지개로 귀를 긁는 것은
항아리와 물돌의 동병상련 / 예뻤으니까 빼앗겼다
이제 당신 차례요

2 오색의 비구름이 엉키니

사정따라 다른 소쩍새 소리 / 기쁘도다 기쁘도다
손금으로 나타난다 / 또 방귀를 뀌었소
가위 이치에 통했다 / 옛날에 놀던 곳을 못잊어
토굴속의 돌림떡 / 입으로 먹지 않고 코로 먹었다
불어라 불어라 바람아 / 공지에서 진지로 미끄러졌다
손으로 가린 시누이의 눈 / 내(乃) 서방이니 좋은 일이 없겠느냐
그 아비에 그 어미 / 격성은 하격이고 소골이 상격이다

3 꽃과 나비 춤을 추니

볼록이와 오목이가 / 눈을 뜨고 맛보려 해도
들어올 때와 나갈 때 / 요건 너무 작아서
뼈맛을 보지 못하다니 / 성인이 능히 성인을 알아
여섯가지 기쁨이란 / 칼은 대지 않았는데
내가 먼저 다리를 들었다 / 가슴을 등으로 알았으니
난 들어가지 않지만 / 첩복에 첨첨복이다
성미 급한 사위를 보았더니 / 참으로 개새끼로군

4 정이 너무 깊다 보니

오른편을 쥐면 바른 편이 남아 / 장모가 여원 까닭
얼마나 했느냐 / 사위의 장모 진단
어찌 이를 무색이라 하랴 / 너무 익어 시어터졌다
어찌 할 수가 없다 / 몸을 돌려라 몸을 돌려
큰 북이 아니라 작은 북이다 / 주고 받은 시아버지
방귀는 내가 뀌었는데 / 일찍이 그것을 알았더라면

5 굶주린 호랑이 고길 탐하듯

늙은 여우 얼음소리 듣듯이 / 흰떡 다음엔 갓김치다

땀을 내는 약이라더니 / 군자는 옥을 버리지 않는다
마님과 다르지 않아요 / 개소리를 낼 수밖에
아버지처럼 생각하고 / 그걸 알아서 무엇에 쓰랴
옥에 가두어 주시오 / 색과 식의 어느 것이 중하오
두 눈썹 사이에 있다 / 배 앓이가 사라졌다
그게 뭐 그리 어려우랴 / 그만 그칠까요
내일까지 기다릴 필요 없다 / 난들 어찌 하오리까
당신이야말로 명의로다 / 계집의 뱃속엔 쥐가 있다

6 성불하시라 성불하시라

나라를 위해 현량을 만든다 / 스님이 낳은 아이는
술은 호수와 같고 / 무우 뿌리 아버지가 운다
법계로 이룩된 몸이 / 풍년이 든다네
지어 온 중이 어디로 가랴 / 백세승의 찬탄
숟가락 우는 소리가 나는 연유 / 무슨 죄로 수천 주먹질을
요것도 계집이라고 / 내 입을 쳐라
말 위의 송이버섯이 꿈틀댄다

7 그대 이름도 넣어 주마

기녀에게 빠지는 까닭은 / 붉은 모란이 난만하니
창녀에게서 예법을 찾다니 / 봄꿈은 허사로다

몸을 준 손님이 많았을 터이니 / 상하로 부지런히 움직이니 최씨
하나로써 셋을 얻었다 / 장부의 호기 때문에
새는 우짖고 꽃은 떨어지니 / 노기의 명판결
대동강 물이 마른다 / 기녀가 쉬 늙는 까닭은

8 노소가 동락할 제

좋도다 좋도다 / 한 잔 술에 크게 취해
시체를 끌고 입장하니 / 삼대의 호래아들
빠졌어 또 빠졌어 / 죽기는 하지만 다시 살아나니
늙음에는 약도 무용이다 / 소가 쥐구멍으로 들어갔겠지
고긴 잡아서 누가 먹어요 / 홍동씨 형제가 증명한다
벼룩을 피하는 방법이다 / 그 새가 울면 추워요
저 말꼬리 같다면야

9 바보가 따로 있나

대행하도록 분부하신다 / 봄이 와야 나간다
지옥엘 갔더니 / 대통으로 낳았으니 죽가다
연어는 오고 대구는 안 왔다 / 자기 얼굴을 몰라서
나를 봐서 참아라 / 기둥만 남았구나
남편이 문밖에 있다 / 간밤에도 쿡쿡 찌르더니
참으로 쥐새끼다

10 웃기네 웃겼어

이란 놈이 명당을 찾았는데 / 어느 줄기로 내려왔나

주소가 바뀌었다 / 그 손가락이 아니다

고것이 먼저 나오니 / 눈이 쓰린 나머지

외눈박이를 죽여야지 / 동그라미와 작대기의 용도

없는 구멍을 뚫는다면 / 배 밑에 사람이 있어서

또 풀대를 꽂았다 / 커야 할 것은 작고

많이도 까 먹었다 / 닷 되 닷 되 다닷 되

닭도 성묘를 가누나 / 이빨을 닦았나

당부할 것도 없다

11 웃기는 자가 이기는 자

송곳이더냐 쇠방망이더냐 / 손이 셋이더냐

내가 죽일년이다 / 이십사 시각에 소가죽 쓰고

꿀을 취하면 몇 섬은 / 너무 낭비하지 말라

네 성은 여가다 / 이놈도 개가죽을 썼으니

낄 수도 멜 수도 안을 수도 / 소(牛)는 보았으나 양(羊)은 못 보아

배가 아픈 모양이군 / 눈이 눈에 들어가 눈물이

돼지새끼가 소원이다

일찍이 만났더라면 / 찰떡 중의 찰떡
가르지 않고도 / 이름 한 번 우습다
발톱을 깎아야 / 그때가 되면 일어선다
너무 붉어도 쓸 수 없다 / 요분질만은 일품
손가락이 아니다 / 진퇴유곡이다
장인이 아니면 못 고쳐 / 미음을 버리다니

15 해학은 저항이고 해방이다

소낙비가 오시나 봐요 / 죽은 놈이 무슨 투정이냐
이건 누구 것이오 / 닭을 타고 가지
아랫입이 더 크다 / 응분의 벌
기생이 되고 도적이 되라 / 본전은 돌려 준다
수염이 붉은 까닭은 / 때가 끼어 있었으니
연계는 꿩이지만 / 잘 나가다가
허리에 찬 방망이로

16 세계의 은밀한 조크 걸작선

여자가 바지를 벗는다

손님 / 어머니처럼 / 싸움의 씨 / 복잡괴기 / 엄마와 같아 / 주인
것과 같아 / 부엌의 얘기 / 거꾸로 / 환희의 외침 / 마찬가지 /
양심의 소리 / 아이를 낳는 셔츠 / 세 번이나 / 버릇 / 증거 / 탐

구심 / 오락세 / 내의 문답 / 혼선 / 사람을 저주하면 / 하나로는 / 내것! / 계산 착오 / 나는 누구 / 열쇠가 바뀌었다 / 선과 후 / 핫도그 / 바쁜 남자 / 혼미 속의 혼선 / 특기 / 충실한 하인 / 나도 불만 / 생각해서 / 습관이 되어서 / 공동소유 / 정조대에 잘린 것 / 계산 / 검은 콘돔 / 원수 갚음 / 대역 / 최소한의 살인 / 소원대로 / 염려 없음 / 상대는 / 키스 / 뉘우침 / 질투의 보수

사랑은 잠시의 쉼표

아빠에게서 / 개심 미수 / 입막음돈 / 천국의 질투 / 연령 / 변신 / 별거를 해도 / 이상의 생활 / 명답 / 정전이 유죄 / 부지중에 / 서둘러라 / 차가운 여자 / 비원 / 펌프의 녹물 / 어린 처녀 / 캘린더 / 납작코 / 미인과 술 / 수치 / 파리행 / 쉴 수 없다 / 더욱 나빠 / 개처럼 / 잠꼬대 / 처치 곤란 / 포도의 잎 / 첫체험 / 로맨스 그레이 / 비싼 숙박비 / 맞지 않는 구두 / 침받이 / 나눗셈 / 검사 / 분을 풀다 / 주정뱅이 / 꼬끼댁꼬꼬 / 컴퓨터 / 진정제의 효용 / 은혜를 받았다 / 남자의 의리 / 노익장 / 경박한 짓 / 서툴러 / 마무리 / 그게 걸려서 / 뱃멀미 / 안경 / 박정한 녀석 / 사랑의 시간 / 떨어뜨린 것 / 아담과 이브 / 양손잡이 / 25년째의 비극 / 뜻대로 안돼 / 해결안 / 권리

여자가 있는 곳엔

짐승 / 버튼 / 인생의 묘지 / 살아 있는 여자 / 실례한 청년 / 접촉할 기회 / 여자의 희망 / 자선흥행 / 가능성 / 응답 / 소중한 하녀 / 열쇠 구멍 / 염려 무용 / 섹스 / 네, 네 / 선수 / 혹이 달

려서 / 비너스 / 화성의 여자 / 가을이 되면 / 목숨이나 돈 / 쥬
피터 / 일장일단 / 일거양득 / 무전여행 / 지혈제 / 쌍둥이의 부
친 / 생명보험 / 결혼상담소 / 미망인의 유언 / 명중 / 불감증 /
체면 / 밍크코트 / 신유행 / 신의 가르침

바람 바람 세계의 바람

미국

사는 보람 / 타이피스트 / 비서
빈통조림 / 크게 다르다 / 보이 헌트
벗는 값 / 뉴욕 / 양손
방법 없음 / 노할 때 / 선중일기
나신 / 무용지물 / 회춘의 기쁨
키스 / 모범적인 사내 / 대망을
한 번 더 / 때린다 / 처녀증명서

프랑스

기록 돌파 / 아들 증명 / 치한
원스 모어 / 남편과 아들 / 고양이
증인 / 예쁜 용기 / 누구의 아들
콜걸 / 레스의 극치 / 첫날밤
유부녀 / 토토의 생각 / 인간의 명예
갈라진 금 / 모델

영국

불임증 / 로맨틱 / 뱃멀미

이변 / 어젯밤 / 브라운

공주 / 칫솔 / 여심

올드 미스 / 차와 여자 / 최음제

독일

쾌락 / 현장 검증 / 벽의 색

산타크로스 / 후불 / 10회 분

만년필 / 구멍과 마개 / 현미경

테크닉 / 어떤 포즈 / 아니오

대신에 / 더듬음

이태리

분에 넘침 / 손가락 / 쓸모

낯선 사내 / 찌꺼기 / 산 다리

영화관에서 / 골동품상 / 소문

스커트 포켓 / 도둑 / 기억력

로테이션 / 아담과 이브 / 모친의 충고

스페인

고행 / 사랑과 물 / 강간

비소 / 하룻밤도 / 행복한 죽음

결혼 / 콘돔 / 점쟁이
의외의 행운 / 팬티 / 가벼운 여자
양심의 가책 / 수면제 / 법의 자락
방년 13세 / 초심자

스위스

프라이버시 / 끈질긴 추적 / 모두 안다
레즈비언 / 양손에 쥐고 / 아내 운
구두까지 / 모래투성이 / 분수

벨기에

다루는 방법 / 어머니도 / 전화
의연금 / 신부교육 / 실수
속삭임 / 개처럼 / 스트립 극장
그럼 왜 / 조숙

소련

10만 회 / 배려 / 돼지새끼
불능 / 양심의 가책 / 어머니 생각
고소공포증 / 증거 / 그만 해!

중근동

　할례사 / 저축 / 할렘
　남성적 / 천국의 문 / 종기
　뜨거운 여자 / 절룸발이 / 부의 비애

※역설 남녀 소사전

1

천지창조 엿새째 이후

1

천지창조 엿새째 이후

너는 진실로 나의 양민이로다

한 부부가 그렇고 그런 일로 싸움이 벌어졌다.

계집은 실컷 얻어맞고 분을 이기지 못해 저녁도 짓지 않고 아랫목
에서 이불을 뒤집어 쓴 채 누워 있었다.

부부싸움은 칼로 물베기라고 사내는 계집이 불쌍해져 위로라도
해줄 양으로 슬그머니 곁에 누워 이불자락을 처들고 계집의 가슴 위
로 손을 가져 갔다.

"이놈의 손, 나를 때릴 때는 언제야. 이제 내 몸을 주물러 준다고
해서 내가 좋아할 줄 아나 보지?"

계집에게 손을 뿌리쳐진 사내는 빙그레 웃더니 이번에는 한 다리
를 계집의 다리에 얹었다.

그러나 계집은 또 사내의 다리를 밀어 던지며,

"이놈의 발, 나를 찰 때는 언제고 ……"

사내는 조금은 풀어진 정을 알고 다시 빙그레 웃고는 계집을 끌어
안더니 속곳 밑으로 그것을 들이미니 계집이 얼른 그것을 어루만지

면서 한다는 말이,

"너는 진실로 나의 양민(良民)이로다. 너야 내가 마다 하겠느냐."

처와 첩은 다르다

옛날에 한 재상이 나이 60이 넘어 처음으로 첩을 하나 얻더니 그녀를 총애하며 매양 그녀에게 흰머리를 뽑게 하였다.

그런데 하루는 마침 첩이 출타중이어서 부인에게 그 일을 청했다.

"내 머리카락이 이렇게 점점 희어만 가니 죽을 날도 머지 않은 모양이오. 더없이 미운 것이 이 흰머리카락이니 그걸 좀 뽑아 주오."

재상이 침상에 누워 눈을 스르르 감고 흰머리카락을 뽑기를 기다리는데 부인은 얼마 남지 않은 검은머리카락만 뽑고 있었다.

재상이 눈을 뜨고 머리를 거울에 비추니 가히 재상의 머리는 백발 일색이었다.

이렇게 해서 노 재상은 처와 첩은 지아비 사랑이 현저하게 다르다는 것을 깨닫고 백설 같은 머리를 어루만지며 흡족해 했다.

나를 때려 죽여라

어떤 자가 처첩을 한 방에 두고 사는데 매일처럼 처첩은 싸우기만 했다.

하루는 사내가 밖에서 돌아오니 그 사이에 또 싸움이 벌어져 한 창인지라, 사내는 첩을 꾸짖으면서,

"너희는 어찌하여 매일처럼 싸움질만 하여 집안을 이렇게 어지럽히는가! 이런 여자는 당장 때려 죽여야 해!"

하고 벼락을 치더니 첩의 머리채를 잡고 건넌방으로 끌고 가 버렸다.

그런데 아무런 소식이 없자 괴이하게 생각한 본처가 살금살금 기어가 문틈으로 들여다 보니 바야흐로 운우(雲雨)가 극에 이르러 있었다.

이에 화가 머리끝까지 치민 본처가 방안으로 뛰어 들며 하는 말이,

"이렇게 때려 죽이는 거면 나를 때려 죽여라!"

닭값은 그만 두시오

한 촌부가 아내를 희롱하면서

"오늘 밤은 궐사(厥事)를 수십번 해 줄 터이니 당신은 무엇으로 그 노고에 보답하겠소?"

"만일 당신이 그렇게만 해 준다면야 제가 오랫동안 숨겨 온 세목(細木) 한 필로 내년 봄에 열 일곱 줄 누비고의를 지어 드리겠어요."

이에 기가 난 남편은,

"만일 당신이 약속만 어기지 않는다면 내 열 일곱 번은 해 주겠소."

이렇게 해서 거사가 되었는데 남편이 일진일퇴할 때마다 '일차, 이차, 삼차 ……' 하고 수를 헤아리자 아내가 버럭 화를 내는 것이었다.

"아니, 이게 무슨 일차, 이차예요. 이건 쥐가 나무를 가는 것과 무엇이 다르오. 누비바지는 고사하고 홑바지도 아깝소."

"그럼 당신은 무엇이 일차가 되오?"

이에 아내가 말했다.

"처음인즉 천천히 진입하여 궐물(厥物)을 옥호(玉戶)에 가득 채운 다음, 상하를 달래고 좌충우돌(左衝右突)·구퇴구진(九退九進)의 법을 써서 화심(花心) 깊숙이 진입하여 다시 수백차 그것을 거듭하고 마음이 유해지고 몸이 연해지고 소리는 목에 있지만 입밖으로 낼 수가 없고 눈을 뜨고 보려 해도 뜰 수가 없는 지경에 이르러야 가위 일차가 되고, 두 사람이 깨끗이 씻은 다음에 다시 시작하는 게 이차가 되는 것이오."

이렇게 해서 두 사람이 다툼이 벌어지고 있는데, 마침 이웃의 닭서리꾼이 이 말들을 엿듣고 있다가 방안에 대고 큰소리로,

"아주머니 말이 옳소. 주인이 말하는 일차·이차는 틀려먹었소. 그리고 난 이웃의 아무개인데 당신들 닭을 술안주로 할까 해서 두어 마리 빌려 가고자 하니 용서하시오. 후일 후히 갚아 드리겠소."

그러자 사내가 미처 대답을 하기도 전에 계집이 시원스런 소리로 응답했다.

"명관(明官)의 송결(訟決)이 그처럼 지공무사(至公無私)하니 그까짓 닭 몇 마리가 뭣이 애석하겠소. 닭 값은 그만 두시오."

뉘 것인데 함부로 굴려

한 시골에 젊은 부부가 살고 있었다.

하지만 그의 아내는 비록 바보스럽기는 해도 억척이어서 밤낮으로 쉬지 않고 베를 짜서 그 남편으로 하여금 닷새마다 열리는 읍내의 장에서 쌀이나 옷가지 등과 바꿔 오게 하였다.

그런데 늘 놀고 먹는 이 건달은 아내가 짜 주는 베필로 고스란히 물건을 바꿔 오는 법이란 없었고 몽땅 술을 마셔 버리고 빈손으로 돌아오는 일이 예사였다.

그날도 읍에 장이 서는 날이었다.

"여보!"

남편이 아침상을 물리자 그 아내는 상머리에 앉아서 심각한 얼굴을 하고 있었다.

"왜 그래!"

"오늘이 장날이잖아요."

"허, 당신도 …… 내가 그걸 모를까봐 묻는 것이오?"

"내 참, 그게 아니라 ……"

"그게 아니라 뭐요?"

사내는 아내가 하려는 말을 뻔히 알면서도 능청을 떨고 있었다.

"아유, 징그러워요. 제발 그 능청이나 떨지 말아요."

"능청을 떨다니, 원 천만의 말씀을. 헤헤헤 ……"

"그러지 마시고 제발 정신 좀 차려요. 난 밤낮으로 죽어라 하고 베를 짜는데 당신은 그래, 그걸로 술이나 마시면 어떻게 되겠어요."

아내의 태도가 정말 심각한지라 능청을 떨던 남편 녀석은 갑자기 측은한 마음이 들었다. 사내는 조금은 진지한 표정으로 아내에게 말했다.

"여보, 미안하우. 내 이제부터 정신 차리리다."

"아니, 여보. 정말이세요?"

"장부일언이 중천금이라 하지 않소. 어찌 대장부가 아녀자와 더불어 거짓을 농하겠소."

사내는 문자를 입에 올리며 제법 의젓하게 말한다.

아내는 희색이 만면해서 닷새 동안 열심히 짜놓은 베필을 내놓았다.

"여보, 오늘은 쌀을 바꾸고 생선도 좀 사오도록 하세요."

"그렇게 합시다."

사내는 아내가 주는 베필을 짊어지고 이십 리 산길을 부지런히 걸어 읍내 장으로 향했다.

장에 이른 사내는 몇 번의 흥정 끝에 베를 삼십냥에 팔게 되었다. 사내는 돈을 쥐게 되자 공연히 흥이 나서 아내가 사오라는 것은 살 생각도 않고 출출한 배를 채우려 단골 주막집으로 찾아들었다.

"아이구, 어서 오세요. 술을 드시겠소?"

주모(酒母)가 반가히 맞으며 수선을 떨었다.

"아니오, 밥이나 주오."

사내는 은근히 풍겨오는 술 냄새에 혀가 동했지만 아내에게 다짐한 게 있는지라 꾹 참기로 했다.

"아니, 술은 정말 안 드시려우?"

주모는 느물느물 사내의 눈치를 살폈다.

"오늘부터 금주요."

"호호호 …… 네, 잘 해 보슈."

사내는 죽어라 하고 참았지만 역시 버릇이 버릇인지라 그저 넘어가기가 어려웠다.

"그래 한 잔만, 딱 한 잔만 하자."

사내는 이렇게 자신을 변명하면서 술 한 잔을 청하게 되었다. 그런데 술이 술을 불러 어느 틈에 아내와의 약속은 까맣게 잊고 말았다.

하늘이 노랗고 돈짝만 하게 보일 때에야 사내는 퍼뜩 술값이 걱정되었다.

"주모 얼마요?"

"삼십냥이오."

"아니, 이건 베를 판 돈을 몽땅 털어 주어야 하는 게 아닌가."

사내는 취중에도 한 계략을 생각해 내고 주모에게 사정을 해서 술값은 외상으로 해 두었다.

"고맙소, 내 다음 장날에 갚으리다."

사내는 그렇게 인사치레를 하고는 뒷간으로 들어가 그의 연장을 노끈으로 매어 항문 쪽으로 구부려 둔 다음 집으로 향했다.

"여보, 나 왔소."

혀꼬부라진 소리에 마누라의 눈썹이 치켜 올라가면서 얼굴이 일그러졌다.

"아아니, 그렇게 다짐을 하고 또 술을 마셨소?"

"그래, 마셨소!"

아내는 어이가 없어 가슴을 치곁 울었다.

"이거, 울긴 왜 울어. 돈은 여기 있어."

사내는 기세 좋게 베를 판 삼십냥을 내 놓았다.

울음을 그친 아내가 이번에는 궁금한 표정으로 물었다.

"그럼 술은 어떻게 드셨소?"

"그러지 말라구. 이래 봬도 난 사내라구. 그까짓 돈이 문제야."

"그럼 돈 없이도 술을 마실 수 있단 말인가요?"

"그렇지. 내 그걸 전당 잡혔더니 얼마든지 마시라던데?"

"그게 뭐예요. 돈을 안 주고도 술을 마실 수 있는 것이요?"

"내 연장이지!"

"뭐요, 그게 뉘 것인데 그걸 전당을 잡혀요?"

"내 것이지 뉘 것인가."

"이 인심 좋은 양반아, 그걸 누구에게 전당 잡혔단 말이예요?"

"주막 계집이지 누군 누구야."

"어휴, 고 앙큼한 년이 남의 것을 가지고 멋대로 가지고 놀겠구나. 그래 그걸 얼마에 전당 잡혔소?"

"삼십냥."

"여보, 전당 잡힌지도 얼마 안되었으니 당장 이 돈을 가지고 가서 찾아 오도록 하오. 그리고 어디 좀 봅시다."

사내가 바지를 내리니 거기엔 검은 술만 있을 뿐 있어야 할 게 보이질 않았다. 사내의 아내는 한결 눈이 뒤집혀 닦달을 하기에 이르렀다.

"당장, 당장 이 돈을 가져 가지고 찾아 오도록 해요. 당장!"

사내가 어슬렁어슬렁 삼십냥을 들고 나가자 아내는 콩튀듯 불안

한 가슴을 달래곁 돌아오기만을 기다렸다.

사내는 술값을 갚고 몇 잔을 더 마신 다음에 숯가루를 그곳에 처바르고는 집으로 돌아왔다.

"여보, 찾아왔소?"

"그런데 계집이 그걸 부지깽이로 써서 시커멓게 그슬려 버렸소."

과연 아내가 실물을 보니 숯검정이 묻어 있었다.

"어휴, 고년이 남의 물건을 맡았으면 고이 맡았다 돌려 줄 일이지 심술궂게 부지깽이로 굴려?"

아내는 치갯자락으로 까맣게 된 사내의 연장 머리를 연신 문지르며 울음을 터뜨리고 있었다.

두 눈이 아롱진 것을 보니

한 조정의 관리가 기생외입을 몹시 즐겼다. 그런데 대감의 마나님은 질투심이 유달리 강하여 이들 부부는 충돌이 잦았다.

생각다 못해 대감은 묘책을 생각해 내었다. 그는 계략대로 자라 대가갓를 소매 속에 넣고 내실로 들어갔다.

부인은 또 예의 바가지를 긁기 시작했다. 대감은 짐짓 대노한 척하면서 크게 소리쳤다.

"도대체 당신을 질투케 하는 것은 모두 이놈의 물건 때문이야. 이놈의 물건만 없다면 다시는 그렇게 바가지를 긁을 필요가 없겠지. 당신의 마음이 한 여름의 청풍처럼 시원할 테고!"

그렇게 말한 대감은 바지를 벗기고서 자기의 양두(陽頭)를 자르는 시늉을 하더니 소매자락에 감추었던 자라 대가리를 뜨락에 내던졌다.

어떻게 말릴 사이도 없이 순간적으로 이 해괴한 사태를 당한 부인은 크게 놀라 대감에게 다가와서 바지춤을 잡고 통곡하였다.

　"아이고, 내가 좀 질투를 했기로서니 그래 그걸 자르다니, 여보
이걸 어쩌면 좋아요, 여보."

　그런데 이 광경을 바라보고 있던 유모가 쪼르르 물건이 떨어진 곳
으로 달려가서 그것을 주워 들고는 잠시 이리저리 살피더니,

　"마나님, 걱정 마세요. 이 물건에 두 눈이 아롱져 있는 것으로 보
아 분명 양두는 아니니까요."

하자 부인은 그제야 크게 웃더니 다시는 질투를 않게 되었다.

그것 참 잘 됐다

　광해군 때의 판원(判院) 김효성(金孝誠)은 여인을 좋아하기로도
유명했는데 부인은 부인대로 질투가 여간이 아닌 여인이었다.

　어느날 효성이 축 처지도록 기녀와 즐기다가 돌아오니 부인이 먹
물을 들인 모시 한 필을 곁에 놓은 채 뽀루퉁해 있었다.

　"부인, 이건 뭘 할 것이요?"

"영감도 생각 좀 해 보시오. 주인 양반이라는 게 집에는 안 붙어 있고 밤낮으로 밖에 나가 계집질만 하니 말이 내외지간이지 이젠 원수요. 내 차라리 절간에 들어가 중이라도 되는 게 마음이 편할 것 같소."

허나 여자라면 닳고 닳은 김효성이 이까짓 위압에 무릎을 꿇을 위인이 아니었다. 효성은 한바탕 시원하게 웃고 나서 하는 말이,

"어허, 그거 마침 잘 됐구려. 본래 난 여자를 좋아하기로 태어나서 기녀, 무당, 유부녀, 그리고 방아 찧고 빨래하는 종년에 이르기까지 두루 편렵했지만 애통하게도 여승 하나만을 관계해 보지 못했소. 그러니 이제 그 소원을 풀게 되었으니 무슨 여한이 있겠소."

남의 문상 갈 게 아니라

한 부인이 미처 음양의 이치를 잘 알지 못하여 그의 남편을 소박하였다.

남편은 답답하고 안타까와 술로 어지러운 심사를 달래고 집으로 돌아오다 한 꾀를 생각해 내었다.

남편은 대문을 들어서기가 바쁘게,

"여보, 내 도포 좀 빨리 내다 주오."

아내는 방금 집에 돌아온 양반이 도포까지 갖춰 입고 다시 나가려 하니 이상해서,

"다 헤어진 도포는 왜 찾아요?"

하고 물었다. 그러자 남편은 시치미를 딱 떼고,

"저 건너 마을 김생의 마누라가 그의 남편을 소박하다가 음호(陰戶)에 쥐의 귀 같은 것이 돋아 죽었다기에 문상을 가려는 거요."

하니 그녀는 잠시 무엇인가를 생각하더니 이내 치마를 걷고 속옷을 헤치고는 머리를 굽혀 자기의 음호를 들여다 보니 과연 거기에도 쥐 귀처럼 생긴 게 돋아 있는 게 아닌가.

아내는 펄쩍 뛰며 놀라서 남편의 손목을 잡아 끌더니,

"여보, 남의 마누라 문상을 갈 게 아니라 자기 마누라 초상 안 나게 살려야겠어요."

하고는 방안으로 끌고 들어 갔다.

이제 비록 죽는다 해도

홍역이란 사람마다 어렸을 때 으레 한번은 치러야 하는 것이었다.

속언에 이르기를 '홍역에는 신령이 있다' 하여 이를 서신(西神)이라 하기도 하고 '호구별성마마(戶口別星瑪瑪)'라고도 하여 집안 노소가 모두 마음을 가다듬고 몸을 깨끗이 하였다.

뿐만 아니라 이웃 동네 친척들까지도 함부로 병실을 출입하지 못하게 하고 작은 평상 위에 정화수(井華水)를 깨끗이 떠 올리고는 이를 객주상(客主床)이라 하였으며, 무슨 일이든 하려면 반드시 이 객수상 앞에서 두 손을 모으고 비는 것이었다.

그런데 어린 행랑방 아이놈이 홍역을 앓고 있었다. 행랑방 지아비가 제 아내에게 이르기를,

"내 정력이 바야흐로 왕성한 나이여서 하루라도 밤일을 건널 수 없음에도 불구하고 이를 전폐한 지가 열흘이 넘으니 내 입술이 마르고 조급증이 나서 정염이 더더욱 동하니 오늘 저녁만은 결코 헛되이 보낼 수 없소."

하고 아내에게 덤벼드는 것이었다. 아내는 크게 놀라,

"호구별성마마께서 강림하신 이 자리에 언감생시 잡된 생각을 하

실 수 있읍니까. 아예 그런 말은 더 이상 마시오."

하면서 크게 손을 내젓자 사내는,

"아아니 호구별성마마는 지아비도 없고 지어미도 없어 그 일을 모른단 말이요? 별성은 필히 남자요 마마는 필히 여자일 것이니, 어찌 이런 사정을 모를 리가 있소. 나는 단연코 해야겠으니 더 이상 사양마오."

하고 완강히 권하자 아내는 할 수 없다는 듯이,

"그렇다면 당신은 의당 손을 깨끗이 씻고 정화수를 새로이 객주상에 바치고 빌어 이 일을 응락받도록 해야지요."

하고 말하자, 사내는 이에 따라 두 손을 모으고 빌었다.

"소인의 몸이 비록 비천하오나 인간의 형체는 갖추고 있사옵고 또비록 숟갈로 밥을 먹긴 하오나 그 일엔 개나 돼지 따위와 다름이 없사옵니다. 그러하와 나이 젊은 부부로서 오랜 동안 동침하지 못하니 춘정을 이기기 심히 어렵사와 감히 우러러 고하오니 엎드려 비옵건데 거룩하신 별성마마께서는 이 성곡을 살피시와 한번 교환(交歡)할 처분을 내려 주옵소서."

사내는 그렇게 외우고 두 번 절했다.

그때 마침 야경꾼이 그 앞을 지나치다가 이를 엿듣고는 혼자서 허리를 잡고 목구멍 속의 소리로,

"내 너의 소원을 허가하니 멋대로 하여라."

하고 별성마마를 대신하여 분부했다.

사내는 호구신의 분부가 내렸음을 크게 기뻐하여 안방으로 뛰어가 오랜만에 마음껏 운우의 기쁨을 누렸다.

한 차례의 일을 마치자 아내는,

"우리가 별성마마의 은혜에 의하여 이 일을 무사히 치렀으니 그 은혜를 사례해야 하오."

하고 말하자 사내는 다시 손을 깨끗이 씻고 빌기를,

"마마님의 분부 따라 한 차례의 일을 무사히 끝내었사오니 그 은덕이야말로 산이 높고 바다가 깊어 가히 감사의 뜻을 올리기 어렵

38

사옵니다."

하고 목이 마르도록 칭송했다. 그러자 계속 이들을 지켜보고 있던 야
경꾼은 또다시,

"네 예의가 가상하다. 다시금 한번 더 하도록 하라."

하고 분부했다. 이렇게 하여 교환은 마침내 다섯 차례가 되풀이 되
었다.

그가 비록 건장하기는 하였으나 오랜 동안 헛되이 지나던 다음에
다섯 차례나 그 일을 되풀이하고 나니 사지가 쑤시고 숨결이 가쁘며
온몸에 비오듯 땀이 흐르고 정신이 혼미하여졌다.

사내는 별성마마에 대한 사은은 고사하고 당장 찬 바람이라도 쐬
어 정신을 가다듬으려고 길쪽 창가로 허둥지둥 기어가 창을 열어젖
혔다.

거기엔 뜻밖에도 벙거지를 쓰고 검은 옷을 입은 뚱뚱한 사내놈이
긴 막대를 집고 달빛을 등에 지고 서 있는 게 아닌가. 사내는 크게
놀라서,

"넌 웬놈인데 감히 남의 방사 비밀을 엿보느냐!"

하고 고함쳤다. 이에 야경꾼은 얼른 대답하기를,

"난 별성마마 분부를 받들어 너희들의 방사가 건전한가 아니한가
를 염탐하기 위해 행차하였느니라. 네 지성이 가상하니 한 차례
더 해도 좋으니라."

하고 여섯 차례의 인가를 내렸다. 그러자 사내는,

"전 이제 비록 죽는 한이 있어도 다시 하여 볼 용기가 없소이다."

귀이개로 귀를 긁는 것은

한 나그네가 주점에 투숙했다. 이윽고 밤이 깊어지자 주인 부부는

곁방에서 간지럽게 서로 희롱을 시작했다.

먼저 남편이 아내에게,

"내가 온종일 일을 하고 피로하다 못해 허리가 아프지만 이를 무릅쓰고 이 일을 하는 것은 나 자신의 기쁨을 위해서가 아니라 오로지 당신을 위해서라오."

하고 농을 걸자 아내는,

"숫돌에 칼을 갈면서 칼을 위해서가 아니라 숫돌을 위해서란 말이군요."

하고 응답하니 남편은 다시,

"그럼 당신은 귀이개로 귓속을 긁는 것이 귓속의 가려움을 위해서가 아니라 귀이개를 위해서란 말이오?"

하고 응대하자 나그네는 큰소리로,

"그거 한 번 명언이로고!"

항아리와 물들의 동병상린

고부에 사는 오(吳)가 양가의 딸에게 장가를 들었는데 아내 사랑하는 마음이 지극하기 그지 없었다.

어느 늦은 봄날 그의 아내는 냇가로 빨래를 하러 갔다. 화창한 날씨 탓인지 그녀는 음기(淫氣)가 동해 견딜 수가 없었다.

사방을 둘러 보았으나 어느 곳에도 사람의 그림자가 보이질 않았다. 마침 돌 하나가 눈에 띠는데 두 주먹 길이쯤 되는 게 몹시 매끄럽게 생겼다.

그녀는 얼른 그것을 주워 음호 속에 넣고는 멋대로 움직였다. 그러다가 그만 흥에 넘쳐 손을 놓치고 한도가 넘게 깊이 들어가고 말았다.

그녀는 손가락을 넣어 돌을 빼내려 하나 가뜩이나 매끄러워 잡히지도 않았고 언저리를 눌러 뱉아 내려 하나 아픔 때문에 불가하였다.

그녀는 어쩔 수 없이 그대로 집으로 돌아와 수심에 잠겨 있었다.

이를 본 남편이 그 연유를 물었다. 그녀는 더 이상 숨겨 둘 수 만은 없다고 생각해서 시말을 모두 얘기했다.

"오늘 빨래터에 갔다가 봄볕이 유달리 화사하여 별안간 당신 생각이 간절하여 견디기 어렵게 되었어요. 그런데 마침 돌 하나가 육구(肉具)와 흡사하기에 잠시 비교해 보려는 생각에서 거기에 넣었던 것인데 그만 그게 잘못되어 속으로 들어가 버렸어요. 당신이 비록 내 남편이지만 부끄럽기 짝이 없어요."

남편이 이 말을 듣자 대답했다.

"이상도 하구려. 나 또한 홀로 빈 방을 지키며 창문을 열고 서성이노라니 담장가에 복숭아 꽃이 만발하고 숲 속의 온갖 새들이 제각기 재롱을 떨고 있어 당신을 빨래터에 보낸 것을 아쉽게 생각하였소. 그런데 평상 밑에 있는 입이 좁고 깨끗한 항아리 하나가 눈에 띠는데 그게 당신의 그것과 너무 흡사하지 뭐요. 그래서 나도 비교해 보려는 생각에서 그곳에 내 것을 넣었더니 항아리 밑이 좁아서 다시 나오기가 어렵기에 깨뜨리고자 하였으나 찰싹 들어붙어 있어 물건에 상채기가 날까봐 이렇게 근심만 하고 있는 중이오."

두 사람은 어이없는 곤경에 어찌할 바를 몰라 서로 붙들고 통곡을 하다가 점쟁이를 찾기로 했다.

소경 점쟁이 정경(程景)은 본래가 익살맞은 사람이어서 거짓으로 놀라 뛰는 시늉을 하더니 그 방책을 일러 주었다.

"그거 큰일이오. 이 일은 자석에 동티가 난 것이니 경(經)을 외지 않으면 구출 될 길이 없소. 거기에 사태가 긴박하니 시간을 지체할 수가 없구려. 내가 우리 집에서 경을 외고 몸소 가서 해결을 지을테니 말 먹이 석 섬과 닷 말들이 콩을 곧 보내 주오."

오씨는 점쟁이의 말대로 모든 준비를 하였다.

정경은 그런 이튿날 오씨의 집을 찾아가서 오씨의 항아리에다 아내의 그 부분을 닿게 하여 둘 다 눈을 감게 하고 까딱하지 않고 앉게 하였다. 그리고는 아이들로 하여금 종이침을 비벼서 그녀의 콧구멍에 쑤셔넣으니 그녀는 세차게 두세 차례 잇달아 재채기를 하였다.

그러자 계집의 그 속에 들어 있던 돌이 튀어 나오며 사내의 항아리를 치니 만사가 해결되었다.

하지만 그들은 고작 정경의 책략에 불과한 것임을 모르고 소경 점쟁이의 용함에 감탄을 연발하며 칭송하기를 아끼지 않았다.

예뻤으니까 빼앗겼다

이조 판서 송언신(宋言愼)이 몹시 여색을 탐하였거니와 스스로 이르기를,

"난 반드시 일천 명의 계집을 보고 말 것이니라."
하고 호언장담하였다.

송판서는 제 아무리 못생긴 계집일지라도 사양치 않았으므로 비록 장수할미, 나물 캐는 여인에 이르기까지도 감히 그가 사는 마을에 들어서지 못하였다.

그가 일찍이 관동을 순찰할 때, 원주 흥원창에 이르렀을 때 마침 공관이 난리에 헐리었으므로 호장(戶長;향리의 으뜸가는 사람)의 집에 머물게 되었다.

호장의 집에는 젊고도 어여쁜 딸이 하나 있었다. 그가 홀리려 하였으나 처녀는 불응하는 것이었다.

그날 밤, 송 판서는 호장의 아내와 딸의 잠자리를 잘 엿보아 두었다.

그런데 호장의 딸은 영특하기 짝이 없는 여인이었는지라 그를 눈

치채고는 저의 어머니와 잠자리를 바꿔 버렸다.

　이윽고 밤이 으슥해지자 송 판서는 가만히 들어가 호장의 아내에게 접근하였다. 그는 호장의 딸로 알고 있었던 것이다.

　인기척에 놀란 호장의 아내는 도적으로 알고 고함치려 했으나 송 판서는 얼른 그 입을 막고서는,

　"난 관찰사요. 도적이 아니요."

하였다. 호장의 아내는 그 다음엔 잠자코 그가 하자는 대로 하고 말았다.

　그의 위세가 두려웠기 때문이다.

　그 뒷날의 얘기다. 호장이 이웃사람과 무슨 일로 다투게 되었는데 그가 호장에게,

　"네가 이러하니 네 계집을 관찰사에게 빼앗겼지."

하고 조롱했다. 그러나 호장은 서슴치 않고,

　"내 계집은 예뻤으니까 관찰사의 은혜를 입었지 네 계집처럼 추악하게 생겼더라면 침을 뱉았을 거야!"

하고 제 계집을 두둔하니 주위 사람들이 박장대소를 하였다.

이제 당신 차례요

어떤 사람이 산골의 작은 길로 들어섰는데 날은 이미 어두워지기 시작하고 주막은 아직도 멀어 진퇴유곡이 되었다.

한 외딴 집을 찾아 주인을 부르니 노인이 나왔다.

"소생은 서울에 사는 아무개인데 모처로 가다가 날은 저물고 주막은 멀어 더 이상 나갈 수 없으니 하룻밤 유숙할 수 없겠소?"

"내 집은 방이 하나 뿐이고 객실이 없으니 유숙할 수가 없소."

"산이 매우 험하고 짐승은 설치고 날 또한 어두운데 굳이 거절하오시면 이는 물에 빠진 자를 보고도 못본 척하는 것과 무엇이 다르겠소. 날씨마저 추우니 봉당에라도 유숙하게 하여 주시오."

노인은 그제야 나그네를 방으로 들였다. 나그네가 둘러 보니 노인과 노파, 그리고 젊은 며느리와 딸이 있었다.

"자녀가 몇이시오?"

"아들 하나, 딸 하난데 아들 놈은 지금 타관엘 가고 없소."

하고 노인이 대꾸했다.

저녁상을 물리자 노인은 자리로 방 한 쪽을 막아 나그네의 잠자리를 윗목에 마련해 주었다.

나그네는 달빛을 받아 훤한 자리 너머로 살피니 노인이 맨 아랫목에 누웠고 다음이 노파, 며느리, 그리고 자기의 가장 가까이에 딸이 누워 있었다.

노인은 나그네를 경계하는지 이따금 머리를 들어 윗목을 살피더니 이윽고 깊은 잠에 떨어져 코를 골기 시작했다.

나그네는 때를 놓칠세라 자리 밑으로 손을 밀어넣어 딸을 슬그머니 희롱하니 딸 또한 그에 화답하였다.

노인이 잠결에 이상한 기미를 느껴 눈을 떠 보니 이미 딸이 자리를 들고 들어가 나그네와 방사에 열중하고 있었다.

노인은 벌떡 일어나 벼락을 내려다 말고 며느리가 알까 꾹 참고 있었다.

그런데 나그네는 그칠 줄을 모르고 건장하게 일을 할뿐더러 딸 역시 탕정(蕩情)을 이기지 못해 우는 소리를 내며 어지럽게 요동치니 먼지가 날고 이불이 물결치고 머리카락이 춤을 추는 것이었다.

바로 그 옆에서 그것을 몰래 살피던 며느리는 그 건장하게 일하는 것에 음욕이 발화하여 마침내 참지 못하고 나그네를 끌어당기니 나그네는 마지못한 척 며느리와 교합했다.

그제야 노인이 크게 당황하여 조용히 노파를 흔들어 깨워 귀엣말로 이렇게 속삭였다.

"나그네가 지금 차례차례 일을 해 오니 이제 당신 차례요. 당신 습호(濕戶)를 손으로 단단히 가리도록 하오."

2

오색의 비구름이 엉키니

2

오색의 비구름이 엉키니

사정 따라 다른 소쩍새 소리

한 시골의 여인 셋이서 밤모임을 갖고 서로 가슴을 터놓고 평소에 각자가 간직했던 소회(所懷)를 털어 놓기로 했다.

한 여인이 먼저 입을 열었다.

"우리들이 매일처럼 길쌈을 하느라고 하루도 한가한 겨를이 없으니 이런 좋은 밤을 맞아 어찌 연귀(聯句;한시의 대귀)가 없으리오."

하자 모두가 이에 찬동하여 손뼉을 쳤다. 그때 마침 뜨락의 나무 위에서 접동새가 울었다. 세 여인은 입을 모아 이르기를,

"우리 새소리를 가지고 시를 읊는 것이 어떻겠소?"

하자 한 여인이 먼저 오언시(五言詩) 한 귀를 읊었다.

소쩍새 우는 소리
촉나라 작음을 한하누나.

그러자 두 여인이 묻기를,

"어찌하여 촉나라가 작은 거지?"

"일찍이 들었는데 옛날 촉(蜀)나라가 작아 멸망되었는데 그 황제가 변해서 소쩍새가 되어 나라의 작았음을 '소촉(小蜀) 소촉' 하고 한하였으므로 그것이 소쩍소쩍하고 들린다는 거야."

그러자 한 여인이,

"시란 모름지기 자기의 뜻을 얘기하는 것이니, 어찌 옛일을 들어 채울 것인가."

하고는 이렇게 읊었다.

이 새 우는 소리는
솥이 작다 한하느니라.

그러자 다시 다른 두 여인이,

"어째서 솥이 작다는 거요?"

"우리 집 솥이 작아 한인데, 이 새가 '솥작솥작' 하고 울지를 않아."

이에 다시 한 여인이 대귀를 하는데,

이 새 울음 이상하다.
양(陽)이 작음을 한하는구나.

그러자 다른 두 여인이,

"어찌 양이 작다는 소리야?"

하고 묻자 그녀는 서슴없이 대답했다.

"우리 남편의 그것이 작은 게 한이었는데, 이 새가 '좃작좃작' 하고 우니 그러는 거요."

이렇게 세 여인은 소쩍새 우는 소리를 소촉소촉, 솥작솥작, 좃작좃작으로 각기 달리 들은 것이었으니 세 여인의 평소의 소회가 그리

듣게 한 것이었다.

기쁘도다 기쁘도다

여인네 일곱이서 시냇가에 한가로이 앉아 노닥거리고 있었다.
때는 춘삼월, 한 여인이 이르기를,
"이 아름다운 철을 맞이하여 우리가 비록 아녀자이지만 어찌 시
한 수를 읊지 않을 수 있단 말이오. 우리 연귀(聯句)를 해 보는 게
어떻겠소?"
이리하여 한 여인이 먼저 시 한 수를 읊게 되었다.
한 여인이 먼저,

　문경 새(鳥)재로
　넘어가는 임은

하고 운을 떼자 다른 여인이 이를 받아,

　매우도 보고지고

'새'재를 '매'우로 받은 것이었다. 그러자 다시 한 여인이,

　비취새
　이불 속에

하고 받아 넘기자, 다시 한 여인이,

　　원앙새 베개 위에

하고 받았고, 다시 한 여인이

　　왼편으로 껴안고
　　오른편에 앉히었네.

하고 받았으니 '오른'은 오리에서 딴 것이었다. 다시 한 여인이,

　　커다란 거위 머리
　　양두(陽頭)와 같고나야.

하고 멋지게 받아 넘겼다.
　그런데 이를 듣고 있던 한 여인이 마침내 춘흥(春興)이 고양되어 자기도 모르게 '기유(己酉)'라고 고함을 치는 것이었다.
　'기유'란 '기쁘다'는 말의 사투리였다. 이에 여러 여인이,
　"기유란 기쁘다는 사투리에 지나지 않으며 새 이름이 아니어서 연귀(聯句)가 맞지를 않아요."
하고 비웃자, 그녀는 말문이 막혀 잠시 무엇인지 심사를 하더니 생기를 찾고 하는 말이,
　"기유의 유(酉)는 곧 닭이니, 닭이 새가 아니고 무엇이오?"
하자 여인들이 입을 모아,
　"자네 말이 옳아, 옳아."
하고 박장대소를 하며 즐거워 했다.

손금으로 나타난다

한 시골에 사는 여러 부인들이 큰 잔치에 모였다.

나이가 젊은 부인이 제각기 술잔을 들어 노인에게 올리는 차례였다.

그중엔 노가집 아내가 있었는데 그 부인은 호화찬란한 화장을 하여 풍기는 향내가 남의 코를 찔렀다. 그녀가 술잔을 들어 노인에게 올리자 노인은 술잔을 받아 냄새를 맡더니,

"어허, 노가지 냄새가 나는구나."

하는 것이었다. 노가지는 향나무의 하나였지만, 그녀의 남편은 노가였고, '가지' 하는 것이 '자지' 하는 것과 비슷하게 들려서 노가의 젊은 아내는 남편의 그것 냄새가 난다고 조롱하는 것으로만 알고 부끄러운 나머지,

"어른의 말씀에 응답이 없음도 예에 어긋나는 것이겠지요. 실은 제가 집을 나설 때 젊은 낭군이 그것을 잠시 쥐어 보고 가라 하기에 아녀자로서 거절하기 어려워 그리 하였던 바 그 냄새가 나는 모양입니다."

하고 말하자, 이 말을 들은 여러 부인은 얼굴을 붉히면서,

"여인의 품행이란 곧고 조촐해야 하거늘 이 젊은 부인의 행위를 듣자 하니 외설스럽기 그지 없으니 가위 한 자리에서 술을 같이 할 수가 없구려."

하고 그 자리에서 내쫓았다.

그녀는 부끄러워 집으로 돌아가려는데 그녀를 모시고 온 여비가 나와 여쭙기를,

"제게 한 계교가 있으니 아씨께선 돌아가지 않으셔도 되옵니다."

하고는 곧 방안으로 들어가 부인들 앞에 꿇어 앉더니,

"한 말씀 올리고 물러가려 합니다."

하고는 말을 이었다.

"소녀는 일찍부터 손금 잘 보기로 인정을 받고 있사온데, 만일 손이 한 번 남자의 물건을 쥐었다면 그 금이 뚜렷하게 드러나게 마련입니다. 더구나 두 세 차례 쥔 경험이 있을 적에야 더욱 뚜렷하게 드러나니 숨기기 어려우며, 반면에 한 번도 쥐어 본 적이 없는 것 또한 숨김없이 드러나는 것이니 원컨대 부인들의 손금을 돌려 가면서 보아 드릴까 합니다."

그러자 부인들은 서로 얼굴을 돌려 가곁 마주 보더니,

"아까 그 말은 농담일세, 그건 우리 잘못이니 아씨를 들어오시도록 하게."

또 방귀를 뀌었소

사령이 전립(戰立)을 쓰고 활보하며 오는데 과히 밉지 않은 여인이 김을 매고 있는 것을 보고 갑자기 음욕이 동해 수작을 부렸다.

"여긴 안방도 아닌데 어찌 함부로 방귀를 뀌는고!"

김을 매던 여인은 고함소리에 잠시 놀랐지만 태연히 다시 김을 매며 대꾸했다.

"보리밥을 먹고 종일 김을 매는 사람이 어찌 방귀가 나오지 않겠소."

사령은 짐짓 눈을 무섭게 부릅뜨고 여인의 팔을 잡아 끌며 다시 호령했다.

"방귀를 뀌는 자를 잡아들이라는 관명이 있었다. 자, 가자!"

여인은 그제야 겁을 먹고 기가 꺾여 애걸을 하기에 이르렀다.

"다른 곳에도 방귀를 뀌는 사람이 있을 것이니 나를 눈 감아 주고 다른 사람을 잡아 간다면 그 은혜가 막중할 것입니다."

"그렇다면 내가 그대의 청을 들어주면 그대도 또한 내 청을 들어 주겠는가? 그렇지 못하겠다면 잡아 갈 수밖에 없다."

"네, 사양치 않겠습니다."

사령은 회심의 미소를 머금고 여인을 이끌고 보리밭 속으로 들어가 운우(雲雨)를 즐긴 다음 짐짓 한마디를 덧붙였다.

"또다시 방귀를 뀌면 내 다시 오겠소."

여인은 묘한 웃음을 띠운 채 내꾸하질 않았다. 사령이 옷을 털고 돌아서서 멀리 길로 올라서자 여인은 큰소리로 사령을 불렀다.

"왜 그러는가?"

"내 지금 또 방귀를 뀌었소!"

사령은 소매를 흔들면서 대꾸했다.

"네가 잘못 방귀를 뀌어 이제 똥을 싼 게 아닌가?"

가위 이치에 통했다

한 시골 사람이 아름다운 아내를 얻고 매혹되어 있었다.

어느 날 잠시 집을 비우게 된 그는 혹 아내가 다른 자와 정을 통하는 건 아닐까 하고 불안하여 아내의 음안(陰岸)에 누워 있는 사슴 한 마리를 그려서 표적을 남겨 놓고 떠났다.

과연 그녀의 미색에 동한 이웃집 젊은이가 사내의 외출을 엿보고는 때는 이때라고 스며들었다.

그런데 여인이 이르기를,

"남편이 거기에 사슴을 그려 표적을 해 놓았으니 그건 어떻게 합니까?"

하고 뒷일을 걱정하는 것이었다.

"그건 그리 어려운 일이 아니오. 내 그대로 다시 그려 주리다."

하고 마음을 놓게 한 다음에 두 남녀는 교환을 끝내었다. 그리고는 붓을 들어 거기에 다시 사슴을 그린다는 것이 본래 누워 있던 것을 서 있는 것으로 잘못 그려 놓고 돌아갔다.

이윽고 사내가 돌아오자 먼저 아내의 옥문을 살폈다. 그런데 어느 사이에 누운 사슴이 서 있는 게 아닌가.

"여보, 내가 그려 놓고 간 것은 누운 놈이었는데 이건 서 있지 않소? 이게 도대체 어찌 된 일이오?"

하고 사내가 다그치자, 계집은,

"당신도 이치에 어둡군요. 사람도 누워도 있다 일어서서 있다가 하거니와 사슴이라 해서 어찌 길이 누워만 있겠어요?"

하고 태연하게 대꾸하는 것이었다. 그러자 사내는 다시 사슴을 살피고는,

"내가 그린 사슴은 뿔이 누워 있었는데 이건 또 뿔이 서 있지 않소?"

하고 재차 추궁하는 것이었다. 그러나 계집은 여전히 아무렇지도 않은 얼굴을 하고는,

"사슴이 누우면 뿔도 눕고 사슴이 일어서면 뿔도 따라 선다는 것은 정한 이치가 아니예요."

하고 둘러 대었다. 사내는 아내의 영악함에 감탄을 해서 그곳을 조심스럽게 어루만져 주면서,

"당신은 가위 이치에 통달했소."

옛날에 놀던 곳을 못잊어

한 상놈이 자기 얼굴은 추하게 생겼는데 여편네는 자색이 뛰어났다.

이웃의 양반집 젊은이가 그녀를 품에 안고 즐기고자 만날 때마다

여인의 손을 어루만지며 유혹했다.

　"당신과 같은 절세미인이 어찌 그런 추한 녀석과 함께 사시오. 당신은 마치 우분(소똥)에 심어 놓은 아름다운 꽃만 같아 참으로 아깝소."

　여인은 한숨을 길게 내쉬며 '어떻게 합니까? 어떻게 합니까?'라고만 되풀이했다.

　얼마 후에 젊은이는 많은 동전을 쥐어주며 또 감언으로 달래고 자기를 따라 도망치자고 했다.

　여인은 쾌히 승낙하는 것은 아니었지만 냉정히 거절하는 것도 아니었다.

　젊은이는 마침내 몸이 달아 왕래가 잦게 되었는데, 하루는 문을 여니 여인이 추한 남편과 방 가운데에 누워 있었다.

　상놈이 젊은이에게 물었다.

　"서방님은 어찌 소인의 변변치 않은 집을 왕림하셨습니까?"

　젊은이는 엉겁결에 대꾸했다.

　"자네 집에 모란꽃이 있다기에 옮겨다 심으려고 왔네."

　"상놈의 집에 어찌 볼 만한 꽃이 있겠습니까. 설혹 있다고 해도 이처럼 가교이 극심한데 어찌 옮겨 심을 수 있겠습니까?"

　그때 두 사람의 말을 듣고 있던 여인이 두 얼굴을 번갈아 보더니 웃음을 담뿍 머금고 한마디 했다.

　"하늘이 아무리 비를 내리지 않아도 분퇴(똥거름) 속에 있는 꽃은 능히 살 수 있겠지요."

　그제야 젊은이는 여인의 마음이 완전히 자기에게로 기울어진 것을 알고 서둘러 집 한 채를 마련하고 여인을 빼내어 함께 살게 되었다.

　그런데 방사가 과했던 탓인지 여인이 점점 여위어갔다. 그래서 하루는 이불 속에서 그녀의 등을 어루만지며 젊은이가 말했다.

　"당신의 몸이 전과 같이 싱싱하지를 못하고 또 여위는 것 같구려."

　"가교에 옮겨 심었으니 그러겠지요, 서방님."

　또 어느 날 친구가 물고기와 술을 보내와 회를 쳐서 함께 먹는데 여인이 회를 친 손을 제대로 씻지 않은 채 술잔을 권하는 바람에 비린내가 코를 찔렀다.

젊은이가 웃으며 나무랐다.

"당신, 왜 손을 깨끗이 못하는 거요?"

"분퇴 속의 물건이 씻는다고 깨끗하겠소?"

"허허, 이거 우리 둘이서 서로 사랑하고 즐기고 있지만 지금의 당신의 말 속에는 가시가 있는 것 같구려. 혹 당신이 옛날에 놀던 곳을 잊지 못해 그러는 게 아니오?"

여인은 실눈을 하고 웃음으로 대답을 대신했다.

토굴 속의 돌림떡

영남의 한 무인이 서울을 왔다가 시골로 돌아가는 길이었다.

충주에 이르자 날이 어둑해져 한 촌가를 찾아 하룻밤의 유숙을 청했다. 그런데 그 집에선 때마침 고사를 지내고 있어서 내객인 그를 맞아들일 수가 없다고 거절했다.

그는 두리번거리다가 마침 그 집 울타리 너머에 다 허물어져 가는 토굴집이 있는 것을 보고 우선 그곳에라도 머물기로 했다.

그런데 잠시 후에 한 여인이 떡과 밥 그리고 고기와 과실을 가만히 그 속으로 밀어 넣으면서,

"돌개 아저씨 오셨어요?"

하는 것이었다. 그는 얼핏 남녀가 약속되어 있는 것으로 짐작하고 곧 나지막한 소리로 응답했다.

"와서 기다린 지 오래네."

"우선 이걸로 요기를 하고 기다리세요."

하고 여인이 사라지자 그는 고픈 배를 잔뜩 채우고는 곰곰이 생각해

보니 무사할 것 같지를 않았다.

　"만일 돌개 아저씨가 온다면 날 용서치 않을 게 아닌가."

하고 걱정하며 숨을 죽이고 토굴 한 구석에 쭈그리고 숨어 있었다.

　그런데 과연 한 사나이가 토굴로 고개를 내밀더니 여인을 불렀고 대답이 없자 슬금슬금 기어 안으로 들어오는 게 아닌가. 그러더니 혼잣말로,

　"밤이 깊었는데 오늘은 어찌 오지 않았을까?"

하는 것이었다. 잠시 후 그녀가 나타나 이번에는 말없이 들어와 과실 조금을 내어놓는 것이었다. 그러자 돌개라는 자는,

　"네 집 고사에 술과 찬이 반드시 성대하였을 터인데 어찌 요것만
　을 가져온 것이며, 또 왜 이렇게 늦었는가?"

하고 책했다. 그러자 그 여인은,

　"좀 전에 주육과 어과를 풍성하게 들여 주었는데 어찌 절 나무래
　시나요?"

하고 되물었다. 그러자 돌개라는 자는,

　"내 이제 방금 이곳엘 왔는데 네가 누구에게 주고 하는 말인가"

하더니 아무래도 이상한지,

　"필경 누군가 다른 자가 이곳에 있었던 모양이야."

하고는 토굴 속을 살피는 것이었다.

　무인은 얼른 기지를 발휘해서 두 사람의 뒤를 따라 토실 안을 도니 끝내 마주치지를 않고 무사했다.

　그러자 사내와 계집은 한바탕 운우를 즐기더니 사내가 먼저 나가 버리는 것이었다.

　여인이 그의 뒤를 따라 나가려고 토굴 밖으로 사방을 살피는데 무인은 그 순간을 놓치지 않고 그녀의 입을 막고 끌어 들이면서,

　"당신이 간부와 놀아나는 것을 시종 나에게 보였으니 내 요구에
　응하지 않으면 그대로 고하겠다."

하고 얼르며 입을 막은 손을 떼었으나 계집은 아무 말없이 나그네를 끌고 깊숙한 곳으로 들어갔다.

입으로 먹지 않고 코로 먹었다

한 음탕한 여인이 있었다.

그녀는 사내의 양물이 거대한 것을 얻어보는 게 소원이었다.

'코가 크면 양(陽)이 크다'는 속담을 생각해 낸 그녀는 '코가 큰 사내를 구하면 되겠구나' 하고 회심의 미소를 지었다.

그녀는 저자로 나가 오가는 사람들을 하나하나 열심히 살폈으나 남달리 코가 큰 자를 발견치 못하여 크게 실망하게 되었다.

그런데 날이 저물어 집으로 돌아오려는데 삿갓을 쓴 한 농삿군이 그녀 앞으로 오는 것을 발견했다.

행색은 비록 초라하나 그의 코가 보통 사람의 배는 되고 높직한 것을 확인한 그녀는 쾌재를 부르며 중얼거렸다.

"이 사람이야말로 반드시 그게 클 것이 틀림없다."

하고 단정하고는 감언이설과 교태로 사내를 그녀의 집으로 유인하였다.

상이 휘어지도록 음식을 후히 대접한 후에 밤을 기다려 마침내 방사(房事)를 벌이게 되었는데 이게 어인 일인가.

사내의 양물이 어린이의 그것과 다름없어 제대로 일도 치르지 못하게 된 여인은 분함을 이기지 못하여,

"이 녀석, 이게 코만도 못하다니 이게 도대체 뭐야."

하고는 곧 사내의 얼굴 위에 엎드려 그 높직한 코를 대신 집어 넣었다.

여인이 그래도 그 작은 양물보다는 쾌한지라 연신 출입을 되풀이시키게 되자 사내는 숨이 막혀 거의 혼수상태에 빠지게 되었다.

그러는 중에 닭소리가 사방에서 들리고 동녘이 밝아오자 여인은,

"에이 코값도 못하는 녀석!"

하고는 문 밖으로 축출해 버렸다.

혼미한 정신을 가다듬으며 사내가 비실비실 골목을 빠져 나오는

데 행인들이 그를 가리키며 수군거렸다.

"괴이하기도 하지. 어이해서 미음이 얼굴에 가득한가. 어허, 입으로 먹지 않고 흰죽에 코를 처박은 모양이군."

불어라 불어라 바람아

한 촌부가 음사(淫事)를 몹시 즐겼다.

그리하여 제 아내와 그 일을 하되 갖가지 방법으로 향락을 일삼았다.

여러 차례 그러는 중에 그녀는 관습이 붙어 음파(淫婆) 노릇을 하기에 이르렀다.

그런 어느날 남편이 아내의 수족을 꽁꽁 묶고는 일을 시작하여 채 끝나지 않았는데 별안간 불이 나서 집을 모두 태우려는 기세였다. 갑자기 일어난 사태에 당황한 남편은 묶인 아내를 풀을 겨를이 없었다. 남편은 펄쩍펄쩍 뛰다가 급한 김에 아내를 번쩍 들어 회나무 가지 사이에 올려 놓았다.

마침 이웃의 중 몇몇이 쫓아왔다. 남편은 중에게 도와줄 것을 애걸했다.

중은 사내를 도와 주기 위해 손에 들고 있던 부채를 어딘가에 놓아 두려고 회나무 위를 쳐다보다가 빈 구멍 하나를 보았다.

중은 무심코 그 구멍에 부채 자루를 꽂았다.

그런데 그곳이 바로 그녀의 문이었다. 때마침 산들바람이 그 부채를 흔들었다. 마디가 많은 오죽(烏竹)으로 된 부채자루가 바람에 따라 흔들거리자 그녀는 음정(淫情)이 고조되어 중얼거리는데,

"불어라 불어라, 바람아. 이미 타버린 집은 타 버린 것이니 불어라, 불어라. 끊임없이 불어라."

공지(空地)에서 진지(眞地)로 미끄러졌다

한 생선장수가 커다란 메기 한 마리를 짊어지고 시골 동네에 스며
들어,

"어떤 여인이라도 항문의 위, 옥문의 아래, 두 경계 사이에 나의
양물을 잠시 닿게 해 주는 이가 있다면 이 고기를 드리겠소."
하고 큰소리로 외쳐댔다.

한 권농(勸農)의 아내가 그 소리에 솔깃하여 스스로 변명하면서
이르기를,

"거기야말로 공지(空地)가 아닌가. 그게 조금 닿기로서니 무슨 손
상이 있을 것인가."
하고는 곧 속곳 밑을 터워 구멍을 내고는 생선장수로 하여금 잠시 그
곳에 대어 보도록 허락하였다. 생선장수는 곧 그녀의 세 폭 고쟁이를
걷고 그 엉덩이를 높이 괴고 백옥같은 두 다리를 들어 겨드랑이에 끼
고 보니 희디 흰 것이 마치 알찬 배추속과 같았다.

그는 곧 자신의 물건을 끄집어 내니 그 모양이 마치 푸른 칡넝쿨
이 모과나무에 감긴 것 같고 그 굳세고 건장함이 중의 쇠바리(밥그
릇)가 백옥같은 대나무 뿌리에 엎어진 것 같았을 뿐 아니라 그 빛깔
은 용주(龍舟;임금이 타는 붉은 배)요, 그 주름은 우산을 벌린 것 같
았고, 두 손으로 어깨를 잡았을 때는 세 갈래 쇠스랑이 무슨 물건을
찍어 올리는 듯하였다.

그곳에 바로 일을 베풀 때는 수코양이 머리가 바람을 맞이한 것만
같고 두 활줄이 단단히 찰 때에는 숙피장(熟皮匠)이 가죽을 당기는
것 같았으며 닭볏이 붙여질 때에는 말 등에 얹은 안장과 같으며 뒤가
열렸다 오므라졌다 하는 것은 마치 후추를 먹은 쥐의 입과 같았다.

이에 권농의 아내는 기쁨에 넘쳐 생선장수의 허리를 부둥켜 안고
얼사 좋다고 연신 등을 어루만지면서,

"오늘의 흥정은 참으로 잘 되었으니 당신은 자주 자주 와서 생선

을 팔아 주오."

하고 애걸하였다. 생선장수는 그러마고 쾌락하고 생선을 던져 주고
마을을 떠나 버렸다.

이윽고 권농이 집으로 돌아오자 아내는 그 생선으로 요리를 하여
내어 놓으니 권농이,

"아니, 이 고기는 어디서 얻었소?"

하고 묻자 아내는 자랑스럽게 제 몸의 공지(空地)를 팔아 그것을 산
이야기를 털어 놓았다. 그러자 권농은,

"공지를 팔았다 하지만 이미 진지(眞地)로 들어간 것 같구려. 아
무리 고기를 좋아하기로서니 하필이면 고기장수의 고기를 좋아
하다니."

하고 혀를 찼다.

손으로 가린 시누이의 눈

한 음탕한 부인이 있었다. 어느 날 그녀는 남편이 출타한 틈을 타
서 간부(姦夫)와 동침하다가 날이 새는 것조차 깨닫지 못하였다.

그 방에는 시부모와 출가한 시누이가 자고 있었다. 노인들은 마침
기침할 기색이 보이지 않았으나 시누이는 이미 마당에서 비질을 하
고 있었다.

간부를 내어 보내려 하나 아무래도 시누이의 눈을 피하기가 어려
웠다. 그녀는 한 꾀를 짜내고는 간부에게,

"내가 이러이렇게 할 것이니 재빨리 나가시요."

하고 귓속말을 하고는 먼저 마당으로 나가 시누이의 눈을 가리고.

"내가 누구지?"

하고 수작을 부렸다. 시누이는,

"누군 누구야, 언니지."
하고 싱거운 듯 대답했으나 이미 그 사이에 간부는 마당을 가로질러 도망친 뒤였다.

내 서방이니 좋은 일이 없겠느냐

행상 하나가 산길을 가다가 해가 저물어 한 인가를 찾아 주인을 찾으니 한 여인이 나왔다. 행상은 여인에게,
"저는 떠돌아 다니며 행상을 하는 사람이오. 이미 사방이 칠흑이니 하룻밤 묵을 수 없겠소?"
하니 여인은,
"죄송합니다만 집에 바깥 주인이 없어 맞을 수가 없군요."
하고 분별을 찾는 척 하였으나 완강히 거절하는 정이 아니었다. 행상은,
"비록 주인이 안 계시다 하나 문간방에 좀 묵을 수는 있지 않겠소?"
하니 여인은 부득이한 척 응했다.
행상은 봇짐을 문간방에 풀고 객고를 달래려 하고 있었다. 그때 사립문에 인기척이 있어 살피니 한 갓 쓴 자가 조심조심 들어서더니 그녀의 방으로 다가가는 것이었다.
행상은 마침 잠을 이루지 못하고 있는 터라 그 뒤를 살금살금 따라가 동정을 살폈다.
갓을 쓴 자는 갓을 뜨락에 던지고는 문을 닫았다. 행상은 그 갓을 주워 자기 머리에 쓴 채 엿들으니 이내 사내 계집이 희롱하는 소리가 간지럽게 들리는 것이었다.
그 순간 뒷머리에서 인기척이 있어 돌아보니 한 여인이 총망히 다

가와 불문곡직하고 그의 소매를 이끄는 것이 아닌가.

　행상은 묵묵히 소매를 잡힌 채 그녀의 뒤를 따랐다. 그녀는 곧장 방안으로 끌고 들어가더니,

　"그년에겐 금줄이 둘렸어요, 은줄이 감겼어요! 김가가 집을 비우기만 하면 밤마다 자고 오는 것은 무슨 행위야. 자, 빨리 옷을 벗어요. 김가에게 일이 탄로나면 당신은 크게 봉변을 당하고 말거요."

하고 투정을 부리니 행상은 말 한마디 못하고 이불 속으로 들자 계집도 옷을 벗고 이불 속으로 들어왔다.

　그런데 한참 운우가 무르익자 계집은 아무래도 자기 사내와 엄청나게 다른지라,

　"당신 누구요?"

하고 물으니 행상은,

　"나를 끌고 오면서 내가 누구인 줄 몰랐단 말이오?"

하고 되물으니 계집은,

　"어이구, 우리 바깥 양반이 돌아오면 필경 난리가 날 텐데 ……"

하고 난색을 보이자 행상은,

　"그럼 그만 둘까요?"

하니 계집은,

　"아니오, 이미 일이 시작되었으니 빨리 마치기나 해요."

하고 더욱 세차게 끌어안는 게 아닌가. 행상은 소리없이 미소를 지으며,

　"기분이 어떻소?"

하고 희롱하니 계집은,

　"참으로 별세계랍니다. 주인 양반이 밤새도록 돌아오지 않는다면 얼마나 좋겠소."

하고 환정을 이기지 못하는 것이었다.

　이렇게 해서 한바탕의 일이 끝나자 계집은,

　"이제 빨리 돌아가시오."

하고 재촉하니 행상은,

"애당초 무슨 생각에 끌고 왔다가 이제 또 무슨 생각으로 축출하려는 거요. 공연한 사람을 끌고 와서 이토록 노고케 하고는 빈손으로 쫓아 보내려 하다니 난 그럴 수 없소."

하고 짐짓 버티자 계집은 몹시 초조하여 상자 속에 깊이 간직했던 피륙 한 필을 내어 주면서 또다시 재촉하는 것이었다. 그러나 행상은,

"이따위 피륙 한 필로 그런 노고를 치갈단 말이오?"

하고는 꼼짝을 하려 하지 않는 것이었다. 계집은 안달이 나서 다시 한 필을 더 내어 주면서,

"결코 정이 부족해서 그런 것은 아니고 사정이 몹시 화급하니 제발 물러가 주시오."

하고 거듭거듭 애걸했다.

행상은 못이기는 척하고 피륙 두 필을 받아 계집의 방에서 나와 다시 먼저의 자리로 가서 제자리에 갓을 던져 놓고는 문간방으로 돌아와 안의 동정을 살피고 있었다.

동이 트려 하자 갓 쓴 자가 떠나 버렸다. 그제야 주인집 여인이 방문을 열고는 큰소리로,

"손님은 아직 주무시는지요?"

하고 물었다. 이에 행상은,

"김서방이 돌아오기를 밤새 기다리는데 웬 갓 쓴 자가 몰래 스며들기에 당장 매를 쳐 쫓으려 하였으나 부인의 안면을 보아 내 참았소. 하지만 김서방이 돌아오면 마땅히 이 일을 고해야 하지 않겠소?"

하고 얼르니 여인은 사색이 되어,

"그게 무슨 말이오? 좀 이리 오셔서 내 말을 들어 보시오."

하는 게 아닌가.

행상은 아예 봇짐까지 싸들고 어슬렁어슬렁 안방으로 들어섰다. 그러자 여인은,

"아까 왔던 이생원은 이웃의 무관한 사이여서 비록 남편이 있을

적에도 종종 놀러 왔던 그런 사이랍니다."

하고 변명을 늘어 놓았다. 이에 행상은,

"아아니 그와 둘이서 한 해괴한 놀이는 무엇인데 부인은 변명을
하려 하오?"

하고 화를 내니 여인은,

"그런데 당신의 성씨는 누구시오?" 하고 묻는 것이었다. 행상은,

"내 성은 내(乃)가요. 그런데 그건 왜 묻소?"

하고 퉁명스럽게 대꾸했다. 그러자 여인은

"내서방, 이리 다가 앉아 내 말을 들어 보시오. 남의 사사로운 일
을 폭로해서 내서방에게 유익함이 무엇이겠소."

하고 교태를 부리며 그를 다스리려는 것이었다. 행상은 옳거니 하고
생각하면서,

"뭐 내게도 무슨 좋은 일이 있어야 할 게 아니오?"

하고 그녀의 기미를 살피니 여인은 슬며시 행상의 손목을 이끌며,

"내서방이니 어찌 좋은 일이 없겠소."

하니 또다시 사내와 계집은 운우의 극을 방황했다.

이윽고 일을 마치자 여인은 아침을 푸짐하게 대접하고는 피륙 한
필을 내어 놓으며,

"미미한 물건이지만 이것으로 정을 표하겠어요."

하는 것이었다.

행상은 이번에도 못이기는 척하고 피륙을 받아 봇짐에 챙기니 여
인이 그 봇짐 속의 두 필의 피륙을 보고,

"이 피륙은 무엇이오?"

하고 물었다. 그러자 행상은,

"선행(先行)이 있었지요."

하고 대꾸하니 여인은 어이가 없어 말문이 막혀 버렸다.

그 아비에 그 어미

김진사댁 도령이 건넛마을 황선달네 아가씨에게 홀딱 반해 버렸다.
도령은 아무래도 부친에게 당장 응낙을 받아야겠다고 작심하고,
"실은 어느댁 규수가 참하온데 아버님의 승낙을 얻고자 하옵니다."
"그게 누군고?"
"네, 황선달댁 규수가 용모가 아름답고 마음 또한 착한 것으로 아
옵니다."
그러나 도령의 부친은 안색이 창백해지더니,
"그건 안되느니라."
"왜 그러시옵니까?"
"네게 부끄러운 말이다만 그 애는 네 누이동생이니라."
이에 절망한 도령은 그만 자리에 눕고 말았다. 모친이 그를 보고
안타까와 사연을 듣더니,
"걱정하지 마라. 그앤 네 누이동생이 아니란다. 부끄러운 이야기
지만 지금의 너의 아버지는 너의 친아버지가 아니란다."
하고 아들을 위로했다니, 가히 그 아버지에 그 어머니라 하겠다.

격성은 하격이고 소골이 상격이다

어느 나그네가 한 인가에서 하룻밤을 묵게 되었다.

이윽고 밤이 깊어지자 안방에서 환호성이 높아 잠을 이룰 수가 없는지라 한 마디를 건넸다.

"지금 무슨 일을 하고 있는 거요?"

하고 물었다. 그러자 주인은,

"소릴 들으면 모르오?"

하고 퉁명스럽게 대꾸했다. 이에 나그네는,

"대저 운우에는 품격이 있는 것이오. 하나는 심식구농(心植久弄; 깊이 넣어 오래도록 희롱)하여 영인소골(令人消骨;아내로 하여금 뼈가 녹게)하는 것으로, 이것이 그 상격이고, 또 하나는 요란한 소리를 내고 금방 방설(防泄)하는 것으로 이것이 그 하격이오."

나그네의 이 말을 듣자 주인 여인은 공연히 가슴이 설레어 잠이 오지 않았다.

동이 막 트려는 새벽녘에 여인은 꿈 속에서 몽마(夢魔)에 쫓긴 것처럼 남편을 걸어 차더니,

"여보, 지금 막 꿈을 꾸었는데 우리 조밭에 멧돼지가 들어와 마구 짓밟고 있었어요. 아무래도 불길하니 당신 어서 가보도록 해요."

하고 소란을 피웠다. 그녀의 남편은 늦잠을 못자는 게 싫었지만 너무 요란하게 아내가 닦달을 하는지라 억지로 몸을 일으켜 투덜거리며 집을 나섰다.

그러자 여인은 재빠르게 나그네를 불러들여,

"소골(消骨)이 여하한 것인지 좀 가르쳐 주오."

하고 교태를 부리니 나그네는 주저없이 여인과 상합(相合)하니 여인은 환정(歡情)의 극에 이르렀다. 이리하여 여인은 나그네를 소골객(消骨客)으로 부르며 아침을 정성을 다하여 대접하고 떠나 보냈다.

3

꽃과 나비 춤을 추니

3

꽃과 나비 춤을 추니

볼록이와 오목이가

신창 고을에 세 처녀가 있었다. 그녀들은 일찍이 부모를 여의고 가난하게 살고 있어서 장가 들려는 총각이 없었다.

세 자매는 모두 때를 놓치고 스물을 넘겼으니 이를 슬퍼하였는 바 어느 봄날 이웃집 여종과 함께 후원에서 저희끼리 얘기를 주고 받고 있었다.

막내가 먼저 입을 열었다.

"세상 사람들이 이르기를 남녀 사이엔 아름다운 기쁨이 있다 하니 그 기쁨이란 게 뭐요, 언니?"

그러자 둘째 언니는,

"나도 역시 그게 궁금한 지 오래야."

하고 옆집 여종을 가리키며 말을 이었다.

"저애가 사내를 몹시 좋아하는 모양이니 그 애에게 물어보는 게 좋겠다."

하고 여종의 눈치를 살폈다. 여종은 웃으면서,

"사내들의 두 다리 사이에는 한 육추(肉追)가 있어 그 모양이 송
이버섯과 흡사하고 굵기는 한줌이 넘으니 그 이름은 볼록이야. 그
놈의 변화는 신묘해서 이루 측량할 길이 없어. 무릇 모든 인간의
신성한 일이 모두 이것에서 시작되는 거야. 그래서 나는 하룻밤도
이 물건을 놓친 적이 없을 만큼 그걸 사랑한단다."
하고 길게 늘어놓자 구미가 잔뜩 당긴 세 처녀는 더욱 궁금하여 입을
모아 묻자, 여종은 빙그레 웃으며,
"사내는 그 볼록이로 내 오목이에 맞추어 볼록이와 오목이가 한
덩이가 되어 어울리면 가위 사지의 뼈가 녹아내리는 것 같아 살아
도 산 것이 아니고 죽어도 죽은 것이 아닌 것이야."
하고 늘어놓자 맏이가 눈알이 상기되면서,
"네 말을 들으니 내 심신이 절로 혼미해지는 것 같으니 제발 그만
해라."
하고 가로막으니 여종의 자랑은 그에서 그쳤다. 세 처녀는 궁리 끝에
한 꾀를 생각해 내고는,
"만일 벙어리 비렁뱅이를 만나면 우리 그 물건을 구경해 보자."
하고 의견의 일치를 보았다.
그런데 때마침 그 마을에 사는 젊은이 하나가 담장 밖을 지나치다
가 처녀들이 주고 받는 말을 엿듣고는 그녀들을 속여서 희롱해 보기
로 했다.
젊은이는 몹시 남루한 옷차림을 하고 바가지 하나를 들고 처녀의
집을 찾아가 밥을 비는 시늉을 손짓 발짓으로 하였다.
세 처녀는 마침내 그 때가 왔다고 크게 기뻐하여 그 비렁뱅이를
골방으로 불러들여 포식을 시킨 다음, 고의(홑바지)를 벗기고 그 물
건을 꺼내 맏언니가 먼저 만져 보더니,
"이것은 가죽이야."
했다. 그러자 둘째가 또한 그걸 만져 보더니,
"아냐, 이건 고깃덩인데?"
하고 말하는 사이에 사내의 양물이 점점 빳빳하게 일어서며 자꾸만

커지는 것이었다. 이윽고 막내가 그것을 만져 보고 하는 말이
"아냐, 이건 분명코 뼈야."
하더니 셋이 우르르 달려들어 서로가 그것을 만지고 쥐고 쓸면서
감상을 하는 것이었다.
그러자 볼록이가 별안간 기를 쓰면서 상하를 끄덕이는 게 아닌가.
세 처녀가 손뼉을 치며 하는 말이,
"어머, 이놈이 미쳤나 봐!"
하고 깔깔거리자 젊은이는 덜컥 세 처녀의 손을 잡으며,
"이놈이 당초부터 미친 게 아니오. 아가씨들이 이렇게 미치게 만
든 것이니 이 볼록이와 아가씨들의 오목이를 합일시켜 봄이 어떻
소?"
하고 분연히 말하자 세 처녀는 어찌할 바를 모르고 있는데,
"내 한 소리면 아가씨들은 크게 봉변을 당하고 이 마을에서 살 수
없게 될 것인즉 내 말에 따르는 게 가할 것이오."
하고 사내가 위협했다.
이리하여 사내는 세 처녀를 돌려 가면서 운우의 기쁨을 배급하게
되었는데 그 시간이 하루 낮밤이 걸렸다.
날이 밝자 젊은이는 처녀들의 방을 나섰으나 걸음을 제대로 못 옮
기는지라 세 처녀가 그를 부축여 보내었다.

눈을 뜨고 맛보려 해도

한 마을에 두 처녀가 있었다.
두 처녀는 만일 시집을 가게 되면 먼저 가는 사람이 첫날밤의 재
미를 말해 주기로 약속하였다.
한 처녀가 먼저 출가했다. 출가를 하지 않은 처녀가 약속대로 첫

날밤의 재미를 들려 달라고 했다.

"신랑이 그 복방망이만한 생육(生肉)을 나의 거기에 집어 넣고는 들락날락 풀무질을 하는데 심신이 다 혼미해지고 뼈마디까지 흐물흐물 녹아내리는 것 같으니 그걸 어찌 말로 표현할 수가 있어?"

출가하지 않은 처녀가 다시 물었다.

"그럼 그 맛과 건너편 최서방댁 제사에 쓰는 유밀과(油密果)맛과는 어떻게 다르냐?"

"밀과의 맛은 달기는 달되 눈을 뜨고 먹는 것이지만 첫날밤의 그 맛은 두 눈이 스르르 감겨 버려 눈을 뜨고 맛보려 해도 도무지 눈이 뜨이질 않는 거란다. 그러니 어찌 그 밀과의 맛에 비할 수가 있겠느냐."

들어올 때와 나갈 때

서생원 집 막내 딸이 시집을 간 지 한 달만에 친정을 찾아 왔다.

그런데 그 얼굴에 수심이 가득한 것을 보자 시집살이가 고된 게 아닌가 하고 걱정하여 어머니가 물었다.

"아가, 시집살이가 고된 거냐?"

"아아뇨."

"그럼 서방이 속이라도 썩이느냐?"

"아아뇨."

"그럼 시어머니가 너무 까다로운 모양이구나."

"아아뇨."

"그럼 어디 몸이라도 아픈 거냐?"

"아아뇨, 아프지는 않은데 아랫배에 뭐가 쌓여 있는 것 같아서 영 마음이 ……"

"너, 그럼 잉태를 한 게 아니냐?"

"아아뇨, 그냥 아랫배 속이 ……"

아무래도 괴이하다고 생각한 어머니는 의원을 불러 딸을 진맥해 보았으나 잉태도 아니고 병도 아니었다.

"아가, 의원의 말씀에도 잉태도 아니고 병도 아니라는데 넌 왜 아랫배가 이상하다는 거냐? 에멧에게 숨길 게 무엇이 있느냐. 어서 네가 걱정하는 걸 말해 봐라."

그제야 새색시는 부끄러운 듯이 얼굴을 돌리며 한다는 말이,

"그럴 리가 없어요. 의원이 시원찮은 거예요. 이 서방이 밤에 자리에 들어올 때면 꼭 무우만한 것을 갖고 들어오는데 나갈 때는 고추만한 것을 갖고 나가지 뭐예요. 그 줄어든 몫이 내 뱃속에 자꾸자꾸 쌓이면 어떻게 되나 해서 걱정이 된단 말예요."

요건 너무 작아서

매사에 의심이 많은 한 선비가 첫날밤을 맞게 되었는데 색시가 숫처녀가 아니면 어떻게 하나 하고 걱정하고 있었다. 이를 민망히 여긴 선비의 친구가,

"이 사람아, 그게 뭐 그리 대순가. 첫날밤에 이러구 저러구 하면서 그걸 보여 주게."

"그리고?"

"그거야 그걸 모르면 숫처녀 중에도 숫처녀가 아닌가."

옳거니 하고 신바람이 난 선비는 첫날밤에 친구가 시키는대로 자기의 양물(陽物)로 새색시의 손을 잡아 끌어서는 이게 무어냐고 물었다.

"이게 그거지 뭣이옵니까?"

"이런 화냥년! 넌 숫처녀가 아니구나! 당장 이 방에서 나가거라!"

이렇게 색시를 쫓고 다음, 다음으로 계속 색시를 맞아 보았으나 갈수록 태산이었다. 생각 끝에 어리고 어린 묘령의 처녀를 맞아 들이고 물었다.

"이게 무언가?"

"모르겠어요."

"이건 남자에게만 열려 있는 거야."

"어머, 그래요? 그런데 요건 너무 작아서 난 미처 그것인 줄 몰랐지 뭐예요."

선비는 울화가 치밀어 그 자리에서 졸도하고 말았다.

뼈맛을 보지 못하더니

장성한 세 딸을 둔 한 노인이 있었다.

장녀는 집안이 넉넉할 때 출가를 시켰는데 신랑의 나이는 스물 둘이었다.

그 뒤 가세가 기울어 성례(成禮)할 길이 없더니 둘째 딸이 겨우 재취자리 신랑을 맞았다. 신랑의 나이 마흔이었다. 그리고 셋째 딸은 삼취자리 신랑을 맞았으니 신랑의 나이 쉰이었다.

하루는 이 세 딸이 한 자리에 모여 조용히 얘기를 나누고 있었다. 먼저 장녀가 말했다.

"남자의 양물(陽物)에는 뼈가 있더라."

그러자 둘째 딸이 이의를 제기했다.

"아냐, 나는 힘줄이 있는 것 같았어."

셋째 딸도 한마디 했다.

"그것도 아냐. 그저 껍질과 고기 뿐이었단 말야."

그때 노인이 세 딸의 이야기를 엿듣고는 중얼거렸다.

"집안이 낭패를 당해 둘째와 셋째는 뼈맛을 보지 못하게 되었으니
참으로 한스럽구나."

성인이 능히 성인을 알아

한 처녀가 첫날밤을 보내고 여비(女婢)의 인사를 받는 자리에서
물었다.

"서방님에겐 첩이 있느냐?"

"없사옵니다. 절대로 없사옵니다."

여비의 대답에 화가 난 새아씨가 호통을 쳤다.

"너는 어찌 나를 속이려 드느냐! 첩이 없고서야 어찌 밤일을 하는
솜씨가 그다지도 능숙하실 수가 있느냐!"

여섯가지 기쁨이란

얼굴이 아리따우나 품행이 단정치 못한 처녀가 있었다.

그녀의 나이 열 다섯이 되자 그녀의 부모는 혼례를 서둘고 있었다. 그런 어느 날 그녀가 무슨 일로 젊은이를 찾았다. 젊은이는 그녀를 보자,

"아가씨, 시집 갈 날이 멀지 않았다지? 하지만 만일 연습해 두지 않았다가 별안간 초야를 맞으면 크게 어려운 일이 있을 텐데?"

"그래? 그럼 네가 그걸 가르쳐 줄 수 있어?"

"그쯤이야 내 베풀어 드리지."

사내는 곧 처녀를 토굴 속으로 끌고 가서 운우(雲雨)의 희롱을 시작하며 이르기를,

"대저 계집이란 육희(六喜)를 갖추어야만 비로소 운우의 극락을 알게 돼. 계집이 사내에게 사랑을 받고 못받고는 모두 이 육희에 있는 거야."

"그 육희라는 게 뭔데?"

사내는 의젓하게 육희를 외웠다.

첫째로 착(窄)이니 좁아야 하고
둘째로 온(溫)이니 따뜻해야 하고
셋째로 치(齒)이니 깨물어야 하고
넷째로 요본(搖本)이니 흔들어야 하고
다섯째로 감창(甘唱)이니 우짖어야 하고
여섯째로 지필(遲筆)이니 천천히 마쳐야 하느니라.

청년은 여기서 잠시 한숨을 돌린 다음,

"이것이 이른바 사내가 계집에게 매혹되는 육희라는 거야. 지금 보니 아가씨의 결점은 요본과 감창인 것 같아."

하고 그녀가 모자란 점을 자세하게 가르쳐 주는 것이었다.

"내 아직 어려 잘 모르니 방법을 모두 가르쳐 줘."

하고 처녀가 매달리자 사내는 다시금 일을 벌였고 처녀는 마침내 육회의 경지에 이르렀다.

이렇게 하여 처녀는 기쁨 속에 매일처럼 사내와 방사를 훈련했는데 마침내 신혼의 첫날밤이 되었다.

그런데 신부가 능숙하게 요분질을 할 뿐 아니라 멋대로 감창을 연속하는 게 아닌가.

신랑은 부쩍 의심이 들어 혼례 전에 정을 통한 사내가 몇이며 누구 누구냐고 다그쳤다.

그녀는 당혹하여 울 뿐 대답을 못하자 신랑은 문을 박차고 나가버렸다.

그런데 그 소동을 들은 장모가 딸을 크게 책하자,

"뒷집 김서방이 배워 둬야 한다고 해서 그와 연습한 거예요."

하고 사실을 고백하자 어머니는,

"딱도 하다. 신랑이 그 김서방이 아니거늘 어찌 연습한 기술을 숨기지 않았는고!"

"아이, 엄마도 답답해요. 한참 흥이 진진한데 그게 김서방인지 이서방인지 어떻게 알아요?"

칼은 대지 않았는데

한 새신랑이 첫날밤을 맞아 아무래도 신부가 처녀임을 의심했다.
필경 누군가가 이미 지나간 것이라고 생각하고 신랑은,
"아아니 여보, 여기가 왜 이리 좁소?"
하고 신부의 은밀한 숲을 헤치면서 눈치를 살폈다.
신부는 가뜩이나 지난 일을 걱정하여 불안하기 그지 없던 차에 크
게 마음이 놓여 반가운 나머지,
"사내를 모르면 그런 건가요?"
하고 능청을 떨었다.
그러자 신랑은 다과상 위의 칼을 집어 들더니,
"여보, 이거 아무래도 칼로 갈라야 성사가 될 모야이오."
하고 칼을 들이대는 시늉을 하자 신부는 너무나 놀란 나머지 황망히,
"김 좌수댁 막내아들은 칼을 대지 않고도 잘만 했어요!"
하고 내뱉고 말았다.

내가 먼저 다리를 들었다

어떤 신랑이 첫날밤을 맞았다.
신랑은 만가지 환상에 어쩔 줄을 몰라 입을 크게 벌리고 교환(交
歡)을 하려고 이불 밑으로 손을 밀어 넣어 더듬는데 아무리 더듬어도
신부의 두 다리가 잡히질 않았다.
신랑은 대경실색하여,
"이거 내가 다리 없는 아내를 얻었구나!"
하고 놀라 일어서더니 신방을 박차고 나가 버렸다.
이를 전해 들은 장인이 조용히 딸을 불러 연고를 묻자 딸은 시큰

등해서,

"신랑이 장차 일을 행하려 하기에 제가 먼저 다리를 들었을 뿐인데요, 뭐."

가슴을 등으로 알았으니

한 어리석은 서생이 아내를 얻게 되었다.

신부가 들어오자 서생은 어두컴컴한 속에서 바삐 손을 움직여 신부의 몸을 더듬었다.

서생은 신부의 가슴을 등으로 알았다. 그리하여 그 두 젖무덤을 혹으로 의심했고, 궁둥이를 아무리 쓰러내려 가도 진혈(眞穴)을 찾지 못하자 노기발발한 채 밤중에 신방을 뛰쳐나와 제 집으로 돌아가고 말았다.

곧 신부의 집에서는 대소동이 벌어졌고 딸에게 조용히 그 사유를 묻기에 이르렀다.

신부는 본래 시에 능하였으므로 웃음을 머금은 채 절귀(絶句)로서 응답했다.

花房燭滅篆香消　　화방촉멸전향소
堪笑痴郎底事逃　　감소치랑저사도
眞境宜從山面得　　진경의종산면득
枉尋山背太頌勞　　왕심산배태송로

화방에 촛불 꺼지고
아련한 향기 사라질새
어리석은 낭군 도망하니

그 일 우습고나
그 참된 경지는
메 앞에서 얻으려니와
그릇되어 멧등에서
헛된 수고 뿐이었소

신부의 아버지는 그 시를 당장 신랑의 집으로 보냈더니 신랑의 아
버지는 신랑에게 사정을 이야기해 주고 신부의 집으로 보냈다.
이윽고 사내는 과연 당혈(當穴)을 찾고는 기쁜 나머지 집으로 돌
아오길 잊고 말았다. 그래서 주위에 널리 이런 시가 떠돌게 되었다.

郞初失穴   낭초실혈
號干中夜   호간중야
郞復得穴   낭복득혈
溺而不返   익이불반
신랑이 구멍 잃고
밤속을 헤매더니
다시금 구멍 얻고
빠져 돌아올 줄 모르네

난 들어가지 않지만

한 처녀가 신혼 초야에 신방에 들지 않겠다고 고집을 부렸다.
할 수 없이 유모가 걸머지다 싶이 해서 겨우 겨우 신방 앞까지 왔
는데 문 앞까지 와서 유모가 문을 잡아 당겨도 영 열리지를 않았다.
신부는 수줍은 나머지 안 들어가겠다고 고집을 부렸지만 내심은

그게 아닌지라 참다 참다 못해 문고리가 아닌 지도리를 자꾸 잡아당기고 있는 유모에게,

"난 문이 열려도 들어 가지 않아. 하지만 유모가 당기고 있는 건 문고리가 아니라 지도리지 뭐야."

하고 핀잔을 주더니 유모가 고리를 당겨 문을 여니 보일 듯 말 듯 한 미소를 머금고 못이기는 척 얼른 신방으로 들어가 버렸다.

첩복에 첨첨복이다

한 신부가 처음으로 시아버지와 시어머니를 뵈는데 짙게 화장하고 성장을 한 신부가 아리땁기 그지없는지라 친척과 구경꾼이 입을 모아 칭찬했다.

그런데 신부가 막 자세를 고쳐 앉으려는데 긴장 탓인지 그만 방귀가 새어 나오고 말았다.

이에 좌중이 웃음을 참지 못해 킥킥거리니 시어머니가 얼른 나서더니,

"오오, 내 며느리는 다복도 하다. 나 또한 폐백을 드릴 때 방귀를 뀌었더니 오늘 자손 만당(滿堂)하여 늙도록 다복하였으니 며느리 방귀는 참으로 복의 징조이니라."

하고 며느리의 무안을 덜어 주었다. 그러자 며느리는 입가에 미소를 지으며,

"어머님, 좀 전에 가마를 내릴 때에도 방귀를 뀌었습니다."

하고 고하니 시어머니는,

"이는 복 위에 복이 겹친 것이니 첩복(疊福)이니라."

하고 크게 기뻐하자 며느리는 다시,

"소피로 속옷이 불결하옵니다."

하고 아뢰자 시어머니는,

"그것은 가위 첨첨복(添添福)이로구나."

하니 좌중의 모두는 입을 다물었다.

성미 급한 사위를 보았더니

어떤 자가 늘 이르기를,

"성격이 조급한 자가 빨리 현달(顯達)하는 이가 많고 느린 자가 빈궁한 이가 많으니 사위를 고르는데는 반드시 성미 급한 자를 취해야겠네."

하고 외고 있었으나 그것이 뜻대로 되지 않고 있었다.

그런데 마침내 그런 자를 발견했다.

어떤 총각 하나가 남의 집 뒷간에 들어가 허리띠를 풀려 하나 단단히 맺혀져 있어 쉽게 되지 않자 칼을 꺼내 그것을 자르고는 일을 끝내는 것을 본 것이다.

그는 총각이 뒷간문을 나오기가 바쁘게 흔연히 손목을 잡고 그의 성명과 거처를 물은 뒤에 자기의 딸과 혼약할 것을 청했다. 그러자 총각은,

"그럼 오늘 저녁이 좋겠습니다. 굳이 다른 날을 기다릴 게 있겠습니까?"

하는 것이었다. 그는 더욱 총각에게 마음이 기울어 그를 이끌고 집으로 돌아와 그날 밤 성례(成禮)를 치루었다.

그런데 밤이 채 오경(五更)이 못되어서 신방에서 구타하는 소리가 요란하더니 딸의 호곡소리가 또한 크게 흘러 나오는 게 아닌가.

장인은 크게 놀라 딸을 불러 그 연유를 물었다. 그러자 딸은,

"신랑이 말하기를 '내가 이미 장가를 들었으니 사내놈도 낳고 딸년도 낳는 것은 당연지사이거늘 너는 어찌하여 아이를 낳지 못하느냐' 하며 그렇게 난타를 하지 뭐예요."

하고 고하니 장인은 그만 그 자리에서 졸도하고 말았다.

참으로 개새끼로군

화촉을 밝히던 첫날밤 신부가 신랑의 됨됨이가 극히 용렬함을 보고 답답하여,

"내일 이웃 동네 손님들이 몰려들면 틀림없이 당신에게 노래를 시킬텐데, 당신, 노래 부를 줄 아시는지요?"

하고 물었다. 신랑은 주저없이,

"몰라요, 몰라요."

하는 것이었다. 이에 신부는

"그렇다면 내가 하는대로 따라서 하세요."

하자 신랑은,

"그야 쉽지요."

하고 대꾸했다. 신부는 나지막한 소리로,

"남산에 ……"

하고 선창했다. 그러자 신랑은 요란한 소리로,

"남산에 ……"

하고 고함을 치듯 했다. 이에 신부는,

"요란스러워요."

하였더니, 신랑 역시 따라서,

"요란스러워요."

하고 또한 고함치듯 하는 것이었다. 신부는 크게 민망하여,

"건넌방에 들려요."

하고 주의를 주었으나 신랑은 또다시

"건넌방에 들려요."

하고 고함을 치는 게 아닌가.

신부는 신랑이 경지에 이르니 가소롭고 기가 막혀 자기도 모르게 한탄하면서,

"참으로 개새끼로군."

하고 내뱉고 말았다.

그런 일이 있은 이튿날이었다.

손님들이 신랑에게 노래를 청하였다.

"잘은 못하오."

하고 신랑이 대답하자 손님들은,

"잘 못한다 해서 무엇이 흠이겠소. 한 번 불러 보시오."

하고 거듭 권했다. 신랑이 마침내 목청을 가다듬더니,

"남산에 ……"

하고 소릴 높였다. 좌중의 손님들이,

"참 잘 부르는구려."

하고 무안을 주지 않으려고 칭찬하자 신랑은,

"요란스러워요 ……"

하고 소리를 높이니 이번엔 좌중의 사람들이,

"요란하지 않을 것이니 계속하오."

하자 신랑은,

"건넌방에 들려요 ……"

하고 목청을 높이자 건넌방에 있던 장인 영감이

"잘 듣고 있으니 어서 부르게."

하고 응답했다. 그러자 신랑은,

"참으로 개새끼로군 ……"

하니 좌중은 배꼽을 쥐지 않는 자가 없었고 장인은 넋나간 사람처럼 멍하니 허공만 쳐다 볼 뿐이었다.

4

정이 너무 깊다 보니

4

정이 너무 깊다 보니

오른편을 쥐면 바른 편이 남아

고부군 경(景)진사의 집에 과년한 딸이 있었다.

어느 날 경진사는 부안의 임씨 아들을 사위로 맞았다.

그런데 신랑은 공교롭게도 배 밑에 종기가 나 있어 첫날밤에 운우의 기쁨을 누리지 못하였고 이튿날도 안타깝지만 어쩔 수 없었다. 그런 사흘이 되는 날에 경진사는 딸에게,

"신랑이 그 일을 잘 하더냐?"

하고 귓속말로 물었다. 그러나 딸은 고개를 숙인 채 말없이 울고만 있었다. 경진사는 마음 속으로,

"이 연약한 애가 억센 사위 녀석에게 골탕을 먹은 것은 아닐까?"

하고 엉뚱한 의아심을 품게 되어 맏딸을 시켜 소상하게 묻도록 했다. 그러자 신부는 언니의 손을 잡더니,

"날 망친 건 아버지와 어머니야. 신랑이 사흘이 되도록 피하기만
   하니 아무래도 고자야."

하며 통곡을 하는 게 아닌가.

경진사가 이 말을 전해 듣고 크게 놀라 사태의 긴박함을 알고 사돈에게 서찰을 써 보냈다. 그 사연은 이러했다.

"현랑(賢郞)은 장가든지 사흘이 되었으나 사내 구실을 하지 못하는 것으로 보아 자손이 끊어질 것이 명명백백하니 원통하고 애석하외다."

사돈이 이 편지를 보고 답신을 보냈는데 사연은 이러했다.

"우리 아들놈의 그 물건을 당신이 언제 본 일이 있소. 나는 어느 날 돌다리 밑에서 고기를 잡을 때 잠시 본 일이 있는데, 왼편으로 그놈을 쥐면 바른편 쪽이 남고, 바른편으로 그 놈을 쥐면 왼편 쪽이 남을 만큼 웅대할 뿐만 아니라 이웃집 김 아무개의 여종 막덕이를 애인으로 삼아 이미 두 남매를 두었으니 조금도 개의치 마시오. 다만 그날 출입 방향이 잘못된 것일 거요. 그 놈이 집에 돌아오는 날 크게 꾸지람을 하리라."

이 답신을 받은 경진사는 크게 마음을 놓고 기쁨을 이기지 못해 그의 아내에게 이야기했다. 그러나 아내는

"편지로는 그렇지만 실제의 잠자리에선 아무런 표적이 없으니 사돈이 아들을 위해서 꾸민 말이 아니겠소."

하자 경진사도 또한 그런 것 같은지라 또다시 시름에 잠기게 되었다.

그런데 경진사의 맏사위 우(禹)란 사람은 사람됨이 경망하고 완강하였다. 그 우가 장인 장모에게 하는 말이,

"요즘 두 분께선 무슨 심려가 있으신 듯하온데 그 사연이 무엇인지요?"

"자넨 사위가 된 지 오랜지라 아들과 다름 없으니 내 이제 무엇을 숨기겠는가. 새 사위가 장가 온 지 사흘이 지났는데도 사내 구실을 전혀 못하고 있다니 온 집안이 이렇게 시름에 잠겨 있는 게 아닌가."

그러자 우는 눈을 부릅뜨고 팔뚝을 걷어 뽐내면서 큰소릴 쳤다.

"그것쯤이야 처치가 어렵지 않소이다. 제가 곧 신랑을 점검하여

보리다."

그때 신랑이 집에 간 지 며칠만에 처가로 돌아왔다. 우는 숨을 죽이고 문 왼편에 잠복하였다가는 방으로 들어오는 신랑을 덮쳐 양도(陽道)를 헤치고 보니 과연 웅장하기 짝이 없었다. 우는 엉겁결에 고함을 쳤다.

"장인 장모님, 처제는 너무 행복하외다. 임서방의 그 물건이 돈독하기 그지 없소이다!"

그리고는 자기 팔뚝을 내흔들면서 그 증거로 삼는 것이었다.

그런 그날 황혼도 기울어 밤이 깊어졌다. 장인은 '오늘은!' 하고 창구멍을 내고 발돋음을 하여 신랑이 하는 일을 엿보고 있었다.

신랑은 배에 돋은 종기가 이미 가신데다 집에서 공연한 꾸지람도 들었던 터라 기쁨과 오기가 가득하였기에 웅운(雄雲)과 장우(壯雨)가 바야흐로 무르녹고 있었다.

이 광경을 본 경진사가 급히 안으로 뛰어들면서 아내에게 소리를 치는데,

"등잔에다 술 따르고 약탕관에 불을 지펴요. 임서방이 지금 그것을 하는데 시렁 위 광주리 속에 있는 홍시를 빨리 내려다 당장 신랑 방에 넣어 주도록 하오!"

장모 또한 급히 뛰어 나오면서 한마디 하기를,

"당신이 그저께 홍시를 그리 높이 감추고 내가 행여 먹을까봐 조심하더니 이제 보니 사위의 마른 목 축이려고 준비한 것이구려."

장모는 토라진 애교를 부리고는 여종의 등을 받치고 올라가서 홍시를 꺼내려 하는데 광주리는 무겁고 힘은 없는지라 그만 방귀를 쏘고 말았다.

장모는 매우 민망하여 여종을 때리며 자기의 부끄러움을 여종에게 씌우려 했다. 그러자 경진사는 매를 빼앗으며 하는 말이,

"돌연한 사정인데 종년에게 무슨 허물이 있겠소. 하물며 속담에 이르기를 혼인날 신부가 방귀를 뀌면 행복할 징조라 일렀는데 어찌 종년의 방귀라고 복이 되지 않겠소, 임자."

하자 장모는 손뼉을 치곁 외쳤다.

"참 그렇구려, 실은 그 방귀소리는 저애가 낸 것이 아니라 내가 낸 것이라우. 아아 복받았구나, 나의 딸아."

장모가 여읜 까닭

어떤 자가 첫사위를 맞아 물었다.

"자네 글을 잘 아는가?"

"아닙니다."

하고 사위는 주저치 않고 대답했다. 이에 장인은 점잖게 나무라면서,

"대저 아무리 먼 나라에 살고 있는 오랑캐가 말이 괴상하고 옷차림이 달라도 별안간 만나 그의 생각이 내게로 통해짐은 같은 문자를 쓰고 있기 때문이네. 인간으로서 글을 알지 못하고야 무엇으로 사물에 통하겠는가."

하고 푸념을 하더니 다시 묻기를,

"자네는 소나무와 잣나무가 사시를 헤이지 않고 길이 푸른 빛을 지니는 까닭을 아는가? 그리고 학이 울음을 잘 우는 까닭을 아는가? 길가에 버들이 그다지도 가녀린 까닭을 아는가?"

하자 사위는,

"그것 또한 모릅니다."

하고 대답하는 것이었다. 그러자 장인은 목청을 돋구어서,

"소나무와 잣나무가 길이 푸른 것은 그 중심이 굳은 까닭이오, 학이 잘 우는 것은 그 울대가 긴 까닭이며, 길가의 버들이 가녀린 것은 사람들을 하도 많이 겪었던 까닭이네. 자네가 만일 글을 잘 안다면 저절로 이 이치를 해득할 것이나 글이 우둔하니 한스럽구려."

하고 크게 탄식했다. 그러자 사위는,

"그러하오면 대나무의 푸르름도 중심이 굳어서 그렇습니까? 맹꽁이가 울음을 잘 우는 것도 울대가 길어서입니까? 그리고 장모님이 그렇게 마른 것도 사람을 많이 겪어서 그렇습니까?"

하고 소리 높이 반문하니 장인은 사위에게 속은 것을 알고 얼굴을 붉힐 뿐 대꾸를 하시 못했다.

얼마나 했느냐

한 신랑이 경상도 지방으로 장가를 들었다.

혼례를 마친 이튿날 장모가 사위를 불러 서로 인사를 마친 뒤에 장모가 사위에게,

"어젯밤엔 대단치 않은 물건을 들여 보냈는데 얼마나 했는가?"

하고 미소를 지으며 물었다.

대단치 않은 물건이란 밤참을 뜻한 거였고 얼마나 했느냐는 얼마나 먹었느냐는 의미였지만, 사위는 '대단치 않은 물건'이란 자기 딸을 가르킨 겸양의 말로 듣고, '얼마나' 했느냐는 몇 번이나 했느냐는 것으로 들었으니 응답이 궁해졌다.

그러나 응답을 아니 할 수도 없는지라 한참을 망설이다가 작은 소리로,

'세 판이나 베풀었소이다.'

하고 대꾸하고 말았다.

장모는 무안하기 그지 없었으나 필시 사위가 대단한 바보로 알고는,

"어어, 사위의 인사범절이 돌굼아비만도 못하구려."

하고 탄식했다.

'돌굼아비'란 대체로 종놈의 이름이었다. 사위의 바보스러움이 종보다 더하다는 탄식이었다.

헌데 사위는 이 말 또한 자기의 양물의 힘이 돌굼아비만도 못하다는 것으로만 듣고 분연히 분개하는 낯빛으로,

"돌굼아비가 얼마큼 건장한 놈인 줄은 모르오나 저는 열흘 동안에 몇 백 리 길을 달렸는데도 이다지 짧은 밤에 세 판이나 베풀어 주었으니 이 어찌 만족하지 않았겠습니까?"

하고 화를 벌컥 내었다.

사위의 장모 진단

한 시골 영감이 그 딸을 끔찍이 사랑하였다. 노인은 사위를 고르기 위해 버드나무 궤를 짜서 쌀 쉰 다섯 말을 저장하여 놓고 사람들을 모아 이르기를,

"누구든 이 궤의 이름과 속에 든 쌀이 몇 말이 들었는지를 명확히 말하는 자를 내 사위로 삼겠소."

하고 말했다. 그러나 그것을 알아맞히는 자가 없이 세월은 흘러 딸은 이팔 방년을 넘기게 되었다.

딸은 나이는 들어가고 쉽게 맞추는 자는 나타나지 않자 고민 고민하던 끝에 궁여지책으로 한 어리석은 장사치에게 아버지의 그 비밀을 일러 주었다.

"저 궤는 버드나무이고 그 속에 든 쌀은 쉰 다섯 말입니다. 당신이 그대로만 얘기한다면 반드시 내 남편이 될 것입니다."

이 어리석은 장사치는 꿩 먹고 알 먹는 일이어서 쾌히 응락하고 그대로 답하자 노인은 슬기로운 사위를 이제야 찾았다고 기뻐하여 성례를 시켰다.

그리고 노인은 그 뒤로는 제반사를 이 슬기로운 사위에게 자문을 구하게 되었다.

어느 날 어떤 사람이 암소를 팔려고 하자 노인은 사위를 불러 그 상(相)을 물었다.

사위가 소를 보더니,

"이선 버드나무 궤로군."

하더니 이어서,

"아마 쉰 다섯 말은 들었겠습니다."

하고 기세가 당당한 것이었다. 그러자 노인은 대경실색하여,

"아니 김서방, 망발도 유분수지 어찌 소를 보고 나무라 하는가?"

하고 책하자, 아내가 가만히 남편에게,

"그 입술을 헤치고 '이가 적구려' 하고, 꼬리를 들고서 '새끼를 많이 낳겠구려'라고 하지 왜 버드나무 궤는 들먹였어요?"

하고 책망했다. 그런 이튿날이다. 장모가 위독하여 노인이 사위를 불러 그 증세를 묻자 사위는 침상으로 다가가더니 장모의 입술을 헤치고 난 다음,

"이가 적구려."

하더니 다시 이불을 걷어치고 그 엉덩이를 보더니,

"에이, 새끼를 많이 낳겠어."

하는 게 아닌가?

이에 장인 장모는 크게 화가 나서,

"소를 나무로 보고 사람을 소로 보는 놈이 세상에 어디 있나!"

하고 장탄식을 하고는 쫓아 버리니 딸은 졸지에 과부가 되고 사내는 홀아비가 되고 말았다.

어찌 이를 무색이라 하랴

한 촌사람이 아내를 맞았다.

그런데 이웃에 익살에 능한 자가 있어 신랑을 기만하여 이르기를,

"자네가 장가를 든 뒤에 처가에서 잘못 알고 자네를 고자라 한다 하니 이 어찌 원통한 일이 아닌가. 다음에 자네의 장인이 그 물건을 보자고 하거든 주저없이 보여 주어 그 의심을 푸는 게 좋을 걸세."

하고 말하니 신랑은,

"그게 뭐 그리 어렵겠소."

하고 말하자 그 이웃집 장난꾼은 그 길로 신랑의 처가를 찾아 그의 장인에게,

"이번에 맞이한 신랑은 퉁소에 매우 능해 늘 신변에 지니고 있다가 보기를 원하는 자가 있으면 곧 내어 불곤 한답니다. 후일에 한번 그 퉁소 솜씨를 보여 달라고 한다면 곧 그걸 꺼내 불 것이니 가위 들을 만할 것입니다."

하고 수작을 붙였다.

장인은 사위가 퉁소에 능하다는 말에 크게 기뻐하여 이웃 친구 몇 사람을 청해 주안상을 조촐히 준비해 놓고 이르기를,

"우리 사위가 퉁소에 능하기에 몇몇 가까운 친구를 청한 걸세."

하고 사위를 불렀다. 사위가 오자 좌중은 입을 모아,

"한번만 보여 주게 그려."

하고 청하니 사위는 서슴없이,

"그쯤이야 무엇이 어렵겠습니까?"

하고는 바지를 홀렁 벗어 내리더니 커다란 양물을 꺼내놓고 서서 손님들에게 두루 보여 주는 게 아닌가.

좌중이 이 괴이한 이변에 입이 딱 벌어져 버리니 장인이,

"무색한지고, 무색한지고!"

하고 외마디 소리를 하자 무색을 무색(無色)으로 안 사위는,
　"붉으면서도 검은 빛깔을 띠었으니 이는 곧 쪼개진 용주(龍舟;
　왕의 붉은 배) 빛인데 어찌 무색(無色)하단 말씀입니까?"
하고 당당히 묻는 거였다.

너무 익어 시어터졌다

　한 사람이 감을 무척이나 좋아했다. 신랑은 신행(新行) 첫날 밤에
얻어 먹은 감 생각이 간절해서 잠자리에서 새색시에게 물었다.
　"저녁의 그 감은 어디서 난 거요?"
　"뒤뜰에 큰 감나무가 있어요."
　이에 신랑은 새색시가 잠들기를 기다려 살금살금 뒤뜰의 감나무
에 올랐다.
　그런데 마침 그때 장인도 사위가 감을 즐겨 먹는 것을 보았던 터
라 올가미가 달린 긴 장대를 들고 그 감나무 아래로 온 것이었다.
　사위는 흠칫 놀라 발가벗은 몸을 감나무에 찰싹 붙이고 숨을 죽이
고 있는데 눈이 어두운 장인은 감을 따려고 장대를 휘젓기 시작했다.
　그런데 공교롭게도 장인의 장대 올가미에 사위의 불알이 걸려 들
었고 사위는 찔끔 놀라 그만 생똥을 내깔기고 말았다.
　헌데 똥물이 떨어지자 장인은 연시가 터진 것으로만 알고,
　"어허, 이런 아까울 데가 있나."
하고 중얼거리면서 똥물을 핥고는 하는 말이,
　"퉤퉤, 이놈이 너무 익어서 시어터져 버렸구나."

어찌 할 수가 없다

어떤 사람이 사위를 맞았다.

그런데 그 사위의 천성이 몹시 느리고 말이 없어 장인은 매우 답답하게 생각했다.

어느 날 장인은 조용히 사위에게 이르기를,

"자네 성품이 지나치게 느리고 과묵하기 그지 없으니 길이 그런다면 무슨 일이고 이룩될 수가 없을 거네. 사내란 비록 허망한 말이라도 조금씩은 해야지 결코 침묵을 지키는 것만이 능사가 아닐세."

하고 경계하였다. 사위는,

"하교가 그러하오시니 이 뒤엔 마땅히 분부대로 거행하겠습니다."

하고 대답했다.

그런 어느 날 장인과 사위가 새벽에 들에 나가 김을 매고 있었다. 그런데 어느 사이에 사위가 보이지 않았다.

그때 사위는 처가로 돌아와 급히 장모를 부르고 있었다.

"장인께서 방금 호랑이에게 물려 갔기에 급히 와서 아뢰는 것이온데 저는 뒤쫓아가 행방을 찾을 것이오니 장모는 곧 뒤를 따라 오시오."

하고는 다시 뛰어나갔다.

사위는 다시 밭으로 달려가 장인에게 소리치기를,

"방금 집에 불이 나서 모두 타버렸을 뿐 아니라 장모 또한 불에 타서 돌아가셨기에 급히 달려온 것입니다."

하였다. 이리하여 장인 또한 사색이 되어 허둥지둥 집으로 달려오다 중도에서 이들 부부는 만나게 되었다. 죽었다는 사람이 살아 있는지라 두 부부는 우선 뛸 듯이 기뻐하며 서로 그 연고를 물었다.

"방금 사위가 달려 와서 당신이 호랑이에게 물려 갔다기에 이렇게 황급히 뛰어 온 거요. 도대체 어떻게 죽음을 면하셨어요?"

"허허, 괴이한 망발이로다. 당초에 그런 일이 없었거늘 사위가 어떻게 된 건가? 난 지금 당신이 불에 타 죽었다고 사위가 급히 알리기에 이렇게 뛰어오는 중이오."

"아아니 집에 불이 난 일조차 없는데 내가 타 죽었다니 이게 무슨 변고인지요."

그때 사위란 녀석이 어슬렁어슬렁 걸어오자 장인장모는 대노하여 호령을 아끼지 않았다. 그러나 사위는 태연한 얼굴을 하고,

"며칠 전에 장인께서 지나친 과묵은 불가하며 비록 허망한 말이라도 해야 한다고 분부하시기에 그대로 따랐을 뿐입니다. 그것이 장인께서 가르친 것이 아닌지요."

하니 장인은 실로 어처구니가 없는지라,

"네 천성이 지나치게 느리고 말이 없어 답답하여 그런 말을 했거늘 이따위 소동을 꾸며대다니 한심하구나. 이 뒤엔 다시 침묵을 지키는 게 옳네."

"마땅히 분부대로 따르겠습니다."

사위는 또 그렇게 쉽게 대답하고 며칠이 지나갔다.

장인이 방에서 식사를 하다가 옷자락에 불이 붙어 이윽고 모두 타버렸다.

그러나 사위는 잠자코 바라만 보고 있으니 장인은,

"자네는 어이하여 장인의 옷에 불이 붙어도 돌부처처럼 앉아만 있으니 그 무슨 행실인가?"

하고 책하니 사위는,

"장인은 딱도 하십니다. 말을 해도 책하시고 잠자코 있어도 책하시니 어느 장단에 춤을 추어야 할지 혼미합니다."

하고는 오히려 벌컥 화를 내는 것이었다. 그러자 장인은,

"이야말로 곧 무가나하(無可奈何;어찌 할 수가 없다)로구나!"

하고 개탄하고 다시는 사위에게 아무런 말을 하지 않았다.

몸을 돌려라 몸을 돌려

한 시골의 여인이 며느리와 함께 들에서 김을 매고 있었다.

그런데 갑자기 폭우가 쏟아져 냇물이 불어나서 건널 수가 없게 되었다.

두 여자가 물가에 서서 발을 동동 구르고 있는데 한 젊은 사내가 그들 앞으로 다가왔다.

"날은 어두워지고 물은 깊으니 제 등에라도 업혀서 건너는 게 어떨까요?"

하고 말을 붙였다. 여인은,

"고맙소, 먼저 며느리를 업어 건네 주어요."

하고 응낙했다. 그런데 젊은이는 며느리를 업고 건너 내려 놓더니 막 교환(交歡)을 하려는 게 아닌가. 이 광경을 본 시어머니가 크게 놀라,

"며누라, 며누라! 몸을 돌려라, 몸을 돌려!"

하고 고함쳤다. 사내는 일을 끝내고 건너 와서 다시 시어머니를 끌어 안았다.

그러자 그것을 보고 있던 며느리가 이르기를,

"나 보고 몸을 돌리라고 고함을 치더니 자기는 왜 몸을 돌리지 않지?"

하고 중얼거렸다.

큰 북이 아니라 작은 북이다

며느리가 건넛집 총각과 정신없이 히히덕거리는 것을 보다 못한 시어머니가 며느리를 꾸짖게 되었다.

"너는 무슨 일로 김총각과 더불어 농을 주고 받느냐. 내 마땅히 네 남편에게 고해서 벌을 받게 하리라!"

그런데 막상 남편에게는 고하지 않고 매일처럼 그 일로 꾸짖기만 하니 며느리는 그 고통을 참아내기가 어려웠다.

하루는 시어머니가 막 꾸짖고 나가 수심에 차 있는데 이웃집 노파가 왔다.

"무슨 일로 새아씨는 그렇게 늘 수심에 차 있소?"

"어느날 건넛집 김총각과 몇 마디 농을 주고 받았다고 해서 시어머니가 매일처럼 들볶으니 이젠 진절머리가 납니다요."

이 말을 들은 노파가 혼자 성이 나서 이렇게 말했다.

"새아씨의 시어머니가 무엇이 떳떳하다고 새아씨를 괴롭힌단 말이오. 자기는 젊었을 적에 고개 넘어 김풍헌과 어울려 밤낮으로 미쳐 놀아나서 큰 북을 짊어지고 세 동네나 돌았으면서 무슨 낯으로 며느리를 꾸짖는단 말이오. 또다시 괴롭히면 그 말을 하오."

그런데 이튿날 시어머니가 재차 며느리를 꾸짖게 되자 며느리도 참지 못하고 노파에게서 들은 말을 하고 말았다.

"어머님은 무엇이 떳떳해서 저를 그렇게 야단치시는 거예요?"

"아아니, 내가 떳떳하지 못할 게 또 뭐가 있느냐?"

"김풍헌과 주야로 놀아나서 큰 북을 짊어지고 세 동네나 돈 것은 뭣이에요?"

"대체 누가 그런 엉뚱한 소릴 하더냐? 남의 일이라고 공연히 말을 붙여서 떠들어 대다니! 큰 북은 무슨 놈의 큰 북이고 세 동네는 무슨 놈의 세 동네야. 그건 작은 북이었고 또 두 동네 반에서 그쳤어."

주고 받은 시아버지

성이 김(金)인 농부가 있었다. 그는 짓궂은 장난을 몹시 즐겼다. 어느날도 그의 며느리를 보고,

"오오, 예쁘고나. 우리 며느리야. 다만 그 코가 조금만 높지 않았더라면 얼마나 좋았으랴."

하고 한스러움을 표하자 며느리가 옷깃을 여미고 대답하기를,

"네, 소녀도 역시 그를 한스럽게 여기었사오며 불만입니다."

하였다. 그러자 시아버지는,

"작게 하는 것은 어려운 일이 아니니라."

하자, 며느리는 그 방법을 물었다.

"아가, 날씨가 몹시 추운 날에 물 속에 코를 잠그고는 밤이 샐 때까지 조금도 움직이지 않는다면 저절로 낮아질 것이다."

며느리는 코를 예뻐지게 할 일념으로 추운 겨울에 밤새도록 찬물에 코를 담그고 있었으나 코만 얼어 터졌을 뿐 아무런 효험이 없었다.

며느리는 코가 쓰리고 아픈데다가 예뻐지기는커녕 흉측해진 코를 보고 나서 시아버지에게 따졌다.

"아버님, 이게 도대체 어찌 된 일이예요?"

"어허, 실은 내 일찍 체험한 일이었는데 그게 어찌된 일이냐. 나의 그것이 어느날 추위에 알몸으로 내를 건느라니까 빠찍 오그라들기에 나는 네 코 또한 그럴 것으로 생각했구나."

며느리는 뭐라고 대꾸할 수가 없었으나 속은 게 애통하기 그지 없어 항시 그것을 마음에 두고 있었다. 그런 어느날 며느리는,

"남자가 고귀하다 함은 잘생긴 얼굴에 긴 수염이 빼어나게 아름다워야 하는 게 아닙니까. 아버님께선 풍도(風度)가 심히 거룩하오나 수염이 없음이 다만 한스럽게 생각됩니다."

"네 말이 옳구나. 나 역시 늘 그게 불만이었으니 무슨 묘책이 있어야지."

"아버님, 그게 그리 어려운 일은 아닙니다. 다만 냄새가 좀 있어서 아버님이 과연 행하실지 염려됩니다."

"아가, 수염이 나는 거라면 똥통에 빠지는 일인들 내가 피하겠느냐. 어서 말해 보도록 해라."

"그러시다면 말씀 드리겠어요. 흰말의 신(腎)과 낭(豪)을 베어다가 신은 입 언저리에 붙고 낭으로써 입언저리를 문지르기를 대엿새 동안 쉬지 않는다면 수염은 저절로 돋아날 것이옵니다."

시아버지는 며느리의 말대로 일주일 동안 흰말의 신을 입에 물고 또 낭으로 입 언저리를 문지르기를 지성으로 하였으나 악취가 입 안에 배고 턱이 아파 참을 수 없고 수염은 돋아날 생각을 않자 며느리에게 이를 따졌다. 그러자 며느리가 하는 말이,

"저 또한 경험 없이 여쭈었을 리가 있겠습니까. 제가 애초에 음모가 없었는데 아버님의 아드님이 신을 옥문에 물리고는 낭으로 그 언저리를 문지르기를 여러 차례 되풀이하니 음호가 숲처럼 울창해졌음을 기억하고 아버님의 수염 역시 그럴 것으로만 생각하였어요."

방귀는 내가 뀌었는데

한 신부가 처음으로 시부모를 뵙게 되는데 육친(六親)이 모두 모였다.

곱게 화장을 하고 성장한 신부가 청상(廳上)으로 나오자 보는 이마다 칭찬하지 않는 자가 없었다.

그런데 신부가 시부모 앞에 나아가 막 술잔을 받들어 올리는데 얄궂게도 방귀란 놈이 '뽕' 하고 터져 나왔다.

자리가 자린지라 육친들이 모두 웃음을 참고 서로의 얼굴만 살피는데 유모가 벌떡 일어났다.

유모는 신부의 부끄러움을 덮어주기 위해 자기가 허물을 뒤집어쓰기로 작정하고 아뢰었다.

"소인이 워낙 노쇠하여 엉덩이가 연해져서 방귀를 참지 못하와 황공하기 그지 없사옵니다."

그러자 유모의 사죄를 가상히 여긴 시부모는 비단 한 필을 상으로 주었다. 그러자 지금까지 잠자코 시치미를 떼고 있던 신부가 비단을 빼앗으며 말했다.

"방귀는 내가 뀌었는데 상은 왜 자네가 받는단 말인가?"

일찍이 그것을 알았더라면

한 신부가 신혼 첫날에 시어머니에게 막 폐백을 드리는데 변고가 일어났다.

신부가 갑자기 산기가 있더니 그만 폐백 자리에서 아이를 낳은 것이다.

사람들은 너무나 놀란 나머지 멍청히 입만 벌리고 앉아 있는데 시

어머니는 재빨리 아이를 받아내어 치마에 감싸더니 안방으로 안아다
누이고 다시 제자리로 돌아왔다.

　시어머니는 안색이 이미 사색이고 이마엔 비오듯 식은 땀이 흐르
고 가슴은 콩튀듯 하여 죽을 힘을 다해 진정하려고 이를 악물고 태연
을 가장하는데,

　"시어머니께서 그렇게도 아이를 사랑하시는 것을 일찍이 알았디
　라면 작년에 낳은 아이도 데리고 와서 함께 뵈옵는 건데 그를 모
　른 것이 한이옵니다."

하니 시어머니는 그 자리에서 졸도하고 말았다.

5

굶주린 호랑이 고기를 탐하듯

5

굶주린 호랑이 고기를 탐하듯

늙은 여우 얼음소리 듣듯이

한 선비가 곧잘 여비(女婢)와 밀통(密通)을 하는데, 한 번 아내에게 발각된 이후로는 계속 들통이 나는 것이었다.

그래서 선비는 친구에게,

"여비와 놀아나는 게 재미치고는 정말 별미인데 매양 발각되어 흥이 깨어지니 무슨 수가 없겠소?"

하고 넌지시 상의하기에 이르렀다.

이에 노우(老友)가 대답하기를,

"내게 묘법이 있으니 그대로 한 번 실행해 보게."

하고는 이렇게 친절히 가르쳐 주었다.

"여비와 밀통하는 열 가지 요령이 있으니 이를 간비십격(奸婢十格)이라 하오."

"그 첫째는 기호탐육격(飢虎貪肉格), 즉 굶주린 호랑이가 고기를 탐하듯 하라는 것이니, 이는 그대가 여비를 품어 보고자 하는 그 마음가짐을 이름이오.

둘째는 백로규어격(白鷺窺魚格), 즉 백로가 고기를 엿보듯 하라는 것이니, 이는 여비가 어디에 있는가를 잘 엿보아 둠을 말함이오.

셋째는 노호청빙격(老狐廳氷格), 즉 늙은 여우가 얼음소리를 듣듯 하라는 것이니, 아내가 잠들었는지 아닌지를 조심해서 살피라는 것이오.

넷째는 한선탈각격(寒蟬脫殼格), 즉 매미가 껍질을 벗듯 온몸을 이불에서 빼내는 기술을 말함이오.

다섯째는 영묘농서격(靈猫弄鼠格), 즉 영특한 고양이가 쥐를 희롱하듯 여러 가지 기교로 희롱함을 말함이오.

여섯째는 창응박치격(蒼鷹搏雉格), 즉 매가 꿩을 차듯 번개처럼 재빠르게 깔아 뭉게라는 것이오.

일곱째는 옥토조약격(玉兎鳥藥格), 즉 토끼가 약을 찧듯 옥문(玉門)에 자유자재로 꽂고 뺌을 이름이오.

여덟째는 여룡토주격(驪龍吐珠格), 즉 용이 여의주를 토하듯 사정(射精)을 신나게 하라는 것이오.

아홉째는 오우천월격(吳牛喘月格), 즉 오나라의 소가 달을 머금듯 피로로 인한 숨결을 빨리 안정시켜야 한다는 것이오.

열째는 노마환가격(老馬還家格), 즉 늙은 말이 집으로 돌아가듯 자취를 감추어 자기 방으로 돌아가 조용히 잠들라는 것이오.

그러니 앞으로는 이 열 가지 요령대로만 행하면 낭패하는 일이 없이 만사형통할 것이오."

선비는 이 노우(老友)의 십격(十格)에 공감하여 그 뒤로는 이 친구를 십격선생(十格先生)이라고 부르게 되었다.

흰떡 다음엔 갓김치다

미색이 뛰어난 한 사비(私婢)가 있었다.

그런데 그녀의 남편은 매일처럼 집에서 자는 일이 없어서 선비의 아들이 마음대로 와서 동침을 하게 되었다.

그가 하루는 아내와 자다가 아내가 깊은 잠에 든 것을 알고 조용히 빠져 나가 행랑으로 갔다.

그런데 아내가 마침 잠에서 깨어 살금살금 남편의 뒤를 밟아 창틈으로 엿듣게 되었다.

그때 여비가 남편에게,

"서방님은 희고 둥근 떡같은 아씨를 두고 구차하게 이렇게 못생긴 소녀를 찾으시는지요?"

하고 말하는 것이었다. 그러자 남편은,

"아씨가 흰떡이라면 너는 신갓김치이니 음식으로 말할 것 같으면 떡을 먹은 다음 김칫국을 마시는 건 당연한 순리가 아닌가?"

하고 응답하더니 마침내 운우의 극에 이르는 것이었다.

이튿날 이들 부부가 부친이 곁에 있는 자리에서 갑자기 남편이 기침을 하면서,

"내가 아무래도 기침병에 걸린 모양이니 참으로 괴상하오."

하고 말했다. 그러자 아내가 얼른 그 말을 받아서,

"그거야 다른 까닭이겠어요? 허구한 날 신갓김치갭 너무 잡수시니까 그렇지요."

하고 대답했다. 그러자 부친이,

"어디서 신갓김치는 낫기에 너희들만 먹느냐?"

하고 물으니 아들은 얼굴을 들지 못하고 그 자리를 피하고 말았다.

땀을 내는 약이라더니

옛날에 한 시골에 선비 한 사람이 있었다. 그는 우둔했지만 집안이 넉넉했고 그의 아버지 생원(生員)은 호색(好色)이었다.

생원의 집에는 한 동비(童婢)가 있었는데 나이가 열 일곱이었고 어릴 때부터 방에서만 자라 규중 처녀와 다를 바 없었고 게다가 절세의 미녀였다.

생원은 그녀를 한번 범하고 싶었지만 잠시도 좌우에 사람이 없는 법이 없어 기회가 잡히질 않았다.

이에 생원은 하나의 계책을 세우고 이웃의 절친한 의원인 박씨를 찾았다.

"내가 꼭 병을 앓는 것처럼 할 터이니 자네는 나를 진맥하고 이러이러한 말을 하게. 그러면 좋은 수가 생기네."

의원은 생원의 부탁을 듣기로 했고 그런 며칠 후, 생원은 갑자기 크게 아픈 시늉을 하고 자리에 누워 있었다.

가인(家人)들이 아들에게 생원의 병환을 알리었다. 아들이 크게 놀라 아버지를 뵙자 '온몸이 아프고 한기가 드니 몹시 괴롭구나' 하고 크게 엄살을 떨었다.

모두들 크게 걱정하여 당장 박의원을 청해 진맥케 하였다.

"며칠 전에 뵈었을 때만 해도 건장했는데 어찌 이렇게 갑자기 환후가 위독해진 거요? 노인의 맥도(脈度)가 이 지경이니 제 우견(愚見)으로는 지을 만한 약이 없으니 다른 명의를 청하는 것이 옳을 것 같소."

아들은 크게 당황하여 의원의 두 손을 꼭 잡고 간청하였다.

"다른 의원이 어찌 당신만 같으며 또 의원님은 아버님의 기품이나 맥도를 익히 알고 계신데 어찌 좋은 방법을 가르쳐 주지 않고 물러 가려고 하시오?"

의원은 한동안 깊이 생각하는 시늉을 하더니,

108

"백약이 가합(可合)한 것이 없으나 한가지 방법은 있소. 하지만 얻기에 곤란하고 또 잘못 쓰면 해가 있으니 답답하오."
라고 말하면서 난감한 표정을 지었다.

"의원님, 비록 어떤 어려움이 있다 해도 소자가 있는 힘을 다해 얻겠사오니 소상히 일러 주시오."
의원은 다시 한참 망설이는 척하다가 입을 열었다.

"병환은 오로지 한기가 가슴과 배에 맺혀 있기 때문이오. 그러니 사내를 경험하지 않은 열 여섯 일곱의 숫처녀를 얻어 병풍으로 바람을 막고 가슴팍을 서로 대고 누워 땀을 내게 되면 쾌유될 것이오. 하지만 그런 처녀는 상놈의 딸이라면 이미 사내를 겪었는지를 알 길이 없고 여염집 규수는 아무리 한때의 약으로 그러한다고 해도 즐겨 응낙을 하지 않을 게 아니오. 이것이 말하자면 난제라는 것이오."

이때 마침 생원의 부인이 마루에서 이 말을 듣고는 급히 아들을 불러 말하였다.

"지금 의원의 말을 들었는데 그 약을 얻는 건 그리 어려운 게 아니다"

"내 방의 여종은 어릴 적부터 내 이불 속에서 자라 지금껏 문밖 구경을 못했으니 이는 곧 양반집 규수와 조금도 다를 바가 없느니라. 게다가 그 애의 나이가 지금 열 일곱이니 안성마춤이 아니겠느냐. 달리 약을 구할 수 없다면 그 애를 약으로 쓰는 게 좋지 않겠느냐."

"과연 잘 됐습니다. 어머님의 말씀대로 해 보지요."
선비는 기뻐서 의원의 말과 어머니의 말을 서둘러 아버지에게 전했다.

"세상에 어찌 그런 약물이 있겠느냐. 하지만 의원의 애기니 한번 시험해 본다고 해서 무슨 해가 있겠느냐."
생원은 기쁨을 감추고 점잖게 동의했다.

그날 밤, 방안을 병풍으로 거듭 가리고 동비(童婢)에게 치마와 저고리를 풀게 하고 생원의 이불 속으로 들였다.

아들은 마당을 서성거렸고 부인은 문밖에 서서 생원이 땀을 내는 것을 은근히 살피고 있었다.

얼마 후 생원이 동비와 운우(雲雨)의 극에 이르자 부인은 방안의 사정을 짐작케 되었다.

"그게 무슨 놈의 땀을 내는 약이란 말인가. 그렇게 해서 땀을 내는 거라면 나오는 땀을 못낼 게 뭣인가."

부인이 이렇게 중얼거리며 불만을 쏟자 아들이 다가와 눈을 흘기며 한마디 했다.

"어머님은 어찌 그리 사정을 모르고 어리석은 말을 하십니까? 어머님이 어찌 처녀란 말씀입니까?"

군자는 옥을 버리지 않는다

영의정까지 역임한 사암 박순(朴淳)은 얼굴이 희고 아름답기 짝이 없었으며 천성이 또한 청렴결백하였다.

그는 몹시 여비(女婢)들을 사랑하여 밤이면 행랑방을 두루 순례하는 것이 일과였다.

그런데 그 중의 한 여비에 옥(玉)이라는 아이가 있었으나 얼굴이 몹시 추악하게 생겨 누구 하나 제대로 쳐다보는 자가 없건만 대감은 옥이를 끔찍이도 사랑했다.

한 친구가 이를 괴이하게 생각하고 사암에게 물었다.

"대감은 어이하여 누구도 돌아보지 않는 그런 추녀를 가까이 하는 것이오?"

"허허, 그녀야말로 가련한 여인이니 내가 아니면 누가 가까이 해 주겠는가."

이에 친구는 말문이 막혔거니와 그 뒤 사암은 처가에서 주는 재산을 모두 물리쳤다. 이를 본 그 친구가 다시,

"그대는 재산에 대해서 그렇게도 초연하면서 어찌 처가에서 온 옥이만은 물리치지 않는 것인가?"

"허허, 자네는 아직 『예기(禮記)』를 읽지 못했던가. 예기에 이르기를 '군자는 옥을 몸에서 버리지 않는다'고 하지 않았던가."

마님과 다르지 않아요

이조 판서 김 대감 댁 동비가 어찌어찌하다가 임신을 하고 말았다.

몇 달이 지나자 더 이상 감출 길도 없어 호랑이 같은 주인 마님에게 들통이 나고 말았다.

"이 화냥년아. 내가 뭐라고 했느냐. 사내놈들이란 모두가 도둑놈들이라 하지 않드냐. 사내놈들 꾀임에 넘어가면 신세 망친다고 그토록 입이 닳도록 일러 주었는데 이게 무슨 꼴이냐. 어른의 말씀을 듣지 않으니 네가 천벌을 받아 배가 동산처럼 부른 거야. 나, 그 꼴을 더 이상 못보겠으니 당장 이 집을 나가거라."

일장의 호통이 끝나는 기미가 보이자 동비가 조심스럽게 입을 열었다.

"하지만 마님 ……"

마침내 동비는 울음을 터뜨리며 말을 이었다.

"마님, 아이를 배는 게 그렇게 큰 죄인가요? 마님께서도 작년에 아이를 낳으셨지 않아요?"

"그건 얘기가 달라. 내가 낳은 아기는 대감의 아이였으니까!"

"마님, 다르지 않아요. 저도 마님과 같아요. 저도 대감의 아이를 뱄어요."

개소리를 낼 수밖에

부안 고을에 유(柳)라는 선비가 살았는데 그는 일찍부터 여종과 정을 통하고 있었다.

선비는 여종이 다듬이질을 하고 있는데 아내 몰래 들어가 삼밭에서 서로 만나기로 약속했다.

그러나 선비의 아내가 이를 눈치채고 남편이 삼밭으로 들어가기를 기다린 다음 여종을 불러 갑자기 방아를 찧도록 분부해 버렸다.

선비는 아내가 어른거리는 것을 보고 엉겁결에 삼밭에 엎드려 버렸으나 흰 옷이 드러나 보였다. 아내는,

"저 삼밭에 흰 것이 보이는데 그게 무슨 마귀인가?"

하자 여종이 얼른 대답하는데,

"이웃집 개 흰둥이가 당겨를 핥아 먹기에 호통을 쳤더니 그놈이
거기 숨어버린 모양이옵니다."

하였다. 그러자 선비의 아내는,

"고놈의 늙은개가 우리집 당겨를 핥아 먹고도 부족하여 또 우리
삼밭을 망가뜨리는 모양이구나."

하며 여종에게서 절굿공이를 빼앗아 던져 버렸다. 그것은 바로 선비
의 엉덩이를 치고 떨어졌다. 그러나 선비는 미동도 하지 못하고,

"깨갱, 깽깽."

하고 개 소리를 내었을 뿐이었다.

아버지처럼 생각하고

나이가 찬 여비(女婢)가 훌쩍훌쩍 울고 있는 것을 본 생원이 그 사
연을 물었다.

"다 큰 계집이 왜 울고 있느냐?"

"망측해서 말씀 올리지 못하겠사와요. 저 돌쇠란 녀석이 ……"

"그래, 돌쇠 녀석이 어쨌다는 거냐? 날 아버지처럼 생각하고 숨김
없이 말해라."

"글쎄 돌쇠 녀석이 소녀를 뒷동산으로 데리고 가서는 ……"

"이런 몹쓸 놈이 있나! 그래서 어찌 하드냐?"

"갑자기 소녀를 땅에 쓰러뜨리고 ……"

"껴안았단 말인가?"

"아니옵니다. 더 심한 짓을 했사옵니다."

"그럼 치마 밑으로 손이라도 넣었다는 거냐, 이렇게?"

"아니옵니다. 더 심한 짓이옵니다."

"으음, 그럼 속곳 속으로 이렇게 손을 쑤셔넣고 이렇게?"

"네."

"그래서, 그래서 넌 어떻게 했지?"

그러나 여비는 돌연 생원의 뺨따귀를 불이 번쩍 나도록 올려붙이더니,

"이렇게 했사와요."

그걸 알아서 무엇에 쓰랴

한 선비가 여종과 통간하기를 즐겼다.

그날도 선비는 여종의 사내놈을 멀리 보내려고 일을 만들어 심부름을 보냈다.

그러나 사내놈은 그 기미를 또한 알아차리고 다른 사람을 샀을 주어 보내고 제 집에 숨은 채 기다렸다.

밤이 이슥하자 주인은 비부(婢夫)를 멀리 보낸 것으로 안심하고 여비의 방으로 들었다.

과연 여비 혼자 이불을 푹 둘러쓰고 자고 있었다. 선비는 가슴이 활활 타오르는 것을 주체하지 못해 이불 속으로 뛰어들며 두 다리를 벌리고 그녀를 껴안았다.

그러나 그건 여인이 아니라 사내였다.

어떻든 돌연한 변고로 주객의 네 다리 사이에서 두 개의 양물이 맞부딪쳤다

순간 선비는 여종의 사내임을 직감하고,

"너의 물건이 어이 그리 장대한가?"

하고 슬쩍 넘어가려고 했다. 그러자 여종의 사내는 버럭 고함을 치며

"비부(婢夫)의 양물이 크고 작음을 양반이 알아서 뭘햇!"

114

옥에 가두어 주시오

한 시골 선비가 그의 애첩을 친정으로 보내는데 여러 머슴 중에 음양의 이치를 모르는 바보를 보내고자 그 중 한 녀석에서 물었다.

"넌 여자의 옥문이라는 걸 아느냐?"

"모릅니다."

그런데 때마침 나비 한 마리가 날아가자 머슴 녀석은 그걸 가리키면서,

"저것이 바로 여자의 옥문입니까?"

하는 게 아닌가. 주인은 크게 기뻐하여 그 머슴으로 하여금 애첩을 호송하도록 분부했다.

그런데 애첩과 머슴은 얼마를 가다가 시냇가에 이르러 옷을 벗고 내를 건너야만 하게 되었다. 그러자 머슴이 그녀의 그곳을 가리키며,

"이게 무슨 물건인지요?"

"이건 너의 상전이 그 물건을 가두는 옥이란다."

하고 대답하자 머슴은 저절로 움직이고 있는 자기의 양두(陽頭)에 그녀의 가죽신 한 짝을 살며시 가져다가 걸더니 가죽신 한 짝이 보이지 않는다고 소란을 피웠다.

대감의 소첩도 머슴을 따라 두리번거리다가 그 가죽신이 머슴의 양두에 걸려있는 것을 보고,

"그게 네 물건 머리에 걸려 있지 않느냐?"

"허허, 이놈이 아씨마님 신발을 훔쳤으니 아씨마님의 옥을 잠시 빌려 가두는 게 어떨까요?"

그러자 그녀는 빙그레 입가에 뜨거운 미소를 짓더니 흠쾌하게 머슴의 청을 받아들였다.

색과 식의 어느 것이 중하오

젊은 진사댁 서방님이 지아비가 없는 틈을 타서 슬금슬금 여비의 방을 출입하다가 그만 그 지아비에게 꼬리를 밟히고 말았다. 허나 신분이 신분인지라 노비의 지아비는 말 한마디 못하고 속만 썩이고 있다가 어느 날 서방님을 보고 하는 말이,

"서방님, 서방님은 사람의 욕심 중에서 색(色)과 식(食) 중 어느 것을 중히 생각하십니까요?"

"허허, 그야 식이 중하지."

"아닙니다, 서방님. 색이 중한 모양입니다요."

"그건 또 무슨 말인가?"

"서방님은 식이 중하다고 하지만, 남이 먹던 찌꺼기를 잡술 리야 없지 않겠습니까. 이를테면 소인이 먹던 찌꺼기를 말입니다요."

"아아니, 그걸 말이라고 하느냐."

"그런데 왜 서방님은 식보다 중하지 않다는 색에서는 소인이 먹던 찌꺼기를 자꾸만 드시는 겁니까요."

도령은 이 말에 차마 얼굴을 들지 못하고 고개를 돌려 버렸다.

두 눈썹 사이에 있다

한 선비가 아름다운 첩을 얻게 되었다. 그런데 그 첩이 친정에 다녀 오겠다고 했다.

선비는 여러 머슴 중에서 음사(陰事)를 알지 못하는 자를 골라 그녀를 호송케 하려고 여러 머슴을 불러 놓고는,

"너희들 옥문(玉門)이 어디쯤 있는 줄 아는가?"

하고 물었다. 그러자 모두가 미소를 짓고 있을 뿐 대답을 않는데 한

바보처럼 생긴 자가 서슴치 않고 나서더니,

"두 눈썹 사이에 있읍죠."

하는 것이었다. 선비는 이놈이 진짜라고 생각하여 그로 하여금 애첩을 호송케 하였다.

그리하여 애첩과 이 바보 머슴은 한 시냇가에 이르렀다. 주인의 애첩은 머슴을 잠시 쉬도록 일렀다. 그러자 머슴은 시냇물로 뛰어들어 목욕을 하는 것이었다. 그녀는 머슴의 양물이 웅장한 것을 보고는 음정이 동해서,

"너의 다릿속에 매어달린 고깃방망이는 무엇이냐?"

하고 수작을 걸었다. 머슴은 서슴없이 대답하는데,

"태어날 때 절로 생긴 혹부리 같은 건데 점차 돋아나서 이 꼴이 되었읍지요."

하는 것이었다. 그러자 그녀는,

"나 역시 태어날 때 다리 사이에 약간의 오목한 구멍이 있더니 점차 깊어졌느니라. 만일 그 오목이와 네 뾰족이를 서로 물린다면 얼마나 기쁘겠느냐."

하고 청하자 두 남녀는 곧 합일하여 운우(雲雨)의 극을 맛보게 되었다.

그런데 아무래도 마음이 놓이지 않은 선비가 고개 마루턱에 올라서 살피고 있다가 그를 보고는 크게 분개하여 단숨에 고개를 내려가 외쳤다.

"너희가 방금 무슨 일을 한 거냐?"

머슴은 아무래도 고스란히 감출 수가 없다고 생각하자 곧 주머니에서 송곳과 노끈을 꺼내더니 몸뚱이를 굽혔다 폈다 하면서 무엇을 꿰매는 시늉을 했다. 선비는 다시,

"그게 무슨 짓이냐!"

하고 외쳤다. 그러자 머슴은 울면서,

"아씨께서 개울을 건너는데 혹시 상처에 물이 스며들까 염려되어 이놈이 온몸을 봉심(奉審)하였으나 어느 곳에도 상처가 없고 다만

뱃구멍 몇 치 밑에 한 치쯤 되는 세로 찢어진 곳이 있어 깊이를 측량하지 못하겠기에 혹시나 물이 스며들까 보아 노끈으로 깁고자 하였을 뿐입니다."

하고 변명을 하였다. 선비는 크게 기뻐하면서 혼자 중얼거렸다.

"그럼 그렇지. 네놈이야말로 진짜 바보로구나. 천생의 구멍이니 그 세로 된 구멍엔 손을 대지 말라."

배앓이가 사라졌다

한 촌색시가 제집 머슴의 물건이 웅장함을 본 뒤로 그 맛을 좀 보려고 기회를 노렸으나 영 되질 않았다. 그녀는 한 꾀를 내어 어느날 별안간 배를 움켜 쥐고는 죽는다고 소리쳤다. 머슴은 이미 그녀의 소행을 짐작하고 있던 터라 태연히 물었다.

"주인 아주머니께선 어디가 아프신가요?"

"내 배는 냉복(冷腹)을 잘 앓네."

"소인이 듣기로는 그 병은 뜨거운 배를 서로 닿게 하면 곧 낫는다고 하던데요?"

"큰일이구나. 주인이 출타중이니 어이하면 되느냐. 아무래도 이대로 두면 죽을 것만 같으니 네 배를 좀 빌리는 게 어떻겠느냐?"

"주인 아주머님의 청을 소인이 어찌 거절할 수 있겠습니까. 다만 주종간에 체면이 있으니 분별 또한 없을 수 없지 않겠습니까. 그러하니 나뭇잎으로 그곳을 가리고 배를 맞대는 것이 가할 것입니다."

부인은 아무래도 그 방법이 불만이었으나 체면이 있는지라 그대로 따르기로 했다.

그러나 머슴의 물건은 순식간에 나뭇잎을 뚫고 그녀의 음호로 돌

118

진해 왔다. 부인은 짐짓 점잖은 어조로,

"나뭇잎은 어찌 되었기에 네 물건이 함부로 침입하느냐?"

하고 나무래는 척하자 머슴은,

"소인의 물건이 당초에 억세어서 이런 나뭇잎 따위야 마치 화살로 얇은 베를 뚫는 것처럼 쉬운 일입니다."

하고는 운우의 극으로 지달았다.

부인은 일을 마치자 이렇게 중얼거렸다.

"배를 맞대는 것이 참으로 아름답구나. 묵은 배앓이가 이렇게 쉽게 나아 버렸으니!"

그게 뭐 그리 어려우랴

시골에 사는 한 과부의 집 머슴이 열 여덟 살쯤 되었는데 녀석은 몹시 교활하면서도 겉으로는 어리석기 짝이 없는 녀석처럼 보였다.

어느 날 과부는 머슴과 함께 뽕을 따러 가면서 머슴이 혹시 자기를 욕보일가 보아서 살며시 떠 보았다.

"넌 여자의 옥문이란 것을 아느냐?"

머슴은 능청스럽게도 이렇게 대답했다.

"모르는데요. 그게 아침에 세수할 때 우레처럼 날아가는 것인가요?"

과부는 머슴이 매우 순진하다고 믿고 함께 깊은 산으로 들어갔다.

그녀는 머슴에게 몇 길이나 되는 높은 벼랑의 뽕을 따도록 했다. 그런데 머슴이 뽕을 따다가 미끄러지는 시늉을 하더니 벌떡 누운 채 숨 넘어 간다고 신음을 하기 시작했다. 겁이 버럭 난 과부는 당혹하여 머슴의 온 몸을 주무르며 어쩔 줄을 몰라 했다. 잠시 후에 머슴은 겨우 들리는 목구멍소리로 이렇게 말했다.

"저기 산 기슭 바위 밑에 얼굴을 가린 의원이 사람을 멀리 하고 수양을 하고 있다 하는 말이 있으니 처방을 물어 주세요."

과부는 별수 없이 의원이 있다는 바위 밑으로 허겁지겁 내려갔다.

그러자 머슴은 벌떡 일어나 지름길로 해서 그 바위 밑으로 달려가서 푸른 보자기를 얼굴에 뒤집어 쓰고 앉아 있었다.

과연 잠시 후 과부가 헐레벌떡 뛰어오더니 절을 하고 머슴에 대한 처방을 물었다. 의원은 점잖게 대꾸했다.

"그대의 머슴은 틀림없이 양경이 상한 거야. 그건 온몸의 중심대이기 때문에 그것이 잘못 되면 죽기까지도 하는 법이오. 내가 신약(神藥)을 일러 주는 것은 어렵지 않으나 부인이 즐겨 행할지 그것이 의문이오."

"병이 중하다니 무슨 일을 마다 하겠습니까. 병이 나을 일이라면 무슨 일이든 하지요."
"부인께서 옥문을 열고 그 위에 푸새 잎을 덮은 뒤에 머슴의 양근
을 접촉시키면 그 기운이 훈훈해지면서 곧 나을 것이오."
그녀는 그렇게 하겠다고 대답하고 다시 절을 한 다음 머슴에게로
돌아왔다. 머슴도 다시 지름길로 해서 본래의 자리에 돌아와 누워
있었다.
과부가 돌아와서 의원의 처방을 머슴에게 얘기하자 머슴은,
"이놈이 죽으면 죽었지 어찌 그런 일을 하겠습니까."
하는 것이었다. 과부는,
"네가 죽다니 말이 되느냐. 네가 죽으면 내 살림은 어찌 되겠느
냐. 다만 훈기만 쐬는 것이라니 그게 뭐 그리 어려운 일이겠느
냐."
하더니 과부는 풀섶에 누워 속곳을 내리더니 그곳을 뽕잎으로 가리
면서 머슴에게 재촉했다.
머슴은 그제야 마지못한 것처럼 슬금슬금 다가오더니 마침내 바
지를 내리고 제것을 꺼내 과부의 그 언저리를 문지르자 과부는 별안
간 음정이 치솟게 되었다.
갑자기 과부는 손바닥으로 머슴의 엉덩이를 찰싹찰싹 치면서,
"요 몹쓸 쇠파리가 네 멍든 엉덩이를 쏘는구나."
하고 변명하는데, 그 순간 머슴의 그것이 뽕잎을 뚫고 그녀 속으로
돌진하고 말았다.

그만 그칠까요

한 시골에 건장한 총각 머슴이 있었다. 그 총각 머슴이 이웃집 과
부에게 소죽통을 빌리러 갔다가 마침 과부가 홑치마만 입고 봉당에

누워 있는 것을 보게 되었다.

희멀건 허벅지가 절반은 드러난 것을 본 총각 머슴은 음욕을 이기지 못하여 겁탈을 하려고 양구(陽口)를 세차게 들이밀자 여인은 놀라 잠에서 깨었다.

"아니, 네 놈이 이런 짓을 하고도 살아 남을 것 같으냐!"

크게 꾸짖자 총각 머슴이 말했다.

"소죽통을 빌리러 왔다가 음욕이 동해 못된 짓을 하게 되었습니다. 그렇다면 그만 그칠까요, 부인?"

그러자 여인은 두 손으로 총각 머슴의 허리를 세차게 끌어 안으며,

"네가 네 마음대로 겁탈해 놓고 또 네 마음대로 그치다니!"

하고 달려들어 드디어 극음(極淫)한 후에야 총각 머슴을 돌려 보냈다.

그런 이튿날 저녁에 과부는 울타리 너머로 총각 머슴을 보자,

"총각! 오늘은 왜 소죽통을 빌리러 오지 않는가?"

그녀의 뜻을 알아차린 총각 머슴은 밤이 깊어지자 그녀를 찾아가 실컷 운우(雲雨)를 즐겼다.

내일까지 기다릴 필요 없다

한 의원집에 새로 들어온 머슴이 있었는데 좀 반편이긴 했지만 일만은 몸을 아끼지 않고 잘 해서, 의원은 누구를 만나거나 이 머슴 칭찬을 사양치 않았다.

그런데 어느날 이 머슴이,

"나리, 웬지 요즘 몸뚱이가 굼실굼실 이상해유."

하고 머리를 긁적였다.

"어디가 아프기라도 하느냐?"

"아픈 것도 아니지만유 …… 어쩐지 여기가 ……"

머슴은 거북스럽게 불룩히 솟아오른 제 양물(陽物)을 가리켰다.

"허허, 그 병이라면 걱정할 것 없다. 내일 하루는 쉬고 읍내에 다녀 오너라. 읍내 색시들을 만나고 오면 나을 터이다."

머슴은 연신 고개를 조아려 감사했다.

읍내 색시라는 게 무슨 뜻인지 잘 모르지만 주인이 자기를 크게 생각해 주는 것으로 알고 마님에게 자랑삼아 이를 고했다. 그러자 주인 마님은,

"그거라면 내일까지 기다릴 것도 없네. 좀 있다가 나리가 안 계실 때 내 방으로 오게나."

하고 은근히 말했다. 착실한 머슴은 마님의 분부를 그대로 따랐다.

이튿날, 거리에서 동네 사람들과 얘기를 주고 받고 있던 의원이 그 앞을 지나는 머슴을 보게 되자,

"저 애가 그 녀석이지요. 반편이지만 일을 썩 잘하고 착실합니다."

하고 머슴 자랑을 다시 늘어놓고는 이번에는 머슴에게,

"그래, 어떠냐? 네 병은 어제보다 좀 나은 편이냐?"

"네, 나리. 어제밤 마님께서 다 고쳐 주셨시유. 아주 개운해유. 이제부터는 읍내까지 안가도 되게 됐시유."

난들 어찌 하오리까

주인 나리가 여느때보다 일찍 집에 돌아와 보니 안방에서 참으로 망측한 국면이 벌어지고 있었다. 머슴 녀석과 마님이 벌거숭이가 되어 한창 운우(雲雨)의 정을 나누고 있는 게 아닌가. 화가 상투 끝까지 치켜 주인 나리가 호통을 쳤다.

"이 고얀 년놈들! 무슨 짓들을 하고 있는 거야!"

그런데도 머슴 녀석은 태연히 대꾸하기를,

"나리, 난들 어찌 하옵니까. 마님께서 무슨 일이나 분부하시는 대로 하라고 이르시기에 소인은 지금 그 분부를 받들고 있을 뿐이옵니다."

당신이야말로 명의로다

한 과부가 강릉 기생 매월(梅月)의 이웃에 살았다. 매월의 명창과 용모는 세상에 널리 알려져 있어 귀공(貴公)과 재자(才者)들이 문전성시를 이루었다.

그런데 어느 여름날, 매월의 집이 이상하게 조용하여 괴이하게 생각한 이웃집 과부가 창틈으로 엿보니 한 젊은이가 옷을 모두 벗고 매월과 어울려 있는 게 아닌가!

사내는 매월의 버들가지 같은 허리를 부둥켜 안고 동서를 분간 못하고 손으로 양각(兩脚)을 들어 올리고 끊일 줄 모르고 양물(陽物)을 진퇴시키니 가히 흉음(凶淫)이라 할 만 했다. 매월 또한 백가지 교태로 장부를 녹이니 그와 같은 탕정(蕩情)은 사내로서도 평생 처음 누리는 것인 모양이었다.

거대한 양물을 본 과부는 음심(淫心)이 크게 동하여 자제치 못하고 음호(陰戶)를 어루만지고 코로는 감탕(甘湯)소리를 내뿜고 마침내 목구멍이 막혀 말을 못하고 있었다.

때마침 그 모습을 보고 이웃집 노파가 사연을 물었으나 대답을 못하고 여전히 감탕소리만 토하고 있었다. 노파는 반드시 곡절이 있다고 생각해서 말을 할 수 없으면 언문으로 써 보이라고 하자 과부가 자초지종을 적어 주었다. 그러자 노파는 웃으면서,

"상말에도 그것으로 생긴 병은 그것으로 고쳐야 한다고 했으니 건장한 장부가 그 약이오."

하고 말했다.

그리고 노파는 집안이 가난하여 삼십이 되도록 장가를 가지 못한 우서방을 찾아갔다.

"아무아무개 과부에게 이런 일이 있는 바 자네가 고칠 수 있겠는가. 그렇게만 된다면 자네는 아내가 없어도 있는 것이 되고 그녀는 남편이 없어도 있는 것이 되니 이는 곧 두 사람이 모두 얻는 것이 되는 게 아니오."

우서방이 크게 기뻐하여 과부에게로 가서 알몸이 되어 과부의 양각을 들어 올리고 음호를 어루만지며 거대한 양물을 거듭거듭 진퇴시키니 농수(膿水)가 솟아 나와 요와 이불을 적셨다. 그때 과부가 벌떡 일어나더니,

"당신이야말로 명의로다!"

하고 비로소 입을 열게 되었다.

이리하여 두 남녀는 이날부터 부부가 되어 아들 둘과 딸 하나를 낳고 잘 살게 되었다.

계집의 뱃속엔 쥐가 있다

한 시골에 중년의 과부 하나가 있었다.

그런데 그 꽃처럼 붉은 얼굴과 눈처럼 희디흰 그녀의 살빛은 뭇 사내로 하여금 심신을 흔들어 놓는 것이었다.

그녀는 생활에 쪼들리지를 않았고 자녀도 친척도 없이 다만 더벅머리 총각 하나를 고용하고 있을 뿐이었다.

이 총각놈은 선천적으로 어찌나 우둔했던지 보리와 밀을 분간하지 못할 정도여서 과부댁 고용인으로서는 꼭 알맞았다.

어느 날 과부가 보니 자기의 침실 한 구석에 작은 구멍이 생겨 쥐란 놈이 가끔 그리로 출입을 하는 것이었다.

이튿날 밤, 과부는 이 고이한 쥐를 잡으려고 홑고의를 입은 채 쥐구멍 위에 앉아서 뜨거운 물을 그 구멍에 부었다.

쥐란 놈이 마침내 그 뜨거움을 이기지 못해 뛰쳐 나와 과부의 그곳으로 돌진하였으나 그곳은 몹시 좁기도 하려니와 너무 침침하여 동서의 향배조차 잊은 채 보다 더 깊은 구멍을 찾으려고 대가리를 들고 허우적거리게 되었다.

그러는 사이에 과부는 마침내 쾌감을 느끼고 미친 듯이 취하게 되었으나 그 쥐를 잡아냄에 있어서는 아무리 생각을 해도 묘책이 없어 고민을 하고 있었다.

이윽고 과부는 할 수 없이 급히 총각놈을 불렀다.

총각놈은 깊은 밤중에 무슨 긴급사가 생긴 것인지도 모른 채 깊이 잠들었다가 마님의 고함소리에 눈을 부비며 달려갔다.

주인 과부는 홑고의를 입은 채 가만히 추파를 던지면서 아리따운 목소리와 웃음으로 총각의 손목을 이끌더니 총각의 옷을 벗기고 이불 속으로 끌고 들어가는 것이었다.

총각은 난생 처음으로 당하는 일인지라 두렵기만 했고 더구나 녀석은 음양의 이치를 모르고 있었다.

　어찌어찌 과부가 그의 몸을 껴안고 방법을 가르쳐서 운우의 교정 (交情)이 바야흐로 무르익게 되었다.

　그런데 쥐란 놈이 그 속에서 가만히 보자 하니 무슨 방망이처럼 생긴 것이 들락날락하면서 제몸을 두들기는 시늉을 하는 것이었다. 쥐란 놈은 생각에 생각을 거듭하였으나 문자 그대로 진퇴유곡이어서 거의 사색이 되자 발악적으로 힘을 다해 그 방망이의 대가리를 꽉 물어 버렸다.

　총각 녀석 또한 쭈뼛 머리칼이 서도록 놀라 비명을 지르며 과부의 몸에서 나가 떨어졌다. 그런데 그와 함께 쥐란 놈도 그 구멍에서 빠져 나오게 되자 '나 살려라'고 도망쳤다.

　이런 일이 있은 다음 총각 녀석은,

　"계집의 뱃속에는 그걸 물어뜯는 쥐가 들어 있다."

라고 생각하고는 일생을 두고 다시는 여색에 접근치 않게 되었다.

6

성불하시라 성불하시라

6

성불하시라 성불하시라

나라를 위해 현량을 만든다

중 선탄은 글에 능하고 골계를 즐기기로 일세에 이름이 높았다.

그런데 그는 방랑을 즐기고 계율을 따르지 않는 일이 많았다.

때마침 관서 기생으로 얼굴이 곱고 시를 아는 여인이 있어서 선탄은 그를 찾아 가서 시를 지어 수창(酬唱)하기로 했다.

기생이 '을(乙)·일(一)·불(不)'의 세 자의 시운을 부르자 선탄은 곧,

閣氏顏色眼甲乙　　각씨안색안갑을
多情嬌態又第一　　다정교태우제일
若蓬此女幽暗處　　약봉차녀유암처
鐵石肝腸安得不　　철석간장안득불

각시의 아리따운 얼굴
참으로 으뜸이라

다정한 교태로움
또한 제일이구나
깊숙하고 어두운 곳에서
그녀를 만난다면
철석간장일지라도
편안하질 못하리다

하고 그녀를 칭송했다. 그러자 기생이 웃음 띤 얼굴로,

"스님도 여자를 사랑할 수 있어요?"

하고 묻는 것이었다. 선탄은,

"비록 하지 않을지라도 할 수 없음은 아냐. 옛날 아란(阿蘭)은 석가여래의 높은 제자였으나 마등(魔登)이란 음녀와 통하였으니 이 아란이 중이 아니고 이 마등이 또한 계집이 아닌가?"

선탄의 말이 이에 이르자 기생은 다시,

"그러면 스님은 음사의 재미를 아시는지요?"

"그럼 자네는 내가 참으로 그것을 모르는 것으로 아는가. 선가(禪家;참선하는 중)에 극락세계가 있으니, 내 이제 곧 너의 치마를 벗기고 너의 팔을 잡고 너의 다리 사이를 헤치고 너의 옥문에 들면 극락의 재미가 절로 그 가운데에 있을 것이니라. 이것이 가위 극락세계가 아니고 무엇이겠느냐. 이 경지에 이르면 너는 반드시 나로 인해 그 참된 맛을 알았노라고 이를 것이니라."

"스님, 그 빼어난 머리여, 알았소이다. 알았소이다."

"넌 다만 나의 머리가 빼어난 것만을 알았지 나의 아랫대가리가 빼어난 것은 모를 거야. 이제 너를 위해 시험해 보리라."

이리하여 선탄과 기녀가 합일하니 기녀가 감창(甘唱)을 하는데 이윽고 숨이 가쁘게 되었다. 그러자 겨우 목구멍 소리로,

"스님은 저를 속였구려. 스님은 사람을 살리는 것이 주이거늘 어이하여 소첩을 이토록 사경에 빠뜨리는 것이옵니까?"

선탄은 크게 웃고,

"불법이 심히 신통하여 사람을 환생시킬 수도 있으니, 나는 사람을 죽일 수도 있거니와 또한 살릴 수도 있느니라."

그런데 그때 마침 어떤 자가 그 모든 것을 엿듣고 있다가 돌연 문을 벌컥 열어 젖히더니,

"스님! 지금 무엇을 하는 것입니까?"

하였다. 이에 선탄이 얼른 응답하는데,

"나라를 위해 현량(賢良)한 아이를 만들고 있는 거요."

하니 그 자는 말문이 막혀버렸다.

스님이 낳은 아이는

한 중이 갈기가 검고 이마가 흰 훌륭한 암말을 가지고 있었다. 그는 어느 날 사람들에게 자랑하기를,

"이 말이 새끼를 낳으면 그 빛깔이 반드시 어미와 같이 훌륭할 거요."

하자 사미가 돌연히 뛰어나와 소리쳤다.

"아닙니다. 반드시 같지 않을 것입니다."

중은 크게 노하여, 어느 땐가 여러 사람이 모인 자리에서 이놈에게 크게 모욕을 주어 앙갚음을 해야겠다고 마음 먹었다.

어느 날 만불회(萬佛會)에 사람들이 많이 모였다. 중은 바로 이 때라고 생각하고 사미에게 소리쳤다.

"이놈, 이 말의 새끼가 반드시 제 어미를 닮지 않을 것을 네가 어떻게 안단 말인가?"

하자 사미는 조금도 머뭇거리지 않고 대꾸했다.

"스님께서 일찍이 후원에서 비구니와 간통하여 아이를 배었을 때, 저는 그 아이가 남중이 아니면 여중일 것으로만 알았습니다. 그런

데 뜻밖에도 세속의 아이였기에 그를 알게 된 것입니다."

술은 호수와 같고

청량사의 상좌 중이 눈이 내린 맑은 새벽마다 부처님 앞에 복을
빌었다.

"원컨대 저는 평생에 주지가 한번 되기가 소원이옵니다."

그런 어느 날 그는 부처에게 예불을 끝낸 뒤 부처를 향해 이르기를,

"부처님, 부처님은 이 차가운 겨울에 갓도 옷도 없이 버선도 이불
도 없이 계시니 어찌 춥지 않겠나이까. 언제나 서서 앉지도 않고,
저자에도 가지 않고, 아름다운 여인도 접할 기회가 없으니 어찌
쓸쓸하지 않겠나이까. 우리 주지 스님은 털갓과 비단옷과 무명 버
선을 차리고 또 때로는 금란가사(金襴袈裟;금실로 짠 가사)를 입
으며 날마다 세끼를 먹는데 밥 한 바리(걸식할 때 쓰는 식기), 국
수 한 그릇, 떡 한 쟁반, 과실 두어 접시가 소담히 차려졌고, 국이
일곱에 구(炙)가 일곱 가지요. 온갖 향기로운 반찬을 싫도록 먹은
뒤엔 아름다운 술이 따랐으나 그대로 만족하지 않고 때로는 별저
(別邸)에 들어가면 깊숙하고 고요한 방에 향내가 코를 찌르고 아
리따운 아가씨가 하얀 이와 붉은 입술로 온갖 아양을 다 떨고 술
은 호수와 같이 고기는 섬과 같이 많아 밤이 다 가도록 기쁘게 마
신 뒤에 계집에게 놀음차를 줄 때에는 능라금수(綾羅錦繡;명주피
류)를 진보다 흔하게 마구 뿌리니 어떤 욕망이고 이룩되지 않는
게 없나이다. 그러하오니 무엇이든 구하면 얻지 못하는 게 있겠나
이까. 부처님이시여, 타생(他生)에 주지가 되면 모든 게 만족될 것
입니다."

하는 것이었다.

무우 뿌리 아버지가 운다

충주의 어떤 산사를 지키는 중이 있었다.

그는 물건에 탐욕스럽고 인색하기가 그지 없었다. 한 사미를 길렀으나 남은 대궁 하나 먹이는 법이 없었다.

그는 일찍이 산 속에서 시간을 알기 어렵다는 구실로 닭 몇 마리를 길렀는데 사미가 깊이 잠든 다음에야 혼자서 달걀을 삶아 먹는 것이었다. 그래서 하루는 사미가 모르는 체하고,

"스님께서 자시는 물건이 무엇입니까?"

하고 물었다. 주지는 시치미를 딱 떼고는,

"무우 뿌리지 뭐냐?"

하고 답하는 것이었다. 어느 날 주지가 잠을 깨어, 사미를 부르면서,

"밤이 어떻게 되었느냐?"

하고 묻자 사미는 때마침 닭이 홰를 치곁 우는 것을 들었는지라,

"이 밤이 벌써 새어서 무우 뿌리 아버지가 울고 있습니다."

하였다.

또 어느 날, 주지는 연시를 따다가 들보 위에 숨겨 두고 목이 마르면 혼자 몰래 그걸 빨아 먹는 것이었다.

사미는 또 그게 무엇이냐고 물었다. 주지는,

"이건 독한 과실인데 아이들이 먹으면 혀가 타서 죽느니라."

하였다. 그런데 주지가 일이 있어 세속에 나가게 되자 사미는 댓가지로 들보 위의 연시 광주리를 낚아 내려 말끔히 먹어 치웠다.

사미는 그런 다음에 꿀단지를 두들겨 깨친 뒤에 나무 위에 올라앉아 주지가 돌아 오기를 기다렸다.

이윽고 주지가 돌아와 보니 꿀물이 방에 가득 흘러 있고 연시 광주리는 바닥에 떨어져 있었다.

주지는 크게 노하여 막대를 메고 나무 밑에 이르러,

"이놈! 당장 내려오너라!"

하고 거듭 호령했다. 그러자 사미는,

"소자 불민하여 찻그릇을 옮기다가 잘못하여 꿀단지를 깨뜨리고
는 황공하여 죽기를 결정하였습니다. 허나 목을 달려니 노끈이 없
고 목을 찌르려니 칼이 없으므로 광주리의 독과(毒果)를 다 삼켰
으나 완악(頑惡)한 이 목숨이 끊어지지를 않기에 이 나무 위로 올
라가 한번 죽기를 기다리는 것입니다."

하였다. 주지는 그 말에 크게 웃고 사미를 용서해 주었다.

법계로 이룩된 몸이

금산사(金山寺)의 여종 인화(絪火)가 음탕하고도 교묘하기 짝이
없어 여러 차례 여러 사람을 유혹한 바 있었다.

마침내 주지 혜능(蕙能)이 이에 분개하여 승려들을 모두 모아 놓고,

"우리는 의당 계율을 엄히 지켜야 할 것이거늘 어찌 한 아녀자에
게 더럽힐 수가 있겠는가."

하고 인화를 산사에서 쫓아 버리고는 다른 남승으로 하여금 음식과
의복을 맡게 하자 도장이 맑고 정숙하게 되었다.

그런데 어느 날, 혜능이 절 문을 나서 마침 인화의 집 앞을 지나치
게 되었다. 인화가 울타리 틈으로 그를 엿보고는,

"이 중놈이야말로 내가 낚기가 쉽지."

하는 것이었다. 이에 여러 중들이,

"네가 만일 주지스님을 낚는다면 절의 전 토지를 네게 주겠다."

하였다. 그러자 인화는,

"내일 내 필경 이 중놈의 목을 절 앞 커다란 나무에 매달 것이니
그대들은 기다리라."

하고 장담하고는 머리를 땋고 효경(孝經)을 끼고는 주지를 찾아 갔

다. 주지는 그의 얼굴의 예쁨을 보고서 물었다.

"넌 뉘집 아들이냐?"

"소인은 아무 곳에 사는 아무개 선비의 아들이온데 전임 주지께 글을 배웠으나 아직 크게 모자라 다시 찾아 뵈온 것입니다."

주지는 그로 하여금 글을 읽게 한 바 경문의 구두 떼는 것이 몹시 분명하고 목청 또한 청량하여 가히 가르칠 수 있겠다고 생각하여 기쁜 마음으로 그를 유숙시켰다.

인화는 밤이 깊어지자 거짓으로 헛소리를 하니 주지는 그를 안타깝게 여겨 자기의 잠자리로 이끌어 들였다.

그런데 그건 동자가 아니라 아리따운 여인이 아닌가. 주지는 당황하여 어찌할 바를 몰랐으나 인화는,

"제가 곧 인화입니다. 사내와 계집 사이의 정욕은 곧 하늘이 물건을 점지하신 참된 마음이었으므로 옛날 아란은 마등가녀란 음녀에게 혼미하였고, 나한은 운간(雲間)에 떨어졌거늘 하물며 스님이 어찌 그 두 사람에게 미치지 못하겠습니까?"

하며 혜능을 매혹시켰다. 그녀의 말에 혜능은,

"애석토다. 이제 나의 법계(法戒)로 이룩된 몸을 헐게 되었구나."

하고는 곧 정교를 통하게 되었는데, 인화는 배가 아픈 시늉을 하며, 연신 소리가 밖으로 새어 나가는 것이었다. 혜능은 누가 들을까 봐 두려워 열심히 자기 입으로 인화의 입을 맞추어 소리를 막기에 필사적이었다.

그러자 인화는,

"이제 병이 급하니 밤이 어둡거든 나를 업어 절 문밖 구목나무 밑에 버려 둔다면 밝은 아침에 기어서라도 집으로 돌아가겠어요."

하고 애원하는 것이었다.

혜능은 어쩔 수 없이 그녀를 등에 업고 그녀의 두 손으로 자기의 목덜미를 껴안게 하고 절문을 나서는 찰나였다.

인화는 짐짓 두 손의 힘이 다 빠진 것처럼 축 늘어뜨리고는,

"아이구, 배는 부르고 등은 높아 아무리 손을 뻗어도 아니 되니

허리띠를 풀어서 스님 목덜미에 두르고 그걸 잡는다면 떨어지지
않을 것 같아요."
하고 통성(痛聲)을 연발하는 게 아닌가. 혜능은 또 그녀의 말에 따르
고 구목나무 아래에 이르니 여러 중들이 이미 거기에 앉아 기다리고
있었다.

혜능이 이 돌연한 사태에 사색이 되어 당혹하는데 그녀는 등에서
벌떡 일어서더니 허리띠를 당겨 그의 목을 조르고 끌며,

"이것이 이 중놈의 목을 매어 단 것이 아니고 무엇인가!"
하고 소리치는 것이었다. 중들이 순간 혼비백산하였으나 약속대로
절의 전 토지를 그녀에게 넘겨 주지 않을 수 없었다.

풍년이 든다네

어떤 중이 과부에게 뜻을 두었으나 감히 입을 열지 못했고 과부
역시 그 중을 연모하였으나 차마 그 뜻을 전하지 못하고 있었다.

그런 어느 날 중이 그 과부의 집에 유숙하게 되었다. 중은 밤이 깊
자 가만히 나가 안방 가까이에서 안을 엿보았다.

과부는 이불을 헤치고 온몸을 드러낸 채 깊이 잠들어 있는 것 같
았다.

풍만한 그 살결이 달빛에 더욱 희디 희었으니 중은 한번 보고 상
신(傷神)되고 두 번 보고 넋이 빠져 버렸다. 음정이 크게 통해 마침
내 억제치 못하게 된 중은,

"내 오늘은 기필코 그녀를 가질 것이나 여차하면 도망칠 준비를
해 놔야지."
하고 중얼거리더니 옷을 다 벗어 배낭에 넣어 서까래 끝에 매달아 놓
았다.

이렇게 삼십육계의 차비를 차려 논 중은 알몸으로 가갭가갭 과부의 방으로 스며들고 있었다.

그때 때마침 잠에서 깨어나 중의 동정을 본 과부는 참으로 다행한 일이라고 기뻐하며 얼른 두 손으로 중을 껴안았다.

그러나 돌연한 사태에 놀란 중은 겁을 먹은 나머지 방문을 박차고 뛰어나가 배낭을 취하려 하였는데 그만 실수로 닭둥우리를 어깨에 메고는 '걸음아, 나 살려라'고 도망쳤다.

이를 본 행인들은 혀를 끌끌 차며,

"아아니 저 중은 무슨 연고로 알몸이 되어 닭둥우리를 짊어진 채 달음질을 치는 거야?"

하고 중얼거리자 중은 그제서야 자기의 꼬락서니를 보고는 창졸간에 대꾸하기를,

"이렇게 하면 크게 풍년이 든다는 거요."

하고는 어디론가 사라져 버렸다.

지어 온 중이 어디로 가랴

한 시골의 처녀가 이웃의 사내와 몰래 통정을 계속하고 있었다.

그녀는 커다란 짚둥우리를 외진 곳에 놓아 두었다가 사내가 그 속에 숨어들면 밤마다 그걸 등에 지고 와서는 은밀히 통정을 하는 것이었다.

처녀가 외간 남자를 끌어들이는 묘책이긴 했는데 그만 한 중이 그것을 눈치챘다.

하루는 처녀가 짚둥우리를 지고 와서 '후유' 하고 한숨을 내쉬며 내려놓고 방안에 촛불을 밝히니 뜻밖에도 그 속에 들어 있는 것은 중이 아닌가.

"에그머니, 아니 왜 중이!?"

외마디 소리를 지르고 놀라는 처녀에게 중은 느긋하게,

"아니 중은 사내가 아니오?"

하고 희롱을 하는 것이었다. 그녀는 누가 들을까봐 겁을 먹고는

"스님, 빨리 나가요. 빨리!"

하고 애걸을 했으나 중은,

"지어 온 중이 어디로 간단 말인가?"

하고 끝내 꼼짝을 하지 않는 것이었다.

이리하여 그녀는 소문이 두려운 나머지 중과 통정을 하고 말았는데 이때부터 '지고 온 중이 어디로 간단 말인가'라는 말이 유행하게 되었단다.

백세승의 찬탄

호남의 어느 고을 절에서 제(薺)를 크게 올리게 되었다.

제에는 많은 남녀가 모여들었으니 그 수가 몇 천에 이르렀다.

그런데 제가 끝날 무렵이었다. 젊은 중 하나가 도량을 소제하다가 우연히 여인들이 몰려 앉았던 곳에서 음모 하나를 발견하고는 더 없는 보물을 얻은 것이라 하여 기뻐 뛰는 것이었다.

그가 너무나 기뻐 날뛰는 것에 호기심을 품은 여러 중이 그것을 탈취하려 하였으나 그는 한사코 주먹을 꼭 쥐고 빼앗기지 않으려고 발버둥치더니,

"내 눈을 뽑을지언정, 또 내 팔목을 자를지언정 이 보물을 빼앗길 수 없소."

하는 것이었다. 이에 여러 중이,

"그러한 지보(至寶)를 가지고 사사로이 다툴 일이 아니니 이는 널

리 공론을 들어서 정하는 게 어떠한가?"

하고는 종을 울려 뭇 중을 모이게 했다. 여러 중은 모두 가사를 갖추고 큰 방에 둘러 앉아 그 젊은 중에게,

"그 보물은 도량에 떨어진 것이니 만큼 절에 간직하여 공공적인 보물로 지정함이 온당한 일이 아니겠는가. 우연히 발견하였기로 어찌 감히 사네 혼자 독점할 수 있겠는가?"

하고 책하고 회유했다. 중과부적인지라 젊은 중은 크게 실망하며 그 보물을 여러 중 앞에 내어놓았다.

여러 중은 그것을 고이 유기그릇에 담아 불탁(佛卓) 위에 얹어 두고는 이를 '삼보(三寶)에 간직한 것이라' 하여 영세로 전할 보물로 지정했다.

그런 지 얼마가 지난 어느 날이었다. 여러 중은 별안간 그 보물을 공공의 보물로 지정한 것이 못내 아쉽게 생각되었다.

"우리 이 보물을 가늘게 썰어 나누어 갖는 게 어떤가?"

하고 한 중이 제의했다. 그러나 여러 중은,

"몇 치도 채 안되는 털 하나를 어찌 천여 명이나 되는 우리들이 골고루 나누어 가질 수 있다는 것인가?"

하고 고개를 저었다. 그러자 이를 본 객승(客僧) 하나가 조심성 있게 나아가 이르기를,

"제 소견으로는 그 털을 밥 찌는 통에 넣고 돌로 누르고서 물을 채운 다음 그 물을 여러 스님이 골고루 나누어 마신다면 이 어찌 공공적인 아름다움이 아닐까요. 그리고 소승에게도 한 잔 물을 나누어 준다면 이 또한 복이 될 것이라 생각합니다."

하고 헌책을 하는 것이었다.

"객승의 말이 지당하오."

하고 여러 중은 감탄을 연발했다.

그런데 이 절에는 백 살이 된 노승이 오랫동안 배와 가슴을 앓아 문을 닫고 누워 있었다.

이 노승이 그 보물을 물에 담갔다가 그 물을 나누어 마시게 됐다

는 애기를 듣고는 노구를 이끌고 객승에게로 오더니 이렇게 치하했다.

"어디에서 온 객승인지 모르오나 이 일을 처리함에 어찌 그다지 공평하고도 밝단 말이오. 만일 그 털을 칼로 썰어 나누었더라면 늙고 병든 이 몸으로선 그 털끝 만큼도 얻기 어려웠을 것이거늘 오늘 객승의 기지에 의해 그 한 잔 물을 맛볼 수 있게 되었구려. 이 물을 아침에 맛보고 저녁에 죽는다 한들 무슨 여한이 있겠소. 원컨대 객승은 성불(成佛;부처가 됨)하시라. 성불하시라."

숟가락 우는 소리가 나는 연유

어떤 사람이 평소에 궁금하던 일 두 가지를 가지고 만사에 해박하다는 손님에게 물었다. 첫째로,

"고양이의 목구멍에선 늘 '가르렁가르렁' 하는 소리가 나니 무슨 연고입니까?"

"그게 뭐 그리 궁금합니까. 옛날 한 사내가 양물이 매우 위대하여 신부를 맞았으나 잘 맞지 않기에 그걸 칼로서 깍아내었더니 고양이가 마침 그 곁에 있다가 그 고길 날름날름 삼켜 버렸지 뭐겠소. 그런데 다시 부부가 합궁을 했는데 신부가 불만을 품게 되어 그 고양이의 목을 졸라 쥐고 그 고기 찾기에 급하였으므로 그 고양이는 숨을 제대로 못쉬게 되어 마침내 가르렁거리는 병을 얻었기에 그 자손들까지 모두 그렇게 유전이 된 것이오."

주인은 다시 두 번째 질문을 했다.

"그럼 여인이 소변을 볼 때 늘 숟가락이 우는 소리를 하는데 그건 무슨 연고입니까?"

"옛날에 한 중이 옥문의 맛이 달콤하다는 이야기를 듣고 한 번 기

분을 내보려고 생각했지요. 그래서 어느 날 바리때(나무그릇)를 갖고 산을 내려갔다가 한 여인을 만났는데 거절하지 않고 순순히 응하기에 중은 그녀의 옥문을 헤쳐보고 행장을 풀었어요. 여인은 중이 무슨 묘약을 찾는 것이라고 가만히 누워서 보고만 있었는데 중은 단정히 앉아 식경(食經)을 외운 뒤에 숟가락으로 옥문 언저리를 긁어 맛을 보았지요. 하지만 아무런 감미(甘味)가 돌지 않자 중은 그 맛이 필경 깊은 곳에 간직되어 있는 것이라고 짐작하고 숟가락을 깊이 넣어 힘껏 긁으려는 찰나에 그 여인이 고양되어 벌떡 엉덩이를 들자 숟가락의 목이 부러져 옥문 속에 남아 있게 된 연고로 그때마다 숟가락 우는 소리가 나는 거지요."

무슨 죄로 수천 주먹질을

한 나그네가 산길을 가는데 중 하나가 숲 속에 숨어 농오(弄烏;수음)를 하고 있었다.

중은 막 흥이 극에 이르러 그 나그네가 엿보고 있는 것을 모르고 있었다.

나그네는 속으로 웃으며 말을 세우고는,

"그대는 지금 무슨 일을 하고 있는고?"

하고 물으니 중은 대경실색하여 몸둘 바를 모르더니 합장하고 땅에 엎드렸다.

"소승 불민하여 누를 끼쳤으니 용서하소서."

하고 나그네의 처분을 기다리자 나그네는,

"대낮에 길가에서 그런 못된 음사(淫事)를 하다니 그 죄 용서할 수 없으니 지금 하던 일을 제(題)하여 시 한 수를 지어 속죄토록 하오."

하고 엄히 말하자 중은,

　"소승은 글이 짧습니다. 바라건대 글자를 모으는 정도로 받아 주셨으면 합니다."

하고 청하니 나그네는 응락했다.

　중이 곧 시를 외웠다.

　　四顧無人處　사고무인처
　　脫袴到脚邊　탈가도각변
　　玉妓心中億　옥기심중억
　　朱柱拳中茩　주주권중아
　　圈圈情墮地　권권정타지
　　童童日上天　동동일상천
　　郎得何許罪　낭등하허죄
　　空受數千拳　공수수천권

　　사방을 둘러 봐도 아무도 없는 곳에서
　　바지를 무릎까지 끌어 내리고
　　마음 속에 옥기(玉妓)를 그리면서
　　붉은 기둥을 주먹 속에 끼우니
　　아롱아롱 정은 땅에 떨어지고
　　삼삼한 그리움 하늘에 솟네
　　그대 무슨 죄를 지었기에
　　헛되이 수천 주먹질을 받아야 하나

　이렇게 끝나자 나그네는 껄껄 크게 웃으며

　"그만하면 형용이 뛰어나니 속죄한 셈이오."

하고 가던 길을 재촉했다.

요것도 계집이라고

한 가난한 사람이 암말 한 마리를 가지고 있었지만 기를 자신이 없어 한 중에게 그 말을 맡겼다.

그런데 이 중은 성에 주리고 있었던 터라 틈틈이 이 암말과 음사(淫事)를 즐겼다.

이를 본 사미가 괘씸히 여긴 나머지 중이 출타한 틈을 타서 불에 달군 쇠로 암말의 음문(陰門)을 지져 버렸다.

며칠 후에 돌아온 중이 그도 모르고 암말과 다시 음사를 하려고 하니 말이 펄쩍 뛰며 뒷다리로 중의 허리를 찼다. 말은 또 음문을 지지는 것으로 알고 놀랐던 것이다.

"아니 요것도 계집이라고 며칠 동안 외박을 했다고 질투를 하는 게로구나."

중은 아픈 허리를 문지르며 부시시 일어나더니 실소를 하면서 중얼거렸다.

내 입을 쳐라

어떤 절의 상좌(上座) 놈이 자기의 스승인 중에게 거짓을 아뢰었다.

"아무데 사는 과부가 저의 절 뜰에 있는 감을 스님이 혼자 잡수시냐고 묻기에 그렇지 않고 모두 나누어 먹는다고 했더니 그 과부가 자기도 좀 달라고 했습니다."

이 말을 들은 사승(師僧)은 크게 기뻐하여 감을 그 과부에게 보내주도록 일렀다.

상좌놈은 감을 모두 따서 자기 부모에게 바치고 또 말하기를,

"그 여인이 매우 감사하다고 말하면서 제를 올릴 때의 떡도 먹고
싶다고 했습니다."
라고 넌지시 말했다. 그러자 사승은 또 떡을 보내 주었다.

하지만 이 떡도 모두가 상좌놈의 부모의 입으로 고스란히 들어갔
다. 상좌놈은 또 사승에게,

"그 예쁜 과부 부인이 스님을 꼭 뵙겠다고 했습니다."
라고 은근히 말했다. 사승은 너무 반가워서 날짜를 정하고 그녀와 만
나기로 했다.

상좌놈은 그제야 과부의 집으로 가서 사승이 폐를 앓고 있는데 의
원의 말이 여인의 신발을 따뜻이 해서 가슴에 대면 낫는다 하니 신발
한 짝만 빌려 달라고 청했다.

영문을 모르는 과부는 딱하게 생각해서 선뜻 신발 한 짝을 내주
었다.

신발을 얻은 상좌는 절로 돌아와서 사승이 있는 선실(禪室)을 문
밖에서 몰래 엿보았다. 그런데 사승은 방을 깨끗이 하고 자리를 깔더
니 빙그레 미소를 지으며 이렇게 독백하는 것이었다.

"나는 여기에 앉고 그녀(과부)는 조기 앉고, 내가 그녀에게 이렇
게 음식을 권하여 함께 먹은 후에 그녀의 손을 잡고 이렇게 그 고
은 손을 잡고 침상으로 들어가 요렇게 은근한 재미를 ……"
이때 상좌놈이 왈칵 문을 열고 신발을 내던지며 하는 말이,

"일은 다 끝났습니다. 내가 그 부인을 데리고 여기에 이르렀는데
그 부인이 스님이 하는 그 모든 말을 듣고는 크게 노하여 너의 스
승이 미쳤다고 하면서 도망쳐 버렸습니다. 내 그 뒤를 쫓았으나
미치지를 못하고 벗겨진 신발짝 하나만 이렇게 주어 왔습니다."
그제야 사승은 고개를 푹 떨어뜨리고 크게 후회하면서,

"내 입을 쳐라."
하고 상좌에게 청하니 상좌는 목침을 들어 사승의 입을 갈기자, 사승
의 이빨이 모두 부러지고 말았다.

144

말 위의 송이버섯이 꿈틀댄다

한 사인(士人;벼슬을 하지 않는 선비)이 말을 타고 가다가 촌부(村婦)들이 빨래를 하고 있는 냇가에 이르러 마침 한 스님과 만나게 되었다.

선비가 스님에게,

"그대는 글을 잘 아는가? 안다면 시 한 수를 지어 보게나."

하고 말했다.

스님은 겸손하게,

"소승이 무지하여 시를 지을 수가 없나이다."

하고 대답했다. 그러자 선비가 먼저,

"시냇가에 홍합이 열렸으니 ……"

하고 먼저 첫귀를 읊고는 대귀(對句)를 재촉하였다. 그러자 스님은,

"생원의 시는 곧 육물(肉物)이라 산인(山人)으로서 감히 대귀하지 못하겠소. 엎드려 빌며 소찬(素饌)으로 대귀하려 하니 노하지 않겠소?"

하고 말했다. 이에 선비는,

"내 소찬이라고 허물하지 않을 것이니 어서 대귀하오."

하고 거듭 재촉했다. 그러자 스님은 바지를 걷고 내를 다 건너자,

"말 위의 송이버섯이 꿈틀댄다."

하고 크게 외쳤다. 이는 실로 대적되는 싯귀였다.

7

그대 이름도 넣어 주마

7

그대 이름도 넣어 주마

기녀에게 빠지는 까닭은

한 선비가 기녀를 몹시 사랑하였다. 보다 못한 아내가 선비에게,

"사내가 아내를 박대하고 기생에게 빠짐은 무슨 연고요?"

하고 물었다. 그러자 선비는,

"아내에겐 공경도 하고 분별도 있어야 정의가 있는 것이오. 그러니 존경할 수는 있겠으나 지나치게 희롱을 할 수는 없는 거 아니요. 허나 기녀에게는 이와는 달리 욕정을 마음껏 발산하여 음탕한 희롱을 못할 게 없을 만큼 행하여도 무방하지 않소. 대저 공경하면 소원해지고 만만하면 가까워지는 게 인정이 아니겠소."

그러자 아내는 화를 벌컥 내면서,

"내 언제 공경받기를 바랐소? 내 언제 분별을 바랐소?"

하고 어지러히 남편의 가슴을 쳤다.

붉은 모란이 난만하니

조신(朝臣;조정의 관원) 신씨가 한 명기(名妓)에게 완전히 빠지고
말았다. 친척과 친우들이 입을 모아 그 잘못을 책하자 신씨는,

"나 역시 그녀를 경계하고 가까이 하지 않으려고 맹세했으나 그
녀의 아리따운 자태를 보고 있노라면 추한 데라곤 없으니 어찌하
는가."

하고 말했다. 그러자 한 친구가,

"그녀가 뒤를 볼 때는 왜 보지 못하는가?"

하고 물었다. 그러나 신씨는,

"그걸 못 볼 리가 있는가. 그녀가 뒷간에 오를 때는 마치 공작새
가 오색 구름을 타고 간곡(澗谷)에 들어가는 것 같고 그 분홍치마
를 걷어 올리고 하체를 드러낼 때에는 맑은 빙윤(氷倫)이 구름 사
이로 반쯤 들어간 것 같고, 그 쏟아 내뿜는 것으로 말하자면 흡사
운모(雲母)가 붉은 입술을 열고 구슬같은 액을 토하는 것과 같고,
방귀를 발하면 꾀꼬리가 흐르듯 꽃나무에 앉아 일백가지 장미가
어지러히 떨어져 마침내는 붉은 모란이 난만(爛漫)한 것과 같으니
라. 그러하니 그녀의 뒤를 보는 게 추하다는 것은 서자(西子)가 얼
굴을 찡그리면 찡그릴수록 왕의 총애를 받았다는 것과 다름없이
무용한 이야기가 아니오."

하고 답하였다.

창녀에게서 예법을 찾다니

경주에 관기(官妓) 하나가 있었는데 용모가 매우 예뻤다.

서울에 사는 한 젊은이가 그녀를 유달리 사랑하였는 바, 그녀는

슬그머니 거짓말을 하여 젊은이의 연정에 불을 붙였다.

"소첩은 본래 양반집 딸로서 관기가 된지 오래지 않아 아직 남자
를 겪은 일이 없사옵니다."

젊은이는 이 말에 더욱 매료되어 그녀에게 완전히 빠지고 말았다.

그런데 그녀는 헤어질 때마다 울음을 터뜨리는 게 상례였다. 젊은
이는 행낭을 털어 돈을 주었으나 그녀는 그것을 사절하면서 은근히
다른 것을 청하였다.

"소첩은 당신의 몸에 붙은 그 무엇을 얻기가 소원입니다. 이 따위
돈이나 물건은 징표가 아니옵니다."

젊은이는 한참 생각하다가 그의 양모(陽毛)를 뽑아 그녀에게 주
었다.

"그럼 이게 어떠냐, 사내의 소중한 징표가 아니겠느냐?"

"그것도 소중하지만 몸 바깥에 붙은 것이니 그보다 더 절실한 것
을 주시옵소서."

"그럼 몸 안에 붙은 것이라면 ……"

한참을 생각한 젊은이는 곧 자기의 이빨 하나를 쾌히 뽑아 주었다.

젊은이는 이빨을 징표로 뽑아 주고 서울로 돌아왔으나 그녀 생각
에 쓸쓸하기만 하였다. 그럴 즈음 경주에게 올라 온 사람이 있기에
그녀의 소식을 물었다.

그랬더니 그녀는 그와 작별한 뒤에 다른 사내의 품속으로 옮겼다
고 했다.

젊은이는 그녀의 배신에 크게 노하여 종을 경주로 내려 보내 그
기생에게서 이빨을 찾아 오도록 분부하였다.

헌데 그 소리를 종에게서 들은 그녀는 손뼉을 치고 깔깔대면서 배
주머니 하나를 던져 주는 게 아닌가.

"이 어리석은 놈아, 백정에게 도살하지 말라 하고 창녀에게서 예
법을 찾으려는 것이야말로 바보짓이 아니면 망령된 짓이 아닌가.
원한다면 너의 집 주인의 이빨을 이 속에서 찾아 가거라."

그 주머니 속엔 지금까지 얻은 뭇 사내들의 이빨이 서너 말이나

차 있어 좋은 주인의 이빨을 찾을 수가 없었다.

봄꿈은 허사로다

기녀와 살림을 차린 자가 있었다.

그날도 막 잠자리에 들려는 찰나였다. 그런데 관가에서 그녀를 부르러 온 것이다. 사내는 울화가 치밀어서,

"이렇게 깊은 밤에 관가에 들면 반드시 또 하나의 사내를 얻겠지."

하고 조롱했다. 그러자 그녀는,

"관가에 들 때마다 사내를 얻으면 온 세상 사내가 다 내 남편이 되오리까?"

하더니 이내 속옷 한 벌을 꺼내 입으면서,

"이걸 보셔요, 이것이 곧 면하는 방법이예요."

하는 것이었다. 사내는 웃으면서 호기를 부리느라고,

"옳아, 옳아."

하고 대꾸했으나 아무래도 의심스러운지라 몰래 그녀의 뒤를 밟았다.

그런데 관가 문 앞에 이르자 사방을 두리번거리더니 속곳을 벗어 기왓장 밑에 숨겨 두고 들어가는 게 아닌가.

그 속임에 발분한 사내는 그 속곳을 꺼내 갖고 돌아와 홀로 촛불을 밝히고 그녀가 돌아오기를 끙끙거리며 기다리고 있었다. 그러나 밤은 길었고 피로는 몰려왔다. 이윽고 그는 혼수상태에 들고 말았다.

얼마 후, 그녀는 문을 나서 숨겨 둔 속곳을 찾았으나 간 곳이 없었다. 그녀는 제 사내의 짓임을 간파하고 집으로 돌아왔다.

문소리를 죽이고 가만히 방안으로 들어서니 과연 사내는 자기 속곳을 부둥켜 안은 채 잠들어 있었다.

그녀는 조용히 그러나 재빨리 속곳을 빼어내고 모자를 쥐어 주고

는 속곳을 입었다. 그리고 사내를 발로 차서 깨웠다.

　사내는 발딱 일어나더니,

　"네 속곳이 이렇게 내 손아귀에 들어왔는데도 넌 딴 소리를 할 거야!"

하고 벽력같은 호통을 쳤다. 그러자 그녀는 싱글싱글 웃으며,

　"아니 밤이 아무리 깊었기로서니 어찌 속곳과 모자를 구분치 못하십니까?"

하고 조롱하니 사내는 그제야 정신을 다시 차리고 살펴 보더니,

　"허허, 본 꿈이란 참으로 허사로구나."

하고 오히려 부끄러워 했다.

몸을 준 손님이 많았을 터이니

고부군에 한 기녀가 있었다. 신고령(申高靈)이 고부군에 봉직하고 있을 때 그에게 수청들었던 그 기녀에게 정을 주었다.

그리하여 신고령은 서울로 오면서 그 기녀도 데리고 와서 4년이나 같이 살았다.

그러던 중 신고령이 고향으로 간 사이에 그 기녀도 고부로 돌아갔는데 그후 그녀에 대한 음탕한 소문이 자자했다.

그때 마침 한(韓)이란 자가 그 기녀를 찾아왔다. 한은 용모가 청수하고 풍류를 즐겼는데 포(布) 8,9태(馱)를 맡기고 그녀의 집에 머물렀다.

한은 기녀의 아름다운 용자에 반하여 돌아갈 줄을 몰랐고 기녀 역시 한을 좋아한데다가 가진 것이 많은지라 향응과 공대를 지극히 하면서 사랑을 죽음을 두고 맹세하기에 이르렀다.

그러나 얼마를 지나자 한은 가진 것을 다 탕진하고 빈털터리가 되고 말았다. 그러자 한은,

"이제 내가 자네와 함께 있으려 해도 가진 게 없으니 어찌하면 좋겠는가. 그러나 내가 자네를 사랑하는 마음은 저 하늘과 다를 바가 없소."

"그렇다면 저는 무엇으로 서방님에게 진정을 고백하면 좋겠소?"

"그대가 몸을 준 손님이 많았을 터이니 그대 생각에 스스로 고 음위(淫渭)가 있을 것이오. 내 그 등급을 받아 간직하리다"

하고 청하자 기녀는 응낙하고 이렇게 술회했다.

"장성의 향리(鄕吏) 이청이 갑이요. 광주 갑사 임만손이 을이옵니다. 그리고 신고령이 있었으니 가히 병이요, 교생(校生) 박명춘과 영남의 행객(行客) 오필이 그 다음이지요."

한은 어이가 없었으나 '그 다음은?' 하고 묻자 기녀는 '당신이 지금 붓을 들어 적고 있으니 당신 이름도 넣어 주겠소.' 했다.

크게 실망한 한은 고개를 떨구고 말을 못하더니 몸을 일으켜 기녀
의 집을 나와 걸식을 하면서 고향으로 돌아갔다.

상하로 부지런히 움직이니 최씨

재색을 겸비한 촌기(村妓)가 있어 한번 그녀와 관계를 가진 자는
두 번 세 번 찾게 되는 것이었다.

그런데 한 건달이 기방에 앉아 그녀가 손님을 맞는 것을 눈여겨
보고 있는데 참으로 묘한 구석이 있었다.

어떤 두 손님이 함께 들어오자 '마(馬)부장, 우(愚)별감 어서 오세
요' 했고, 또 다른 두 사람에겐 '여(呂)초관과 최(崔)서방님 어서 오
세요' 하는 것이었다.

그런데 실인즉 이들 손님의 성은 이씨, 김씨 등이었지 결코 마씨
나 우씨, 여씨나 최씨가 아니었던 것이다. 궁금해진 건달이 기녀에게
물었다.

"자넨 손님들의 성씨를 그렇게 모르는가?"

"아닙니다. 그분들은 소녀와 가까이 친한 지 오래인데 어찌 성씨
를 모르겠습니까. 다만 그분들에게 마씨, 우씨 등의 성을 붙인 것
은 야사(夜事)를 가지고 지은 별성(別性)이지요."

"그건 또 무슨 의미인가?"

"몸과 더불어 양물도 또한 크니 마(馬)씨, 몸은 작지만 두 주머니
가 크니 여(呂)씨, 한번 들어오면 되새김질이 오래니 우(牛)씨, 상
하로 부지런히 움직이니 최(崔)씨지요. 최는 곧 작(雀)이니 참새
를 이르는 것이지요."

기생의 설명에 박장대소를 한 건달은 슬그머니 청했다.

"그럼 내게는 무슨 별성을 주겠는가?"

기녀는 주저없이 이렇게 대꾸했다.

"매일처럼 헛되이 오락가락하니 마땅히 허(許 — 虛)생원으로 하는 게 어떨지요?"

하나로써 셋을 얻었다

한 재상이 사랑하는 기생에 옥매향(玉梅香)이란 미인이 있었다.

어느날 이 재상이 노여운 일이 있어 검은 가죽신을 벗어 들고 옥매향을 마구 치다가 가죽신이 끊어져 네 조각이 나고 말았다.

그러자 옥매향은 조금도 분해하는 빛을 보이지 않고 미소를 띠면서,

"대감께서 저와 같은 소첩 때문에 물건 하나로 세 개를 얻었으니 모투(毛套;털 토시)가 한 쌍이오, 활집이 둘이 된 셈이군요. 부디 노여움을 거두시옵소서."

하고 공손히 속삭였다.

재상은 웃음이 터져나와 저절로 노여움이 사라지자 옥매향을 힘껏 끌어 안았다.

장부의 호기 때문에

김가측(金可則)이란 무관이 어린 기생 하나를 몹시나 사랑했다. 그런데 그녀는 도둑질을 하는 고약한 버릇이 있었다.

어느날 김이 작은 술자리를 벌였다. 그녀는 한 계교를 생각해내고는,

"소녀는 귀한 부호 자제를 많이 경험했는바 대체로 기름진 고기나 쌀밥은 좋아하지를 않고 담백하고 차가운 음식을 좋아했어요."

하고 은근히 말했다. 김은 호기를 부리느라고,

"고량진미를 싫어함은 당연한 일이지."

하고 의연하게 대꾸하고 고기와 생선엔 손대지 않고 기생의 말대로 채소와 과실만을 먹었다.

그녀는 그런 김에게 술을 자꾸만 권해 크게 취하게 만들었다.

이윽고 김은 이질에 걸려 뒷간을 바삐 드나들게 되었다. 그래서 그녀가 다시 가만히 속삭였다.

"귀부호의 자제는 으레 대변을 더디 보더군요."

"고량진미를 멀리하다 보니 대장이 몹시 간저(簡詛)하여 그런 법이니라."

김은 이렇게 대꾸하고 짐짓 시간을 끌고 있었다.

그때 기생은 바로 이때라고 기뻐하여 그가 가진 보물을 모두 훔쳐 가지고 어디론지 사라져 버렸다.

새는 우짖고 꽃은 떨어지니

함흥 기생에 가련(可憐)이란 여인이 있었다.

그녀는 얼굴이 빼어나게 예쁘고 성격 또한 활달했다. 때로는 제갈

량의 출사표를 낭랑하게 외웠으며 술도 잘 마시고 노래도 잘 부르고 칼춤도 능하거니와 거문고의 퉁소, 바둑 쌍육(雙六)에 이르기까지 못하는 게 없었다.

그녀가 일찍이 고을 원을 따라 낙민루(樂民樓)에 올랐을 제, 한 미모의 젊은이가 만세교를 건너가는 것이었다. 그 젊은이는 의관이 선명하고 장부다운 풍모가 능히 여인을 움직이기에 족했고 검은 나귀를 탔는데 그 뒤에는 거문고 주머니와 시통(詩筒)이 달려 있었다.

가련은 곧 그가 자기 집 손님임을 직감하고 몸이 고단하다 하여 일찍이 집으로 돌아왔다. 집에 당도하니 나귀는 이미 문 앞 작은 복숭아나무에 매여 있었다.

가련은 곧 젊은이를 맞이하여 중당으로 들었다. 그리고 문을 단단히 잠그고 방안의 놀이를 시작했다.

시를 읊을 때는 젊은이가 불으면 가련이 화답하고, 가련이 불으면 젊은이가 화답하였고, 거문고를 켤 때는 가련이 켜면 젊은이가 노래를 부르고 젊은이가 켜면 가련이 노래를 불렀다. 술잔을 주고 받으며 바둑을 두고 쌍육을 던지고 즐겼다. 퉁소를 불 때는 한 쌍의 봉황이 짝을 구해 기뻐하듯 하였고 함께 칼춤을 출 때는 눈썹이 서로 붙어 떠나지를 못했다.

가련은 크게 기쁜지라 과망하여,

'내가 이 누리에 생을 붙인 뒤에 이런 기쁜 일이 없었다. 이런 사람을 만나 일생을 함께 한다면 내 여한이 없겠다.'

하고 혼자 생각하고 스스로 먼저 치마를 풀고 비녀를 뽑고는 머리칼을 드리우고는 다시금 술상을 내오고는 운우의 희롱을 벌이려 하였다. 화려한 촛불을 새하얀 명주수건을 사뿐히 들어 바람을 지어 끄자 향로에서 풍겨오는 내음새가 코를 찌르듯 간지럽혔다. 그러나 젊은이는 뜻밖에도 벽을 향해 몸을 돌려 눕고는 길게 한숨만을 내뿜을 뿐이 아닌가. 이를 본 가련은 처음에는,

"이 사람이 오히려 무엇을 기다리는 것이겠지."

하고는 스스로를 달래었으나 오랜 시간이 흘러도 아무런 동정이 없

자 다가가서 그곳을 어루만지지 않을 수 없는 경지에 이르고 말았다.

그런데 아무런 것도 잡히는 게 없었다. 가련은 벌떡 일어나 손바닥으로 방바닥을 치면서,

"아아, 하느님이시어! 이 사람이 이렇다니, 오오, 하느님이시여!"

하고 통곡을 지은 뒤에 창을 열고 밖을 보니 새벽 달빛은 처량한 데 새는 우짖고 꽃은 떨어지는 것이었다.

노기의 명판결

쌍천 성여학(雙泉 成汝學)이 일찍이 공산(公山)에 놀러 간 일이 있었다.

그때 갑, 을 두 사람이 음양(陰陽)에 관한 일로 논쟁을 벌이는 것을 보았다. 갑이 주장하기를,

"뭐니뭐니해도 사내의 양도가 장하면 으레 매혹되는 법이오."

그러자 을이,

"그렇지 않소. 계집이 사내에게 매혹되는 것은 오로지 그 다룸에 있는 것이오."

이에 대답이 궁해진 갑이 쌍천에게 의견을 물었다.

"선생께서 한 말씀으로 이 다툼을 매듭지어 주시오."

"내가 계집이 아니니 계집의 일을 알 수가 있겠는가. 그러나 내 옛사람의 말을 빌어 증명하겠소. 『여불위전 (呂不韋傳)』에 이르기를, 여불위가 양도가 큰 자를 구하더니, 육독(嫪毒)이라는 자가 있어 그는 그의 양구(陽具)에 구리바퀴를 꿰어 갖고 다닌다는 소문이 들리어 태후가 그를 불러 간통하고 깊이 사랑을 맺었다 하였고, 그밖의 전기 중에 나타난 것으로 보아서도 모두 큰 것을 좋아하는 모양이니 나는 그로써 판결을 지으려 하오."

하자 갑은 크게 기뻐하였으나 을은 자기의 주장을 고집할 뿐 무릎을 꿇으려 하지 않았다.

그런데 그때 마침 늙은 기녀 하나가 그들 앞을 지나갔다. 쌍천은 그를 불러 세우고서,

"이 두 사람이 지금 다툼이 있어 내게 판결을 청했으나 이 일은 남자로써 맡을 것이 못되고 또 자네는 평생에 사내에 대한 경험이 풍부할 것이니 자네가 판결사가 되는 게 어떠한가?"

하고 분부하고는 다툼의 내용을 들려 주었다. 기녀는 이를 듣고 웃으며 답하기를,

"그건 제가 마음 속으로 분간한 지 이미 오래인 것이니 의당 한마
디 말로써 결판을 짓겠습니다."
하고 곧 을을 돌아보더니,
"웅대한 것이 음에 꽉 차게 되면 여정(女情)은 이미 고양되어 버
리지요. 영감께서는 향규(香閨;규방)의 육보(六寶)를 모르십니까?
그건,

첫째가 앙(昻)
둘째가 온(溫)
셋째가 두대(頭大)
넷째가 경장(莖長)
다섯째가 건작(健作)
여섯째가 지필(遲筆)
이지요. 실로 그 두대로 깊이 심어서 오랫동안 희롱을 한다면 이는
이른바 구천동(九千洞;사방 백 리의 땅)이 반값이라는 것이지요. 소
첩의 말이 믿어지지 않는다면 댁에 돌아가셔서 커다란 고기를 찾아
먹어 보면 그 맛의 웅심(雄深)함을 알 것입니다."
    그제야 을은 말길을 잃고 말았다.
    기생은 웃으며 다시 쌍천에게 이르기를,
    "만일 저로서 판결사를 삼으신다면 의당 후속록(後續錄)에 실릴
    것입니다."
    후속록은 곧 대전(大典)의 속록(續錄)이다. 온 자리에 앉았던 사람
들이 모두가 배꼽을 움켜 잡았다.

대동강 물이 마른다

평양으로 가려 함은 이름 높은 사내들의 꿈이었다.

시인과 묵객이 줄을 잇고 여러 사신이 너도 나도 앞을 섰다. 그리고 그들이 떠날 때는 기생들의 이별의 눈물 때문에 대동강 물이 부풀 정도였다고 한다.

이에 고려 때 학사(學士) 정지상(鄭知常)은 일찍이 이런 시를 읊었다.

긴 둑에 비 개이고
풀빛 더더욱 푸르를 제
남녘 포구에 임 보내고
슬픈 노래 출렁였소
대동강 흐르는 물
어느 때야 마르련고
해마다 이별의 눈물
푸른 물결 부풀렸소

그 뒤 어느 나그네가 평양에서 논 일이 있다. 감사가 마련한 잔치인데 술맛은 물처럼 싱겁고 하룻밤을 같이 한 기생 또한 이별을 할 제 눈물 한 점 보이지 않았다. 그는,

"아아, 애석하도다. 대동강 물도 오래지 않아 마르겠군."

하고 애석해 하였다. 감사는,

"그게 무슨 말씀이오?"

하고 물으니 나그네는,

"술잔에 술을 대신해서 물이 차고 기생은 물결을 도울 눈물이 말랐으니 아무리 대동강 물이 깊다 해도 어찌 마르지 않겠소?"

하고 한탄했다.

기녀가 쉬 늙는 까닭은

젊었을 적에 그 이름을 강산에 떨친 한 노기(老妓)가 있었다.

한 선비가 그녀를 찾아 위로하는데 나이에 비해 너무 노쇠해 있어 그 연유를 물었다. 그러자 노기는,

"소첩의 나이 마흔에 이미 머리카락이 성성하여 일흔이 넘은 노인과 같으니 이건 나 혼자만의 일이 아니라 모든 기생이 그러하옵니다."

하고 한숨을 크게 내쉬더니 말을 이었다.

"대저 기생이란 사내가 많지요. 재화가 탐이 나서 따르고, 색을 탐내어 따르고, 풍체를 흠모하여 따르고, 사람은 미우나 위엄과 호령에 겁내여 따르고, 또 우연히 만난 옛사람을 따르지요. 하지만 기녀는 이와 같고 저와 같다고 감히 얘기치 못하고 또 따름이 이미 오래 되고 보면 정이 깊어져 떨어지지 못하나 그 누가 기녀를 위해 오대 관외(關外)에 머물겠습니까. 그가 장차 돌아감에 이별의 노래 천 근의 돌덩이가 되어 가슴팍을 치는 것 같으며 떠나는 모습을 바라보며 슬피 울고 돌아와서 살고 싶은 생각이 없으나 전정(前情)을 잊게 되니 …… 송별의 정회가 언제나 이와 같으니 기녀가 목석이 아닌 다음에야 어찌 쉬 늙고 쉬 쇠하지 않겠소."

8

노소가 동락할 제

8

노소가 동락할 제

좋도다 좋도다

한 노 재상이 귀가 어두운데다 눈까지 어두웠다.

어느 달 밝은 여름밤, 잠을 이루지 못해 지팡이에 의지하고 이리 저리 마당을 거닐다가 후원에 이르렀다.

노 재상은 평상 위에서 발가벗은 몸으로 곤히 잠들어 있는 동비(童婢)를 발견했다. 조용히 하문(下門)을 보니 참으로 천하일색이었다.

노 재상은 순간 색욕(色慾)이 발화(發火)하여 동비를 범하려 하나 나이가 나이인지라 불가하였고 동비도 아무것도 모르고 있었다. 마침내 노물(老物)이 평상 밑으로 축 늘어져 버렸다. 때마침 강아지 한 마리가 그 밑에 있다가 제 그걸 어미의 젖으로 알고 부드럽게 빨았다.

이날부터 노 재상은 동비에 대한 색정이 동하여 누가 보아도 그를 능히 짐작할 수 있게 되었다. 마침내 아들 내외도 이를 눈치채게 되어,

"부친께서 그 여종을 그렇게 귀여워하고 사랑하니 하룻밤 수청들

게 해서 위로해 드리는 것도 효성이 아니겠소?"

하고 지아비가 아내에게 말하니 아내도 응락하여 여종을 목욕시키고 수청을 들게 하였다.

그날밤 아들과 손자들은 혼미한 노 재상을 걱정하여 방안 동정을 살피는데 노인이 '들어갔느냐?' 하고 여비에게 물었다.

이에 여비는 '아니 들어갔사옵니다.' 하고 대답하니 다시 노 재상이 '들어갔느냐'고 물었고 노비는 또 '아니 들어갔사옵니다.' 하고 대답하는 것이었다.

이런 문답이 계속되며 신고하는 노 재상을 안타까이 여긴 아들이 여비에게 '이번에 물으시면 들어갔사옵니다'라고 응답하라고 분부했다.

그때 노인은 다시 '들어갔느냐?'라고 물었다. 이에 충실한 여비는 재빨리 '들어갔사옵니다.'라고 응답했다.

그러자 노 재상은 '좋도다, 좋도다!' 하고 연신 탄성을 발했다.

한 잔 술에 크게 취해

정력이 좋은 부부가 있었다. 그런데 남편은 집에 돌아오기만 하면 손님이 있건 없건 가리지 않고 늘 처를 작은 방으로 끌고 가서 일국(一局)을 해야만 했다.

이에 하루는 아내가 남편에게 이르기를 손님이 있을 때는 민망하니 생각이 있을 땐 넌지시 '한 잔 마시자'라고 신호를 하면 곧 곁방으로 들어가겠노라고 했다.

"그렇게 하면 당신이 술 한 잔 드시는 걸로 알지 어찌 그 짓을 하는 줄 알겠소."

"허허, 그거 묘책이군."

　이렇게 해서 '한 잔 마시자'는 것은 일국(一局)을 갖는 신호가 되었다.

　하루는 장인이 찾아갔더니 밖에서 돌아온 사위가 인사를 하기가 바쁘게 딸에게 '한 잔 마시려네' 하는 것이었다. 그리고 딸이 곁방으로 들어가고 사위도 그 뒤를 따르더니 얼마후에 둘 다 얼굴이 홍조가 되어 나오는 것이었다.

　노하여 집에 돌아온 이 노인은 부인에게 푸념을 털어 놓았다.

　"딸이란 남만도 못한 거요. 이제부턴 다시는 사윗집에 가지 마시오!"

　"아니 무슨 일이 있었습니까?"

　"내가 술을 좋아하는 건 그애도 잘 알고 있는데 술을 작은방에 감춰 놓고 저희 내외만 마시면서 내게는 한 잔을 권치 않으니 세상에 이런 몰인정한 딸자식이 어디 있단 말이오. 절대로 당신도 사위집엔 가지 마오."

　부인은 이 말을 듣고 아무래도 해괴하여 남편이 없는 틈을 타서 몰래 딸애에게 가서 물었다.

　"너희 아버지가 크게 노하셔서 다시는 너희 집에 발걸음도 하지 말라는구나."

　"아니, 어머님. 아버님이 왜 그렇게 노하셨어요?"

　"지난번 너희 집에 왔을 때 너희 내외만 작은방에 들어가 술을 마시고는 아버지에게는 한 잔을 올리지 않았다는구나."

　"아버님이 오해하신 거예요, 어머님. 그 일은 여차여차해서 그렇게 된 것이예요. 어찌 술이 있었다면 아버님께 올리지 않았겠어요. 어머님이 사실을 잘 말씀드려 노여움을 푸시도록 해 주세요."

　그 말을 전해 들은 노인은 크게 웃으며,

　"내 그걸 알 수가 있었나. 그거 참 묘하니 나도 한 잔 마심이 여하하오?"

　"좋소이다, 당장 한 잔 합시다요."

　이리하여 노부부는 일배(一盃)를 마쳤고, 아내가 다시 재배(再盃)

를 권하자 노인이 말했다.

"어, 늙은 탓인지 한 잔 술에도 크게 취하는 구려."

시체를 끌고 입장하니

나이 80의 노인이 젊은 첩과 밤일을 하는데 그 첩이 말했다.

"영감, 만일 잉태하여 사슴을 낳으면 어찌하옵니까?"

"어이해서 사슴을 낳는단 말인가?"

"사슴 가죽으로 일을 치르시니 사슴을 낳지 않고 무엇을 낳겠사옵니까?"

사슴 가죽이란 곧 노인의 풀죽은 양물(陽物)을 빗대어 하는 말이었다.

이튿날 친구와 술잔을 주고 받다가 노인이 말했다.

"난 간밤에 큰 욕을 들었구려. 첩과 더불어 밤일을 하는데 고년의 말이 내 그걸 사슴 가죽에 빗대니 이 어찌 큰 욕이 아닌가 말이오."

그러자 친구가 허탈하게 웃으며 말했다.

"허허, 그건 약과요. 내가 들은 욕은 가히 입에 담을 수가 없을 정도요. 한참 운우(雲雨)를 즐기려는데, 첩이 하는 말이 '지금 선친의 무덤 곁을 서성거리느냐' 하기에 '그게 무슨 말인가'를 물었더니 '시체를 이끌고 입장(入葬)하고 계시니 선영(先塋)의 곁이 아닌 다음에야 무슨 연고로 그렇게 어렵게 입장할 수 있겠사옵니까' 하니 이것을 어찌 귀로 들을지언정 가히 입에 담을 수 있겠는가?"

삼대의 호래아들

옛날 한 마을에 혼사가 있어 할아버지가 어린 손자에게 일렀다.

"너 곧 건너 마을로 가서 안사돈을 모셔 오도록 하여라."

스무 살의 이 총각은 안사돈에게 할아버지의 말씀을 전하고 모셔 오게 되었다.

그리하여 한 냇가에 이르렀는데 연만한 여자로서 내를 건너기가 어려워 망설였다. 그러자 총각이 업히기를 청하였다.

그런데 총각은 여인을 업고 내를 반쯤 건너 오자 장지(長指)를 뻗어 음문(陰門)에 꽂고 하방으로 휘저었다. 여인은 분노하였으나 어떻게 할 수가 없었다.

이윽고 바깥사돈 집에 이르자 여인은 총각의 아버지에게 크게 책망하기에 이르렀다.

"당신 자식이 나를 업고 내를 건너면서 이러저러한 망측한 짓을 농하니 어디 이런 개같은 자식이 있단 말이오!"

그러자 총각의 아버지는 황급히 손을 저으며 대꾸했다.

"제발 그런 말은 그만 하시오."

"아니 그건 또 무슨 말이오?"

"전 그런 말을 들으면 나도 모르는 사이에 양물(陽物)이 일어서서 참을 수가 없단 말이오."

여인은 총각의 아버지는 상대할 위인이 못되는 것을 알고 이번엔 총각의 할아버지에게로 가서 정색을 하고 책망하였다.

"내가 당신 청으로 오는 길에 영손(令孫)에게 업혀 내를 건너는데 영손이 이러저러한 괴이한 짓을 해서 방금 당신 아들인 젊은 사돈에게 사실을 고하고 그 죄를 다스려줄 것을 청하였던 바 젊은 사돈 또한 이러이러한 대답을 하니 이렇게 해괴하고 패악한 일이 이 세상 어디에 또 있겠소? 당신은 필히 아들과 손자를 벌하여 다시는 그런 일이 없도록 조처하시오."

그러자 늙은 사돈은 눈물을 머금고 길게 한숨을 내쉬며 머리를 떨어뜨린 채 묵묵부답이었다.

여인은 이 사돈이야말로 놀라고 부끄러워서 그런 모습을 하고 있는 것으로만 알고 조금은 안쓰러워 위로하듯 한마디 했다.

"당신은 이렇게 미안해 하지만 말고 이제라도 마땅이 젊은이들을 경계해야 합니다."

그제야 늙은 사돈이 다시 장탄식을 하더니 입을 열었다.

"아니오. 내가 젊었을 때라면 이런 말을 듣게 되면 틀림없이 당장 양물이 일어나서 억제치를 못했을 텐데 이제 나이가 들어 정력이 쇠잔하였는지 이 좋은 얘기를 듣고도 양물이 미동조차 하지 않으니 이 어찌 인간으로서 살아 있다 할 것이오. 이게 한심할 뿐이오."

안사돈은 더욱 노하여 외쳤다.

"너의 조자손(祖子孫)이 하나같이 호래아들놈이구나!"

이렇게 해서 불문가지로 혼사는 파기되었지만 오늘날에도 '삼대 호래아들(三代獨兒子)'이란 큰 욕이 있는데, 그 욕은 여기서 비롯된 것이라고 한다.

빠졌어 또 빠졌어

노 부부가 사는 오두막에 한 나그네가 찾아들어 하룻밤의 유숙을 청했다.

마음씨 좋은 노 부부는 나그네를 맞아 웃방에서 쉬도록 했다.

나그네가 막 잠이 들려 하는데 안방에서 노 부부가 소곤소곤 주고받는 얘기가 들렸다.

"여보, 할멈. 어젯밤에 하다 만 것을 다시 계속하지요."

"그래요, 시작해 봅시다요."

"자아, 어서 대시오."

"아차, 또 빠졌소."

"좀 잘 맞추셔야지요."

"웬일인지 이게 꽤 넓어졌소. 한번 임자 손으로 쥐고 넣어 봐요. 허허, 이거 빠셨어요, 또 빠졌어."

그제야 나그네는 궁금함을 참을 수 없어 가만히 사잇문 틈새로 들여다 보니 두 노인은 나무를 깎아 소반을 만들고 있었으니, 제기랄,

죽기는 하지만 다시 살아나니

한 노인이 회갑을 맞았다. 자손들이 각각 헌수(獻壽)를 하는데 맏며느리가 잔을 올리자 시아버지가 말했다.

"잔을 들었으면 복되고 경사스러운 말로 헌배하는 것이 옳으니라."

며느리는 잔을 받들고 꿇어 앉아 아뢰었다.

"바라옵건대 시아버님께서는 천황씨(天皇氏)가 되시옵소서."

"그건 무슨 연고인고?"

"천황씨는 일만 팔천 세를 누리었으니 그와 같이 축수(祝壽)하옵는 것이옵니다."

"좋도다, 네 마음이 가이 착하구나!"

다음엔 둘째 며느리가 잔을 들고 꿇어 앉아 아뢰었다.

"바라옵건대 시아버님께서는 지황씨(地皇氏)가 되시옵소서."

시아버지가 그 연고를 물었다.

"지황씨 또한 일만 팔천 세를 살았으니 그와 같이 비는 것이옵니다."

"좋도다, 너 또한 나를 섬김이 지극하고나!"

이윽고 셋째 며느리가 잔을 들고 꿇어 앉아 조용히 아뢰었다.

"바라옵건대 시아버님께서는 양물(陽物)이 되시옵소서."

"아아니, 양물이 되라니, 그건 무슨 연고인고?"

"양물은 비록 한때 죽기는 하오나 곧 또다시 환생하니 이는 곧 장생불사(長生不死)의 영물이 아니겠사옵니까. 그렇게 되시옵기를 비옵니다."

"좋도다, 네 말 또한 좋도다! 좋은 축수로다!"

노인은 무릎을 치곁 감탄해마지 않았다.

늙음에는 약도 무용이다

한 노 재상이 젊고 어여쁜 첩을 두고 심히 사랑하여 밤마다 그녀와 잠자리를 같이 하였으나 늘 흡족하지를 않아 즐겁지가 않았다.

노 재상은 고기와 녹용을 가루로 만들어 베갯머리에 두고 아침마다 따뜻한 술에 타서 몇 달을 마셨으나 강정제로 쉽게 회춘이 되는 건 아니었다.

그런데 재상의 종놈이 아침마다 먹는 그 약을 보고는 틀림없이 좋은 약이라고 짐작하고 대감이 출타한 틈을 노려 슬쩍 몇 숟갈을 먹어버렸다.

그런 일이 있은 며칠 뒤, 종놈은 밤낮없이 양기가 성해 도무지 억제할 길이 없게 되었다. 그는 어쩌지 못하고 제집으로 달려가더니 10여 일이 되도록 돌아오지 않았다.

대감은 이상히 생각해서 다른 종을 시켜 그를 불러 오도록 일렀다.

종을 데려오자 대감이 물었다.

"네게 그 동안 병이 있었는가? 십여 일이나 집에 있다니 이상하구나."

그러자 종놈이 히죽이 웃으며 아뢰었다.

"소인이 대감님께 감히 무엇을 속이겠사옵니까? 대감님께서 베갯
머리의 것을 잡수시는 것을 보고 이놈이 그만 장난삼아 몇 숟갈
먹고 말았사옵니다. 그런데 며칠이 지나자 갑자기 양기가 대성하
여 참을 수가 없어 집으로 돌아가 이놈의 치와 밤낮으로 화답했으
나 10여 일이 지나도 양기가 수그러지질 않사옵니다. 이대로 가다
가는 이놈은 오래지 않아 죽게 될 것 같사와 후회막급이옵니다.
그 죄 죽어 마땅하옵지요."

"본래가 이 약은 늙은이에게는 아무런 쓸모가 없는 것이로구나.
내가 몇 달을 먹어도 소용이 없더니 넌 두어 숟갈로 그렇게 효력
이 대단하니 이 어찌 통탄할 일이 아니겠느냐. 이 약을 그대로 두
어도 늙은이에게는 효력이 없고 젊은이는 죽게 되니 잠시도 그대
로 둘 수가 없구나. 그걸 당장 분뇨 속에 버려라."

소가 쥐구멍으로 들어갔겠지

어떤 노인 하나가 성품이 순박하고 매사에 둥글둥글하게 대하니 뜻이나 말이나 행동에서 남과 맞지 않아 다투는 법이 없었다. 하여 백발의 노인이 되었지만 일찍이 누구와 시비 한번을 한 적이 없었다.

어느 날 어떤 사람이 급히 찾아와 이르기를,

"오늘 아침 남산이 다 무너졌으니 큰일입니다."

하자 노인은,

"그럴 거야. 몇 백 년이나 오래 된 산이니 그게 무너진다 해도 그럴 수도 있는 일이야. 괴이한 일이 아니지."

하고 태연했다. 이 말을 들은 곁의 다른 사람이,

"그럴 수가 있습니까? 산이 늙었다고 해서 함부로 무너질 까닭이야 없지요."

하고 이의를 내세우니 노인은,

"그대 말도 옳아. 산이란 위는 뾰족하나 밑은 넓고 또 바윗돌이 서로 엉키어 있으니 틀림없이 무너질 염려는 없지."

하는 것이었다. 이윽고 또 한 사람이 달려와서,

"참으로 괴이한 일이 생겼습니다."

하고 황망한 소리로 말하니 노인은,

"무슨 일인가? 차근히 말하게."

하고 대꾸했다. 그러자 그 사람은,

"소가 쥐구멍에 들어갔다니 이 어찌 괴이한 일이 아니겠습니까?"

하고 당혹함을 보이자,

"자네의 말이 거짓이 아닐 거야. 소란 놈은 성품이 본래 우직하니 비록 그것이 쥐구멍일지라도 돌진할 게 틀림없지."

그러자 곁에 있던 사람이 너무도 답답했던지,

"그런 이치가 어디 있겠습니까? 소가 제아무리 우직하다지만 어떻게 쥐구멍을 뚫고 들어간단 말입니까?"

하고 목청을 돋구니 노인은,

"자네 말도 일리가 있어. 소는 우직하지만 두 뿔이 있어서 그게
거추장스러우니 쥐구멍엔 들어갈 수 없을 거야."

하는 것이었다. 이에 거기 몰려 있던 사람들이,

"영감님, 어찌 그렇게 성실치 않은 말씀을 하십니까. 어불성설의
말을 이도 저도 모두 옳다 하니 그 무슨 연고입니까?"

하고 일제히 노인의 입을 바라 보았다.

"이건 내가 이렇게 늙기까지 심신을 편안히 가지는 비결이니만큼
웃지들 말게. 난 이로써 다툼을 잘하는 자를 경계하는 것이네."

하니 그를 비웃던 사람들이 모두 탄복했다.

고긴 잡아서 누가 먹어요

한 상놈의 부부가 한낮에 무료하고 적적한지라 그만 색정이 동하
고 말았다.

하지만 곁에 어린 아들 딸이 있으니 한낮에 그대로 두고는 어찌할
수가 없었다. 이에 아비는,

"너희들 그렇게 빈둥거리고만 있지 말고 냇가에 가서 고기나 잡아
오렴."

하고 내몰았다.

아이들은 문밖을 나서긴 하였으나 갑자기 고기를 잡아 오라는 것
이 아무래도 이상히 생각되었다. 이에 동생 녀석이,

"누나, 아버지가 우릴 내쫓는 건 무언가 우리 몰래 먹을 게 있는
모양이야. 우리 슬그머니 들어가 눈치를 보자구."

하는 것이었다.

두 아이는 뜻을 맞추고 몰래 문 구멍으로 방 안을 살피니 아비와

어미가 막 벗어 놓은 옷을 주워 입고 있었다. 그런데 아비가,

"기분이 어떻소?"

하고 물으니, 어미는,

"땅 밑으로 기어드는 것 같아요."

하고 한숨까지 내쉬더니,

"당신은 어때요?"

하고 물었다. 아비는,

"하늘에 오른 것 같아요."

하고 대꾸하는 것이었다.

이때 아이들이 그 아비를 불렀다. 아비가 문을 열고 보니 아이들이 빈 바구니를 들고 서 있는 게 아닌가. 아비는,

"어찌하여 벌써 돌아왔느냐?"

하고 짐짓 점잖게 꾸짖으니 아들이 하는 말이,

"아버지는 하늘로 올라가 버리고 어머니는 땅 밑으로 기어들어 갔는데 고긴 잡아서 누구와 먹어요?"

홍동씨 형제가 증명한다

어떤 사람이 슬하에 다섯 아들이 있었다. 어느 날 그 다섯 아들이 모여 서로 의논하였다.

"우리 아버지와 어머니가 다섯 아들을 두고도 아직 만족하지 않고 잠자리를 같이 하기를 즐긴다. 만일 또 아이를 낳으면 필경 우리들이 업고 지고 해야 할 것이고 더러운 대소변을 감당해야 할 것이다. 그러니 우리가 오경(五更)으로 나누어 당번을 갈아가면서 각기 일경씩 지키며 두 분이 서로 합치지 못하도록 한다면 우리의 그런 고역은 저절로 면하게 될 것이 아닌가."

174

이렇게 의견의 일치를 보아 다섯이서 번갈아 지키기로 했다.

어느 날 밤 마지막 오경을 지키는 아이가 너무 어려서 졸린 것을 이기지 못하고 꾸벅거릴 때 부부는 그 틈을 타서 누운 채 북합(北合)을 하다가 그만 들켜 버리고 말았다. 그러자 막내는,

"엄마 엄마, 아직 밤이 새려면 멀었는데 아빠를 업고 어딜 가려는 거야? 이상도 하다."

하고 외쳤다. 부부는 일도 하지 못하고 봉변만 당한 것이다.

이튿날 부부는 궁리 끝에 들 밖으로 다섯 아이들을 몰아 내어 소를 돌보게 하였다.

그러나 다섯 아이들은 집을 나서는 척하고는 들창 밖에서 숨을 죽이고 방안의 동정을 엿듣고 있었다.

부부는 일을 치를 준비로 서로 외설스런 말들을 주고받고 있는 참이었다.

남편이 아내의 두 눈썹을 가리키면서 말했다.

"이것이 무엇인가?"

아내가 대답했다.

"그건 팔자문(八字門)이지요."

남편은 다시 눈을 가리키며 물었다.

"이건 무엇인가?"

"망부천(望夫泉)이라오."

그는 다시 코를 가리켰다.

"이건 무엇인가?"

"감신현(甘辛峴)이지요."

그는 다시 입을 맞추면서,

"이건 무엇인가?"

"토향굴(吐香窟)이 아니겠어요."

이번에는 턱을 가리켰다.

"이건 무엇인가?"

"사인암(舍人岩)이지요."

그는 다시 가슴을 어루만지면서,

"이건 무엇인고?"

"쌍령(雙嶺)이라 하지요."

그는 다시 배를 어루만졌다.

"이건 무엇인고?"

"곧 유선(遊船)이라 하지요."

부부의 문답은 점입가경이었다.

그는 아내의 아랫배의 언덕을 매만졌다.

"여긴 어디인고?"

"옥문산(玉門山)이라 하오."

"이건 또 무엇인고?"

"감초전(甘草田)이옵니다."

"요건 또 무엇인고?"

"온정(溫井)이지 뭐예요."

이렇게 한참 문답이 끝나자 이번에는 아내가 남편의 양경(陽莖)을 어루만지며,

"이건 무엇이예요?"

"주상시(朱尙侍)지."

다시 아내는 고환을 가리키며,

"이건 또 무엇이예요?"

"홍동씨(紅同氏) 형제지."

이때 다섯 아이들이 각기 기침을 하면서 방안으로 들어왔다.

이에 놀란 아비가 벌떡 일어나며 꾸짖었다.

"에끼 이 녀석들! 해가 저물 때까지 소를 돌보라 했는데 어찌 이렇게 일찍 돌아왔느냐?"

그러자 다섯 아이들은 소를 배불리 먹이고 목욕을 시켜서 쉬게 하고 험한 길을 지나 왔는데도 꾸중을 한다고 불만을 털어 놓았다. 아비는 더욱 노하여,

"너희가 떠난 지가 얼마 되지 않는데 어디서 풀을 먹이고 어떤 물

에 목욕을 시키고 또 어디다 쉬게 두었단 말이냐?"
하고 호통을 쳤다.

"처음 팔자문(八字門)으로 나가서 망부천(望夫泉)과 감신현(甘辛峴)을 넘어 토향(吐香窟)과 사인암(舍人岩)을 지나 어렵게 쌍령(雙嶺)을 넘어서 곧 유선(遊船)을 건너 옥문산(玉門山)에 올라 감초전(甘草田)에서 풀을 먹이고 온정(溫井)에서 목욕을 시켰어요."
하고 맏아들 녀석이 대답했다. 아비는 더욱 노하여 커다란 막대기를 갖고 도망치는 아이들을 쫓아가면서,

"그걸 본 건 어떤 녀석이냐?"
하고 고함쳤다. 이에 아이들은 입을 모아 대답하는데,

"어찌 본 자가 없겠어요. 주상시(朱尙侍)와 홍동씨(紅同氏) 형제가 증명하면 그만 아녜요?"

벼룩을 피하는 방법이다

새벽 달빛이 창에 가득한 달밤에 한 부부가 바야흐로 심야 방사를 벌이고 있었다.

그들 부부 곁에서 자던 철부지 아이가 이불 바람에 잠에서 깨어나 보니 아버지가 어머니 위에 누워 있는 게 아닌가. 그 영문을 모르는 아이가 이를 괴이하게 생각하여,

"아버지는 왜 엄마 배 위에서 자?"
하고 물었다. 아버지는 대답이 궁한 나머지,

"빈대와 벼룩을 피하는 방법이다."
하고 말해 버렸다. 그러자 아이는 두 눈을 굴리며 고개를 갸웃거리더니,

"아버지, 나도 빈대와 벼룩이 물어 죽겠단 말야. 난 아버지 등에

서 엎드려 잘 거야."

하고 아버지 등으로 기어 올라갔다.

그 새가 울면 추워요

촌가의 한 부부가 잠자리를 같이 할 때는 아이들을 늘 발치에 자
도록 하였다.

하루는 부부가 즐거움을 나누는데 굴신(屈伸)이 점점 심해지자 발
치에 있던 아이들이 이불 밖으로 밀려나고 말았다.

이튿날 아침 어린 아이놈이,

"아버지, 어젯밤엔 진흙을 밟는 소리가 나던데 그게 무슨 소립니
까?"

하고 물었다. 그러자 아버지는,

"그건 진흙새(泥鳥) 소리다."

아이놈은 다시,

"그 새는 언제 우는 겁니까?"

하고 물었다. 아버지는 다시,

"때도 없이 아무 때고 우느니라."

하고 말해 주었다. 그러자 아이놈은,

"그 새가 울면 추워요."

하면서 콧등을 찡그렸다.

아버지는 그러는 아이놈에게 미안하고 측은해서 자꾸만 아이놈의
머리를 쓰다듬고 있었다.

저 말꼬리 같다면야

전라도 순창의 한 교생에게 딸 하나가 있었다.

그 딸의 나이 이제 다섯 살이었지만 매우 영특했다.

어느 날 밤이었다. 부부가 딸아이가 이미 잠이 든 것으로만 알고 바야흐로 일을 시작하여 이윽고 감창(甘唱)이 새어 나오게 되었다. 그러자 딸아이가 이를 괴이하게 여겨,

"엄마, 아빠, 무엇을 해?"

하고 묻는 것이었다. 부부는 대꾸를 못했고 아비는 가만히 돌아 누워 잠자리를 옮기려고 했다. 그런데 때마침 창으로 비친 달빛에 아비의 양물이 아이의 눈에 비추고 말았다.

다음 날 아침, 딸아이는 어미에게 물었다.

"아빠의 그 두 다리 사이에 있는 게 뭐야?"

어미는 엉겁결에,

"그건 너의 아버지 꼬리지 뭐냐."

하고 대꾸했다. 딸아이는 그것이 정말 꼬리인 것으로 믿었다.

그런 며칠 뒤의 일이다. 마굿간의 말이 양이 동하였던지 그것을 드러내고는 끄덕거리는 것이었다. 그것을 본 딸아이가 다급한 소리로 묻기를,

"엄마, 아빠 꼬리가 왜 저 말 다리 사이에 달렸어?"

하는 게 아닌가. 어머니는 웃음을 머금은 채 중얼거리듯 말했다.

"저건 말의 꼬리지 아빠의 꼬리가 아니다. 네 아빠의 꼬리가 저렇게만 생겼다면 내 무슨 한이 있겠느냐."

9

바보가 따로 있나

9

바보가 따로 있나

대행하도록 분부하신다

한 경남 감사가 각 고을을 순행하는 중에 한 시골을 지나게 되었다.

백성들이 나와 대감의 행차를 구경하는데 사또의 위의(威儀)가 굉장한 것을 보고는 감탄하지 않는 이가 없었다. 모두가 입을 모아,

"사또님의 행차는 하늘에서 내려온 선관(仙官)을 보는 것 같아."

하고 중얼거리니 한 녀석이 친구의 옆구리를 쿡 찌르며 나지막한 소리로,

"사또님도 남녀상합지사(男女相合之事)를 하실까?"

하고 물으니 친구는 눈을 부릅뜨면서,

"사또님처럼 만금(萬金) 귀중하신 몸이 어찌 그런 노고를 할 수 있단 말인가. 필경 병방(兵房) 비장(裨將)이 대행하도록 분부하실 거야."

하고 의기충천하니 이를 듣는 자 허리를 꺾지 않을 수 없었다.

봄이 와야 나간다

홍풍헌(風憲;향리의 벼슬)의 아내가 그곳이 무성하여 얼음 위에서 소변을 보다가 얼어붙어 일어서고자 하나 일어설 수가 없었다. 그녀는 이리저리 해보다가 할 수 없이 남편을 소리쳐 불렀다.

그 소리에 놀란 홍 풍헌이 달려가 열심히 입김을 내어 얼어붙은 것을 녹이려 하다가 뜻밖에도 홍 풍헌의 긴 수염마저 얼어붙어 버렸다.

그런 채로 밤을 지새우고 먼동이 밝았다. 권농(勸農)의 말직을 맡은 이웃 사내가 그를 부르러 왔다. 그러자 홍 풍헌은,

"관가의 일이 비록 중하긴 하나 나는 얼음이 풀리기 전에는 문밖 출입을 못하게 되었으니 자네 이 뜻을 관가에 전해 나의 소임을 바꿔 주게. 그러다가 봄이 되면 비록 권농 같은 시원치 않은 벼슬이라도 사양치 않고 받겠네."

지옥엘 갔더니

옛날 한 상놈이 동네 어느 생원에게 빚을 얻어 썼는데, 생원은 몹시 어리석은 사람이나 재물에는 지독히 인색하여, 하인을 보내 빚독촉을 하다가 머리채를 잡아 끌기도 하니 그 괴로움을 이루 말로 다할 수가 없었다.

그러나 가난한 상놈이라 생원에게 아무리 봉변을 당한들 졸지에 빚을 갚아낼 힘은 없었다. 그래 하루는 꾀를 하나 생각해 내고는 아내에게 말하기를,

"생원이 또 하인을 보낼텐데 빚을 갚을 뿐만 아니라 도리어 생원을 골탕 먹일 수도 있는 묘수가 있소. 내 말대로 하겠소?"

다음날 아침 상놈은 홑이불을 발끝까지 뒤집어 쓰고 방안에 드러누웠고, 아내는 머리를 풀고 문밖에서 아이를 안고 소리를 내어 통곡하였다. 이윽고 생원집 하인이 와서는 여인을 보고 어리둥절하여 웬일이냐고 물었다. 그러자 여인은 더더욱 크게 울다가,

"애 아버지가 간 밤에 늦게 들어와서 주린 뱃속에 식은 밥 한덩이를 자시더니 밤중에 흉복통을 일으켜 갑자기 돌아가시었소. 이제부터 이 어린 것을 데리고 살아갈 길을 생각하니 천지가 아득할 뿐이오."

라고 말했다. 생원댁 하인이 깜짝 놀라 방문을 열고 들여다 보니 과연 시체가 홑이불에 덮여 있었다. 그래서 할 수 없이 여인에게 위로의 말만 던지고 돌아가 생원에게 아뢰었다.

"아무개가 지난 밤에 찬밥을 먹고 급사했습니다. 그 처자가 머리를 풀고 통곡하는데 참으로 불쌍합니다."

그런데 며칠이 지나서 상놈이 별안간 찾아와 생원에게 문안을 드리는 것이었다. 생원은 한편 놀라고 또 괴이하여,

"아니 네가 죽었다더니, 어떻게 살아왔느냐?"

"소인이 과연 지난번 밤중에 죽었다가 삼일 후에 재생한고로 지금 뵈오러 왔습니다요."

"갱생하는 일이 있다고 듣기는 했지만 정작 갱생해 온 사람은 아직 보지 못하였는데 오늘 이 같은 일을 보는구나. 그것 참 괴이한 일이구나. 네가 과연 저승세계를 구경했더냐?"

"물론입니다요. 똑똑히 보았습지요. 이승과 조금도 다르지 않았습니다."

"그래, 자세히 이야기 해 보아라. 어디 저승 풍경을 들어보자."

"네, 소인이 죽자마자 얼굴이 흉악하게 생긴 귀졸(鬼卒)들이 소인을 붙잡아서 끌고 갔습지요. 마치 죄인을 압송하는 차사 같았습니다. 그래서 함께 귀부(貴府)에 당도해 보니 산천이며 마을, 집들, 사람들이 모두 이 세상과 마찬가지였습니다. 차사가 소인을 압송하여 법정으로 간즉 궁전이 매우 거창하고 좌우로 귀신들이 시위

하였으며 전상(殿上)에는 법관이 홍의를 입고 앉았으니 그는 염라 대왕이 분명했습지요. 소인이 염라대왕 앞에 나아가 이승에서 지 은 죄를 심판 받으려는데 염라대왕께서 저를 살펴 보시더니 '너는 지금 죽을 차례가 아니다. 잘못 잡혀 왔구나, 바로 돌아가거라' 하 여 저를 붙잡아 온 귀졸과 함께 이승으로 내려가라고 했습니다. 그래서 귀졸과 함께 이승으로 나오려는데 길거리의 웬 사람이 저 를 보더니 깜짝 놀라면서 손을 부여잡고 반가워했습지요. 이상해 서 자세히 보니 그 분은 바로 재작년에 돌아가신 생원님의 부친이 아니겠습니까."

"아니 네가 돌아가신 내 부친을 뵈었단 말이냐? 그래 대체 형편이 어떠시드냐?"

생원은 상놈이 저승에서 돌아가신 자기의 부친을 만나보았다는 말에 반가움을 금치 못하면서 상놈에게 다그쳐 물었다. 그러자 상놈 이 대답하기를,

"돌아가신 생원님께서는 굶주린 기색이 분명했고 의복이 남루하 여 몸을 변변히 가리지 못하신데다가 거지모자를 쓰셨기 때문에 소인이 처음 뵙고는 얼른 알아보지 못하다가 자세히 보고서야 비 로서 생원님의 부친인줄 알았습죠. 그래서 소인은 놀라움을 금치 못해 그 변고를 여쭈어 보았더니, '집 없고 돈 없어 결국은 거지 신세가 되었노라' 하시며 우시었습니다요. 그리고는 생원님 댁의 소식을 물으시었습지요. 그래서 소인이 생원님의 집안 사정을 잘 말씀드렸습니다. 그리고 마침 소인의 주머니에 돈 일전이 있기에 밥값이나 하라고 드렸습죠. 소인의 심정도 매우 처참했습지요."

상놈의 이야기를 듣자 생원은 부끄러움과 근심이 겹친 얼굴로 또 묻기를,

"네가 선친을 뵈었더니 혹시 모친은 못뵈었는가?"

상놈은 생원의 물음에 웬일인지 주저주저하더니,

"생원님의 모친도 만나 뵈었습니다만 말씀드리기 곤란하와 감히 여쭐 수 없습니다."

"말하기 곤란한 일이 있다니! 지금 내가 너와 단둘이고 타인이 없으니 그건 네 입에서 나와서 내 귀로 들어갈 뿐이니 주저하지 말라. 어서 말해 보아라."

그래도 상놈은 황송하다는 말만 연발할 뿐 좀처럼 얘기를 꺼내지 않았다. 생원이 궁금하여 몸이 달아 몇 차례나 거듭 재촉하자 그제야 못 이기는 체하고 상놈이 말하기를,

"생원님께서 이같이 간곡히 부탁하시니 사실대로 고하지요. 소인이 귀졸과 같이 어떤 주막에 들렀더니 집이 굉장히 넓고 술꾼이 가득했습니다. 그런데 주모(酒母)가 바로 생원님의 모친이었습니다. 소인은 매우 놀랍고 기뻐서 인사를 드렸더니 저를 자식처럼 잘 대해 주었습니다."

"그래? 그것 참 이상토다. 모친께서는 그처럼 부유하신데 부친께서는 무슨 까닭으로 거지가 되었는고? 그래 모친께서는 누구와 같이 사시던고?"

상놈은 또 황송하여 감히 여쭙지 못하겠다고 우물거렸다. 생원은 몹시 궁금하여 상놈에게 하소연하듯 간절히 물었다.

"사실대로 말씀드리겠으니 생원께서는 노여워 마옵소서. 돌아가신 생원님과 모친은 서로 정리가 맞지 아니하여 남남으로 헤어졌고 지금은 돌아가신 소인의 아비와 함께 살고 계셨습니다요. 하오니 제가 감히 여쭙기 심히 어렵습지요."

이 말을 들은 생원은 안색이 잿빛으로 변하여 한참 동안이나 묵묵히 눈물을 흘리더니 탄식하며 상놈을 방안으로 데리고 가서 조용히 말하였다.

"이 일을 너는 결코 입 밖으로 내서는 안되느니라. 네 마누라에게도 비밀로 해야 한다. 만약 남들이 알면 내 꼴이 무슨 꼴이며 집안 망신을 어떻게 말로 할 수 있겠느냐. 부디 남에게 발설치 말라."

"네네, 말씀 안하셔도 어찌 제가 이같이 무서운 비밀을 발설하겠습니까? 염려마옵소서."

"고맙도다. 그러면 내게 갚을 빚은 특별히 탕감하겠다. 한푼도 받

지 않을 테니 종종 우리 집으로 놀러 와서 피차간의 약속을 저버

리지 말자."

"황송합니다. 말씀대로 하겠습니다."

그리하여 상놈은 생원에게 진 많은 빚을 한푼도 갚지 않게 되었을

뿐만 아니라 생원의 집에 찾아갈 때마다 생원이 그를 칙사로 대접하

였다.

이러한 영문을 알게 된 동네 사람들은 생원의 어리석음과 상놈의

꾀와 그 능청스러움에 모두가 배꼽을 쥐고 웃어대었다.

대통으로 낳았으니 죽(竹)가다

내시의 처가 몰래 간통을 하여 아이를 배었다. 그녀는 그것이 탄

로날 것이 두려워 남편에게,

"사람들이 이르기를 아이를 가지게 될 때는 부부간의 사랑이 평상

시보다도 배나 더하다고 합니다. 요즘 당신을 사랑하는 마음이 만

만진중(萬萬珍重)하니 혹시 아이를 갖는 게 아닌가 합니다.

대저 내시들이 생남하지 못하는 것은 양근(陽根)의 단절로 양정

(陽精)이 합일하지 못하기 때문인 바 양정이 진실로 합일하면 생남이

어렵지 않다고 합니다. 그러니 대통(竹筒)을 빌어 양근을 삼고 송정

(送靜)한다면 저는 반드시 잉태하게 될 것입니다."

이리하여 내시 처는 죽통을 써서 합일하였는 바 내시의 아내는,

"여보 접촉의 기쁨이 실제로 하는 것과 조금도 다름 없어요. 이제

부터 우리 이렇게 하도록 해요."

하고 말하자 내시는,

"나도 그렇소. 이거 참으로 오묘한 방사로다!"

하고 짐짓 사내 시늉을 하였다. 그런 대통 방사가 계속된 지 한달쯤

이 지났을 때이다. 내시의 아내는,

"여보, 마침내 잉태하였습니다."

하고 기뻐하니 내시는 다른 내시들에게 자랑하기를,

"누가 내게 자식이 없다 하겠는가. 내 처가 이미 잉태하였네."

하니 그들이 모두 거짓이라고 코웃음을 치자 내시는 노발대발하며,

"나는 이러이러한 오묘한 방법으로 아이를 얻었는데 어찌 믿으려

하지 않는 건가?"

하고 털어놓았다.

그후 아이를 낳아 이 아무개라 이름 지으니 다른 내시들이,

"당신 아들의 성이 죽(竹)가면 죽가지 어찌 이가란 말이오?"

하니 그 내시는 말문이 막힌 채 대꾸를 못했다.

연어는 오고 대구는 안 왔다

한 생선장수 집에 혼례가 있었다.

두루 일가를 초청했는데 해가 이미 저물었는데도 오지 않은 이가 많았다. 그러자 그 중 나이 높은 어른이 생선장수 주인을 불러,

"우리 일가에서 아직 안 온 이가 있는 것 같으니 웬 일인가?"
하고 물었다.

그러자 생선장수 주인은 서슴없이,

"연어(鰱魚)일가는 모두 왔습니다만 다만 대구(大丘) 아저씨가 아직 보이지 않습니다."
하고 아뢰니 주위 사람들이 웃음을 참느라고 킥킥거렸다.

이 생선장수 주인은 '여느' 일가를 연어를 팔며 외우다 보니 '연어' 일가로 발음한 것인데, 대구 또한 공교롭게도 생선 이름이었기 때문이다.

자기 얼굴을 몰라서

벽촌에 사는 한 여인이 서울 저자에서 파는 청동경이 보름달처럼 둥글다는 말을 듣고는 늘 그걸 갖기가 소원이었다.

그런 어느 날 남편이 마침 서울을 가게 되자 부탁하기로 했다. 그런데 그만 청동경을 잊어 버렸다. 마침 보름달이 두둥실 떠 있는지라 그녀는,

"서울 저자엔 저렇게 생긴 물건이 있다 하니 당신이 꼭 사다가 제게 선물해 줘요."
하고 당부했다. 남편은 이를 유념하고 서울에 왔는데 달을 보니 초생달이었다.

남편은 초생달과 비슷한 물건을 찾아 한참을 헤매다가 빗을 보고
는 그것을 샀다.

그는 자랑스럽게 그 빗을 아내에게 내어 놓았다.

"서울 저자에 달처럼 생긴 물건은 이것밖에 없었소. 이게 맞지요?
내가 큰 값을 주고 사 왔소."

그러나 그녀는 엉뚱한 물건에 화가 나서 달을 가리키면서 남편을
원망했다. 어느새 보름달이 되어 있었다.

"이 물건이 어째서 저 달과 같단 말이에요?"

그러나 남편은,

"서울에 있던 달은 이것과 꼭 같았는데 이 시골 달은 이와 같지
않으니 참으로 괴이하구려."

하고 어리둥절했으나 아내의 소원이 너무 간절하므로 어쩔 수 없이
다시 서울로 올라갔다.

이번에는 마침 시골의 달처럼 보름달이 떠 있어 제대로 청동경을
사 가지고 돌아왔다.

아내가 너무 반가와 이리저리 둘러보는데 남편 곁에 웬 여인 하나
가 앉아 있는 게 아닌가.

거울을 본 일이 없는 여인은 자기 얼굴도 모르고 남편이 서울에
가더니 웬 여인 하나를 사 온 것으로 단정하고 크게 노하여 외쳤다.

"당신, 서울 가더니 여자를 사 갖고 왔군요!"

남편은 영문을 몰라 거울을 받아 보니 과연 아내 곁에 낯선 사내
가 앉아 있는 게 아닌가.

"아아니, 당신. 내가 며칠 집을 비운 사이에 사내를 끌어들였구
려!"

하고 고함치자 마침내 부부싸움이 크게 벌어졌다.

그러나 싸워도 싸워도 끝이 나지 않자 그 물건을 증거로 삼아 관
가로 갔다.

먼저 아내가,

"제 남편이 새 여자를 얻어 들였으니 어찌하면 좋겠습니까?"

하고 고발하자 남편도 이에 지지 않고,

"유부녀가 외간남자를 끌어들였으니 이는 중죄이옵니다."

하고 악을 썼다. 원은 둘의 주장이 팽팽한지라 그 증거물을 보기로 했다.

"그걸 이리 올려라."

방자가 조심스럽게 청동경을 원에게 올리자, 원은 눈 앞으로 가져가더니 흠칫 놀라며 소리쳤다.

"아이구, 신관이 새로 도임한 모양이다. 교대관이 이미 오셨으니 빨리 인(印)을 봉(封)하여라."

하고는 서둘러 동헌을 물러났다.

자기 얼굴을 본 일이 없는 세 사람의 곤혹은 이렇게 해서 밑도 끝도 없이 끝나고 말았다.

나를 봐서 참아라

한 건어물 장수가 홀아비인데 동네에서도 소문난 건장한 미남이어서 이웃집 여편네들이 너도 나도 눈독을 들이고 있었다.

한편 지독한 폭군을 섬겨야만 하는 여인이 있었는데 남편과는 달리 이 또한 소문난 정녀(貞女)였다.

그러나 걸핏하면 치고 때리니 견디는데도 한도가 있는지라 어느 날 이 정녀는 남편에게 이렇게 말했다.

"언제까지 이렇게 밤낮으로 당신이 치고 때리기만 해 봐요. 나도 정말 서방질을 하고 말 테니까요."

그러나 그 당장 그녀는 실컷 얻어맞고 말았다. 여인은 홧김에 서방질을 하려고 건어물 장수에게로 달려갔다.

"우리집 양반이 날 이렇게 때렸어요. 홧김에 당신에게로 뛰어왔으니, 자, 맘대로 해요."

건어물 장수는 그렇게 유혹해도 듣지 않던 정녀가 돌연 품안으로 뛰어 들었으니 백 번 고마운 일이었다.

두 남녀는 한바탕 시원하게 일을 치루었고 사내는 만족해서 이렇게 당부하길 잊지 않았다.

"서방 녀석이 또 손찌검을 하거든 언제든 내세 와요. 내가 위로해 줄 테니까."

그런데 하루가 멀다 않고 여인이 뛰쳐 오는데다 심한 날에는 하루에 다섯 번, 여섯 번, 아니 일곱 번도 되풀이하니 뜨거운 군것질도 그만 지겨워지게 되었다.

그런데 어느 날, 여인이 또 매를 맞고 뛰어 들었다. 그러자 홀아비 사내는 외면을 하며 한다는 말이,

"여보시오, 서방이 나쁘긴 하지만 제발 날 봐서 좀 참아 주시오."

기둥만 남았구나

어떤 소경이 아내와 나란히 앉아 있는데 갑자기 이웃에서 떠들썩한 소리가 들렸다.

소경이 아내에게 왜 그렇게 소란스러운가를 물었다.

그러자 아내가 남편의 젖가슴 사이에 사람인(人)자를 썼다.

"어, 불이라고? 어디요?"

소경이 묻자 이번에는 남편의 손을 잡아 그녀의 음문(陰門)으로 가져갔다.

소경은 그 습지를 더듬거리더니,

"응, 진흙골이로군. 얼마나 탔소?"

하고 다시 물었다.

아내는 다시 남편의 양물을 꽉 잡았다.

"어허, 모두 타버리고 기둥만 남았구나. 불쌍하군, 불쌍해."

그때 마침 문밖에서 어떤 사람이 부르는 소리가 들렸다. 소경의 아내는 사내의 양물을 중간을 쥐었다. 그러자 사내가 중얼거렸다.

"어엉, 그 위에 모자가 씌워져 있고 밑에는 두 덩어리가 매달렸으니 송(宋)가가 왔구먼."

남편이 문밖에 있다

어떤 소경 점쟁이의 계집이 간부(姦夫)를 두고 자주 정을 통하고 있었다.

어느 날 그녀가 출타해서 돌아오는 길에 간부를 만났다. 간부는,

"자네 남편은 집에 있는가?"

하고 물었다.

"있어요."

하고 그녀가 대답하자 간부는,

"내가 지금부터 이러이러할 것이니 자넨 결코 소리를 내지 말고 있도록 하오."

하고 계교를 일러 주었다. 이윽고 간부가 소경의 집으로 가서 소경에게,

"그동안 무고했나?"

하고 묻자 소경은,

"어찌 오랜 동안 보이지 않았소?"

"자네 부인은 집에 없는가?"

하고 시치미를 떼고 물으니,

"출타하고 혼자요."

하고 대답했다. 간부는,

"그런가? 그럼 마침 옛애인을 만났는데 일을 할 곳이 마땅치 않으
니 자네 방을 잠시 빌려 줄 수 없겠는가?"

하고 넌지시 청했다. 그러자 소경은,

"방을 빌려 주는 거야 어렵지 않으나 방세는 두둑히 내시오."

하고 농담을 하며 방안에서 나갔다.

사내는 제대로 착착 들어맞았다고 생각하고 소리없이 같이 들어
온 소경의 아내와 막 운우의 정을 나누고 있는데 소경이 마당으로 급
히 뛰어들면서,

"내 막 점을 치니 그 여자의 남편이 가까운 곳에 있다 하니 빨리
끝내고 보내시오!"

하고 다급한 소리로 말하는 것이었다.

간밤에도 쿡쿡 찌르더니

한 귀머거리가 길을 가다가 날이 어두워져 인가에서 하룻밤을 묵
게 되었다.

그런데 한 소금장수가 또한 그 집에 묵게 되어 두 사람이 한 자리
에 들게 되었지만 소금장수는 동숙자가 귀머거리인 것을 모르고 있
었다.

밤이 깊어지자 주인 부부의 교합이 시작되고 소금장수는 그 운우
(雲雨)의 환성을 듣게 되었다.

소금장수가 그 소리가 재미가 있는지라 귀머거리를 쿡쿡 찔러 깨
우려 했으나 귀머거리는 소금장수의 잠버릇이려니 하고 그대로 자
버렸다.

그런데 새벽이 되자 다시 주인 부부는 운우의 탄성을 지르는 것이

었다. 소금장수는 아무래도 혼자 듣기가 아쉬워 다시 귀머거리의 옆구리를 쿡쿡 찔렀다. 그러자 귀머거리가 대노하여,

"이 늙은 개같은 놈아, 간밤에도 쿡쿡 찌르더니 새벽에도 또 쿡쿡 찔러? 이 고얀놈!"

하고 고함쳤다.

이 소리에 놀란 주인 부부는 자기들의 방사를 희롱하는 것으로만 알고 몽둥이를 들고 건너가 호통을 치니 영문을 모르는 귀머거리는 행장을 챙길 틈도 없이 삼십육계를 놓았다.

참으로 쥐새끼다

어떤 과부의 아들이 지나친 사랑으로 자라 바보가 되고 말았다.

어느 날 이 바보는 교활한 종놈을 데리고 도망친 다른 종을 찾으러 나섰다. 대구로 가는 중에 종놈에게,

"대구가 몇 리나 남았느냐?"

"대구의 윗이는 열 여섯이고 아랫이도 또한 열 여섯이니 합해서 서른 둘이지요."

하고 조롱했다. 다시 바보가 물었다.

"여관에 가면 방이 둘이 있을까?"

"방이 없으면 나와 같이 자면 되지요."

하고 대꾸했다. 다시 바보가,

"방에 물 것이 없을까?"

하고 묻자 종놈은,

"물것이 없으면 내 그것을 물면 되겠지요."

하고 대꾸했다. 그는 비록 바보이었지만 이 지경에 이르자 화가 났는지,

"볼기를 쳐야겠군."

하고 치는 시늉을 하자,

"굳이 때려서 깨치지 않아도 당초부터 두 언덕이 갈려져 있지요."

하고 능청을 떠는 것이었다. 바보는 이러한 곤혹을 견디다 못해 도중에서 돌아와 어머니에게 그대로 일러바쳤다.

그러자 과부는 대노하여 종을 묶어 꿇어 앉히고 단단히 죄를 다스리려고 했다. 그러자 종은,

"이놈이 그런 것은 사실입니다. 하지만 그 말을 할 때 서방님과 소인이 있었을 뿐인데, 그 사이에 들어 고자질을 한 놈은 참으로 쥐새끼같은 놈이옵니다."

하고 발악했다. 이를 보고 있던 바보는 바지 속에 한 손을 꽂은 채 마루 위를 서성거리면서,

"내가 고자질 한 거 아냐."

하고 종놈의 눈치를 살폈다.

10

웃기네 웃겼어

10

웃기네 웃겼어

이란 놈이 명당을 찾았는데

홍생원이 오랜 병으로 고생을 하고 있어서 늘 고담(古談)을 잘하는 사람을 맞아 소일을 하고 있었다.

그런 그를 아는 한 유객(遊客)이 이런 얘기를 들려 주었다.

— 때마침 이란 놈이 친상(親喪)을 당해 지관과 함께 묏자리를 보러 가서 한 사람의 인체를 두루 살피다가 두 유방 사이에 이르자 지관은,

"내외용호(內外龍虎)가 비록 분명하긴 하나 앞이 높고 뒤가 낮으니 불가하오."

라고 중얼거렸다. 다시 배꼽 위에 이르더니,

"옥야천리(沃野千里)에 구멍이 있어 주산(土山)과 용호(龍虎)가 흐려지니 불가하오."

하였다. 다시 한참을 더듬어 이윽고 배 밑 두 다리 사이에 이르자,

"이곳이 명당이오. 방서(方書)에 전하기를 토산(土山)의 음(陰)이 무성한 곳이 가위 정혈 (正穴)이며 그 아래에 무덤을 쓰면 참으로

백자천손(百子千孫)이 만세향화(萬歲香火)한다고 했소. 이곳으로
정하시오."
하고 지관이 말하자 이란 놈이 크게 기뻐하며 구멍을 파려 하자 초관
(哨官) 벼슬을 가진 벼룩 한 마리가 뛰어나와 크게 꾸짖기를,
  "어떤 놈이 감히 사대부 가(家)의 선묘에 암장을 하려 하는고!"
하고 벼락을 쳤다. 이는 크게 놀라 그 사연을 물으니 벼룩 초관이란
놈이 두 불알을 가리키면서,
  "이놈! 이것이 홍생원 양반댁의 친산쌍분(親山雙墳)이란 것을 네
  놈이 몰랐단 말이냐!"
하고 호통을 쳤다.

어느 줄기로 내려 왔나

  옛날 어떤 선비가 풍수비결을 배우게 되었다.
  어느 날 밤 아내의 콧마루를 손으로 매만지며,
  "이건 용이 마침내 출발하는 곳이요."
하고 다시 두 팔을 더듬으면서,
  "이는 청룡과 백호가 어울리는 곳이요."
하고는 다시 허리 밑을 어루만지며,
  "이건 금성이 혈(血)을 옹호함이오."
하고는 이윽고 그가 아내의 배 위에 걸터 앉자 아내가 물었다.
  "이건 어느 줄기로 내려온 것이오?"
  "나라가 이미 이룩되었기에 나는 나성을 손에 잡아 수구(水口)를
  막을 거요."
  이때 노인이 아들 부부가 산세를 논하는 것으로만 알고는,
  "세상에 그리 좋은 혈이 있다면 나를 거기에 장사 지내거라."

하고 외치니 이를 듣는 자 허리를 꺾지 않을 수 없었다.

주소가 바뀌었다

한 악동이 희미한 달밤에 알몸이 되어 이웃집 닭을 도둑질하러 갔다.

닭의 횃대는 침실 창문 밖 처마 끝에 있었다.

슬금슬금 악동이 횃대로 다가갔을 때, 주인 영감이 그 그림자를 보았다.

"이게 필시 도둑놈이렷다!"

하고 생각하기가 무섭게 주인은 사발 하나를 들어 창 너머로 힘껏 내던졌다.

그런데 그것이 공교롭게도 악동의 코끝을 스치고 다시 양두(陽頭)를 스친 다음에 땅에 떨어졌다.

악동은 그 순간에 코끝과 양두가 각기 한 점씩 떨어져 나간 것을 알고 급히 그것을 주워 들고는 삼십육계를 놓았다. 그는 한참 도망을 친 다음에 그 두 살점을 보고는,

"이 살점이 떨어진 자리에 아직 뜨거운 피가 맺혀 있으니 도로 붙일 수도 있겠지."

하고는 곧 도로 붙여 두었다.

그런데 다행히도 붙긴 잘 붙었는데 그만 어둠 속에서 잘못 보고 코끝을 양두에, 양두를 코 끝에 붙인 것이다.

이로부터 그는 향기나 냄새를 맡게 되면 양두가 실룩거리게 되었고, 옥문을 가까이 하면 코끝이 벌떡벌떡 일어서게 되었단다.

그 손가락이 아니다

관서지방에 비지촌(非指村)이라는 고을이 있는 바 그 괴이한 이름의 유래는 이렇다.

옛날 어떤 사람이 뽕을 따러 갔다. 그는 한 부잣집 곁에 있는 커다란 뽕나무가 몹시 무성한 것을 보고 가만히 나무 위로 올라갔다. 뽕나무 아래 삼밭에 사람이 오간 흔적이 보였다. 동네 아이들이 장난을 친 흔적으로만 알고 그는 뽕을 따고 있었다.

그런데 이윽고 한 사내가 뽕나무 밑으로 오더니 두어 번 긴 휘파람 소리를 내었다. 그는 숨을 죽이고 지켜 보고 있었다. 그러자 한 아리따운 스물 안팎의 처녀가 술 한 병과 안주 한 접시를 들고 그 부잣집에서 나오더니 걸음을 옮겨 삼밭으로 들어가는 것이었다.

사내와 계집은 한바탕 일을 치르더니 운우(雲雨)가 다하자 서로 마주 앉더니 계집이,

"우리가 서로 사랑하는 사이이니 간담을 헤쳐놓고 서로 솔직해도 좋지 않겠어요. 소녀가 당신의 그것을 머금는다면 당신 역시 내 그것을 머금어 주겠는지요?"

하고 교태를 부리는 게 아닌가.

사내가 응낙을 하고 곧 자기의 양물을 꺼낸다.

계집은 그것을 몇 번 사랑스러워 견딜 수 없다는 듯이 입으로 머금더니 이번에는 제것을 머금기를 재촉한다. 그러자 사내는,

"너의 그것은 그리 하기가 어렵게 생겼으니 내 손가락을 넣었다가 그걸 빨면 어떻겠는가?"

"그것도 좋아요."

사내는 곧 그의 손가락을 넣었다가 빼내었으나 음액이 엉켜 있어 아무래도 마음이 내키지 않자 슬며시 다른 손가락을 머금으며,

"자, 이제 되었지?"

하자, 가만히 지켜 보고 있던 계집은,

"당신의 사랑의 깊이는 저만 못하군요. 이건 그 손가락이 아니잖아요?"

하고 토라지는 게 아닌가. 그러나 사내는 계집이 잘못 안 것이라고 다툰다.

그러자 나무 위의 사내가 보기에 답답한 나머지 그만 자기 손가락을 굽혀 가리키면서,

"이 손가락이지 이 손가락이 아니오."

하자, 사내는 놀라 도망쳐 버렸다. 그는 그제야 뽕나무에서 내려와 계집과 멋지게 운우를 즐긴 뒤에 유유히 술을 마시고 돌아갔다.

이로부터 이 동네를 '비지촌(非指村)'이라 하게 되었단다.

고것이 먼저 나오니

경력이 많은 한 산파가 있었다. 그 산파가 어느 산가(産家)에 왕진을 갔는데 한 탕자(蕩子)가 있어 산파의 미모에 반해 엉뚱한 생각을 품게 되었다.

산파가 일을 마치고 돌아가자 탕자는 빈집 한 채를 빌려 병풍과 족자, 가구들을 벌려 놓고 방을 어둡게 한 다음 알몸이 되어 이불 속에 누웠다. 그리고 안마당에는 약탕관을 마련케 하고는 교자를 보내 다시 산파를 부르게 하였다.

산파가 방으로 들어가 병풍을 제치고 손을 이불 속으로 밀어넣고 윗배로부터 아랫배를 고루 진단해 보았으나 배가 그렇게 높지를 않았다.

산파는 이상해서 배의 아래 위를 어루만지는데 음문(陰門) 가까운 곳에 양물이 기운차게 뻗쳐 배꼽 쪽을 향해 일어서 있었다. 산파가 크게 놀라 뛰어 나가자 여종이 희롱하기를 '우리 집 아씨는 언제쯤

해산하시겠어요?' 하고 물었다.

그러자 산파는 '아이의 머리가 먼저 나오면 순산이고 발이 먼저 나오면 역산이며 손이 먼저 나오면 횡산인데, 이 댁 아씨의 아이는 신(腎)이 먼저 나오니 이건 처음 보는 일이네. 게다가 그 신이 너의 할아버지 머리보다 더 크니 순산은 어렵게 되었어' 하더란다.

눈이 쓰린 나머지

바람기가 거센 한 한량이 너무 휘두른 나머지 그만 그것이 망가지고 말았다.

이 한량은 한의원을 찾았고 한의원은 그 소중한 두 개를 바꿔 끼워야만 하겠다고 했다.

"이걸 빼내고 대신 썩 좋은 마늘쪽을 넣어 보시오."

별수없이 한량은 의원 말대로 거기에 마늘을 넣기로 했다.

다행히도 별 탈이 없어 한량은 의원을 찾지 않게 되었는데, 어느 날 우연히도 길거리에서 만나게 되었다.

"아, 젊은이, 안녕한가? 그래, 그 후 별고 없겠지?"

"의원님, 정말 흠잡을 데 없이 잘 됐습니다. 진짜를 달고 있을 때와 다름이 없어요. 다만 한가지 곤란한 것은 일을 치를라치면 계집들이 하나같이 눈이 쓰리다면서 비오듯 눈물을 흘리더군요."

외눈박이를 죽여야지

한 주막의 계집이 행방(行房) 생각이 날 때마다 농담으로 남편에게 '외눈박이를 죽여야지' 하곤 하였다. 외눈박이란 곧 사내의 양물을 가리키는 것이었다.

　어느 날 밤 삼경(三更)이 되어 남편이 아내에게 이르기를,

　"이제 그 외눈박이를 죽이는 게 어떻소?"

하고 은밀히 청했다. 그러자 아내는 대답했다.

　"웃방의 나그네가 아직 깊이 잠들지 않았을 테니 사경(四更)쯤 되어 틈을 봐서 죽이는 게 좋겠소."

　그런데 그 웃방에는 외눈의 나그네가 하나 있어서 이 부부의 대화를 듣고 소리쳤다.

　"날 살려 주시오! 날 좀 살려 주시오."

동그라미와 작대기의 용도

한 선비가 홀로 사랑에서 책을 읽으며 소일했다.

그런 어느 날 남편이 외출하고 없는데 아내가 사랑에 갔다가 남편이 읽는 책을 보게 되었다.

그런데 그 책에는 여기저기 글자에 동그라미를 친 곳도 있고 글자 옆에 점을 찍은 곳이 있는가 하면 작대기를 내리그은 곳도 있고 더러는 쪽지를 붙여놓은 곳도 있었다.

아내가 그 사연이 궁금해 출타했다가 돌아온 남편에게 물으니,

"문리가 훌륭한 곳에는 동그라미를 치곁 그 다음의 것에는 점을 찍고 좋지 않은 곳에는 작대기를 내리긋는 것이오. 그리고 의문이 나는 곳에는 쪽지를 붙이는 것이오."

하고 일러 주었다.

그런 뒤 어느 날 남편이 크게 술에 취해 돌아와 의관을 모두 벗어 던진 채 알몸으로 인사불성에 빠져 있었다.

아내가 그 모습을 보니 남편의 물건이 머리를 크게 쳐들고 용기가 발발할 뿐 아니라 웅장하기 비할 바 없자 그 머리에 붉은 물로 동그라미를 돌리고 두 주머니엔 점을 찍고 어지럽게 뻗은 음모에는 작대기를 긋고 콧등에는 쪽지를 붙여 두었다.

이윽고 선비가 술에서 깨어나 몰골을 살피니 해괴한지라 아내를 불러 따지기를,

"내 술에 취해 인사불성일 때 어떤 자가 내 몸에 괴이한 장난질을 쳤으니 부인은 그 연고를 아시오?"

하고 물었다. 그러자 얼른 아내가 대답하기를,

"그건 제가 했어요. 당신의 그 물건이 웅대하고 발발한 것이 좋아 동그라미를 쳤고 주머니는 그 다음의 것이기에 점을 쳤으니 숲은 깨끗하지 못해 작대기를 그었습니다. 그리고 속언에 이르기를 코가 큰 자는 그것도 크다 했는데 당신은 코가 작은데도 그것이 크

니 이건 필히 의문이 아니겠습니까. 그래서 거기엔 쪽지를 붙인 것입니다. 이 모두가 당신의 가르침으로 익힌 것이지요. 그런데 혹 잘못 익힌 게 있었나요?"

하니 지아비는 그저 웃을 수밖에 없었다.

없는 구멍을 뚫는다면

어느 시대나 그랬지만 선묘조(宣廟朝) 때도 상통하는 자는 중죄로 다스리게 되어 있었다.

그런데 궁녀와 상통한 자가 왕의 사함을 받아 무사히 풀려난 일이 있다.

이 승지가 지신(知申)이란 관직에 있을 때 그의 청지기가 궁녀와 상통한 죄로 벌을 받게 되었다.

이 승지는 청지기가 불쌍했으나 그의 힘으로는 어쩔 수가 없었다. 그런데 하루는 이 승지가 왕의 부름을 받았다. 이 승지는 한 가지 묘책을 생각해 내고 일부러 좀 늦게 입시하여 왕 앞에 무릎을 꿇었다.

"어이하여 이렇게 늦었는고? 어디 그 사연을 좀 들어 보자."

왕이 물었다.

"상명을 받자옵고 서둘러 궁을 향하옵는데 종루(鐘樓) 거리에 많은 백성이 모여 웃고 떠들고 있어 말을 세우고 사연을 물으니 이러하였사옵니다. 모기란 놈이 말벌을 만났는데, 말벌이 모기를 보고 하는 말이 '내 배가 이렇게 너무 불러 수놈이 찔러야 배설이 되어 좀 후련하겠으니 자네의 그 날카로운 주둥이로 구멍을 좀 뚫어 주는 게 어떻겠는가' 하고 넌지시 청했더랍니다. 그러자 모기가 대답하기를 '자네 말을 어찌 나쁘다 하겠는가. 하지만 요즈음 소문에 승지의 청지기가 본래부터 있는 구멍을 뚫었는데도 벌을 면치 못하게 되었다는데, 만일 내가 감히 없는 구멍을 뚫는다면 그 죄 얼마나 무겁겠는가. 그러니 이 미천한 몸이 어이 그 중벌을 감당하고 자네에게 구멍을 뚫어줄 수 있겠는가' 하고 대답하였더랍니다. 그런 연고로 입시가 늦었사오니 황공하옵게도 소신이 대죄를 지었사옵니다."

승지가 이렇게 아뢰고 머리를 조아리자 왕은 노여움을 풀고 미소를 지으며 이렇게 칙유(勅諭)를 내렸다.

"그것은 동방삭(東方朔)의 골계(滑稽)가 무색한 재치로다. 청지기의 죄를 사하도록 하라."

배 밑에 사람이 있어서

두 죄수가 옥중에서 서로를 위로한다고 말을 주고 받고 있었다.

"대장부가 이런 곳에 한번 들어오는 건 실인즉, 별다른 게 아닌데 대체 당신은 무슨 연고로 들어오게 되었소?"

"허허, 나야 엎드려 자다가 그렇게 되었소."

"아아니, 엎드려 잔 게 그 무슨 죄가 된단 말이오?"

"내 배 밑에 사람이 있었기 때문이오. 그런데 당신은 어떤 연고로 여길 왔소?"

"아아, 나는 고삐 하나를 잡은 연고로 들어왔소."

"아아니 고삐를 잡은 것도 죄가 되오?"

"그 고삐 끝에 한 물건이 달려 있었던 거요."

한 사람은 유부녀와 통간한 자이고, 다른 한 사람은 소도둑이지만 변명만은 둘 다 그만그만했다.

또 풀대를 꽂았다

옛날에 한 부자가 깊은 산 밑에 양전(良田) 백여 마지기를 개간했으나 호랑이가 출몰하게 되어 밭을 갈아먹을 수가 없었다. 부자는 밭을 갈지 못해 한 톨의 수확이 없을 뿐만 아니라 밭이 날로 황폐해가는 것이 아깝기 그지 없었다.

부자는 마침내 그 호랑이를 잡는 자에게 자기의 딸을 주겠다고 널리 전하기에 이르렀다.

그런 얼마 후 한 장사가 찾아와 자기가 그 소임을 맡겠다고 청했다. 이리하여 장사가 홀로 밭을 갈며 사방을 경계하는데 과연 맹호 한 마리가 울부짖으며 그에게 달려들었다. 그러나 그는 과연 천하장사인지라 날쌔게 몸을 날려 호랑이를 잡아 허리를 부러뜨려 던져 버렸다.

그때 호랑이가 허리가 부러져 다 죽어가는 신음소리를 내는 것을 듣고는 여우가 나타나더니 호랑이에게,

"호랑이 숙부께서는 어인 일로 이렇게 신음하십니까?"

하고 공손히 물었다. 그러자 호랑이는,

"내가 저 밭을 갈려는 자를 잡아먹기를 여러해 해 왔는데 오늘은 어떤 놈으로 인해서 내 허리뼈가 부러졌구나."

하고 계속 신음하니 여우는,

"숙부께선 언제나 산군(山君)이라 하여 위엄을 뭇 짐승들에게 떨치시더니 어찌하여 촌놈에게 허리가 부러졌소? 내 숙부님을 위해 그 원수를 갚으리다."

하고 호기를 부리더니 여우는 빼어난 미녀로 둔갑했다. 여우가 미녀가 되어 장사를 유혹했으나 그는 이미 그게 요물이라는 것을 알고는 뒷다리를 꺾어 내던졌다.

여우란 놈은 절룸거리며 호랑이 옆으로 기어 오더니,

"숙부, 나도 당했어요."

하고 푹 고꾸라졌다. 이때 한 마리 벌이 날아오더니,

"두 분이 촌놈 하나를 이기지 못해 허리와 다리를 상했으니 참으로 남 보기에 창피하오. 이런 말은 아예 다른 짐승에겐 하지 마시오. 그 대신 내가 날아가 이 날카로운 입바늘로 그 놈을 찔러 피가 솟구치게 해서 말라 죽여버릴 것이오. 내 기필코 두 분의 원수를 갚고 오겠으니 잠시만 기다리시오."

하고 노기충천하더니 어느 틈에 장사의 머리에 붙었다.

그런데 벌이 독침을 꽂으려는 찰나에 장사는 풀대를 꺾어 벌놈의 항문에 꽂아 버렸다.

벌놈은 제몸의 몇 배가 되는 풀대를 항문에 꽂은 채 아픔과 혼미로 나는지 굴으는지 모르고 호랑이와 여우가 앓고 있는 곳까지 겨우겨우 왔다.

이럴 즈음 부자는 하회가 궁금해서 딸에게 장사의 생사를 살펴오도록 일렀다.

부자의 딸이 조심조심 밭가에 이르니 장사는 거기에 살아 있었다.

"내 이미 호랑이를 잡고 밭을 갈게 되었으니 당신은 마땅히 내 아내가 되었소."

하고 장사가 그녀를 이끄는지라 두 남녀는 그만 그 자리에서 합일되었다.

그때 장사가 계집의 허리를 안는 것을 본 호랑이란 놈은,

"저것도 필경 허리가 부러지겠구나."

하고 중얼거렸다.

다시 장사가 계집의 두 다리를 들어 올리자 이번에는 여우란 놈이,

"어어, 저것도 다리가 부러지게 됐어."

하고 제 일처럼 놀라는 것이었다.

이윽고 사내가 그의 양물을 계집의 음호에 밀어넣으니 이번에는 벌이,

"저것 봐, 그 놈이 또 풀대를 꽂았어!"

커야 할 것은 작고

한 상놈의 계집이 버선 한 켤레를 만들어 남편에게 주었다.

그러나 남편이 그 버선을 신으려고 아무리 기를 써도 버선이 작아 들어갈 생각을 하지 않았다.

그러자 남편은 혀를 차며,

"당신 재주는 정말 기괴하구려. 마땅히 좁아야 할 것은 너무 넓어서 쓸모가 없고 넓어도 좋은 물건은 너무 좁아서 쓸모가 없지 않소."

하고 꾸짖으니 아내가 이렇게 응답했다.

"당신의 물건도 역시 마찬가지가 아니오. 커야 할 것은 작고 마땅히 커서는 안될 발은 일취월장(日就月長) 커져만 가니 그건 무슨 꼴이오?"

많이도 까 먹었다

어떤 자가 친구의 집을 찾았으나 주인이 출타하고 없자 아이에게,

"너의 엄친께선 어디 가셨느냐?"

하고 묻자 아이는,

"간 곳에 갔지 어딜 가요."

하고 대답하자 아이의 못되었음을 알고,

"네 나이가 몇인고?"

하고 묻자 이번에는,

"건너 동네 석례와 동갑이예요."

하고 대답하자 다시,

"석례는 몇 살인고?"

하고 물으니 아이는 귀찮다는 듯이,

"저와 동갑이지 뭐예요."

하고 불손하게 대꾸하는 게 아닌가. 그는,

"넌 어인 아이가 이다지도 교사스럽단 말이냐. 네 그 불알을 까야 겠다."

하고 겁을 주었더니 아이는 주저없이 되묻기를,

"아니 다 큰 아이의 불알도 까 먹을 수 있어요?"

"그래, 안될 게 없다."

"맞아, 많이도 까먹었나 봐. 턱 밑에 저렇게 음모(陰毛)가 더덕더 덕 있는 걸 보면."

하고 깔깔대며 도망치자 손님은 얼굴이 뜨거워 어찌할 바를 모르고 서 있었다.

닷 되 닷 되 다닷 되

어느 봄날 따뜻한 한낮이었다. 어떤 부부가 낮 방사를 시작하여 운우(雲雨)가 바야흐로 무르익으려는 순간이었다.

이때 여종이 창밖에 다가서더니,

"아씨 마님, 저녁을 지으렵니다. 쌀은 몇 되를 하오리까?"

하고 아뢰는 게 아닌가. 아씨 마님은 막 격앙되어 있는지라,

"닷 되, 닷 되, 다닷 되."

하고 대답하고 말았다. 여종은 얼른 서 말 닷되를 내어 밥을 지었다.

이를 본 아씨 마님이 어처구니가 없어 크게 책망하자,

"아씨 마님 분부대로 했습니다. 닷 되에 닷 되면 한 말이 아니옵 니까. 거기에 또 다닷 되라면 두 말 닷되니 모두 서 말 닷 되가 아 니옵니까?"

하고 오히려 의아한 표정을 지었다. 그제서야 아씨 마님은 좀 전의 시말을 생각하고,

"요년아, 네가 짐작해서 들을 것이지 그 순간에 내 어찌 인사(人事)를 알겠느냐."

닭도 성묘를 가는구나

어떤 양반 하나가 이튿날 성묘를 떠나려고 여종에게 새벽에 밥을 일찍 짓도록 분부했다.

그런데 여종이 동이 트기 전에 밥을 지어 놓고 상전의 기침을 기다렸으나 거동의 기미가 보이지 않았다. 동방이 훤히 밝았는데도 역시 소식이 없자 궁금해진 여종은 가만히 안채로 가서 창밖에서 엿들으니 상전 내외는 방사에 열중하고 있었다.

여종은 마루에 무료히 앉아 공연히 선잠을 자면서 새벽밥을 지은 것을 후회하고 있는데 횃대에서 내려온 한쌍의 닭이 또 교환을 하는 것이었다. 여종은,

"너희 같은 닭 년놈도 또한 성묫길을 떠날 거냐?"

하고 종알댔다.

이빨을 닦았나

한 여종이 얼굴은 반반하나 이를 닦지 않아 그야말로 황동색을 하고 있었다.

그런데 이웃에 사는 머슴이 또한 씻기를 게을리 하여 손발에까지

때가 더덕이 져 있었다.

이에 한 호사가(好事家)가 심심한지라 여종을 찾아가 이르기를,

"홍 머슴이 너의 자색이 탐낼 만하나 이가 누런 것이 흠이라고 하더라."

하고 말하고 다시 홍 머슴에게는,

"그 여종이 네 풍모는 실로 사내다우나 손발을 제대로 씻지 않는 게 흠이라고 하더라."

하고 말했다.

이리하여 여종과 홍 머슴은 하루에도 몇 번씩 이를 닦고 손발을 씻어댔다. 이윽고 때가 말끔히 벗겨진 것을 확인한 홍 머슴은 여종에게로 갔다. 그리고 주인을 찾으니 여종이 나왔다. 여종을 보자 홍 머슴은 공연히 팔을 흔들고 손을 내밀고 하며,

"주인 양반 계시냐?"

하고 물었다. 그러자 여종은,

"출타중이야."

하고 입이 찢어져라 크게 벌리고는 희게 된 이빨을 드러내 보이며 대꾸했다.

당부할 것도 없다

옛날에 한 양반 집에 얼굴이 아름다운 여종 하나가 있었다.

하루는 양반이 여종을 꾀어 뒷산 숲으로 이끌고 가서 바야흐로 거사를 하려 하고 있었다.

그때 여종의 사내가 홀연히 그들 앞에 나타났다. 아슬아슬한 위기일발의 순간이었다.

양반은 여종의 치마로 여종의 얼굴을 덮고 이내 거기에 엎드려 사

내를 돌아보며 눈을 히번뜩이고 입을 히죽이 벌리며 손을 흔들었다. 그런 몰골을 본 사내는 웃음을 머금은 채 말 없이 그 자리에서 사라져 갔다.

그날 저녁 사랑에 들어온 사내는,

"주인님, 아까는 소인이 잘 피해 드렸지요? 그 영악함이 그만 아닙니까?"

하고 양반에게 자랑하였다. 양반은,

"넌 과연 영악한지고! 그야말로 기특하네. 계집이 그때 너를 보았으면 얼마나 무안했겠는가!"

하고 칭찬하니 사내는 더욱 기뻐서,

"그러기에 소인이 그 자리를 곧 피해 버린 거지요."

그날 밤 사내가 계집에게,

"낮에 주인님께서 어떤 계집과 이러저러한 일을 하시기에 잘못 꽃밭에 불을 지르는 격이 될까 봐 모르는 채 곧 피하고 말았더니 주인님께서 날 영리하다고 칭찬이 대단했어."

하고 한바탕 자랑을 늘어 놓았다. 그러자 계집은,

"맞아요. 영감께서 하신 일을 함부로 남에게 발설해서는 안돼요. 행여 발설하게 되면 중벌을 면치 못할 거예요."

하는 것이었다. 사내는,

"내가 뭐 세 살 먹은 아인가. 어찌 그런 일을 누설하겠어. 그런 건 당부할 것도 없는 일이야."

하고 자랑스러운 얼굴을 했다.

11

웃기는 자가 이기는 자

11

웃기는 자가 이기는 자

송곳이더냐 쇠망치더냐

소년과 장년, 그리고 노년이 동행이 되었다가 한 촌가(村家)에서 같이 밤을 지내게 되었다.

그런데 장년이 주인 여자의 미색에 반한 나머지 밤중에 몰래 기어 들어가 겁탈했다.

다음날, 주인은 그 장본인이 누구인지를 알 수가 없자 세 사람을 모두 관가에 고발했다.

한데 사또 또한 아무리 생각해 봐도 누구인지를 찾아낼 방법이 없는지라 자기 부인에게 상의하기에 이르렀다. 그러자 부인은,

"그게 뭐 그리 어려운 일입니까. 그 일을 행할 때 그것이 송곳으로 찌르는 것 같더냐, 쇠망치로 치는 것 같더냐, 그도 아니면 삶은 가지를 밀어 넣는 것 같더냐고 물으시면 될 것이오."

하고 간단히 말했다. 그러자 사또는 이상하게 생각하며,

"아니 그것으로 어찌 범인을 구분할 수 있단 말이오?"

하고 다시 물었다. 이에 부인은,

"만일 송곳으로 찌르는 것 같았으면 소년이고, 쇠망치로 치는 것
같았으면 장년이고, 삶은 가지를 밀어 넣는 것 같았으면 노년이
틀림없지요."
하고 자신있게 응답했다.

다음날 사또가 부인의 말대로 신문을 하니 여인은 '쇠망치로 치는
것 같았사옵니다' 하고 고했다.

그리하여 다시 장년을 신문하니 과연 자기가 겁간했다고 순순히
자백하였다.

사또는 사저로 돌아와 세 사람의 행적을 가려낸 것이 아무래도 의
아하여 그 연고를 부인에게 물었다.

"우리도 그러하지 않았소. 당신과 막 혼인을 했을 때는 송곳으로
찌르는 것 같았고, 중년기에는 그것이 또 쇠망치로 치는 것 같았
으며, 근래의 노경에 이르러서는 삶은 가지를 밀어넣는 것과 같기
에 그렇게 말씀드린 것 뿐이옵니다."

부인이 웃으며 대답하니 사또 또한 머리를 크게 끄덕이며 따라 웃
었다.

손이 셋이더냐

이웃집 여인을 사모하고 있던 소년이 그 여인의 남편이 멀리 집을
떠난 틈을 타서 그 여인을 범했다.

그런데 여인은 남편이 두려워 관가에 고소하기에 이르렀다.

사또는 먼저 여인에게 신문했다.

"그가 비록 범하려 했기로서니 너는 어이해 따랐는고?"

여인이 재빨리 아뢰었다.

"그가 저를 범할 때 한 손으로는 제 두 손을 잡고 다른 한 손으로

는 저의 입을 막고 또 한 손으로는 그의 양물(陽物)을 제 옥문(玉門)에 처넣으니 저같이 약한 여자가 어찌 대적할 수 있겠사옵니까?"

여인의 대답에 사또는 대노해서 외쳤다.

"아니 천하에 손이 셋이나 되는 자가 어디에 있는고! 넌 무고의 율(律)을 먼치 못하리리!"

"제 손을 잡고 입을 막은 손은 저 사람의 손이었사옵고 저 사람의 양물을 집어 넣은 손은 제 손이었사옵니다, 사또 나으리."

사또도 이 말엔 상을 치곁 크게 웃고 말았다.

내가 죽일년이다

옛날 어느 마을에 이건이란 놈팽이가 있었다. 그가 하는 일이라고는 매일같이 술이나 먹고 노름방에 드나드는 것이어서 집안 형편이 말이 아니었다.

그의 아내가 날품팔이로 하루를 이어가는 형편이었지만 이건이는 집안 일을 돕기는커녕, 아내가 벌어오는 쥐꼬리만한 돈을 뜯어 술을 먹거나 노름방을 드나들었다. 돈이 없으면 하루 종일 방안에 틀어박혀 낮잠을 자거나, 아니면 사사건건 남의 일에 끼어들어 말썽을 일으켰다.

이러한 놈팽이 이건이었지만 꾀가 비상해서 마을 사람들은 '꾀보 이건'이라고 불렀다. '이건'이라는 이름도 그가 무슨 일에든지 끼어들어 이래라 저래라 의견을 고집하기 때문에 붙여진 것이었다. 즉 '이건'은 '의견'의 경상도 사투리인 것이다.

그러나 꾀많은 이건이지만 생계를 위해서는 조금도 일을 않으니 그의 가정은 날이 갈수록 살림이 궁핍해갔다. 그러던 차에 이건의 아내가 건너 마을 차서방이라는 부잣집에서 날일을 하던 중 차서방과 정을 통하고 말았다. 차서방은 이건의 아내가 이쁘장한지라 노상 침을 흘리다가 하루는 집이 빈 틈을 타서 겁탈했던 것이다.

이건의 아내는 몸을 버리자 목숨을 끊으려고도 했지만 차서방이 던져주는 돈 꿰미를 받아 쥐고 보니 마음이 약해지고 말았다. 그리하여 부인은 차서방을 만나는 댓가로 그때마다 받는 돈으로 살림을 꾸려나갔다.

이건은 이러한 사실을 눈치챘지만 가만히 앉아서 잘 먹는데다 아내에게 용돈을 넉넉히 받는지라 모르는 척하고 있었다.

그날도 차서방은 이건이 없는 틈을 타서 대낮부터 이건의 집에 눌러 앉아 이건의 처와 노닥거리고 있었다. 저녁 무렵에야 집에 돌아온 이건은 차서방이 자기의 방에서 코를 골며 자고 있는 것을 보게 되었다.

"아, 여보! 차서방이 웬 일이오? 왜 남의 방에서 자고 있느냐 말이오?"

이건은 아내에게 아무 것도 모르는 척하고 물었다. 이건의 아내는 한번 휑하고 나가면 며칠 동안 들어오지 않던 남편이 별안간 돌아오자 몹시 당황하였지만 남편이 아무 것도 모르자,

"아, 글쎄 말예요, 장에 갔다오는지 술이 잔뜩 취해 가지고 당신을 찾더니 가시라고 해도 가지 않고 저렇게 자고 있지 뭡니까!"

이건은 자기 방에서 네 활개를 벌리고 자고 있는 차서방에게 은근히 화가 났다. 자기가 보지 않을 때는 마누라와 차서방이 무슨 짓을 하던 노름할 푼돈만 생기면 그만이었지만 그래도 사내 대장부인지라 눈앞에 드러누워 있는 차서방을 쳐다 볼수록 화가 치밀었다. 마침내 이건은 등잔불에 참기름을 뜨겁게 펄펄 끓여서는 차서방의 콧구멍에다 주르르 들어 붓고 말았다.

그러자 차서방은 잠에서 깨어나지도 못한 채 소리 한마디 없이 죽어 버렸다. 차서방이 잠자듯이 죽자 이건은 아내에게,

"이젠 늦었으니 차서방을 깨워서 보내게."

218

하였다. 그의 아내가 방안으로 들어가 몇 번이나 차서방을 깨웠지만
죽은 사람이 깨어날 리가 없었다.

"여보! 차서방이 죽었어요. 큰일났어요. 차서방이 죽었어요."

"아니 자고 있던 차서방이 죽었어? 어험! 그놈이 남의 집에 와서
못할 짓을 했나? 갑자기 죽긴 왜 죽어?"

놀람과 겁에 질려 부들부들 떠는 아내에게 이건은 차서방과의 행
적을 아는 척 비양거렸다. 밤이 깊자 이건은 아내에게,

"관가에서 우리 집에서 사람이 죽었다는 걸 알면 시끄러울 터이
니 당신이 몰래 지고 나가서 저 건너 연못에다 던져 버리게."
하고 말했다.

"네, 연못에요? 제가?"

"그럼 당신이 해야지 누가 해? 누가 보면 큰일이니 인기척이 나면
연못에 던지지 말고 집으로 도로 와요."

아내는 자신이 저지른 죄가 있는지라 반대하지를 못하고 그 무거
운 사내의 송장을 지고는 연못으로 갔다. 그리고 이건은 다른 길을
통하여 연못가에 먼저 가서 숨어 있었다.

이건의 아내는 무거운 송장을 지고 남들의 눈을 피하여 연못가로
갔다. 그리고 송장을 연못에 막 던지려는데 어디서 난데없는 기침 소
리가 '에헴'하고 났다. 부인은 인기척 소리에 혼비백산하여 던지려
던 송장을 업고는 집으려 달려왔다. 숲속에 숨어 아내를 골탕 먹인
이건은 집으로 먼저 뛰어가서 아내를 기다렸다. 집으로 돌아 온 아내
는 남편에게 송장을 버리지 못한 사연을 이야기했다. 그러자 이건은
다시 아내에게,

"뒷산 골짜기에 갖다 버리게."
하고 말했다. 아내는 별수 없이 또다시 무거운 송장을 지고 마을 뒷
산으로 향했다. 가냘픈 여자의 몸으로 무거운 송장을 지고 이곳 저곳
으로 옮기는 것도 힘든 노릇인데 자기와 정을 나누던 사내를 지고 가
자니 정말 죽을 지경이었다. 이것이 모두 남편을 속인 죄라고 생각하
니 기가 막혔다. 간신히 산 골짜기로 들어가서 송장을 숨기려는 순간

이번에도 어디서 인기척 소리가 났다.

"에구머니!"

부인은 급히 송장을 지고 다시 집으로 돌아왔다. 산 골짜기에 미리 와서 아내를 골탕먹인 이건은 또 아내보다 먼저 집에 와서 있었다.

"여보! 제가 죽을 죄를 지었어요. 용서해 주세요. 제가 죽일년이예요."

부인은 이건에게 차서방과의 모든 일을 털어놓고 용서를 빌었다. 더 이상 송장을 지고 다닐 수는 없었다. 무섭고 두려워서 죽을 지경이었다.

이건은 아내를 용서해 주는 댓가로 앞으로 다시는 바가지를 안 긁는다는 보장을 단단히 받았다. 그리고는 송장을 지고 마을 동쪽에 있는 엄부잣집 대나무 숲으로 들어갔다. 송장을 지고 연못으로, 산으로 가는 동안 어느덧 밤이 새고 말았으나 아직은 주위가 캄캄한 새벽이었다.

대나무 숲에 들어온 이건은 송장을 대나무에 기대어 놓고 산 사람처럼 해놓았다. 그리고는 큰 돌멩이를 들어 닥치는대로 대나무를 쿵쿵 찍었다.

새벽잠을 설쳐 엎치락뒷치락하던 엄부자는 대나무를 찍는 소리에 놀라 벌떡 일어났다.

"여봐랏! 게 아무도 없느냐? 누가 우리집 대나무를 훔쳐가고 있잖느냐!"

엄부자의 벼락같은 호령에 깊은 잠에 들었던 하인들이 투덜거리며 모여들었다.

"어느 놈이야? 피곤해 죽겠는데 어떤 놈이 잠을 설치게 해?"

"어떤 놈인지 잡히기만 해 봐라. 당장 죽여 버릴 테다."

"여봐랏! 어서 가서 그 놈을 당장 잡아 오너라!"

하인들은 엄부자의 호통과 함께 우르르 몰려나가 대나무 숲으로 갔다. 대나무 숲에 갔더니 웬 사내가 서 있었다. 하인들은 화가 머리

끝까지 치밀어 다짜고짜 그 사내를 마구 두들겨 주었다. 주위가 어두운지라 그 사람이 죽은 차서방인 것은 알 도리가 없었다.

"이놈! 이 미친 놈아? 너 때문에 잠 다 잤다."

"이 자식 미친 놈이잖아, 남의 대를 훔쳐? 훔치더라도 낮에 훔쳐라. 남 잠 못 자게 굴지 말고!"

하인들은 그 사내를 질질 끌고 집으로 들어가 덕석에다 둘둘 말았다. 누구냐고 묻지도 않는 무지막지한 행동이었다. 새벽잠을 깬 하인들은 그만큼 화가 나 있었던 것이다.

"여봐랏! 그 놈을 죽도록 매우 쳐랏!"

엄부자 역시 화가 났는지라 하인들과 함께 덕석에 말린 사내를 사정없이 두들겨 팼다. 몽둥이, 괭이 자루, 지게, 지팡이 등 닥치는 대로 잡아쥐고는 마구 두들겨 팼는데 덕석 안의 사내는 시종 꼼짝을 하지 않았다. 그제서야 화가 풀렸는지 엄부자는,

"이제 그만 하면 혼이 났을 게다. 풀어 보아라. 누군지 좀 보자."

아무리 두들겨 패도 덕석 안의 사내가 찍 소리 없는지라 엄부자는 혹시 죽었는지도 모르겠다 싶어 매를 멈추고는 덕석을 풀어 보았다.

"아니, 이 사람은 차서방이 아니냐? 에이 고이헌 놈! 제놈도 부자인 주제에 남의 대나무를 훔치다니 ……"

"아니, 주인 어른, 이 양반이 죽었나 봅니다."

혹시나 했던 일이 사실이었다. 사내는 너무 심하게 매를 맞았는지 이미 죽어 있었다. 그러고 보니 엄부자가 곤경에 빠졌다. 대나무 때문에 사람을 죽였으니 큰 일이었다.

"어이구 이 일을 어째! 그까짓 매를 못 참고 죽다니 …… 어이구 이를 어째 ……"

하인들 역시 쥐구멍을 찾을 판이었다.

"어헛! 이거 큰일났군. 관가에서 알면 꼼짝없이 살인죄로 몰리게 됐으니."

그리하여 엄부자는 집안 식구들과 하인들에게 이 사실을 절대로 극비에 부치도록 하고는 이건을 불렀다.

"여보게 이건이, 자네야말로 이 동리에서 제일 꾀 많은 사람이 아
닌가. 나 좀 살려 주게. 이 일을 어떻게 하면 좋겠나?"

이건이 방안으로 들어오자 엄부자는 그의 손을 부여잡고 사정하
였다. 놈팽이 개망나니라고 이건을 무시하고 사람 대접도 하지 않던
엄부자였지만 별 도리가 없었다. 이건에게 술 대접 밥 대접을 하면서
계속 사정했다.

그러나 이건은 그동안 미웠던 엄부자였던지라 쉽사리 응하지 않
았다.

"어허, 어쩌다 그런 일을 하셨소. 이건 관가에 알려야겠고, 이러
다가는 저까지 걸려들겠습니다."

이건은 짐짓 관가에 고발할 것처럼 하였다. 그러자 엄부자는,

"여보게 이건이! 나 좀 살려 주게. 이 일을 자네가 알아서 처리해
주게. 그러면 내 재산의 절반을 주겠네."

하고 이건에게 매달렸다. 이건은 한참 동안 생각하는 척하더니,

"좋습니다. 재산의 절반을 준다면 해 보겠소. 그 대신 지금 당장
재산을 반분하여 주시오."

하고 재산을 당장 나누기를 고집하였다. 엄부자는 별 수 없이 땅문서
를 꺼내어서 재산을 반분해 주었다. 엄부자의 재산을 반분해 받은 이
건은 차서방의 시체를 지고 이른 새벽에 차서방의 집이 있는 건너 마
을로 갔다. 그리고는 차서방 집 앞에 있는 큰 고목에 차서방의 목을
매달아 놓은 다음,

"여보, 나요 나. 문 열어요."

하고 차서방의 집 대문을 두들겼다. 차서방의 아내는 그 소리를
잠결에 듣고는 화가 치밀었다. 바람둥이 남편이 이틀 째나 안 보이더
니 건너 마을 이건 아내와 실컷 놀다가 이제야 오는 게 분명했다. 그
래서 차서방 아내는 문을 열어주기는 고사하고,

"흥, 꼴 좋다. 그년 집에서 아주 살 일이지 뭣하려 왔어요! 가요
가! 그 년과 살아요!"

하며 욱박질렀다. 이건은 다시 차서방의 목소리를 흉내내어,

"여보, 문 좀 열어요. 정말 안 열면 목 매달아 죽어 버릴 테야."

"흥! 마음대로 하슈. 목을 매달아 죽든지 이건이에게 맞아 죽든지 난 죽어도 못 열겠어요."

차서방 아내는 끝내 대문을 열어주지 않았다. 아침이 되자 차서방 아내는 자기가 너무 심했나 싶어 대문을 열고 밖으로 나가 보았다. 그런데 웬걸, 정말 남편이 고목 나무에 목을 매달아 죽어 있는 게 아닌가!

"아이구, 여보!"

차서방 아내는 기절할 지경으로 놀라 외마디 비명을 질렀다.

"아이구 여보, 제가 당신을 죽게 하다니, 제가 죽일 년이에요."

고요한 아침 땅을 치곁 통곡하는 차서방 아내의 울음이 건너 마을 까지 울렸고, 이건은 그 뒤 엄부자의 재산으로 편하게 살게 되었다고 한다.

이십사 시각에 소가죽 쓰고

선비와 의원과 승려, 기생 네 사람이 계를 하여 서로 돌려가곁 잔치를 베풀어 술을 마셨는데 번번히 낯선 손님 하나가 초대 받은 일도 없이 반드시 끼어드는 것이었다.

네 사람은 자연히 그를 몹시 귀찮게 여겼다.

어느 날 선비가 세 사람에게,

"우리가 천지이십사한유기여오불관(天地二十四韓柳其餘五不關)의 열 두 자로 시를 짓되 먼저 한편씩 읽어 두었다가 그 낯선 자가 오면 내가 시령(詩令;시를 짓자는 약속)을 내되 오늘 잔치엔 반드시 이 열 두 자를 넣어 시를 짓되 만일 이루지 못하는 자는 비록 그게 계원일지라도 추방하겠다고 하면 그대들이 흠연히 허락하게. 그럼 그 자는 창졸간에 시를 짓지 못할 것이니 그를 당장 추방하면 되는 게 아닌가."

이윽고 곗날이 되자 그 불청객도 어김없이 나타났다. 선비는 미리 약속된대로 선언하고 먼저 시 한 수를 읊었다.

하늘에 천황씨 있고
땅에 지황씨 있으니
이십사교 달 밝은 밤에
한퇴지 유자후 시를
이것저것 외우나니
여타의 공명과 부귀란
나와는 무관하리

이번에는 의원의 차례였다

하늘에는 천남성이 있고

땅에는 지골피가 있으니
이십사 산 약을 캐어
한씨병 유씨병을
모두 다스리니
여타의 병이 낫고 못나음은
나와는 무관하리

그 다음엔 기생의 차례였다.

하늘에는 천선이 있고
땅에는 지선이 있으니
이십사 윗구멍(항문)을
한가 유가 아끼지 않으니
여타의 양물이 크고 작고 길고 짧음은
나와는 무관하리

이때 스님의 차례를 가로막고 불청객이 한 수를 읊었다.

하늘엔 이름없는 별이 있고
이십사 시각에 쇠가죽 뒤집어 쓰고
한가 잔치 유가 잔치 다 참여할 뿐
그밖의 주찬이 부족하고 아니 한 것은
나와는 무관하리

속언에 '소가죽을 뒤집어 쓴다'는 것은 곧 창피함을 모른다는 뜻
이니, 네 사람은 그 불청객을 쫓을 방법이 없었다.

꿀을 취하면 몇 섬은

정상공(鄭相公)이 관서지방의 안찰사로 있을 때 개경에서 사신(使臣) 일행이 찾아 왔다.

정상공이 주연을 베풀어 그들을 위로하는데 기녀 중 하나가 얼굴에 죽은깨가 많았는지라 이모(李某)가 이를 희롱하기를,

"자네 면상엔 죽은깨가 그리 많으니 기름을 짜면 몇 되는 실히 되겠구나."

하고 넉살을 떨었다.

그러나 이모의 얼굴은 몹시 얽어 있었는지라 기녀는 즉각,

"나으리께서는 면상에 벌집이 가득하니 꿀을 취할 때는 몇 섬은 거두겠습니다."

하고 대응하니 이모는 더 이상 응대할 말을 잊었다.

정상공은 그 기녀의 재기에 감탄하여 후에 상을 내렸다.

너무 낭비하지 말라

오성(鰲城)대감 이항복(李恒福)이 젊었을 때의 얘기다.

그는 절에 들어가 글을 읽었다. 그런데 어느 날의 밥상에 찬이 없었다.

오성은 중을 불러 밥상 머리에 앉히고는 밥숟갈을 뜰 때 '게장' 하고 부르게 하였다. 찬이 없으니 그렇게라도 하라는 것이었다.

중은 오성이 시키는대로 밥숟갈을 뜰 때마다 '게장'을 외쳐댔다. 그렇게 대여섯 숟갈을 들도록 재빨리 '게장'을 외치자, 오성은,

"게장은 짠 음식이니 너무 낭비하지 말게. 그렇게 서둘러 숟갈마다 게장을 낭비할 것은 없어."

네 성은 여(呂)가다

한 선비가 비를 피해 주막에서 묵게 되었다.

주막의 계집이 비록 그에게 가까이 다가서지는 못하면서도 가끔 추파를 던졌다.

선비는 그녀를 불러 이야기하며 심심풀이를 하기로 했다.

그런 며칠 후 둘은 농담이 진담이 되어 마침내 합일하게 되었다. 그러나 둘 사이는 옛글에 이른 바와 같이 '망망대해에 한 알의 좁쌀 격'이었다. 이에 선비는,

"너의 그것은 실로 남발랑(南拔廊)이야."

하고 문자로서 희롱하였으나, 계집이 그 말뜻을 알아듣지 못하는지라 선비는 다시,

청산만리일고주(靑山萬里一孤舟)

푸른 산 만리에
한 외로운 배여.

하고 시를 읊었다. 그제야 계집은,

"소녀가 무식하여 그 뜻은 잘 모르오나 '남발랑'은 서울 근처의 지명이니 그 좁고 넓은 것은 나로서는 모르겠고, '청산만리일고주'는 변변치 못한 선비의 싯귀로 생각됩니다."

하고 종알거리자 선비는 잠자코 듣고 있더니 잠시 후,

"너는 말마디나 할 줄 아는 모양인데 너의 성을 내 가히 알겠구나."

하고 말하자 계집은,

"옛사람이 이르기를 대나무만 보았으면 되었지 주인 이름을 물어 무엇하랴 하였으니, 생원께선 소녀가 주막 계집임을 알았으면 그

만이지 제 성을 알아 무엇하겠습니까. 다음에 사내아이를 낳거나 계집아이를 낳으면 다만 제 외할아버지의 명자(名子)만 비밀 봉서 중에 써 주면 그만이 아닙니까?"

하자 선비는,

"너의 윗입은 작고 아랫입은 크니 필경 너의 성이 여(呂)가 임을 내 알았도다."

이놈도 개가죽을 썼으니

소금 장수 하나가 북도 산촌길을 가고 있었다.

그런데 어떤 자 하나가 머리에는 개가죽 벙거지를 쓰고 몸에는 개가죽 옷을 입은 채 지나기에 쳐다 보고 지나치려니까 그 자는 소금장수에게,

"넌 어떤 놈이기에 양반을 보고도 절을 하지 않고 그저 지나치려하느냐?"

하고 호령했다. 소금 장수는,

"미처 절을 드리지 못했습니다. 모든 것이 무지한 탓이니 용서하여 주시길 바랍니다."

하고 빌었으나 양반은 호령을 그치지 않았다.

소금 장수는 분하기도 하고 창피하기도 하여 어쩔 줄을 모르고 있는데 돌연 개 한 마리가 두 사람 앞에 나타나 짖어대었다.

그때 소금 장수는 돌연 그 개 앞에 넙죽 엎드리더니 개에게 큰 절을 하는 것이었다. 이를 괴이하게 여긴 양반은 너털웃음을 웃더니,

"넌 어찌하여 개를 보고 큰 절을 한단 말이냐? 그 개란 놈이 너의 선조라도 된단 말이냐?"

하고 극심하게 조롱하자, 소금 장수는 아무렇지도 않은 듯이 큰 소

리로,

"이놈 역시 개가죽을 덮어 썼으니 혹시 양반댁 도련님이 아니신가
해섭니다."

낄 수도 멜 수도 안을 수도

갓장이 총각놈이 임금의 갓을 만들었다. 그러나 옥체에 맞지를 않
아 퇴짜를 맞았다.

그런데 총각 갓장이는 그 갓을 받아 곧 제 머리에 쓰고 나가는 것
이었다. 이를 본 승지가 크게 노하여,

"이놈! 그 갓은 나만이 옥체에 씌워드릴 수 있는 것이거늘 네 어
찌 감히 네 대가리에 쓰고 나가려 하느냐!"

하고 호령하니 총각은,

"대감마님, 이건 쇤네가 감히 쓴 것이 아니옵니다. 이 망극한 갓
을 겨드랑에 낀다 해도 옳지 않고 어깨에 멘다 해도 옳지 않은 것
이 아니겠사옵니까. 그렇다고 품에 안는다는 것도 옳지 않으니 오
로지 일 수밖에 없지 않겠사옵니까. 그리고 이왕에 일 바엔 귀퉁
이에 이겠사옵니까, 아니면 거꾸로 이겠사옵니까. 그러하오니 불
가불 바르게 일 수밖에 없지 않겠사옵니까. 그런 연고로 바르게
이고 보니 저절로 머리에 쓰게 된 것이오며 일부러 쓰려 한 것이
아니옵니다."

하고 아뢰었다. 승지는,

"옳아, 네 말이 옳도다."

하고 그를 용서하여 그대로 갓을 쓰고 나가도록 허락했다.

소(牛)는 보았으나 양(羊)은 못 보아

한 익살스런 젊은이가 있었다.

때마침 우 별감이란 자가 그에게 말했다.

"넌 의당 내게 절을 올려야 하지 않느냐?"

하니 젊은이는 아무 말 없이 넙죽 절을 했다.

이에 양(楊)도감이 시샘이 났는지,

"넌 어이 우별감에게만 절을 하고 내게는 절을 하지 않느냐?"

하고 책망하자 젊은이는 대답했다.

"네, 소(牛)는 보았으나 양(羊)은 보지 못했습니다."

이는 맹자의 견우미양(見牛未羊) 즉, 소는 보았으나 양은 보지 못했다는 것의 우(牛)와 양(羊)을 그들의 성인 우(禹)와 양(楊)으로 빗대어 장난을 친 것이니, 두 사람은 홍당무가 되고 말았다.

배가 아픈 모양이군

어느 날 배 하나가 사람과 가축을 싣고 노량을 건너고 있었다.

그런데 돌연 회오리바람이 불어 와 이제라도 뒤집힐 것처럼 배가 춤을 추고 있었다.

마침 그 배의 손님에는 의원과 무당과 소경 그리고 땡땡이 중이 끼어 있었고 그들 또한 공포의 극에 달해 있었다.

마침내 그 네 사람은 제각기 지닌 재주를 외었다. 중은 불경을 외고 무당은 성주풀이를 외고 소경은 옥추경(玉樞經)을 외고 의원은 이중탕(理中湯)을 외었다.

그 어떤 효험이었던지 어떻든 배가 무사히 강을 건너게 되자 먼저 소경이,

"이건 내가 옥추경을 외었기 때문이오."

하고 자랑하자 땡땡이 중은,

"아니오, 내 염불의 덕이오."

하였고, 무당도 이에 지지 않고,

"아니오, 내 성주풀이의 공이오."

하고 서로가 자랑하니 마침내 의원이,

"당신들이 무슨 공을 세웠다고 이다지도 떠들썩하오. 필경 당신들
이 배가 아픈 모양이니 내 이중탕을 먹는 게 옳을 것이오."

하고 기세등등하게 외쳤다.

눈이 눈에 들어가 눈물이

어느 날 평안감사 김모가 이방(吏房)의 기지를 시험하느라고 물었다.

"저 오리는 십리를 가든 백리를 가든 언제나 오리라고만 하니 무슨 이치인가?"

"대감, 할미새는 어제 나도 할미새이고 오늘 나도 할미새라 하니 그건 무슨 이유옵니까?"

이방이 대답 대신 이렇게 묻자, 대감은 질 수 없다는 듯이,

"그럼 새장구는 다 헤어져도 계속 새장구라 하니 무슨 이치인가?"

"그런 대감께서는 북은 동에 있으나 서에 있으나 항상 북이라 하니 그 이치를 아시옵니까?"

"이방, 창(窓)을 창(槍)으로 찌르면 그 구멍은 창(槍)구멍인가. 아니면 창(窓)구멍인가?"

그러나 이방은 지지 않고 다시,

"눈 오는 날 눈(雪)이 눈(眼)에 들어가 눈물을 흘리면 그건 눈(雪)물이옵니까, 아니면 눈(眼)물이옵니까?"

돼지새끼가 소원이다

세 젊은이가 각자 소원을 물었다.

한 젊은이가 이렇게 말했다.

"나는 바라건대 후생(後生)에 명창이 되어 위로는 공경(公卿)으로부터 아래로는 시정의 부잣집 자제의 간장을 녹여 내 손안에 놀게 하고 행락하며 이름을 일국에 날린다면 더 이상 바랄 게 없겠소."

또 한 젊은이가 말했다.

"나는 바라건대 후생에 연이 되어 하늘을 높이 날아 사방을 유람하며 명가(名家)의 미비(美婢)가 고기 광우리를 이고 오는 것을 보면 사뿐히 내려가서 그 고기를 가로채어 높이 날고 싶소. 그때 어여쁜 여비가 크게 놀라 어머니를 부르고 나를 우러러 보면서 울기도 하고 웃기도 한다면 그 얼마나 호쾌하겠소."

마시막으로 한 젊은이가 말했다.

"나로 말하면 후생에 돼지새끼가 되고 싶소."

이 말에 두 젊은이가 박장대소하며,

"웬 소원이 그런 게 있소. 그 연유가 뭐요?"

하고 물었다. 그러자 그 젊은이는,

"돼지새끼는 태어난 지 불과 다섯 달이면 능히 색을 아니 그것이 소원이오."

하고 응답하니 듣고 있던 두 젊은이도 말문이 막혀 버렸다.

12

네 죄를 네가 알렸다

12

네 죄를 네가 알렸다

나중 절은 물러간다는 절

홍선 대원군은 음담패설과 욕지거리를 즐기고 풍자와 해학에도 빼어났다. 그리하여 종래에는 일을 작희(作戱)하여 벼슬을 하는 무리까지 있었다고 한다.

남촌에 사는 황영(黃英)이라는 자도 그렇게 하여 군수의 자리를 얻은 사람이다.

그는 본래가 무변(無辯)이었다. 충청도 사람이었는데 참봉초사(參奉初仕)가 되었지만 여러 해가 지나도 도무지 관수(官數)가 좋지 않아 벼슬이 올라가지를 않았다.

이에 황영은 처남과 짜고, 몇 달 동안 대원군에게 발을 끊은 다음에 먼저 처남을 보내어 문후케 하였다.

대원군은 오랜만에 그를 보고,

"수 삭 동안 보지를 못했으니 어디를 갔었던가?"

하고 물었다. 그는 옳거니 하고 시치미를 딱 떼고,

"소인의 매부 황영의 집에 놀러 갔다가 그리 되었사옵니다."

"아, 황영이 자네 매부였던가? 그래, 지내는 형편은 어떠하던가?"
"형편 여부가 있사옵니까. 소인이 그 집에 가서 글 한 수를 짓게
되었사온데 들으시면 형편을 아실 것이옵니다."
대원군은 글이라는 말에 흥미를 느꼈는지,
"무슨 글을 지었나?"
하고 물었다.
"네, 소인이 매부 집에 가서 보온즉 방이 아래윗간 둘 뿐이어서
황영은 소인의 누이와 아랫간에서 자고 소인은 윗간에서 자게 되
었사옵니다. 그런데 한밤이 되어 그런 중에서도 소인의 누이에게
덤빈 모양이옵니다. 소인이 그 광경이 하도 가소로와서 지었사옵
니다만, 소인의 창작이 아니옵고 옛글의 요언절귀(妖言絶句)를 고
친 것이옵니다."
이쯤 되자 대원군은 흥미있는 눈빛을 하고 재촉했다.
"어디 한 번 읊어 보게나."
'옳거니, 제대로 그물에 걸린 모양이다.' 하고 혼자 생각하고 큰
소리로 읊었다.

打起黃英兒하여
莫教枕上啼하라
啼時驚夢客이면
不得己 돌아서지

대원군은 허리가 부러져라 하고 웃으면서 "그 부득이 돌아서지라
는 '돌아서지' 한 마디가 가히 문장이로고!"하고 찬탄하더니, "그만
하면 황영의 형편을 알겠네"하고 황영의 벼슬을 올려 주었고 그 처
남도 글을 잘 지었다 하여 수령 한 자리를 주었다.

—그러그러한 연고로 벼슬이 오른 이야기 두세 가지—

대원군 세도 하에 벼슬을 하던 김세호(金世鎬)의 아들에 김규식이란 사람이 있었다.

그 김규식이 등과(登科)한 후에 대원군에게 문후를 왔다. 그런데 그는 심히 얼굴이 얽어 있어 아예 금강산이었다.

대원군은 문후를 받지도 않고,

'세상에 저런 얼굴이 또 있을고!'

하고 냉랭하게 비웃었다. 그런데 김규식은 무안해 하기는커녕,

"있다 뿐이옵니까. 소인이 세수를 하고 망건을 쓸 때 거울을 대하면 그 속에 소인과 똑 같은 얼굴이 있사옵니다. 그리고 지금 대감 뒤의 체경에도 소인과 똑같은 얼굴이 있지 않사옵니까."

김규식의 재치와 당당함에는 대원군 대감도 크게 웃으면서,

"가위 그 기개는 남아로고!"

하고 칭송하며 벼슬을 당장 직각(直閣;규장각의 벼슬)으로 올려 주었다.

조대비(趙大妃)의 친족 조영하는 키가 크기로 당대에 유명했다.

조영하는 후에 운현 대감과 부자지의(父子之義)를 맺었다는 얘기까지 있었을 정도로 매양 운현궁을 드나들었다.

한번은 조영하가 문후하고 돌아가는 것을 창문으로 바라보던 대원군이,

"아따, 그놈 키 한번 크다. 모가지를 잘라도 능히 행세할 만한 놈이로고나!"

하였다. 이에 조영하는 매우 기지가 있는 사람이었는지라 그 말이 떨어지기가 무섭게,

"목을 베신다면 어깨 바람으로 행세하라는 말씀이시옵니까?"

하고 응대하니 대원군은 그 재치를 칭찬해 주었다.

대원군이 한창 득세할 때의 얘기다.

임금의 생부(生父)이자 섭정(攝政)을 겸하였으니 그 위세야말로 가히 말로 형용할 길이 없었다.

그러나 대원군은 눈에 차는 인물이 없어 늘 우울했다.

"사람 한 놈 쓸 만한 것 없을까 ……"

하는 것이 늘 가슴 속에 간직한 바람이었던 것이다.

그런데 대원군은 불우한 때에 난(蘭)을 쳐 팔았지만 집권 후에도 난을 치는 것만은 잊지 않았다.

그날도 대원군은 난을 치고 있는데 웬 시골 선비 하나가 알현을 청하였다.

대원군의 들이라는 분부에 따라 선비가 방으로 들어왔으나 대원군은 그대로 난만 치고 있었다.

조심조심 들어선 시골 선비는 공손히 엎드려 절을 올렸건만 대원군은 여전히 난만 치고 있었다.

무어라 말을 붙일 수도 없고 그렇다고 그냥 있자니 또한 송구하여 매우 거북스러운 분위기가 되고 말았다.

선비는 머뭇머뭇하다가 새로 절을 할 수밖에 없다고 생각하고 다시 절을 했다.

그러자 대원군은 난을 치던 붓을 던지면서 벽력 같은 소리로 호통을 쳤다.

"이 고이한 놈! 죽은 사람에게 재배지, 산 사람에게 웬 재배인

고!"

이때 보통 사람 같았으면 덜컹 가슴이 내려앉고 당장에 사색이 되었을 터이지만 이 시골 선비는 꽤 기지에 찬 위인이었던 모양이다.

"그런 게 아니올시다. 먼저 절은 와서 뵈옵는다는 절이옵고 나중 절은 물러간다는 절이올시다."

이에 대원군은 충천했던 노기를 싹 거두고 인물 하나 얻었음을 흠쾌히 생각했다.

"거 어디서 온 뉘인고?"

"시생은 전라도 영광에 사옵는 김 아무개라 하옵니다."

"오오, 물러가 있게."

이렇게 해서 선비가 물러간 지 사흘이 되지 않아 이 선비는 영광 수군으로 발령이 내려졌다.

원앙금침에 베개 셋이 나란히

영의정에서 파직된 기자헌(奇自獻)이 일찍이 피난을 위해 여염집에 붙어 살게 되었다.

당대의 청백리(清白吏)였던 오성(鰲城)대감이 그를 위로하려고 그의 우거를 찾았다. 기자헌은 오성대감을 반가이 맞으면서,

"우거가 몹시 비좁아 처첩이 단칸방을 쓰고 있자니 구차하기 짝이 없소그려."

하고 그의 단칸방으로 안내하여 잠시나마 회포를 풀었다.

오성 대감은 자기 집으로 돌아와 다음과 같은 시 한 수를 지어 기자헌에게 보냈다.

춥지도 덥지도 아니한

이월이라 하늘 아래
처 하나 첩 하나
어이 그리 정다운고
원앙금침 위엔
머리 셋이 나란히
비취 이불 속에는
여섯 팔이 얽혔구나
입을 열어 웃으면
정녕히도 품(品)자 되고
몸을 비켜 누우니
천(川)자가 흡사하다
동쪽 끝에서 벌리면
서쪽에서는 안달이라

이 시가 널리 퍼져 한때 세상 사람들의 화제에 올랐으며 오성 대
감의 형용에 칭송을 아끼지 않았다.

인사는 개새끼 같지만

어느 봄날 원이 부임하는 날이었다.

원이 대령한 여러 기생들을 둘러보니 미인이 적지 않은지라 몹시
기뻤다. 그런데 행여 자기의 외아들이 그 기생들에게 매혹될 것이 우
려되었다.

곰곰이 생각한 원은 여러 기생을 하나씩 불러 가까이 앉히고는 한
차례씩 입을 맞추고 또 가슴과 아래도 어루만져 주었다. 기생을 하나
하나 이렇게 해 나가면서 원은 이젠 아들놈이 아예 기생을 넘볼 마음

조차 갖지 않을 것이라고 생각하며 열심히 일을 계속했다.

그러나 이 광경을 본 원의 아들은,

'가만히 있다가는 내 차례가 될 기생이 하나도 안 남겠다.' 하고 생각하고는 얼른 가장 빼어나게 아름다운 기생 하나를 골라 자기가 먼저 입을 맞추고 가슴과 아래를 어루만져 준 다음에 시치미를 떼고 있었다.

마침내 원의 점고(點考)가 바로 그 기생의 차례에 이르자 그녀는 땅에 엎드려 꿇어 앉더니,

"소녀는 아까 새서방께서 돌연 입을 맞추는데 미처 그를 피하지 못하였사옵기에 이실직고(以實直告)하오니 어찌 하시면 좋으시겠는지요?"

하고 아뢰니 원은 흠칫 놀라며 물러앉더니,

"그 녀석의 인사(人事)는 비록 개새끼 같지만 그 기상만은 가상하니 내 무슨 걱정이 있겠느냐."하고 그 기녀를 물리쳤다.

그 아들은 과연 그 뒤에 등과(登科)하여 벼슬이 높이 오르고 이름을 떨쳤으니 그런 기개가 있었기 때문이었는지도 몰랐다.

우리집 싸리문이 무너진다

어떤 고을의 원의 아내가 몹시 포악하고 질투심이 왕성했다.

어느 날 원이 동헌(東軒)에 앉아 송사를 처리하는데 한 백성이 하소연을 했다.

"소인의 이웃 사람의 아내가 남편의 얼굴에 상처를 냈으니 그 죄를 다스려 주소서."

하자, 원은 그 백성의 아내를 불러 호령했다.

"음으로 양을 항거하지 못하는 것처럼 아내로서 남편에게 반항할

수 없는 것이거늘 너는 어이하여 그런 짓을 하였는고?"

그때 그녀의 남편이 얼른 자기 아내를 변명하기를,

"제 아내가 저의 얼굴에 상처를 낸 것이 아니오라 마침 저의 싸리 문이 자빠져서 그리 된 것이옵니다."

하는 게 아닌가. 그런데 그 말이 채 끝나기도 전에 원의 아내가 손에 몽둥이를 들고 문을 마구 치면서 고함을 질렀다.

"야박하기 짝이 없는 양반아. 당신이 이 한 고을의 어른이 되어 공사를 하려면 도둑에 관한 일이나 토지에 관한 일, 살인에 관한 일 등등 허다할 텐데 어찌 이 하찮은 아녀자의 일에 관해서 왈가 왈부한단 말이오!"

원은 당장 얼굴이 사색이 되어 백성들을 문 밖으로 내몰면서 한마 디 했다.

"우리집 싸리문이 지금 막 무너지고 있으니 모두들 화급히 돌아가 렸다!"

242

자네 성은 보가지

건망증이 심한데다 매우 무지한 원이 있었다.

어느날 그는 좌수의 성을 잊어 버리고는 다시 물었다.

"그대의 성이 뭐라 했던고?"

"소인의 성은 홍(洪)가이옵니다."

원은 이번에는 잊어먹지 말자고 당장 바람벽에 홍합(洪蛤) 하나를 그려 붙이고는 마음을 놓았다.

그런데 이튿날 그 좌수가 다시 들어와 뵙는데 또 그의 성을 잊어 먹어 알 길이 없었다.

원은 얼른 바람벽을 쳐다보았으나 무엇을 그린 것인지 분명치가 않았다.

원은 바삐 눈과 머리를 돌리더니 무릎을 쳤다.

"옳거니, 그대의 성이 보(寶)가라 했지?"

"아니옵니다. 보가가 아니라 홍가이옵니다."

하고 원의 표정을 살피니 원은,

"옳아, 옳아. 내가 그걸 계집의 그것으로 보았구나."

하고 파안대소하는 것이었다.

원은 홍합을 그려놓고 여자의 음호로 본 것이고 세속에서 여자의 음호의 첫 자를 '보'라 부르는 것이 생각나서 보(寶)가라 한 것이었다.

만 번을 죽는다 하여도

원(員)이 사명을 띄고 이웃 고을을 순행하다가 그 고을 아전의 집에 묵게 되었다.

마침 주인은 외출중이었고 주인 할미와 출가한 맏딸과 출가하지 않은 둘째 딸만이 있었다.

그녀는 몹시 아름다운 자색을 지니고 있어서 그녀를 본 원은 첫눈에 반해 수행하던 아전에게 내심을 털어 놓았다. 그랬더니 아전이 이르기를,

"술자리를 만들어서 주인 할미의 마음에 위안을 준 다음에 슬그머니 딸을 불러 낸다면 필경 성사될 것입니다."

하고 고했다. 원은 곧 주연을 크게 벌이고 주인 할미를 불렀다. 할미는 놀라서 거듭거듭 사례하였다. 그러자 원은,

"듣자 하니 댁에 둘째딸이 있다던데 만나 볼 수 있을지요?"

하고 청하자 할미는 딸을 불러 내었다. 아직 나이가 어린지라 적이 수줍어 하였으나 그 자태는 과연 예뻤다.

원은 더더욱 마음이 간절해서 몇 차례 술을 돌린 다음 그녀를 이끌고 침실로 들 때 아전들이 뒤에서 에워싸고 밀어 넣었다.

이때 할미가 엉겁결에 딸의 허리를 부둥켜 안고 급히 맏딸을 부르기를,

"일이 급하게 되었으니 어서 나와라."

하자 이에 놀란 맏딸이 뛰쳐와 어미를 도와 동생을 끌고 가려 했다. 그런데 어쩌다 실수하여 그녀의 옷이 찢어지면서 도망치고 말았다.

할미는 숨을 헐떡이며 둘째딸을 깊은 방안에 숨겼다. 원이 아전에게 물었다.

"어찌하면 좋은고?"

"소인에게 한 꾀가 있으니 한번 시험해 보는 게 어떻습니까?"

하고 원으로 하여금 방안에서 목을 졸라매게 하고는 짐짓 놀라는 체하면서,

"어째서 이 지경이 되었소!"

하고 할미에게 위협하기를,

"성주께서 간밤에 대단히 고민을 하시더니 이제 이러한 행동을 하니 반드시 너희 집 일과 유관하다. 이제 네가 구출하지 않는다면

너희 집은 모두 어육(魚肉)이 될 것이니라!"

하였더니 할미 또한 크게 놀라 아전에게 방책을 물었다. 아전은

"성주의 기맥이 아직 있으니 당신의 작은 딸을 가까이 하게 되면 살아날지도 모르겠소."

하였다. 할미는 두려운 나머지 그 말대로 하려 하였는 바, 때마침 늙은 아전이 들어오기에 그 일의 시말을 얘기하였다. 그러자 그 늙은 아전은,

"법률에 위협을 느껴서 죽음이 된 일 이외에 스스로 목을 졸라 죽는 자는 그 죄를 남에게 물을 수 없소. 교활한 관리가 네 집 귀여운 딸을 탐하여 그러는 모양이니 제아무리 만번을 죽는다 하여도 무엇이 되겠는가. 하물며 거짓으로 목을 맨 것임에는 더 말할 게 무엇이 있겠소."

하자 할미는 크게 정신을 차리고 고함을 쳤다.

"당신이 백성의 부모가 되어 남의 자녀를 토색하는 방법이 이렇게 교활하니 무슨 얼굴로 당신이 조정에 설 수 있겠소! 당신이 백 번 죽는다 한들 무엇이 해로울 것이 있겠소!"

원은 대욕을 뒤집어 쓴 채 숨을 헐떡이며 그 밤으로 그 집에서 도망쳤다.

서른 해만에 깨쳤다

평안도에 사는 문관 하나가 본부의 도사(都事)가 되어 임지로 가는 길이었다. 그런데 갈아 탄 역마가 너무 흔들리어 견딜 수가 없었다. 이에 종자(從者)가 고하기를,

"만일 역장놈을 엄히 다스리지 않으면 앞으로 갈아 탈 말도 또한 그러할 것이오니 도사께서는 소인의 말대로 하신다면 먼 길 행차

를 편히 하실 수 있을 것입니다."

도사가 응낙하자 종자는 사령을 불러 역의 병방을 잡아 놓고 매질을 하면서,

"어명을 받들어 임지로 가는 사신의 말이 어이 이리 우둔한고! 당장 다른 말로 바꾸라!"

하고 꾸짖으니 과연 준마를 대령하였다.

도사가 가만히 생각하니 서울을 왕래할 때에 삯말을 타기도 하고 더러는 빌려타기도 했었지만 오늘의 이 준마는 참으로 평생에 처음 타보는 훌륭한 것이었다.

이윽고 임지에 이르니 수령들이 다과를 올리고 또 수청(守廳) 기생이 들어와 현신(現身)했다. 도사는 일찍이 기생이란 것이 무엇인지를 모르는 터라,

"저 붉은 치마를 입은 여인은 무슨 일로 온 것이냐?"

하자, 종자가 대답하기를,

"본부에서 보내온 기생입니다."

한다. 도사는,

"그럼 그 여인을 어디다 쓰는 거냐?"

하고 다시 하문했다. 종자가 대답하기를,

"행차에 쉬실 때에 동침하면 가한 것입니다."

하고 고하자 도사는,

"머리를 얹었으니 반드시 그 남편이 있을 것이니 어찌 후환이 없겠느냐?"

"고을마다 기생을 둔 것은 사객(使客)을 접대하는 것입니다. 따라서 남편이 있다 해도 노여움을 보이지 못하는 법입니다."

"그럼 좋아, 좋아."

하자 기녀가 당상으로 오르는 찰나였다. 도사는 종자의 귀로 입을 가져 가더니,

"비록 계집이지만 이미 노예와 같은 것을 불러 한자리에 앉히는 것은 체면에 관한 일이 아닌가?"

"기생이 당으로 오르는 것은 당연한 예사입니다. 재상이나 사대부
도 기생과 동침하는 이가 많지요. 기생은 청 밑에 누워 있고 사또
는 당상에 있다면 어찌 그 일이 가할 수 있겠습니까."
하고 고하자 마침내 도사는 기생과 자리를 같이 하였으나 도사는 마
치 닭이 개를 보듯이, 개가 닭을 보듯이 말 한 마디가 없었다. 어쩌
다가 눈이 마주치면 도사가 얼른 머리를 숙인 채 자리곱민을 내려다
보곤 하는 사이에 밤은 이미 삼경이 되었다. 기생은 할 수 없이,
"도사님께서 일찍이 방외(房外)를 범한 일이 없습니까?"
하고 먼저 입을 열었다. 도사는,
"내자는 집안에 깊이 있었을 뿐 아니라 비록 잠시 문을 나서는 일
이 있다 해도 어찌 장부가 그 뒤를 따라 가서 밭두렁이나 들판에
서 행사를 할 수 있겠는가?"
하고 대답하는 것이었다. 기생은,
"제가 감히 그런 것을 말씀드린 것이 아니옵고 다른 사람의 아내
와 동침한 일이 여하한지를 물은 것이옵니다."
하고 아뢰고 도사의 눈치를 살폈다. 도사는,
"상말에도 이르기를 내가 남의 지어미를 훔치면 남도 내 지어미를
훔친다고 했거늘 내 어찌 그런 부정을 저지를 수 있단 말인가."
하고 분개하는 것이었다. 기생은 어이가 없어 입을 닫아 버린 채 등
불 아래서 턱을 괴고 있다가 졸고 말았다.
　앵두 같은 그녀의 입술은 연연하여 사내로 하여금 정신을 혼미케
하기에 충분했다.
　도사도 한 번 보고 두 번 보는 사이에 그만 정염이 절로 사나운 불
꽃처럼 일렁이게 되었다.
　도사는 마침내 이를 억제치 못하고 달려들어 그녀를 껴안았다. 기
생이 선잠에서 놀라 깨어 짐짓 손을 흔들면서,
"도사님, 도사님, 이게 어인 일이십니까?"
하는 것이었다. 도사는,
"너는 사양하지 말라. 종자의 말에 의하면 기생이란 손님과 동침

하는 물건이라 하지 않더냐."

하고 더 억세게 달려드니 두 남녀는 마침내 운우의 차례에 이르렀다.

그런데 이런 놀이는 도사로서는 처음 있는 일이어서 부끄러움을 스스로 이기지 못해 얼굴은 홍조가 되고 수족은 떨려 그 초라한 행사는 흡사 잠자리가 물결을 스치는 것처럼 어설픈 것이었다.

이러한 거취를 본 기생은 도사가 그 일에 경험이 없는 촌사내임을 알고서,

'만일 극도로 그의 홍취를 흡족히 하여 준다면 별별 구경거리가 다 생길 것이다.'

라고 생각하여, 다시 달려들어 도사를 극음으로 몰고가니 도사는 혼비백산, 제몸을 걷잡지 못하고 고함을 쳐 종자를 부르더니,

"기생을 맡은 병도장을 급히 잡아들여라!"

하고 호령했다. 이에 종자가 대답하기를,

"병도장은 역에 있고 기생은 수노(首奴;종 중의 으뜸)가 하는 것입니다."

하고 아뢰었다. 도사는 곧 수노를 잡아들이게 하고는,

"네가 기생을 보내어 행차소에 대령을 할 바엔 그 배 위의 사람을 편안히 할 수 있는 기생을 대령할 것인 바 ……"

하고 호령하더니 수노에게 곤장을 치게 하였다. 그러자 수노는,

"역마는 병도장의 불찰이옵고 저의 책임은 기생이옵니다만 얼굴의 아리따움만 보고서 수청 상납한 것이옵고 침석 사이에 제멋대로 흔드는 그 버릇이야 쇤네로서 어이 알 수 있었겠사옵니까. 정말 쇤네에겐 죄가 없사옵니다."

하고 애걸하는 것이었다. 이른 본 행수(行首) 기생이 웃음을 참은 채 도사 앞에 나가더니,

"소녀가 그 실정을 고하겠습니다. 말 등이 편치 않음은 네 발굽에 병이 생긴 것이오나 기생의 움직임은 육희(六喜)의 이른바 요본(搖本)이라 하는 것입니다. 바라옵건대 노여움을 푸심이 가한 줄로 아옵니다."

하고 고하자 도사는 그제야 깨달은 바 있는지 고개를 끄덕이고 주위를 모두 물리고 다시금 그 기녀와 한바탕 행사를 시작했다.

그런데 이번에는 기생이 조금도 몸을 움직이지 않고 죽은 것처럼 누워 있으니 도사는 마침내 요본이 무엇인가를 제대로 깨닫게 되었다.

도사는 몇 번이나 뒷통수를 치더니 자신의 우둔함을 탓하면서 하는 말이,

"내 서른 해 동안 이 일을 경험했으나 이렇게 절묘한 재미를 몰랐었구나."

가인이 치마끈 푸는 소리

송강 정철(松江 鄭徹)과 서애 유성룡(西崖 柳成龍)이 교외로 나갔다가 백사 이항복(白沙 李恒福)을 비롯한 심일송(沈一松), 이월사(李月沙) 등과 자리를 함께 하게 되었다.

술이 거나해지자 소리에 대한 풍류를 논하게 되었다.

먼저 송강이 "맑은 밤, 밝은 달에 누각 위로 구름 지나는 소리가 어이 좋지 않겠는가"하고 말했다.

이에 심일송은 "만산은 홍엽인데 바람 앞에 원숭이 우는 소리가 절호(絶好)지"하고 거들었다.

그러자 서애가 "새벽 창가에서 졸음이 밀려오는데 술독에 술 거르는 소리야말로 절묘하지"하고 나섰다.

다시 월사가 "산간 초당(草堂)에서 재자(才者;재주가 있는 젊은이)가 시를 읊는 소리가 역시 가경이야"하고 소릴 높였다.

이때 백사가 웃으면서 "그 소리들이 모두 좋기는 하네만 역시 장부에게 절정의 소리는 화촉동방(花燭洞房) 좋은 밤에 가인(佳人)이

치마끈을 푸는 소리가 아니겠소!"하고 모두를 돌아 보자 일시에 호쾌한 웃음이 터져 나왔다.

네 팔자 호팔자

한 고을의 무인이 종묘의 문지기 노릇을 하게 되었다.

문을 지키는 부장은 과거에 의한 것이 아니라 부조(父祖)의 공으로 벼슬을 얻은 음관(蔭官)으로서 처음으로 벼슬을 얻은 자였고 종묘령(宗廟令) 역시 음관이었다.

종묘의 관원이란 일이 한가해서 늘 베개를 높이 하고 편히 누워 도박이나 주식만을 일삼게 되어 무인들은 늘 그들을 부러워했다.

이 무인은 여염집에 몸을 의탁하여 오가겹 밥을 먹고 있었다.

주인 집에는 사내라곤 없고 과부 혼자 안방에 도사리고 앉아 여비를 시켜 밥을 지어 먹이곤 했다.

어느 날 그가 종묘를 나왔으나 문지기 서는 차례가 바빴으므로 중문을 들어서기 바쁘게 밥을 달라고 고함쳤으나 여비가 때마침 외출을 하고 집에 없었다.

그가 서둘러 중문에 들어서자 밥상은 이미 준비되어 있었고 주인은 대청 위에서 잠이 들어 있었다.

그런데 과부의 베갯머리에 미음을 담아 놓은 그릇이 눈에 들어오자 그는 거기에 물을 타서 주인 과부의 음호에 발라 놓고 물러나와 대청 아래서 서둘러 밥을 먹었다.

잠시 후 과부는 잠에서 깨어나자 음호가 젖어 있고 사내가 거기에 있으니 이는 필경 자기가 잠든 틈에 일이 벌어진 것으로 지레짐작하고는,

"자넨 어이 이리 깊이 들어 왔는가?"

하고 묻는 것이었다. 무인은,

"때는 늦고 돌아갈 길이 바쁘기에 이렇게 당돌하게 혼자 밥을 먹었습니다. 널리 용서하세요."
하고 빌었으나,
"이건 몹쓸 짓이오. 자네가 어이 혼자서 함부로 하고 만단 말인가."
하고는 그의 손목을 이끌고 방으로 들어가더니 운우를 즐겼다.
그런 일이 있은 다음부터 그 응대와 음식이 백배로 달라지니 그는 기쁘기가 그지 없어서 제 양물을 어루만지며 타령조로,

네 팔자 호팔자(好八字) 호팔자
네가 벼슬을 원하면 무엇을 주랴
선전관을 주려 하나 무과를 못했고
또한 외눈이니 그도 안되누나
한림학사를 주려 하나
너는 문과도 못하였거니와
또한 시골놈이니 바라지 못할 것이다
내 보기엔 종묘 부장이나 종묘령이
두툼한 녹에 아름다운 음식에
기나긴 날 한가롭고 평안하니
이것이야말로 실로 좋은 벼슬이다
오호, 이 벼슬이 네게 알맞느니라

이렇게 읊조리더니 다시 자기 양물을 가리키며,
"부장아, 종묘령아!"
하고 부르는 것이었다.
사람들이 이를 듣고 옮기니 듣는 이들이 모두 허리를 꺾었고 그 뒤에 부임해 오는 부장이나 종묘령들을 호팔자(好八字)란 말로 놀리기도 하였다.

내 몸둥이는 어디로 갔느냐

옛날에 한 중이 죄를 짓고는 멀리 귀양살이를 가게 되었다.

중은 중도에 쉬는 기회를 이용하여 아전에게 추로(秋露)라는 아름다운 술을 사서 자기를 호송하는 아전에게 권했다.

이윽고 아전은 크게 취하여 땅에 코를 박고 정신을 잃고 말았다. 중은 재빨리 정신을 잃은 아전의 수염을 깎아 버리고 제 고깔을 벗어 그에게 씌우고 가사를 끌러 그에게 입힌 뒤에 아전의 갓과 옷은 자기가 차리고는 취한 아전을 깨워 길을 떠났다.

아전은 잠시 걸어 가다가 술이 다 깨었는지 어리둥절해서 제 몸을 거듭거듭 살피더니,

'중은 여기 있는데 내 몸둥이는 어디로 가 버렸는가?'

하고 연신 중얼거리며 끝까지 제가 중이 되어 호송되어 갔다.

갚지 않는 은덕은 없다

안성(安城) 고을 청룡사의 중 종혜(宗惠)와 이(李)라는 한 고관은 매우 가까운 사이였다.

이가 그 고을 원으로 부임되자 종혜는 남들에게 두 사람 사이를 크게 자랑했다.

"새로 부임한 원은 나의 친구이니 절간 일을 잘 돌보아 줄 걸세."

그러나 막상 이가 원이 되자 종혜가 두세 차례나 뜰 앞에 엎드려 뵙기를 청했으나 이는 모른 체하고 거들떠 보지를 않았다.

종혜는 벌컥 화를 내며,

"늙은 도둑놈이 어떻게 해서 한 고을 원이 되자 감히 이렇게 교만할 수 있는가! 어디 두고 보자."

하고 분해했다. 그런데 때마침 감사가 그 고을을 순시한다는 소문을 들은 종혜는, 암쥐 똥 두어 되를 구하여 백분을 묻혀 빛깔을 깨끗이 하여 흰 종이에 싸서 겉에다가 이렇게 써서 원에게 보냈다.

"산중 사람이 다행히 법제(法製)한 콩을 얻었기에 한번 맛이나 보여 드릴까 합니다."

원은 크게 기뻐하여 이것을 감사에게 바쳤다. 감사는 이를 먹어 보고는 원을 크게 증오하게 되었지만 부끄러워 말을 하지 않았다. 그러나 결국 원도 그 사실을 알게 되자 당혹함이 이만저만이 아니었다.

그런 어느 날이었다. 원이 이질에 걸려 편지를 보내 그 종혜를 불렀다. 종혜는,

'그래도 병이 위급하니 친구를 만나자는 것이로구나.'

하고 가여운 생각이 들어 달려갔다. 원은 홀로 누워 종혜의 손을 이끌어 앉게 하더니 간곡히 청했다.

"이 늙은이가 엉덩이 사이에 종기가 났으니 여자를 멀리 해야 할 게 아닌가. 대사는 나의 친구이니 이를 좀 보아 주게나."

대사는 연로하여 눈이 어두웠다. 바싹 엉덩이에 눈을 들이대고 환부를 살펴 보려는 순간이었다.

그때 원이 바짝 힘을 쓰니 이질 줄기가 우박처럼 대사를 쏘는 게 아닌가.

대사는 미처 피하지 못하고 머리와 얼굴에 모두 오물을 뒤집어 쓰고 말았다. 원은 그제서야 소매자락으로 그것을 닦아주면서 조용히 이르기를,

"시경(詩經)에 이르기를 무슨 은덕이고 갚지 않는 것이 없다 하였으니 나에게 쥐똥을 선사한 것을 이 오물로 갚는 것이네."

하자 두 사람은 서로 마주 보고 크게 웃었다.

13

고전 시가 속의 해학

13

고전 시가 속의 해학

눈물을 웃음으로 승화시킨 『흥부전』

엉덩이는 울타리 밖으로 나가니

— 놀부심사를 볼작시면 초상난데 춤추기, 불붙는데 부채질하기, 해산한데 개닭잡기, 우는 아기 볼기 치기, 간난 아기 똥먹이기, 무죄한 놈 뺨치기, 빚값으로 계집 뺏기, 늙은 영감 덜미잡기, 아해 밴 계집 배차기, 우물 밑에 똥누기, 오려논에 물터놓기, 자친밥에 돌퍼붓기, 패논 곡식 이삭 자르기, 논두렁에 구멍뚫기, 호박에 말뚝박기, 곱사등이 엎어놓고 발꿈치로 탕탕치기 …….

이것은 한국 고전 삼대 소설의 하나인 『흥부전』의 첫장에 나오는 놀부의 심술타령이다.

흥부전은 참으로 오랜 세월 동안 민중과 함께 호흡해 온 해학성 짙은 우리의 고전이다.

이 작품은 권선징악이라는 도덕적 주제를 해학이라는 표현기법을 썼기 때문에 한국 고유의 속어, 속담, 민속이 종횡무진으로 구사되어 있어 시종 웃음을 폭발시키는 웃음의 소설이다.

그러기에 서글프기 짝이 없는 흥부의 움막 같은 허수아비 집도 아래와 같이 웃음으로 위로되어 있다.

— 이놈은 집재목을 내려고 수수밭 틈으로 들어가서 수수대 한뭇을 베어다가 말집(둥그런 집)을 짓고 돌아보니 수수대 반 뭇이 그저 남았구나.

안방이 어떻게 넓던지 양주(兩主:부부)가 드러누워 기지개를 켜면 발은 마당으로 나가고, 대고리는 뒷곁으로 나가고 엉덩이는 울타리 밖으로 나가니 동리 사람이 출입하다가 이 엉덩이 불러들이소, 하는 소리 듣고 흥부 깜짝 놀라 …….

수숫대 반 뭇으로 지은 집이라니 오죽하랴. 그러나 흥부의 수난은 끝이 났고 흥부에게도 웃음이 찾아 온다.

흥부의 마지막 박에서는 선녀와 같은 미녀가 나온다. 박을 타던 흥부와 아내는 아연실색 놀라지 않을 수 없었다. 그러나 흥부는 점잖게 "그대는 누구인고?"하고 물었다.

— 선녀는 대답하되,

"강남국 제비왕이 날더러 그대 부실(妾)이 되라 하시기로 왔나이다."

흥부 듣고 대희하고 흥부 아내 내색하고 하는 말이,

"에그 잘 되었다. 우리가 전고(前古)에 없는 잔고를 겪다가 인제 발복(發福)이 되었다고 저꼴을 누가 본단 말인고. 난 언제부터 그 박은 켜지 말자 하였지."

흥부 아내의 질투와 심성이 잘 표현되어 있다. 차라리 굶을지언정 부부의 정이나 좋았으면 하는 여인의 애정이다. 그러나 여기서 흥부는 제법 의젓했으니,

"염려 말게, 조강지처는 불하당(不下堂)이라니 내가 자네를 괄세할 것인가."

홍부에게, 더구나 여인 앞에서 이러한 여유와 자신이 있었는가 하고 독자들은 웃지 않을 수 없게 된다.

『홍부전』에는 많은 해학적 인간이 등장하지만 비인간적 존재까지도 인간적인 사고와 행위를 종횡으로 구사하고 있어 그 해학미가 돋보인다.

비극적인 소재를 갖고 이처럼 해학성 높은 작품으로 승화시켰다는 점에서 웃음과 기지에 빼어났던 우리의 선조들의 모습을 보게 된다.

남자만이 알몸인 『배비장전』

밑천을 감출 길이 바이 없어

— 정비장이 혹한 마음에 고의(홑바지) 적삼이 무엇이리, 통가죽이라도 벗어줄밖에 하릴 없다. 고의적삼마저 벗어 애랑 주니 정비장이 알비장이 되었구나. 밑천을 감출 길이 바이 없어 방자를 부른다.

"방자야!"

"예!"

"세승(가는 노끈) 두 발만 들여라."

하더니 견짐(월경대 같은 것)을 만들어 제마(제주 말) 입에 쇠재갈 먹인 듯이 잔뜩 되우 차고 두런거리며 하는 말이,

"어허 그날 극한(極寒)이로군. 해도중(海島中)이라 매우 차다."

알몸의 정비장 모습이 묘하게 그려 있다. 허나 그런 중에도 치부(恥部)를 가리는 여유와 정경이 또한 웃긴다.

성장한 미녀 애랑과 그 앞에 알몸이 된 사나이 정비장의 이별 장면을 보고 있던 배비장은, "천리 밖에 와서 아녀자에 매혹하여 저다지 애걸하니 처면이 틀렸다"고 혀를 차며 자기는 만고절색의 계집일지라도 눈썹 하나 까닥하지 않을 것을 맹세한다.

이렇게 해서 여색에 초연할 수 있다는 배비장과 이를 가소로이 여기는 방자가 내기를 건다.

큰소린 치지만 여색에 약한 배비장과 세련되 교태로 사내를 마음대로 조정하는 기생 애랑, 그리고 두 사이에 서면서도 애랑의 편인 능글맞은 방자의 세 인물이 펼쳐가는 사건은 시종 웃음을 연발케 한다.

"요기롭고 고이한 년! 내 몸 하나 옴죽하면 문 앞에 신 네 짝 떠날 날이 없으니, 어느 놈과 둘이 미쳐서 두런두런하느냐. 이 연놈을 한 주먹에 쇄골 박살하리라."

이건 애랑과 방자의 계략에 빠진 알몸의 배비장이 유부녀로 분장한 애랑과 즐기려는 순간에 문밖에서 애랑의 남편으로 분장한 방자가 내지르는 호통이다.

이 작품의 특성은 남성만이 알몸으로 등장하는 점에 있다. 『배비장전』에서는 이 어색한 알몸이 웃음을 도발시키는 좋은 구실을 한다.

풍류남아의 야반희농(夜半戲弄)을 그 소재로 한 이 해학소설은 그런 점에서도 특이한 작품이라 하겠다.

— 밤중 유부녀 통간길에 배비장은 높은 담 구멍 속으로 두 발을 모아 들이미니 방자놈이 안에서 배비장의 두 발목을 쥐고 힘껏 잡아당긴다. 그러자 배비장의 부른 배가 걸려서 들어가지도 나아가지도 않는다.

배비장은 두 눈을 회게 뜨며 바드득 이를 갈면서,

"애야, 조금만 놓아다오."
하면서, 곧 죽어가면서도 문자를 쓰는 것이었다.
"포복불입(怖伏不入)하니 출분이기사(出糞之旣事)로다."

이렇게 시작되는 배비장 망신편은 가히 웃음의 압권이다.

김삿갓의 분변학적 익살 방랑

김삿갓의 저항과 해방

書堂乃早知　서당내조지
房中皆尊物　방중개존물
生來諸未十　생래제미십
先生來不謁　선생래불알

서당은 '내조지'며
방안엔 '개존물'이라
생도는 '제미십'이오
훈장은 '내 불알'이라

김삿갓이 한 훈장의 아니꼬운 행실에 화가 나서 서당을 묘사하는
것을 빙자하여 화풀이를 한 소위 분변학적(奮便學的) 익살이다.
그럼 같은 수법의 김삿갓의 기지 넘치는 말장난을 하나 더 들어
보기로 하자.
年年臘月十五夜　연년납월십오야
君家祭祀乃早知　군가제사내조지

祭尊登物用刀疾　제존등물용도질
獻官執事皆告謁　헌관집사개고알

　이것을 뜻풀이 하면 '해마다 돌아오는 섣달 보름날 밤은/ 그대 집의 제사인줄 이내 알았노라/ 제사에 올린 음식은 칼솜씨가 빨라서/ 현관과 집사는 모두 있는 정성을 다 하였도다'는 점잖은 시가 된다. 그러나 뜻과 음으로 섞어 읽게 되면 이렇게 된다.

　해마다 섣달이면 '십오야'에
　네집의 제사에는 '내조지'라
　제사에 올린 음식에는 '용도질'을 치노니
　헌관과 집사는 모두 '개 고알(공알)' 같도다.

　과연 상대에게 화끈한 모욕을 주는 시이다. 그럼 하나만 더 들어보자.

天長去無執　천장거무집
花老　不來　화무첩불래
菊樹寒沙發　국수한사발
枝影半從地　지영반종지
江亭貧士過　강정빈사과
大醉伏松下　대취복송하
月移山影改　월이산영개
通市求利來　통시구리래

　'하늘은 길고 길어서 가도 잡을 수 없고/ 꽃은 늙어 나비도 찾지 않도다/ 국화 포기는 찬 모래깊에서 피는데/ 꽃가지는 땅에 닿을 듯이 늘어졌도다/ 강가의 정자에 가난한 선비가 지나다가/노곤히 취해서 소나무 밑에 엎드려지도다/ 달이 비끼니 산그림자도 바뀌었는데/

장꾼들은 돈을 벌러 오더라' 라는 이 몇 가지 주제가 잘 짜여진 김삿 갓의 이 시도 소리내어 읽으면 그 음(音)이 한글로 전혀 다른 욕설이 된다.

'천장'에는 '거무집'이 끼고
'화로'에선 '겻불내'가 나는구나
'국수'는 '한 사발'이고
'지령'은 '반종지'라
'강정', '빈사과'와
'대추' '복숭아'가 있도다.
'워얼리', '사냥개'야
'통시' '구릿내' 맡고 오느냐!

김삿갓은 1807년 권세가꿀인 장동(壯洞) 김씨집에서 태어났다. 그런데 홍경래란이 터졌을 때, 그의 조부 김익순(金益淳)은 평안도 선천(宣川)의 방어사(防禦使)로 있었는데 폭도들이 선천에 이르렀건 만 대취하여 잠에 빠져 있었다.

이리하여 김삿갓의 조부 김익순은 삭탈관직을 당하고 후에 직무 태만으로 처형되어 그의 일가는 멸문(滅門)되었다.

이에 김삿갓은 비천하게 된 가꿀에 모멸을 느낀 나머지 집을 떠나 팔도강산을 떠돌며 시로써 세상을 풍자하며 울분을 달랬다고 한다.

방귀, 오줌, 똥의 생리현상은 김삿갓에 의해서 뿐만 아니라 고금 의 재담·음담에 있어서 웃음의 묘약이 되어 왔다. 우리 민요 가운데 에도 그런 배설물이 소재가 되어 있는 게 많다.

똥요(謠)

강똥을 누느라니까
김(金)가가 있다가서는
김을 무럭무럭 내니
박(朴)가가 있다가서는
박에다 담았드구나

장(張)가가 있다가서는
장대에 꾀여 드니까
유(柳)가가 있다가서는
누구 먹겠니 하드니
나(羅)가가 있다가서는
내가 먹겠다 하니 ……

양반요(謠)

이리치고 저리치고
한강 그물 고기 잡아
먹어치고
양반은 상놈치고
상놈은 기집치고
기집은 개 불러다 똥치고
개는 꼬리치고

서당아이요(謠)

하늘천 따라지
가마솥에 누른밥
딱딱 긁어서
선생님은 개밥그릇에 한 통
나는 한 그릇
선생님은 똥가래
나는 은수저
에이 이놈 잘못 읽는다

총각호래비요(謠)

서른 셋에 장가가니
앞집에는 못갈 장개
뒷집에는 못갈 장개
앞집에는 궁합 보고
뒷집에는 책력 보고
한 모랭이 돌아가니
까막까치 울고 있고
또 한 모랭이 돌아가니
패랭이 씬 놈 오는구나
두 손으로 주는 편지
왼손으로 받아치니
신부 죽은 부고더라
아버님은 돌아가소
저는 댕기 오겠심니더

그 길로 바삐 가니
한 모랭이 돌아서니
곡소리가 진동하고
대문 곁에 들어서니
오늘 오는 새 자형아
큰 방으로 들어가소
또 한 대문 들어서니
오늘 오는 새 자형아
큰 방으로 들어가소
샛별같은 저 요강은
발치다가 밀쳐 놓고
자는 듯이 누었구나
둘이 비자 지은 비개
혼자 비고 자는 듯이
누었구나

간부, 간음에의 동경

처용가(處容歌)

서울 밝은 달 아래
밤들도록 노니다가
돌아와 자리를 보니
다리가 넷이로다
둘은 내것이다마는
둘은 누구의 것인고
본디 내것이었지만
앗겼으니 어찌 하리오

이는 처용이 부른 향가 중에서도 가장 유명한 것이다. 그 사연은
이렇다.

신라 제 46대 헌강왕(憲康王) 때, 나라가 부강하고 풍년이 들어 풍
악과 노래가 끊이지 않는 태평성대를 구가하고 있었다.

어느 날 왕이 개운포(開運浦)에 놀러 갔다가 돌아오려 할 제 갑자
기 몰려든 구름과 안개로 길을 잃게 되었다.

왕이 괴이하게 생각해서 좌우에 물으니 일관(日官)이 '이는 동해
용왕의 조화이오니 좋은 일을 행하여 풀어야 한다'고 하므로 왕은
동해의 용을 위해 그곳에 절을 세우도록 명했다.

왕명이 내리자 구름과 안개가 홀연히 사라졌고 동해 용왕은 이를
기뻐하여 일곱 아들을 거느리고 왕 앞에 나타나 춤과 노래로 왕의 덕
을 찬양하였고, 그 중의 한 아들을 서울로 보내 정사를 보좌케 하였
는데 그 아들의 이름이 곧 처용(處容)이었다.

왕은 이를 기뻐하여 가장 아름다운 미녀를 골라 그의 아내를 삼게
하였는데 그 자태가 너무 아름다와 역신(疫神)이 그녀를 흠모, 사람

으로 변신하여 처용이 없는 틈에 그의 집으로 가서 통음하기에 이른 것이다.

그런데 이 음부(淫婦)와 간부(姦夫)가 통음하는 것을 보고는 처용은 위와 같이 노래를 부르고 춤을 추면서 돌아선 것이다.

처용의 허탈이 미화되어 있는 노래이다. 처용이 노래를 마치자 역신이 그 형체를 나타내고 무릎을 꿇더니 이렇게 맹세한다.

"제가 공의 아내를 사모하여 범했으나 공이 노하지 아니하여 감격하는 바가 크오. 맹세코 이후로는 공의 형용을 그린 그림만 보아도 그 문 안에 들지 않겠소."

그후 백성들은 처용의 형상을 문에 붙여 사귀(邪鬼)를 물리치고 경사를 빌게 되었다고 한다.

그럼 왜 처용의 애기가 오래도록 노래와 춤으로 이어진 것일까. 그것은 어느 부부에게도 그런 상황이 자신들의 문제로 부닥칠지도 모른다는 불안 때문이다. 바꾸어 말하면 어느 사내, 어느 계집이든 간음을 동경하기 때문이 아니겠는가.

어떻든 처용가는 신라시대는 물론 고려 성풍속도의 단면이라 아니 할 수 없다.

유녀의 색정과 순정

쌍화점(雙花店)

만두가게로 쌍화(雙花:만두)사러 갔더니
회회(回回) 아비(몽고인) 내 손목을 쥐는구나
소문이 가게 밖에 퍼지면
조그만 새끼 광대

네가 퍼뜨린 헛소문이라 하리라
그 자리에 나도 자러 가리라
그 잔 곳 같이 울창한 곳 없어리

삼사(三寺)에 불을 켜러 갔더니
그 절 주지 스님 내 손목을 쥐누나
이 일이 소문나면
소승, 네가 퍼뜨린 헛소문이라 하리라
그 자리에 나도 자러 가리라
그 잔 곳 같이 울창한 곳 없어라

두레 우물에 물 길러 갔더니
우물 용(사내)이 내 손목을 쥐누나
이 말이 우물 밖에 나면
조그만 두레박
네가 퍼뜨린 헛소문이라 하리라
그 자리에 나도 자러 가리라
그 잔 곳 같이 울창한 곳 없더라

술파는 집에 술 사러 갔더니
그 집 아비 내 손목을 쥐누나
이 말이 집 밖에 나돌면
조그만 시구박 네가 퍼뜨린 헛소문이라 하리라
그 자리에 나도 자러 가리라
그 잔 곳 같이 울창한 곳이 없어라

참으로 대담한 고려의 방탕의 노래이다.
만두 사러 갔다가 몽고인과, 불공 드리러 갔다가 중과, 물 길러 갔다가 낯선 사내와, 술 사러 갔다가 술집 주인과 정사를 갖는다. 소문이 나면 그건 헛소문이며 '그 잔 곳 같이 울창한 곳 없다'고 달콤한 미련에 집착하고 있다.

물론 이런 노래가 고려시대에 애송되었다는 것만으로 고려시대 여인들의 정절을 논하기는 어렵다. 어떻든 이런 음풍(淫風)을 다스리기 위해 음탕한 여자를 '자녀안(恣女案)'에 올려 천민으로 신분을 격하시켜 벼슬길을 막기도 했다고 한다.

서경별곡(西京別曲)

서경이 서울이다만
내 이곳을 사랑한다만
님을 여의는 것보다는
차라리 길삼베 버리고
님께서 사랑해주기만 한다면
울며 울며 쫓겠나이다

구슬이 바위에 떨어진들
끈이야 끊어지겠나이까
당신이 저를 버려
천년을 외로이 떨어진들
사람이야 어찌 변하리까

대동강 넓은지 몰라
배를 내어 놓았느냐, 사공아
내 설움 몰라
배를 띄워 놓았느냐, 사공아
대동강 건너편
님 태운 배 들어가면

꽃 꺾듯 아가씨를 꺾는 게 아닌가

이 역시 고려의 노래로 참으로 처절한 여인의 순정이 담겨 있다. 그녀늘 버리고 간 님을 탓하는 게 아니라 사공을 탓하는 한국적인 유녀(遊女)의 순정이 넘쳐 있다.

만전춘(滿殿春)

얼음 위에 댓잎자리 보아
님과 나와 얼어 죽을망정
정든 오늘 밤
새오시라, 더디 새오시라
외로운 베갯머리에
어느 잠이 오리오
서쪽 창을 열고 보니
복숭아꽃 만발하였도다
복숭아꽃 시름없이
봄바람에 한들거리는데
봄바람에 한들거리는데
넋이라도 님을 떠나 살지 말자고
벼르고 벼르시던 이
누구였나이까, 누구였나이까
오리야, 오리야
아름다운 비오리야
여울은 어디 두고
늪에 자러 오느냐
여울이 얼면 늪도 좋으니
늪도 좋으니

남산에 자리 보아
옥산(玉山)을 베고 누워
금수산 이불 아래
사향각시 안고 누워
약(藥)든 가슴
맞추어 보자고 하나이다

얼음 위에서 얼어죽을망정 '정든 오늘 밤 더디 새어라'고 간구하
는 고려 여인의 정염이 뜨겁다. 옥산을 베게 삼고 금수산을 이불 삼
아 '약든 가슴 맞추어 보자'는 불같은 색정(色情)을 느끼게 하는 고
려의 노래이다.

이상곡(履霜曲)

비가 오다가 개이더니
다시 눈이 많이 떨어진 날에
서리어 있는 수풀의
좁고 구부러져 도는 길에
잠을 따라 내 님 생각하오니
그런 십분노기옥(十忿怒期玉)길에
자려고 오겠는가
때때로 벽력치는
무간지옥(無間地獄)에 떨어져
즉시로 죽어질 내 몸이
내님을 두고서

어찌 산을 걸으리

이리저러고저
이럴까 저럴까
망실이던 그러한
우리의 기약입니까
맙소사, 님이여
한곳으로 가고저 기약입니까

이는 이조 성종 때에 개작된 창부의 노래로 알려져 있으며 작자도
창녀로 알려져 있다. 그럼에도 이 노래가 순결하고 뜨겁게 느껴지는
것은 어떤 연가보다도 진심이 담긴 노래인 때문일 것이다.

14

독수공방 긴긴 밤에

14

독수공방 긴긴 밤에

덕거동을 부르자

청상 과부 하나가 여비 하나만을 데리고 집안에 남정네라고는 없이 살고 있었다.

그런데 이 여비 역시 일찍이 남편을 잃고 재가치 않고 있었다.

하루는 주인 과부가 여비에게,

"넌 천한 몸이니 개가가 결코 흠이 될 수 없거늘 어이 수절하는가?"

하고 물으니 여비는,

"아씨 마님께서 이렇게 정절을 지키시며 홀로 계시온데 쇤네가 어찌 사내를 얻어 쇤네만 즐길 수가 있겠습니까. 쇤네는 종신토록 주인을 따라 정절을 지키겠습니다."

하고 아뢰었다.

그런 중추가절의 어느 날이었다. 송이 장수가 울 밖에서 소리치자 주인 과부는 송이의 미각이 불현듯 그리워서 큰 것 몇 개를 사오도록 여비에게 분부했다.

여비가 길고도 통통한 송이 몇 개를 골라 오니 오랜 동안 독수공
방해 온 두 여인의 눈에 똑같이 그것이 남정네의 양물(陽物)로 비추
자 잠자던 음정(陰精)이 격하게 요동하게 되었다.

주인 과부는 짐짓 아무렇지도 않은 표정을 짓고,

"이거야말로 참으로 좋은 송이로구나. 값의 다과를 묻지 말고 모
두를 사도록 하자."

하니 여비도 공연히 좋아서 뛰어가더니 송이 한 광주리를 안고 돌아
왔다.

마침내 두 과부는 음정을 억제치 못하고 둘이서 서로 그것으로 놀
음을 시작하니 흡사 남녀간의 행사처럼 황홀하기 그지 없었다.

이리하여 주인 과부와 여비는 이 송이를 '덕거동(德巨動)'이라 이
름 붙이고 시렁 위에 소중히 간직한 뒤에 은밀하게 '덕거동'을 입에
올리며 한가할 때마다 둘이서 서로 음농(淫弄)을 즐기게 되었다.

그런 어느 날, 체장수가 마당에서 체를 메우고 있는데 주인 과부
는 '덕거동' 생각이 간절해져 여비에게,

"덕거동을 부르자."

하고 넌지시 청했다.

그런데 체 장수가 체를 다 고치도록 아무도 나타나지 않자 '덕거
동'이 아이의 이름인 것으로만 알고,

"덕거동아, 빨리 나오너라!"

하고 큰소리로 불렀다.

그러자 말이 채 끝나기도 전에 물건 하나가 방안에서 날라오더니
체 장수를 때려 누이고는 그의 항문을 찌르는 것이었다.

체 장수는 돌연한 이변에 놀라움과 아픔을 참지 못해 체 고친 값
도 잊고 날 살려라고 과부의 집에서 도망쳐 나왔다.

괴이한 봉변을 당한 이 체 장수가 동료 체 장수를 만나 이 이야기
를 했다. 그러나 동료 체 장수는 이를 믿지 않고,

"자네, 어찌 그리 허망한 이야기를 하는가? 세상에 그런 일이 있
겠나!"

하고 오히려 그를 조롱했다. 이에 봉변을 당한 체 장수는,

"자네가 그 집으로 가서 덕거동을 불러 보게. 그리고 내 말이 허
망한 것이라면 내 그 체 고친 값을 자네가 챙겨도 이의를 않겠
네."

하고 말했다.

동료 체 장수는 손해될 것이 없다고 생각해서 과부의 집을 찾아
'덕거동'을 소리쳐 불렀다.

그러자 과연 방망이 같은 게 하나 안방에서 날라 오더니 그를 때
려 누이고는 정신없이 그의 항문을 찌르는 것이었다. 그는 혼미한 속
에 엉금엉금 기고 굴러 달아나니 그를 밖에서 지켜 보고 있던 먼저의
체 장수가,

"그게 그렇게 모질고 독한 게 아니라면 내 어찌 가벼이 체 고친
값을 자네에게 양보하겠다 했겠는가!"

하고 중얼거리더니 덩달아 자기도 줄행랑을 쳤다.

이리하여 송이는 본래 양(陽)의 정기를 지니고 있어 양물을 닮아
있는 바, 두 과부의 음(陰)의 정기와 접신(接神)하자 그것이 양물로
현신한 것이라고 전해지게 되었다.

인과와 응보

한 시골에 과부 하나가 살고 있었는데 오랜 동안 정절을 지켜 온
것으로 그 이름이 원근(遠近)에 널리 알려져 있었다.

하루는 황혼에 한 노승이 석장(錫杖)으로 사립문을 두드리며 하룻
밤의 유숙을 청하자 과부는,

"저의 집은 궁핍한데다가 남정네 없이 홀로 단칸방에서 살고 있으
니 참으로 난처하옵니다."

하고 합장을 하고 공손히 아뢰었다. 그러자 스님은,

"이미 날은 어두워지고 달리 인가가 없으니 자비심을 베풀어 일박 하도록 허하신다면 그 은혜가 막대할 것이오."

하고 재차 청하니 과부는 더 이상 거절치 못하고 허락했다.

과부는 스님을 단칸방으로 안내하여 보리밥과 토장국이나마 정결 히 대접하니 스님은 달게 들었다.

한 동안 말없이 앉아 있다가 과부가 무안한 얼굴로,

"대접이 소홀하와 참으로 부끄럽습니다."

"아니오. 내 즐겁게 들었소이다. 부인의 정성에 소승은 어이 감사 해야 할지 모르겠소. 참으로 폐가 많소이다."

"아닙니다. 피곤하실 것이오니 저는 괘념치 마시고 편히 쉬시도록 하십시오."

과부는 그렇게 인사를 하고 아랫목에 스님의 자리를 보고 자리에 들기를 권했다. 그러자 스님은,

"아니오. 나그네가 아랫목을 차지한대서야 말이 되오. 자, 부인 내 염려는 마시고 자리에 드시지요."

"아닙니다. 노스님을 어이 윗목으로 밀어놓고 여인네가 아랫목을 차지하겠습니까? 그것은 예가 아니오니다."

스님과 과부는 잠시 서로 사양하다가 스님이 아랫목에 눕고 과부 는 윗목에 몸을 웅크리고 있다가 스르르 몸이 무너지며 잠이 들어 버 렸다.

잠시 후 선잠에서 깬 과부는 하체가 답답하여 가만히 손을 가져가 보니 노승의 다리가 걸쳐 있었다.

과부는 노승이 피로하여 잠결에 그런 것으로 알고 공손히 그 다리 를 내려 놓았다.

그런데 이번에는 두근거리는 가슴 위에 노승의 손이 얹혀 왔다. 과부는 다시 공손하게 스님의 손을 내려 놓았다.

그렇게 해서 조용히 밤을 넘긴 과부는 새벽 일찍이 살며시 일어나 정성껏 아침을 지어 노승에게 올렸다.

스님은 아침을 달게 들고 흡족한 미소를 짓더니,

"부인, 벼 몇 단만 주시겠소?"

하고 청했다.

스님은 빠른 솜씨로 가마니를 하나 짜서 부인에게 주며,

"후한 은혜를 사례할 길이 없어 이것으로나마 소승의 감사의 정을 표하는 것이오."

하더니 홀연히 떠나가 버렸다.

부인은 괴이하게 생각하여 노승이 떠난 다음 가마니를 들여다 보니 거기엔 쌀이 그득했다.

부인은 그 쌀을 소중하게 괴에 옮겼는데 옮기면 다시 차고 하여 쌀이 끊이지를 않았다.

이리하여 정절을 고이 지킨 이 과부는 큰 부자가 되었는데 이 소문을 이웃 마을의 욕심 많은 과부가 듣게 되었다.

그리하여 이 욕심 많은 과부는 스님이 나타나기만을 목을 늘이고 기다렸다.

과연 어느 날 노승이 찾아와 일박을 청하자 과부는 크게 기뻐하며 저녁을 대접하고 자리에 들었다.

그런데 과부가 아무리 기다려도 스님의 다리나 손이 걸쳐오지를 않자 급한 나머지 자기의 두 다리를 스님의 다리에 얹었다.

스님이 그 두 다리를 내려 놓기를 몇 번이나 되풀이하자 이번에는 팔을 뻗어 스님의 가슴 위에 얹었다.

이렇게 과부가 올려 놓고 스님이 내려 놓기를 되풀이하는 동안에 동녘이 밝았다.

스님은 바랑을 챙겨 떠나면서 소문대로 가마니 하나를 짜주고 떠나갔다.

욕심 많은 과부는 기뻐 어쩔 줄을 모르며 정신없이 가마니 속을 들여다 보니 이게 어인 일인가! 그 속엔 양물(陽物)이 그득 쌓여 있는 게 아닌가?

꿈틀꿈틀 그 흉측한 양물이 자기를 향해 달려드는 착각에 기겁을

한 부인은 마당에 걸었던 큰 솥의 뚜껑으로 그것을 덮어 버렸다. 그러자 양물이 솥 안에 가득 차 버렸다.

부인은 사색이 되어 그것을 우물에 쏟아 넣으니 우물도 차버렸고 마침내는 온 집안에 양물이 차면서 어지럽게 꿈틀거렸다.

불문가지로 여인은 그 자리에서 졸도해 버렸지만 이것은 여인의 과욕을 뉘우치게 하려는 신승(神僧)의 경계였다.

임자에게 도로 주어라

시골에 한 과부가 살고 있었는데 늘 '귀신과 상친(相親)하면 얻지 못할 게 없지만 멀리 하면 밭과 들의 곡식은 거꾸로 심어지고 솥뚜껑이 솥 안으로 들어갈 것이며 모래와 돌을 방에 던질 것'이라고 하며 귀신을 숭모하였다.

그런 어느 날 과부가 방안에 누워있는데 귀신이 물건 하나를 던져 주는 것이었다.

과부는 얼른 그것을 주워보니 그건 필시 건장한 양물을 너무도 닮아 있었다. 과부는 자기의 지성에 귀신이 감응하였다고 생각하면서 고개를 갸웃거리며,

"이것이 무엇에 쓰는 물건인고?"

하고 무심코 중얼거렸다.

그러자 그것은 돌연 건장한 사내로 변신하더니 당장 과부를 깔아 눕히고 운우(雲雨)의 정을 나누고 일을 마치자 본래의 모습으로 되돌아갔다.

과부는 마음 속으로 크게 기뻐하며,

"이렇게 귀한 물건이 세상에 다시 있을까?"

하고 중얼거리며 서랍 속에 소중히 간직하였다.

278

과부는 그 날부터 음사가 생각나면 그것을 꺼내어,

"이것이 무엇에 쓰는 물건인고?"

하고 중얼거리게 되었고, 그때마다 마음껏 음사를 즐기게 되었다.

그런데 어느 날 과부가 집을 비우고 출타할 일이 있어 이웃집 여인에게 부탁하게 되었다. 그 여인도 또한 과부였다.

집을 홀로 보고 있던 이웃집 과부는 무료하여 서랍을 뒤적거리다가 이 양물을 닮은 물건을 보고 한편으로는 음욕이 동하고 한편으로는 괴이하여,

"이것이 무엇에 쓰는 물건인고?"

하고 중얼거리게 되었다.

그러자 돌연 그것이 건장한 사내로 변신하여 불문곡직하고 그녀를 겁간하니 그녀는 오랜만에 사내의 정에 듬뿍 취하게 되었다.

이웃집 과부는 이것이 필시 신묘한 보물이라 생각하고 몰래 속곳속에 간직하였으나 돌아온 주인 과부가 이 보물이 없어진 것을 알고 다그치자 싸움으로 번지게 되었다.

이리하여 마침내 관가에 제소하게 되었는데 사또 또한 그 형상이 괴이하게 생겼는지라,

"이것이 무엇에 쓰는 물건인고?"

하고 물었다.

그러자 그것은 돌연 건장한 사내로 변신하여 사또를 계간하더니 다시 양물로 되돌아갔다. 사또는 크게 당황하여,

"이같은 요물을 그대로 두면 세상을 소란케 할 것이니 당장 불에 넣어 태우라!"

하고 명했다.

그러나 그것은 탈 생각을 않고 본래대로 멀쩡히 있을 뿐이었다. 사또는 바쁘게 혀를 내두르더니,

"허허, 어쩔 수 없도다. 이 괴물을 당초의 주인에게 돌려 주어라."

하고 분부하였다.

요강이 없다

한 부자 과부가 유모와 단둘이 살았다. 그런데 어느 날 유모가 집안 일로 자기 집에 되돌아가게 되었다.

과부는 큰집을 혼자 지키기가 무서워 이웃집 마님에게 머슴을 좀 보내줄 것을 청했다.

이웃집 마님은 머슴이 열 여덟 살이 되었으나 우둔하고 지각이 없는지라 마음놓고 과부의 집으로 보내 주었다.

머슴은 과부에게 후히 저녁 대접을 받고 술까지 얻어 먹은 다음 상당(上堂)에서 깊이 잠들어 버렸다.

그런데 아직 음양을 모르는 머슴의 양물이 기세 좋게 일어서더니 마침내 바지 사이를 뚫고 나오는 것이었다.

과부는 오랜 적막 끝에 사내의 기운 찬 양물을 본지라 음심(淫心)이 격해져 가만히 머슴의 바지를 벗기고 자기의 음호를 가져가 혼자서 희롱을 하다가 방설하고 말았다.

그 다음 날, 과부는 간밤의 환희가 그리워 머슴을 보내주기를 다시 청했다. 이웃의 마님은 머슴을 불러,

"과부댁엔 음식도 많고 과일도 많아 없는 게 없으니 며칠 거기 있으면 넌 호강을 하는 게 아니냐? 오늘 밤도 그 집에 가서 자려므나."

하고 말하자 머슴은 눈을 크게 뜨며,

"없는 게 있습니다요. 그 집엔 요강이 없어요. 그래서 어젯밤 그 마님이 제 바지를 벗기고 제 신두(腎頭)에 오줌을 싸던걸요."

소는 빌리지 못했지만

어떤 시골의 과수가 여비 하나를 데리고 농사를 지으며 살아가고 있었는데 밭을 갈 때는 늘 이웃집 홀아비에게서 소를 빌렸다.

어느 날 과수가 밭을 갈려고 여비를 시켜 소를 빌리러 보냈으나 홀아비는,

"나와 하룻밤을 보내 준다면 내 틀림없이 소는 물론 내가 직접 밭을 갈아 주마."

하고 여종을 희롱하며 청했다.

여종은 빈손으로 집으로 돌아와 그 사연을 주인 마님에게 고하니,

"그게 뭐 그리 어려울 게 있느냐. 하룻밤만 자고 오너라."

하고 허락했다.

이리하여 홀아비와 여비가 잠자리에 들게 되었는데 홀아비는 굴러 들어온 복을 마음껏 즐기자는 장난기가 발동하여,

"내가 너와 교합하는 동안 넌 우리 얼룩소를 계속 불러야 한다. 먼저 '아롱아' 하고 부르고 그 다음엔 '어롱아' 하고 부르되 이를 되풀이 하는 것이다. '아롱아 어롱아, 아롱아 어롱아' 하고 말이다. 만일 '아롱아 어롱아'를 부르는 동안에 다른 소리를 내어서는 소를 빌려 줄 수가 없다."

하고 말하니 여종은 괴이하게 생각하여,

"그걸 외우는 것은 어렵지 않지만 무슨 연고입니까?"

하고 물었다. 그러자 홀아비는,

"작은 얼룩은 '아롱이'라 하고 큰 얼룩은 '어롱이'라 하지 않느냐. 그런데 우리 소는 크고 작은 얼룩이 있어 '아롱 어롱'으로 부른다. 그리고 우리 소란 놈은 제 이름을 외워 주지 않으면 일을 제대로 않는 심술이 있느니라."

하고 말하자 여종도 고개를 끄덕였다.

이리하여 둘의 교합이 시작되었는데 여종은 홀아비가 시키는대로

홀아비의 양물이 들어오면 아롱아 하고 외우고 나가면 어롱아 하고
외웠다.

그런데 진퇴가 점점 급해지고 격해지자 여종은 그만 혼미하여 져
"아아! 어어?"할 뿐 제대로 외우지를 못했다.

그러자 홀아비는,

"너는 약속대로 하지 못하고 '아아 어어' 소리만 지르다 일을 마쳤
으니 소를 빌려 줄 수가 없다."

하고 여종을 그냥 돌려 보냈다.

여종은 주인 마님에게 돌아와 그 시종을 이야기하니 과수는,

"애야, 그 두 마디가 무엇이 그리 어려워서 바보스럽게 '아아 어
어'만 하고 빈손으로 온단 말이냐?"

하고 어쩔 수 없다는 듯이 스스로 그 일을 홀아비에게 청하고 나섰다.

이리하여 홀아비는 과수와 다시 교합되었는데 과수 또한 처음에
는 '아롱아 어롱아'를 몇 번 번갈아 외우더니 마침내 음극(淫極)에
이르자 '어어어!' 하고 더듬은 채 일이 끝났다.

이에 홀아비는,

"당신도 약속을 제대로 지키지 않았으니 소를 빌려 줄 수가 없소."

하고 얼르니 과수는,

"괜찮아요, 당신으로 인해 이렇게 삶의 기쁨을 맛보았으니 소를
빌리지 못한다 해서 무슨 한이 되겠습니까."

하고 교태를 부리는 것이었다.

나를 그르친 자는

한 고을에 과수 하나가 있었는데 나이 50이 되어 다시 남자를 맞
이하게 되었다.

그러나 얼굴엔 이미 주름이 많이 잡혀 있었고 머리칼 또한 희끗희 끗 서리가 앉아 있었다.

과수는 그 나이에 재가한 것이 부끄러워 닭이 울 때 신방에서 나 와 늙은 얼굴을 보이지 않을 것이라고 생각했다.

그런데 과수가 운우를 즐기는 가운데에서도 수탉이 울기를 이불 속에서 초조히 기다리는데 이미 동창이 밝아오는 것이었다.

과수는 후다닥 놀라 신방을 뛰쳐 나오니 여비가 닭을 잡고 있었 다. 그러자 과수는 분을 이기지 못해 여비의 종아리를 치면서,

"나를 그르친 자는 닭이고, 닭을 그르친 자는 바로 너였구나!"

일찍이 만났더라면

양구(陽具)가 유달리 장대한 자가 있었는데 자기 집을 드나드는 참기름 장수에게 눈독을 들이고 열심히 기회를 엿보고 있었다.

그런 어느 날 마침 아내가 출타한 사이에 그 참기름 장수 여인이 왔다. 사내는 때를 놓치지 않고 여인을 유인하여 일합(一合)을 벌였다.

그런데 사내의 양구가 너무 장대한지라 능히 대적할 수가 없었다. 여인은 목침을 들이미는 것 같은 아픔에 즐거움은커녕 고통을 이기지 못해 엉엉 울며 참기름병 마저 버리고 도망쳐 나왔다.

여인은 여러 날을 조리하여 겨우 상처가 아물자 그 집을 찾았다. 마침 주인 마님이 혼자 있었다.

"아니 어쩌다가 참기름병을 잊고 갔소?"

"네 ……"

여인은 흘끔흘끔 주인마님을 훔쳐 보며 연신 웃음을 참고 있을 뿐 얼른 입을 열지 않았다. 그러자 주인 마님이,

"아니 왜 그렇게 흘끔흘끔 날 보면서 웃음을 참고 있는 거요?"

"네 …… 실은 …… 마님, 제가 사실대로 아뢰겠으니 벌을 내리시지 않는다고 약조해 주시겠습니까?"

"그러게나, 무슨 일이기에 그러는가?"

"네, 실은 지난번에 마침 주인 양반이 혼자 계시는데 제가 기름을 팔러 왔습지요. 그런데 주인 양반이 간곡히 청하기에 왕래의 의리도 있고 해서 …… 거절치 못하고 따랐습지요. 그런데 주인 양반의 그것이 고금에 없을 웅대한 것이어서 그만 쉰네는 크게 상처만 입고 말았습지요. 그러고 나니 주인 마님이 매양 얼마나 고통스러울까 하는 생각이 들어 저도 모르게 웃음이 나오려고 해서요 ……"

"허허, 이 사람아. 그런 게 아닐세."

"마님, 아니라니오?"

"우린 열 셋에 서로 만나 서로가 소양 소음으로 교합해 왔는데 그 작은 것이 점점 커져 그렇게 되었을 뿐이네. 그리고 양이 자라듯 음도 자라는 건 자연의 이치가 아닌가."

그제야 기름장수 여인은,

"쉰네도 어려서 상봉하여 지금에 이르도록 교합에 익숙하지 못한 것이 한이구먼요."

하고 웃으니 주인 마님도 따라 웃을 수밖에 없었다.

찰떡 중의 찰떡

어떤 어리석은 자가 나이 20에 첫아이를 얻었다.

그런데 이 어리석은 젊은이는 새로운 고민이 생겨났다.

'이 아이의 머리가 아내의 그곳을 통해 빠져 나왔으니 필경 그것이 아이의 머리 만큼 크게 벌어진 게 틀림 없을 게 아닌가. 그러니 이 나의 초라한 양경(陽莖)으로 어이 대적할 수 있겠는가.' 하고 아이의 머리와 아내의 하복부를 번갈아 보며 한숨을 내쉬는 일월이 계속되었다.

이리하여 이 어리석은 젊은이의 아낙은 방사를 모른 채 수삭이 지난지라 답답하고 외로운 나머지 노 여비를 불러,

"서방님이 이 아이가 태어난 후로는 이 아이의 머리를 만져 보고 내 하부를 보곤 할 뿐 부부의 교합엔 뜻이 없으니 어인 일인지 알겠는가?"

하고 하문했다.

노 여비는 한동안 고개를 갸웃거리더니 역시 남녀지사에 경험이 많은지라 미소를 지으며,

"아씨 마님, 필경 서방님은 아이를 낳은 후로 아씨 마님의 하문
(下門)이 아이의 머리 만큼 커진 것으로 단정하옵고 실의에 빠진
게 아닌가 하옵니다."

하고 넌지시 말했다. 그러자 아씨 마님은,

"아니 그런 허망한 얘기가 있느냐."

하고 어이없는 표정을 지으니 노 여비는,

"쇤네에게 서방님께 그 허망함을 알릴 수 있는 묘책이 있습니다.
오늘 저녁 서방님이 드시면 쇤네에게 인절미를 올리도록 분부하
여 주시기만 하면 됩니다."

하고 청했다.

이에 아씨 마님은 그날 밤 밤참으로 인절미를 구워 오도록 노 여
비에게 분부했다.

노 여비가 인절미를 따뜻이 구워 서방님께 공손히 올리니 이 어리
석은 서방님은,

"허허, 그거 한 번 먹음직하구나."

하고 입맛을 다시더니 손으로 지긋이 찔러 보고는,

"고거 한 번 잘 구워졌구나."

하고 만족해 하였다.

이에 노비는 미소를 지으며,

"서방님, 이 인절미에 손가락을 찔러 구멍을 내어도 곧 다시 합해
지듯 여인네의 하문도 아이를 낳으면 도로 합해지는 것이옵니다."

하고 조심스럽게 아뢰었다.

그러자 이 어리석은 서방님은 놀랍고도 반가운 나머지,

"그게 무슨 소린가!"

하고 중얼거렸다. 이에 여비는 다시,

"여인네가 아이를 낳을 땐 하문이 넓어지는 건 사실이오나 그것은
이 찰떡과 같아서 곧 도로 오무라드는 것입니다. 또한 이 찰떡이
열 번을 찔러도 구멍이 났다가는 곧 도로 오무라 들듯 여인네의
하문도 그와 같은 이치입니다."

하고 설명하니 어리석은 서방님은

"허허, 이제 알았네. 그만 하고 어서 물러 가게."

하고 서둘러 여비를 물리고 오랜만에 아내를 품고 양물을 진입시키니 과연 여비의 말대로 그 옛날과 즐거움이 다름 없었다.

그러자 이 어리석은 서방님은,

"허허, 이놈이야말로 가위 찰떡 중의 찰떡이로구나!"

하고 감탄하며 밤이 새는 줄을 모르고 운우의 환희에 빠져들었다.

가르지 않고도

어떤 여인이 음모(陰毛)가 심히 길어 말갈기를 방불케 하였다.

그래서 남편은 행방(行房) 때마다 손가락으로 그것을 갈라 헤쳐야 하는 수고를 겪어야만 했다.

어느 날 밤, 그 무성한 숲을 헤치고 남편이 방사를 하려고 서둘다가 그만 손톱에 긁혀 상처가 나고 말았다.

아내는 그 아픔을 못 이기고 비명을 지르더니,

"이 바보스런 양반아, 앞집 김서방은 가르지 않고도 잘만 하더라 ……"

이름 한 번 우습다

한 젊은이가 동자 하나를 데리고 어느 촌가에 유숙하게 되었다.

마침 그 집엔 주인은 외출을 하고 여인네 혼자 있었다.

젊은이는 그 용색(容色)에 혹하여 슬그머니 여인네의 의중을 떠보

려고 생각하여,

"조단아, 조단아."

하고 수작을 걸었다.

'조'는 양물의 속명(俗名)이고 '단아'는 준다는 방언이었다. 그러니 당신에게 양물을 주겠다는 뜻이다.

여인은 그 말을 듣고 크게 노하여 이웃의 시가로 찾아가 분함을 이기지 못하며,

"지금 내 집에 있는 나그네가 음탕한 말로 희롱하니 이 분을 풀어 주시오."

하고 호소하기에 이르렀다.

이에 시가의 일족들이 크게 분격, 몽둥이를 들고 쫓아와서는,

"어떤 무례한 놈이 아녀자를 음사로 희롱하려 하느냐! 당장 나오너라!"

하고 고함쳤다.

그러자 동자는 사색이 되어,

"주인님, 어이하여 그런 장난을 치셨습니까? 이대로 가만히 있다가는 그 화를 면할 수 없게 되었으니 화급히 소인이 하라는 대로 하십시오."

"어, 그, 그래. 무얼 어떻게 하란 말인가?"

"크게 조단아, 조단아 하고 저를 부르십시오."

그러자 젊은이는 목청껏 '조단아! 조단아!' 하고 불렀다. 그러자 동자는 재빨리,

"네, 주인님. 소인을 부르셨습니까?"

하고 모여든 사람이 알아듣도록 크게 소리쳤다. 그러자 젊은이는 다시,

"음, 그래, 조단아! 말안장은 손질을 마쳤느냐?"

하고 딴청을 부리자 몰려 있던 자들은 쑥스러운 얼굴을 하고는,

"허허, 그놈 이름 한 번 우습다. 하찮은 아녀자의 망언 때문에 자칫 양반을 욕보일 뻔 했구먼."

하고 슬금슬금 물러갔다.

발톱을 깎아야

아저씨와 나이 어린 조카가 한 집에 살고 있었다. 조카의 장난이 심하였기에 아저씨는,

"얘야, 우린 가난하여 어떤 물건이고 헤지면 다시 갖추기가 어렵다. 잠을 잘 때도 돗자리나 홑이불을 주의하여라."

하고 타일렀다. 그러자 조카는 아저씨의 얼굴을 빤히 쳐다보더니,

"돗자리가 헤질 것을 걱정하신다면 아저씨 발톱을 깎아야 할 거예요. 그리고 홑이불이 헤질 것을 걱정하신다면 아주머니 발톱을 깎는 게 수예요."

아저씨는 이 어린 조카의 대꾸에 말문이 막혀 크게 웃고 말았다.

그때가 되면 일어선다

한 상제가 불학(不學)에 무식하기 그지없었다.

그가 친상(親喪)을 당하게 되어 친지와 이웃이 범백(凡百)의 일을 도와 주는데 한 사람이,

"하관(下棺)은 마땅히 자시(子時:밤 11시에서 1시)여야 하니 어디서 자명종을 구해 와야 할 텐데……"

하고 혼잣말처럼 하니 상제가 얼른 말을 가로막고,

"그럴 필요는 없습니다. 나는 시(時)를 알기를 귀신같으니 염려할 필요가 없습니다."

하고 자랑스럽게 말했다.

이윽고 밤이 깊어 자시가 가까워진 것을 짐작하고 상제의 얼굴을 쳐다보고 있노라니 잠시 후에 상제가 벌떡 일어나더니,

"자, 자시가 되었습니다. 하관합시다."

하고 외쳤다.

이에 여러 사람이 몰려들어 하관을 서두르는데 상제가 황급히 바지를 풀더니 양물을 꺼내어 관에 오줌을 갈기는 게 아닌가.

사람들이 대경실색 아연한 얼굴로 상제를 쏘아보며 이구동성으로,

"이게 도대체 무슨 무례한 짓이오!"

하고 꾸짖으니 상제는,

"어이 그리 모르시오, 택일기(擇日記)에 보면 병인생은 하관할 때 소피(小避;속어로 오줌)하라고 했지 않소. 내가 바로 병인생이오."

하고 유식한 척 태연하니 모두가 절도(絕倒)하지 않을 수 없었다.

이러한 상제의 무지함에 어처구니가 없어 한 사람이 조롱하듯 물었다.

"자시라는 건 어떻게 알았는가?"

"아, 그건 어려운 일이 아니지요. 나는 매일처럼 자시만 되면 틀림없이 양기가 동하여 양물이 크게 일어서니 알고도 남지요."

너무 붉어도 쓸 수 없다

어떤 자가 처첩을 한 방에 두고 살았으나 처첩의 사이가 원만하여 서로가 미움을 나타내지 않았다.

어느 날 남편이 밖에서 돌아오니 아내 혼자 마중을 할 뿐 첩의 얼굴이 보이지 않았다.

"그 사람은 어딜 갔소?"

"아닙니다. 저 뒷마루에 그걸 벌겋게 드러내고 자고 있습니다."

"그거야 붉어야 쓸만 하지."

그러자 아내는 갑자기 샘이 났는지 예쁘게 눈을 흘기며,

"제것은 그 사람 것보다 더 붉어요. 아예 새빨갛답니다."

하고 자랑하니 남편은,

"허허, 그거 안됐구먼. 그게 새빨갛다면 당신과는 며칠은 안되겠어 …… 궁이 새빨가면 며칠은 쓸 수가 없으니까."

하니 아내는 달리 해명을 못하고 벌겋게 얼굴만 붉히고 있었다.

요분질만은 일품

한 부인이 어설프게 글을 알기 시작하자 한 번 들은 글은 후에 반드시 써먹어 외우려고 열심이었다.

어느 날 아들이 그 어머니에게,

"오늘 밤 몇몇 친구가 집으로 오기로 했습니다. 그냥 보낼 수가 없으니 간단히 술상이나 보아 주십시오."

하고 아뢰었다.

어머니는 아들의 말대로 그날 밤 술상을 들여 주고 문밖에서 아들 친구들의 이야기를 듣고 있었다.

이튿날 아침 어머니가 물었다.

"어젯밤 너희들의 대화가 모두 유식하여 들을 만하던데 그중 용두질, 비력질(臀力質), 요분질 등은 이 어미가 그 뜻을 알 수 없었으니 그게 어디에 쓰는 말들이냐?"

용두질, 비력질이라 함은 곧 수음(手淫)을 이름이고, 요분질이란 남녀 교합시 여자가 몸을 흔들음을 말함이니 아들은 그대로 대답할 수가 없었다.

그래서 잠시 대답을 궁리하던 끝에 아들은,

"용두질, 비력질은 친구들끼리 담배를 피우거나 화투를 칠 때 쓰는 말이고, 요분질은 곧 바느질 솜씨를 이를 때 쓰는 말입니다."

하고 적당히 아뢰어 버렸다.

어머니는 이제 문자를 몇 개 알았다고 기뻐하며 그것을 써먹기를 기다리는데 어느 날 출가한 딸이 사위와 함께 인사를 왔다.

그러자 어머니는 딸을 가만히 한쪽으로 불러,

"아가, 요분질은 많이 배웠느냐?"

하고 물으니 딸이,

"어머니, 요분질이 무엇입니까?"

하고 되물었다. 그러자 어머니는,

"요분질이란 바느질 솜씨를 이르는 문자이니라."

하고 자랑스럽게 말했다. 그리고 사위를 부르더니,

"사랑방에 나가 처남과 용두질, 비력질을 하며 실컷 놀다 가게나. 딸아이는 요분질이나 하며 기다리게 할 테니까."

하고 말하자 얼른 딸이 나서며,

"어머니 비록 이렇다 할 재주는 없지만 요분질만은 제가 일품이예요."

하고 대답하는 게 아닌가.

집으로 돌아온 신랑은 모녀의 대화가 실로 해괴망측한지라 대경실색하여 아내를 친정으로 쫓아 버렸다.

이에 아들이 어머니에게,

"매부가 집에 왔을 때 무슨 일이 있었습니까?"

하고 아뢰니 어머니는 아무렇지도 않게,

"네가 이러이러하게 가르쳐 주기에 이러이러하게 그것을 써먹었을 뿐 다른 일은 없었느니라."

하고 대꾸했다.

아들이 그제야 일이 낭패스럽게 된 것을 깨닫고 매부를 찾아가,

"이번 일은 여차여차한 나의 과실이지 어머니나 누이의 과실이 아니니 부디 마음에 두지 마시오."

하고 비니 매부도 그만 너털웃음을 웃고 곧 아내를 집으로 데려갔다.

손가락이 아니다

무더운 여름날, 한 연만한 여인이 개울가에서 속곳까지 벗어버린 채 허리를 굽히고 빨래를 하고 있었다.

이때 마침 한 촌부(村夫)가 지나다가 여인의 속살을 보고 음욕이 동해 슬그머니 다가갔다.

촌부는 몰래 머리를 땅에 박듯이 하고 여인의 하체를 은밀히 살피니 무성한 숲에 아련히 옥문(玉門)이 보였다.

촌부는 마침내 참지 못하고 번개처럼 여인을 덮치고 순식간에 겁간을 한 다음 도망쳤다.

여인은 놀라고 분해 빨래길망이를 치켜들고 쫓으며,

"이 개같은 놈아! 이게 무슨 행패냐!"

하고 고함치니 촌부는,

"아주머니. 실은 그게 양경(陽莖)으로 한 게 아니라 내 손가락으로 했을 뿐이오. 세상에 손가락이야 무슨 죄가 있소?"

하고 수작을 부렸다. 그러자 여인은,

"날 속이려 하다니! 만일 그게 네 손가락이었다면 지금껏 여기 이 개울에 풍기는 훈훈하고 달콤한 냄새는 대체 무엇이냐? 그래도 거짓말을 하겠느냐?"

진퇴유곡이다

한 거지가 엄동설한에 길에 누워 떨고 있었다.

이를 본 한 노파가 죄없이 떨고 있는 인생이 가련하여 자기 집으로 데려가 음식을 대접하였다.

거지는 배가 부르고 몸이 따뜻해지자 그 자리에서 그만 잠이 들어 버렸다.

노파는 잠을 깨워 내보내기가 안쓰러워 그대로 두고 자기도 한 구석에 누워 잠들어 버렸다.

그런데 위에서 짓누르는 무게를 느끼고 눈을 떠보니 거지가 자기 배 위에 이미 올라와 있는게 아닌가.

노파는 놀라서,

"너는 어이하여 은혜를 모르고 이런 무례한 짓을 하느냐! 당장 형조에 알려 네 죄를 다스리겠다."

하고 꾸짖었으나 거지는 참지 못하고 진퇴를 계속하니 마침내 노파의 노여움은 봄눈이 녹듯이 사그라졌다. 그때 거지는 이미 고개를 넘었는지라,

"그럼 이제 그만둘까요?"

하고 물으니 노파는 황급히,

"무례히 들어왔으면 나갈 때만이라도 인사를 갖춰야 하지 않느냐! 그건 안되느니라."

하고 끌어당기니 거지는,

"진퇴유곡이란 이를 두고 하는 말이구나."
하고 한숨을 지었다.

장인이 아니면 못 고친다

옛날 재상의 처가에 향월이라는 동비(童婢) 하나가 있었는데 나이가 열 여덟에 자색이 뛰어났다.

재상은 늘 향월을 한 번 품어 보기를 간절히 소망했으나 기회를 얻지 못했다.

그런 어느 날 향월이 학질을 앓게 되었다. 마침 사위인 재상이 내국(內局;왕의 약을 다루는 관아)의 제조(提調)로 있었는지라 장모가 그에게,

"나의 동비 향월이 학질로 고생을 하고 있네. 내국에는 필히 좋은 약이 있을 것이니 아이를 좀 고쳐주는 게 어떻겠는가?"
하고 청했다.

재상은 마침 절호의 기회라고 내심 기뻐하며 장모에게,

"내일 퇴원시에 영약을 가져와 향월을 치료해 보지요. 후원에 병풍을 둘러치고 자리를 마련하여 향월을 누이고 사람들이 함부로 근접을 못하도록 조치하시면 제가 꼭 고쳐 주겠습니다."
하고 당부했다.

이튿날 장모는 사위의 말대로 자리를 마련하여 향월 혼자 누여 놓고 일체의 사람이 근접하지 못하도록 조치했다.

재상은 병풍 속으로 들어가 불문곡직하고 향월을 끌어안고 옷을 모두 벗긴 다음 향월의 음호(陰戶)를 더듬어 그의 거양(巨陽)을 진입시키니 향월은 크게 두려워 비오듯 땀을 쏟았다.

재상은,

"학질이란 흉악한 병이라 이렇게 하지 않으면 떨어지지 않느니라. 자, 듬뿍 땀을 쏟거라."

하고 더욱 격하게 진퇴를 거듭하자 향월은,

"하지만 주인마님께서 이 일을 아신다면 크게 벌을 내리실 것이온데 쇤네는 어찌 하옵니까?"

하고 여전히 두려운 얼굴로 물었다. 이에 재상은,

"그렇지 않느니라. 이 일은 바로 주인 마님께서 당부한 것이니라."

하고 달랜 다음 다시금 일을 벌이니 마침내 흥이 높아지고 극음(極淫)에 이르렀다.

이에 향월은 재상의 허리를 격하게 끌어안으며 울부짖듯이,

"이제 주인 마님께서 아시고 쇤네를 죽인다 한들 한이 없사옵니다!"

이렇게 해서 향월은 땀을 소나기처럼 쏟아낸 덕분에 그녀의 학질은 멀리 달아나 버렸다.

그런 얼마 후 재상의 장모가 또한 학질에 걸려 고쳐주기를 청하자 재상은,

"이번에는 장인 영감이 아니고서는 고칠 수 없습니다."

하고 웃음을 머금고 아뢰었다.

미음을 버리다니

서울의 한 부랑배가 두메산골을 걷다가 갈증이 심해 한 농가를 찾아들었다. 마침 그 집엔 아리따운 낭자 혼자서 있었다.

"지나가는 나그넨데 갈증이 심해 물 한 그릇 얻을까 하오."

낭자는 얼굴을 제대로 들지 못하고 돌아서더니 섬섬옥수로 물 한

대접을 바쳐 올렸다. 나그네는 그 자색의 아리따움과 순박함에 취해 한 가지 간교를 생각해내기를 이르렀다.

"낭자, 그 아리따운 얼굴에 병색이 드리웠으니 안타깝구려."

"소녀에겐 이렇다 할 병이 없사옵니다."

"아니오, 내 이렇게 맛있는 물을 얻어 먹었으니 그 값을 하리다. 난 사실은 의원이오. 어디 방으로 들이가 진맥을 해 봅시다."

나그네는 억지로 낭자를 방으로 밀고 들어갔다.

"허허, 낭자의 뱃속에는 나쁜 고름이 차 있소. 그걸 당장 뽑아 내지 않으면 언제 변고를 겪을지 모르겠소. 자, 내가 시키는 대로 하구려."

나그네는 음양의 이치를 모르는 순박한 낭자를 기만하여 운우를 즐긴 다음 자기의 정액을 접시에 받아 낭자에게 보였다.

"봐요, 이렇게 고름이 쏟아져 나왔소."

낭자는 기뻐서 저녁에 돌아온 모친에게 나그네가 병을 고쳐준 이야기를 하며 접시의 그것을 증거로 보였다. 모친은 딸의 순진함에 어이가 없고 분해 접시를 뜰에 내동댕이치곁 숨만 헐떡였다.

그때 마침 이웃의 노파가 들렸다가 그 접시를 주위들고는,

"어허, 아깝기도 하지. 미음을 누가 이렇게 버렸는고!"

15

해학은 저항이고 해방이다

15

해학은 저항이고 해방이다

소낙비가 오시나 봐요

이조 중엽 때부터 포도아(葡萄牙:포르투갈) 사람들은 범선을 타고 우리나라를 찾아와 통상하기를 청했다.

그러나 조정에서는 쇄국과 개국의 두 파로 갈리어 물끓듯이 싸우다가 결국 쇄국파가 이겨 포도아 사람들과의 통상을 거절해 버렸다.

하지만 이 사람들은 끝내 생각을 굽히지 않고 서해안의 작은 어촌들을 찾아다니며 갖가지 비단이며 화약, 잡화(雜貨) 등을 우리나라의 금은(金銀)과 바꿔갔다.

이 포도아 사람들의 배가 관아의 눈을 피해 어촌으로 스며들면 동네 사람들이 그 괴상하게 생긴 배와 양인(洋人)들을 구경하기 위해 몰려들었다.

"자, 모두 와서 구경하시오."

장사에 능한 그들은 큰소리를 지르며 손짓발짓으로 허풍을 떠는 게 일쑤였다.

"와 ― 저것 좀 보게!"

진기한 서양 물건들에 눈이 휘둥그레진 어촌 사람들은 이것 저것 닥치는대로 만져 보다가는 몇 가지를 달라는대로 주고 샀다. 그건 정말 진풍경이기도 했고 수라장이기도 했다.

"그런데 이건 무엇에 쓰는 것이지?"

그것은 이들 포도아 사람들이 갖고 오는 물건 중에서도 곧잘 눈을 끄는 것의 하나였다.

우리가 지금도 쓰고 있는 바께쓰가 그것이다. 바께쓰란 것은 우리 말도 미국말도 아닌 순전한 포도아 말이다.

"원, 저 바께쓰란 물건은 동이 대신 물을 긷는데 쓰는 것이라고는 하지만 밑이 약해 머리에 일 수도 없고 몸통이 둥그니 손으로 잡기에도 망하고 갓이나 삿갓 대신에 쓰자니 너무 크고 …… 양인들이 다른 것은 다 잘 만들어도 바께쓰라는 저놈만은 잘못 만든 거야."

하고 의론이 분분했고,

"역시 그릇은 우리 것이 제일이야. 저 바께쓰에 달린 둥근 줄을 목에라도 걸고 다니라는 건가? 정말 알 수 없는 노릇이야."하고 비웃는 자도 많았다.

이리하여 양인들의 물건이 불티가 나듯 해도 이 바께쓰만은 잘 팔리지를 않았다.

그런데 한 노인은 생각이 달랐다.

"바께쓰라는 게 물을 긷는데 쓰는 거라니 이는 필경 바가지로 쓰라는 거야. 그리고 이 양바가지는 물에 젖어 있거나 비어 있거나 그 무게가 한가지로 가벼우니 하나 사다가 우리 새 며느리에게 주어야겠다."

하고 생각해서 선뜻 하나를 골라잡아 사 갔다.

그런 얼마 후, 노인은 새 며느리를 맞았는데 새 며느리가 너무 귀여운지라 무엇보다도 먼저 이 신기한 양바가지를 내주고는 흐뭇해하였다.

새댁은 이 이상하게 생긴 양바가지를 받긴 했으나 그 용도를 모른 채 방 한 구석에 밀어두었다.

첫날밤 —

새댁은 야밤 삼경에 오줌이 마려워 일어나긴 하였으나 문을 여니 사방이 칠흙같이 캄캄하여 방향을 알 수 없는 데다 뒷간이 어느 구석에 붙어 있는지도 알 수 없는지라 아랫배를 움켜쥔 채 발을 동동 구르고 있었다.

그렇다고 신랑을 깨워 물을 수도 없고 또 뒤뜰 아무데나 주저 앉았다가 시어머니라도 나오면 무슨 봉변인가.

물론 친정 어머니가 넣어 준 요강이 있긴 하지만 그건 아직 짐 속에 그대로 있으니 어쩔 도리가 없었고, 그렇다고 참아낼 수는 더욱 없었다.

이리저리 화급한 중에도 머리를 굴리던 새댁은 낮에 시아버지가 준 그 괴상한 그릇에 생각이 미쳤다.

"그건 필경 양요강임에 틀림없어. 그러지 않고야 시아버님이 서둘러 첫날밤에 내어줄 리가 없지."

하고 단정한 새댁은 얼른 그 바께쓰를 타고 앉았다.

새댁은 워낙 오래 참았고 게다가 남편이라도 잠을 깰까 봐 재빨리 단숨에 쏟아버릴 심산으로 아랫배에 힘을 주며 하문을 열었다.

"좌르릉 와장창 쏴 — 쏴 —"

물줄기 소리가 폭포수처럼 요란하자 바로 안방에서 뜬눈으로 있던 시아버지가 깜짝 놀랐다.

노인은 첫며느리가 마음에 들었고 벌써 손자 볼 궁리를 하며 잠을 못 이루고 있다가 이 때아닌 폭포수 소리를 듣고 벌떡 일어나 밖으로 나오며,

"아가, 이게 웬 소리냐?"

하고 물었다.

새댁은 한참 후련하게 쏟고 있다가 시아버지의 소리를 듣고 움찔 놀라 누던 오줌이 멈춰졌다. 그리고 얼떨결에,

"아버님, 소낙비가 오시나 봐요."

하고 바께쓰에 올라탄 채 대답했다. 노인은,

"그럼 장독 뚜껑을 덮어야겠다."

하고 혼자 중얼거리며 밖으로 나오니 소낙비는커녕 가랑비도 내리지 않았다. 노인은,

"허허, 번개보다 빨리 소낙비가 멎었나 보구나."

하고 거듭 중얼거리며 방안으로 들었다.

이런 일이 있은 다음, 이 포도아 사람들의 바께쓰는 양바가지에서 양요강이 되어 버렸다. 그래서 행상들이 바께쓰를 팔 때면 으례,

"동이보다 좋은 양바가지 사려! 대대손손 쓰기 좋은 양바가지 사
  려! 새 며느리 요강으로도 안성마춤인 양요강 사려!"

하고 외치게 되었다고 한다.

죽은 놈이 무슨 투정이냐

오성 이항복(鰲城 李恒福)은 조선조 5백 년에 포폭절도할 일화를 수없이 남긴 대해학가이기도 하다.

그는 고려조의 명재상이었던 이제현(李齊賢)의 후예로 임진왜란의 명장이었던 권율(權慄) 장군의 사위로서 임진왜란에 선조대왕을 가까이에서 모시며 수완을 발휘한 대경륜가이기도 하다.

오성은 어릴 적부터 장난이 대단했고 두뇌가 남달리 명석하여 신동으로 불리웠다.

그 오성이 여남은 살이 되었을 때의 얘기다.

오성의 둘도 없는 친구에 이덕형(李德馨)이 있었는데 그 역시 소문난 장난꾸러기였다.

어느 날 저녁에 이덕형이 이항복에게 이렇게 수작을 걸었다.

"항복아, 배가 출출한데 우리 내기나 하자."

"내기라면 사양 않지. 그래, 무슨 내기야?"

"여기서 고개 하나를 넘으면 공동묘지가 있지?"

"그래서?"

"거기 가서 무덤마다 떡 한 개씩을 골고루 나누어 주는 거야. 네가 귀신에게 홀리지 않고 떡을 골고루 나누어 주고 오면 내가 한턱을 낼 것이고, 만일 귀신이 무서워 중도에 도망오면 네가 한턱을 내는 거야."

"그거 좋지."

때마침 날이 어두워 사방은 칠흙같이 캄캄했고 그 공동묘지는 밤마다 귀신이 난동하는 곳이라 해서 감히 누구 하나 가까이 가지 않는 곳이었다.

이덕형은 그런 계산하에 이항복을 골려주려 꾀를 낸 것이었다. 그러나 이항복은 귀신 따위가 무서워 망설일 겁쟁이가 아니었다.

이항복은 곧 떡바구니를 들고 공동묘지로 달려갔다. 그리하여 어둠 속에서 무덤마다 더듬으며,

"너도 하나 먹어라, 너도 하나 먹어라."

하고 떡 한 개씩을 나누어 주었다.

그런데 한 무덤 앞에서 떡을 던져 주니 돌연 무덤 속에서 손 하나가 불쑥 튀어나오더니,

"내겐 한 개만 더 다오!"

하고 외치는 것이었다.

웬만한 아이면 기절초풍해서 날 살리라고 도망칠 일이지만 이항복은 그 내민 손을 주먹으로 후려치며

"죽은 놈이 주는대로나 처먹을 일이지 투정은 무슨 투정이야!"

하고 호통을 치는 것이었다.

이리하여 내기엔 이항복이 이겼는데 후에 알고 보니 무덤 속의 손은 바로 이덕형의 것이었다고 한다.

이건 누구의 것이오

이항복이 열 네 살이 되던 어느 늦가을이었다.

마당가에 서 있는 감나무에 매달린 탐스런 홍시를 바라보고 있노라니 구미가 당기는지라,

"만복아, 저 감나무에 올라가 홍시 몇 개만 따오너라."

만복이 대답하고 지체없이 감나무에 올라 감을 따는데 옆집 담너머로 뻗은 가지엔 손도 대지 않고 마당으로 뻗은 가지에서만 감을 따고 있었다.

"만복아, 기왕이면 담 너머로 뻗은 가지에서 먼저 따도록 하여라."

"도련님, 그건 안됩니다."

"안되다니? 그거나 저거나 우리 것인데 어째서 그게 안된다는 거냐?"

"아닙니다요, 도련님. 담 너머로 뻗은 가지에서 감을 따다가는 옆집 하인놈들에게 제가 죽도록 매를 맞게 됩니다요."

머슴아이는 그렇게 말하며 감나무에서 내려오더니,

"도련님은 그 댁이 어떤 양반댁인지 모르십니까요?"

"이놈아! 내가 그걸 모르겠느냐. 그게 호조참의 권율(權慄)장군댁이 아니고 무엇이냐."

"그러시면 어찌 제게 그런 일을 시키십니까요?"

"아니 이놈아, 감나무의 가지가 설혹 그 댁으로 뻗었기로서니 감나무는 우리 것이 틀림없지 않느냐! 우리 감을 우리가 따는데 누가 시비를 한다는 거냐?"

"도련님은 모르시는 말씀입니다요. 그 댁은 세도가 등등하여 그랬다가는 경을 치게 됩니다요."

이항복은 머슴아이의 말에 크게 화가 나서 주인의 세도를 빙자하여 횡포를 부리는 상것들의 버릇을 단단히 고쳐주기로 마음 먹고 권

율 장군댁을 찾아갔다.

솟을대문 안으로 들어서니 청지기가 달려나오더니,

"허허, 이거 옆집 도련님이 아니시오. 어인 일로 오셨소?"

하고 은근히 거드름을 피우는 것이었다.

그러나 이항복은 그런 그를 무시한 채,

"권참의께신 댁에 계신가요?"

하고 당당한 어조로 물었다.

"네, 그렇긴 합니다만 어인 일로 ……"

"내가 좀 여쭐 말이 있어 잠시 뵈오려고 하오. 지금 사랑방에 계시지요?"

"그러나 소인이 먼저 대감께 아뢴 다음에 ……"

"염려마시오. 내가 직접 찾아뵐 터이니."

이항복은 당황하는 청지기를 물리치고 성큼성큼 사랑방으로 올랐다.

때마침 권율 장군은 병서를 읽고 있었다.

이항복은 잠시 방문을 응시하고는,

"권참의 대감 계시옵니까?"

하고 소리쳤다. 그러자 방안에서,

"거 누구요?"

하고 응답하니 이항복은 돌연 팔을 힘차게 뻗어 문창호지를 뚫고 주먹을 방안으로 들이밀었다.

방안에 있던 권율 장군은 크게 노하여,

"어느 놈이 무엄하게 이따위 장난을 하느냐?"

하고 호령했다.

그러나 이항복은 조금도 겁을 내지 않고,

"대감, 소인은 옆집에 사는 이항복이옵니다."

"그럼 넌 이 참찬(參贊)의 도령이 아니냐?"

"네, 그러하옵니다."

그제야 권율 대감이 문을 열고 보니 틀림없는 이 참찬의 아들이 아닌가.

"이놈아! 너는 지체있는 양반집 아들로 어이 이런 무뢰한 장난을 하느냐?"

"대감, 대감은 지금 창호지를 뚫고 방안으로 뻗은 주먹이 누구의 주먹이라고 생각하시옵니까?"

"허허, 그거야 네놈의 주먹이 아니냐. 네 팔에 달려 있는 주먹이 네것이 아니고 누구의 것이란 말이냐."

이항복은 미소를 지으며 거듭 다짐을 하는 것이었다.

"방안에 들어가 있는 주먹은 분명 제 팔에 달려 있는 주먹이긴 합니다. 하지만 지금은 대감의 방안에 들어가 있으니 대감댁 주먹이라고 봐야 옳은 게 아니겠습니까?"

권율 장군은 어이가 없어서,

"이놈아! 네가 실성이라도 했느냐. 네 주먹이 비록 방안에 들어와 있다 해도 역시 네 주먹임에는 분명한 게 아니냐."

"대감, 그럼 이 주먹은 분명 제 주먹이란 말씀이지요?"

"그야 불문가지지."

"그럼 한 말씀만 더 묻겠습니다. 저의 집 감나무가 대감댁 담너머로 뻗어 있는데 그 가지에 달린 감은 어느 집 감이겠습니까?"

그제야 권율 장군은 이 소년의 뜻을 알게 되었다. 권율 장군 듣던 대로 아이의 머리가 비상함에 탄복하여 미소를 지으며,

"너의 집 감나무에 열려 있는 감은 너의 것이지 누구 것이냐."

하고 이항복의 얼굴을 바라보았다.

"그렇다면 한 말씀 더 묻겠습니다. 어찌하여 대감댁 하인들은 우리 감나무에 달린 감을 우리가 따는데 그것을 막는 것이옵니까?"

"허허, 그런 일이 있었느냐? 나는 그걸 모르고 있었구나."

"그러시다면 한 말씀 더 묻겠습니다. 만일 대감께서 실수를 하셨는데 누가 그 책임을 물어오면 그것을 손이 한 일이라 모르겠노라고 하실 것이옵니까?"

이항복의 추궁이 참으로 매서운지라 권율 장군은 어안이 벙벙해

졌다.

"그럴 수야 없는 일이지. 손은 내 의사에 따라 움직였으니 모든 책임은 내가 져야 하느니라."

하고 대꾸한 권율 장군은 그제야 소년의 유도에 계속 넘어간 것을 깨달았다.

손자의 병법에 허허실실(虛虛實實)이라는 게 있다. 이쪽은 어리석은 듯이 위장하여 적을 가까이로 끌어들여 일거에 섬멸시키는 전법이다. 나이 어린 이항복이 이 손자의 병법을 터득했을 리가 없건만 지금 하는 짓은 허허실실 바로 그게 아닌가.

이 일이 있은 다음, 권율 장군은 소년 이항복의 비범함이 머리를 떠나지 않게 되었고 마침내 그를 사위로 맞게 되었다.

닭을 타고 가지

네 번이나 과거에 오르고 다섯 임금을 섬겼고 육조(六曹)의 관서를 두루 지내고 사헌부(司憲府)의 장관이 되었으며 다섯 번이나 재상이 되었던 사가 서거정(四佳 徐居正)은 골계(滑稽)에도 능했다.

어느 날 그가 인색하기 짝이 없는 친구집을 찾았다. 주인이 서거정을 반가이 맞이하여 주안상을 내놓았다.

그런데 술안주라고는 나물 뿐이었다. 주인은 가계가 궁해서 그렇다느니 저자가 멀어서 그렇다느니 하고 소찬을 변명했다.

그런데 서거정이 보니 몇 마리의 닭이 뜰에서 모이를 쪼고 있었다. 그러자 서거정이 말했다.

"이보게, 내가 타고 온 저 말을 잡아 안주로 하게나."

주인이 깜짝 놀라,

"어허, 말을 잡다니. 자네가 돌아갈 때는 무엇을 타고 가려고 그런 말을 하는가?"

하고 물었다. 그러자 서거정은 태연한 얼굴로,

"그거야 걱정 있는가. 돌아갈 땐 자네의 닭 한 마리를 빌려서 타고 가도록 하지."

아랫입이 더 크다

남궁 정랑옥(南宮 正郎鈺)은 해학과 풍자를 즐기고 고담에도 능했다.

일찍이 그가 경차관(敬差官)으로 진주에 묵게 되었을 때의 일이다. 그때 여 참판(呂參判)이 그곳의 방백이 되어 왔는데 고담을 무척이나 즐겼다.

여 참판은 차관 방기(差官 房妓)를 불러,

"남궁이 고담에 능하다니 그것을 듣고 와서 그걸 매일처럼 내게 들려 주어야 하느니라. 만일 그렇지 못하면 내 네 볼기를 치갖라."

하고 엄히 이르니 방기는 상대가 상대인지라 매일처럼 남궁을 찾아 고담을 들려주기를 졸랐다.

남궁은 도백이 되었다 해서 멋대로 방기를 괴롭히는 여 참판이 괘씸한데다 방기의 노고가 가여운지라 고담 하나를 지어내어 여 참판을 희롱해 주기로 했다.

그리하여 여(呂)씨 성을 가진 과수 이야기를 하나 방기에게 들려 주었다.

그런 이튿날 방기가 현신하자 여 참판은 늘 그렇듯이,

"그래 오늘의 고담은 무엇이냐! 어서 이야기해 봐라."

하니 방기는 남궁에게 들은대로,

"옛날에 한 과수가 있었습니다. 그 과수는 장성한 아들이 몇이나 있었는데도 개가를 서둘렀다고 합니다. 그러자 장성한 아들들이 우리가 이제 곧 장성할 것이고 가필을 능히 지키고 이어 나갈 것인데 어이해서 개가를 서두르는 것이냐고 불만을 했더랍니다. 그랬더니 과수는,

'너희는 웃입만 중하다고 생각하느냐? 웃입 못지 않게 아랫입 또한 보다 중한 것이니라. 여씨의 여(呂)자를 보아라. 웃입보다 아랫입이 크지 않느냐?'

하고 대답하더랍니다."

여 참판은 이 고담에 크게 당혹하여 다시는 방기에게 고담을 하도록 분부하지 않게 되었다.

응분의 벌

행길가에 면한 담벼락에 심심하면 오줌자국이 나는 것을 심히 괘씸하게 생각한 어느 대감이 종자들을 불러,

"대저 인간이란 자들이 제아무리 상것이라 한들 개처럼 담벼락에 실례를 할 수 있는고! 너희들은 번갈아 담벼락을 지켜 그 짐승같은 짓을 하는 자를 잡아들여야 하느니라. 만일 이를 이행치 못하면 너희들이 대신 곤장을 맞으리라!"

하고 엄히 분부를 내렸다.

그런 어느 날 과연 네 녀석이 종자들에게 멱살을 잡혀 끌려 들어왔다.

대감은 당상에 선 채 대노하며,

"이 발칙한 놈들! 네놈들이 개가 아닌 다음에야 어이하여 담벼락에 오줌을 갈기는고! 내 네놈들이 다시는 그런 흉측한 짓을 못하도록 그 못된 놈의 물건에 응분의 벌을 주리라!"

"대감, 소인이 미천하와 그만 중죄를 저질렀으니 하해와 같은 은총으로 제발 한 번만 ……"

하고 한 녀석이 땅바닥에 조아리며 하소하자 대감은,

"이놈, 네놈의 생업은 무엇인고!"

하고 호령했다.

"네, 네, 소인은 자물쇠장이옵니다."

"그놈의 거기에 줄칼질을 하여라. 그럼 다음 네놈의 생업은?"

"네, 하잘 것 없는 대장장이옵니다."

"이놈의 그것을 쇠망치로 열 번만 쳐라! 그리고 네놈은?"

"네, 목수이옵니다."

"음, 이놈의 그것엔 대패질을 하여라! 그럼 마지막 네놈은?"

"네, 엿장수이옵니다."

"그래, 이놈의 그것은 엿가락처럼 배로 잡아 늘려라!"

기생이 되고 도적이 되라

염라국의 염라대왕이 기생과 도둑 그리고 의원의 세 사람의 전생의 죄를 다스리게 되었다.

염라대왕이 먼저 기생에게,

"넌 이승에서 무엇을 했는고?"

"네, 쇤네는 얼굴에 곱게 분을 바르고 아름다운 옷을 감고 육정에 주린 자들을 위로해 주었나이다."

"그래! 그렇다면 넌 과연 마음씨가 착하도다! 넌 아직도 몸과 마음이 젊으니 이승으로 다시 돌아가 외로운 사내들을 더욱 위로하라."

기생이 큰절을 하고 물러가니 다음은 도둑에게 물었다.

"넌 어인 일로 이곳에 왔는고?"

"네, 대왕마마. 불초한 소인은 밤이슬을 마다 않고 부자집 담을 넘어 남아 뒹굴고 썩어가는 물건들을 가져다 제가 요긴히 쓰고 남는 것은 가난한 백성에게 나누어 주었사옵니다."

"음, 그것도 좋은 일이지. 서로가 공평하게 사는 길을 열었으니 너도 이승에 돌아가 이슬을 맞고 고생한 보람을 찾아라."

도적이 백배로 사하고 엉금엉금 기듯이 어쩔 줄을 모르고 물러가니 염라대왕은 마지막으로 의원에게 물었다.

"그대는 풍채에 의관에 그럴 듯한데 대관절 이승에선 무엇을 했는고?"

"네, 소인에겐 백 번을 생각해도 죄가 없나이다. 소인은 세상 사람들이 꺼려하는 말똥, 소오줌, 거기에 나무껍질에서 풀뿌리에 이르기까지 영묘한 양약을 준비하여 병난 자가 있으면 그것을 써서 귀한 인명을 구해 주었을 뿐이옵니다. 대왕마마! 제발 굽어살피옵소서. 소인에겐 정말 죄가 없사온데 이곳에 끌려 왔사옵니다. 대왕마마!"

"어허, 이런 고얀 놈이 있나! 저놈을 당장 펄펄 끓는 기름가마에 처 넣으렷다! 내가 병든 인간에게 소환장을 보내어도 번번히 거역을 하고 나타나질 않더니 그 모두가 네놈의 작회였구나! 무얼 꾸물대느냐, 이놈을 당장 기름 가마에 처넣으렷다!"

이에 의원은 기생과 도적에게 마지막 소원을 남기는데,

"내 집에 가서 딸에겐 기생이 되라 하고 아들에겐 도적이 되라고 잊지 말고 당부해 주게나."

본전은 돌려 준다

조선조 중엽에 이름 높던 이달(李達)의 이야기다. 그는 시와 문장에 능했으나 서출(庶出)이어서 과거에 응시하지를 못하고 후진의 교육과 시주(詩酒)로 세월을 보내고 있었다.

그가 어느 날 길을 가다가 그만 뒤가 급해져 버렸다. 부지런히 주위를 둘러 보았으나 밖으로 나 있는 뒷간을 발견하지 못해 한 손으로 항문을 움켜 쥔 채 쩔쩔매고 있던 이달은 마음 속으로 하나의 계교를 생각해 내었다.

그는 젊은 동리 녀석 하나를 잡고 물었다.

"어디 셋돈을 받고 빌릴 뒷간이 없느냐?"

"셋돈은 얼마나 주시렵니까?"

"내 주머니에 서른 푼이 있으니 뒷간 셋돈이야 안되겠느냐?"

이에 젊은 녀석은 돈을 자기가 챙기고 이달을 인도하여 자기 주인 집으로 가서 몰래 안 뒷간으로 들여보냈다.

그런데 뒷간에 들어간 이달이 나올 생각을 안하는 것이었다. 그리하여 젊은 종 녀석은 안달을 못하고 안마당과 뒷간 앞을 오락가락하다가 견디지 못하고 뒷간으로 가서 소근거렸다.

"빨리 나와요. 주인이 아시면 벼락이 떨어집니다요."

"허허, 이놈아. 이건 전세를 놓는 뒷간이라 하지 않았느냐. 내 이미 뒤를 본 지는 오래다마는 전세를 받을 주인이 나타나질 않아 이러고 있는 거야."

이달이 이렇게 능청을 부리니 종 녀석은 더욱 안달이 나서 팔딱팔딱 뛰더니,

"본전은 도로 드릴테니 빨리 좀 나가 주세요."

하고 애걸을 하니 이달은 못이기는 척 돈을 다시 받아 들고 뒷간을 나와 태연히 걸어 나갔다.

수염이 붉은 까닭은

한 양반이 두 아들을 두었는데 맏아들은 우직하였고 막내는 간사하기 짝이 없었다. 그러나 그는 막내를 편애하였다.

그는 어느 날 길고 붉은 수염을 쓸면서 두 아들에게,

"내 수염이 어찌하여 붉은지 그 까닭을 알겠느냐?"

하고 물었다. 그러자 간사한 막내가 얼른 대답하였다.

"아버님 수염은 특히 길어서 늘 술잔에 잠기게 됩니다. 그래서 그 술의 향이 배어 붉게 된 것이옵니다."

그러자 맏아들이 얼굴을 찌푸리며 이의를 제기했다.

"그건 잘못된 얘기야. 그게 사실이라면 우리 황소의 음모(陰毛)가 붉은 것도 술에 잠겨서 그렇단 말야? 이는 그 물건의 성질이 그렇게 되어 있을 뿐인 거야."

그러자 막내를 편애하는 아비는 맏아들의 옳은 얘기에 오히려 크게 노하여 꾸짖었다.

"네가 어찌 짐승의 그것을 감히 아비의 수염에 비유한단 말인고!"

때가 끼어 있었으니

제주도의 한 어부가 많은 돈을 가지고 서울의 어느 여관에 들었다.

그런데 이 여관의 주인 부부는 본래 성품이 포악하였는데 이 시골 나그네가 대금을 지닌 것을 알고 간계를 써서 빼앗으려고 생각했다.

그리하여 나그네가 여독으로 깊이 잠에 떨어진 틈을 이용하여 아내를 나그네의 방으로 스며들게 하였다. 아내는 남편이 시키는대로 옷자락을 풀어헤치고 나그네의 옆자리에 누웠다.

나그네가 아침이 되어 눈을 뜨니 주인의 아내가 자기 곁에 누워 있는 게 아닌가.

이에 나그네가 '엇!' 하고 신음하듯 놀라니 여인 또한 '악!' 하고 외마디 소리를 질렀다.

여인의 남편이 이를 신호로 몽둥이를 들고 달려 들어가 짐짓 노발대발하며,

"이놈! 남의 아내를 심야에 객실로 유인하여 간통하다니! 네 죄를 네가 알렸다!"

하고 으름장을 놓으며 자기 아내를 또한 닥달하니 여인은,

"나그네의 꾀임에 빠져 객실로 끌려왔다가 겁간을 당하고 ……"

하고 흐느끼는 시늉을 했다.

남편은 관아에 소청하겠다고 얼르고 아내는 슬그머니 돈으로 화해를 하라고 얼렀으나 나그네는 까닭없는 봉변에 돈까지 잃을 수는 없는지라 관아에서 그 흑백을 가리기로 마음을 굳혔다.

마침내 여인과 나그네는 사또의 심문을 받게 되었다. 사또는 큰 기침을 하더니 먼저 여인에게,

"자네는 지아비가 있는 몸으로 심야에 어이하여 객실에 들었는가?"

하고 하문하니 여인은,

"네, 밤은 깊어서 여관의 종자를 부르는데 종자가 깊이 잠이 든

모양이어서 쇤네가 문밖까지 가서 사연을 물으니 물을 한 사발 얻을 수 없겠느냐고 했습니다. 그래서 물 한 사발을 방안으로 들여밀었더니 몸이 불편하다며 가까이 가져다 달라기에 들어갔더니 불문곡직하고 쇤네를 엎어놓고 겁간하였사옵니다."

하고 태연히 아뢰니 사또는 나그네에게,

"이놈! 이 여인네의 말이 사실이렷다?"

하고 호령하였다. 그러자 나그네는,

"사또, 이는 필경 음모가 있는 것으로 사료되오니 굽어 살펴 주소서. 대저 방사(房事)를 한 양경(陽莖)에 때가 끼어 있을 수가 있겠사옵니까?"

하고 아뢰니 사또는,

"허허, 방사를 한 그것에 때가 끼어 있을 리가 있나."

하고 어이없다는 듯이 중얼거리니 나그네는,

"사또, 황공하옵니다만 수하로 하여금 소인의 양경을 검사케 하여 주소서."

하고 머리를 조아리니 사또는 당장 나그네의 바지를 벗겨 양경을 자세히 검사케 하였다.

그랬더니 그건 오랜 동안 사용치를 않아 때가 끼어 있는 게 분명했다.

사또는 나그네의 무죄함을 알고 여관 주인 부부를 호되게 국문하니 마침내 돈을 탐내어 무고(誣告)를 했다고 순순히 자백하게 되었다.

연계는 꿩이지만

주인이 손님과 마주 앉아 여비에게 이르기를,

"귀한 손님이 오셨으니 마님에게 여쭈어 송이버섯에 연계(連鷄)를 차려 술상을 내도록 하라."
하고 분부하니 여비가 잠시 후에 다시 고하기를 ,
　"마님께서 연계는 꿩을 말함이지만 송이버섯은 어떻게 생긴 것인
　지 물어 오시라 하십니다."
하니 주인은 손님 앞에서 너무도 무안하여 입을 열지 못하였다.

잘 나가다가

어떤 상인이 입조차 보이지 않을 정도로 수염이 너무 무성하였다. 그가 어느 날 주점에 들러 주모에게 술을 청했다.

그러자 주점의 사동이 그 무성한 수염을 물끄러미 쳐다보며 물었다.

"손님께서는 술을 어디에 쓰시렵니까?"

"이놈아, 어디에 쓰긴 어디에 써! 내가 마시려는 거지."

"아아니 입이 없는데 어디로 마신다는 말씀입니까?"

나그네는 당혹하여 수염을 가르며 노한 소리로 외쳤다.

"이놈아! 이게 입이 아니고 무엇이냐!"

사동은 멍청한 표정으로 한동안 그 무성한 수염 속의 입을 바라보더니,

"아아, 김아병의 아내도 그 속에 구멍이 있겠구나!"

하고 혼자 감탄했다.

주모가 마침 사동의 이 말을 듣고 민망하여 작대기로 사동을 내몰며,

"아아니 이놈아! 네 아비는 비록 촌부이지만 언동에 소홀함이 없거늘 너는 어디로 나왔기에 그런 어리석고 경망한 언동을 하느냐! 손님의 입이 있건 없건 네가 무슨 관계이며 더구나 남의 여자에게 구멍이 있느니 없느니를 너같이 어린 것이 입에 담을 수가 있느냐! 말은 비록 털이 덧수북이 드리웠으나 그 밑에 눈구멍이 있고 꼬리가 비록 길어도 그 털 밑에 항문이 있지 않느냐!"

하고 늘어놓았다.

나그네는 처음에는 사동을 꾸짖기 때문에 화가 조금은 풀렸지만 마지막 두 마디엔 다시 당혹함과 분함을 이기기 어렵게 되니 거듭 망신을 당한 셈이었다.

허리에 찬 방망이로

어떤 재상이 사위를 맞는 날이었다. 그리하여 일가친척과 이웃은 물론 많은 재상이 모였다.

그런데 아들을 많이 두고 금슬이 좋은 남자를 골라서 붉은 촉(燭)을 켜는 습속이 있었다.

새 신랑이 이르게 되자 주인 대감이 가장 다복한 재상을 골라 촉을 켜려고 하는 찰나였다. 별안간 한 여종이 나서서 아뢰기를,

"바야흐로 촉을 켤 이가 들겠사옵니다."

하는 것이었다.

그러자 한 서생이 등장했다. 얼굴빛은 창백하고 몸은 여위고 머리에 쓴 개가죽은 귀를 덮고 몸에는 감색도포를 입었는데 허리에는 방망이 하나를 차고 있었다.

서생은 절름발이 걸음으로 내간에서 나오더니 촉을 잡고 불을 켜고는 몸을 돌려 안으로 들어가 버렸다.

여러 재상이 그 몰골을 보고 괴이하게 여겨 그 여종에게 묻기를,

"저 촉을 켠 자가 누구냐?"

하고 물었다.

여종이 나아가 꿇어앉아 아뢰기를,

"그분은 주인 대감님의 맏사위입니다. 그분은 쇤네의 주인댁 사위가 된 이래 동방거처(同房居處)를 한 지 30여 년이나 동으로는 흥인문(興仁門;지금의 동대문)을 나가지 않았고 서로는 사현(沙峴;지금의 서대문 방면)을 넘지 않았으며 남으로는 한강을 건너지 않고 북으로는 창의문(彰義門;지금의 자하문)을 구경조차 아니하고 길이 누하방(樓下房;다락방)을 지켜 잠시도 떠나지 않고 심지어 월수대(月水帶;생리대)에 이르기까지 손수 매어 주셨으므로 금슬의 은정(恩情)이 이보다 지나칠 수가 없으므로 아낙네들 뜻에 그이로 하여금 촉을 켜게 함이 합당한 것으로 의논지어진 것이옵니

318

　　다."

하는 것이었다.

　　재상들이 이 말을 듣고 웃음을 머금은 채 서로 돌아보더니 한 재
상이,

　　"그럼 그 허리에 찬 방망이는 무엇인가?"

하고 하문했다. 그러사 그 여종은,

　　"쇤네의 주인댁 아씨의 월수대가 행여 더럽게 되면 그가 반드시
　　그 방망이를 끌러서 친히 빨래를 하려는 것이옵니다."

하고 아뢰니 재상은,

　　"참으로 천하에 없는 금슬이로고나!"

하고 절도(絶倒)하였다.

16

세계의 은밀한 조크 걸작선

여자가 바지를 벗으면

손님

태어나기 2,3주일 전, 어머니 뱃속의 쌍둥이가 무료하게 누워 있었다.

그런데 한 아이가 다급한 소리로 말했다.

"야! 파파가 들어오셔."

다른 한 아이가 대꾸했다.

"으음, 틀렸어. 이건 손님이야. 장갑을 끼고 있으니까."

어머니처럼

시골의 할머니가 병에 걸려 엄마가 위문을 갔기 때문에 5세의 수지는 아빠와 자게 되었다.

베드에 들어가자 수지는 아빠에게 안기면서,

"아빠, 엄마에게 하는 것처럼 키스 해 줘."

아빠가 키스를 해 주자,

"엄마에게 하듯이 귓가에 소근거려 줘야지."

아버지가 할 수 없이 수지의 귓가에 중얼중얼 소곤거리는 시늉을 하자 수지는 돌아 누우며 이렇게 말했다.

"안돼요. 오늘 밤은, 제가 너무 피로해요."

싸움의 씨

순경이 마을을 순찰하고 있는데 아파트에서 큰소리로 싸우는 남녀의 고함소리가 들렸다.

그래서 걸음을 멈추고 있으려니까 열 살 정도의 아이가 내의바람으로 계단을 뛰어 내려왔다.

"아가, 왜 저렇게 시끄럽니?"

"엄마와 아빠가 싸우는 거예요. 이것저것을 마구 집어던져 무서워서 도망쳤어요."

"너의 아빠의 이름이 뭐지?"

"그걸 몰라요. 그래서 언제나 싸움이 벌어지는 거예요."

복잡괴기

모이스는 부친에게 결혼하고 싶다고 동의를 구했다.

상대는 백색 미인으로 성품이 따뜻하고 진실하며 교육도 있고 건강한 여자라고 했다.

"그런데 그 근사한 처녀의 이름이 뭐지?"

"데코부라 코인이라고 합니다."

"뭣! 데코부라 코인? 모이스, 그건 안돼!"

"왜 그러십니까? 그녀가 어떻다는 겁니까?"

"모이스, 이건 네게 얘기하기 어렵다만 남자들끼리니까 털어놓지. 실은 그 아이는 내 딸이다. 내가 아직 젊었을 적에 마마에게 숨겨 온 여배우와의 사이에 난 딸이다. 그러니 너희는 배 다른 형제 야."

모이스는 크게 비관하여 자기 방에 틀어박혀 저녁조차 먹으러 나오지 않았다.

이에 모친이 걱정을 해서 모이스의 방을 찾아왔다. 모친은 '어디가 불편하냐, 무슨 기분 나쁜 일이 있느냐' 하고 걱정스럽게 자꾸만 물었다.

모이스는 모친의 애정이 안쓰러워 마침내 비밀을 지키지 못하고 부친의 얘기를 모두 전했다.

그러자 모친은 미소를 지으며 모이스에게 말했다.

"걱정하지 말아라. 아무 관계 없으니까. 사실은 너는 파파의 아들이 아니다."

엄마와 같아

어떤 상류사회의 부인이 4,5일 여행을 하게 되었는데 그녀는 병적이라고 할 만큼 질투심이 강해서 국민학교 3년생인 아들을 구석으로 불러,

"알겠니? 마마가 집을 비운 사이에 파파가 하녀와 무슨 일이 없는지 잘 지켜 봐야 돼."

하고 당부하고 여행을 떠났다.

그리고 여행에서 돌아온 부인은 무엇보다도 먼저 아들에게 뛰어가 무엇인가 이상한 일이 없었는가를 물었다.

그러자 아이는 무심히,

"응, 있었어."

하고 대답했다.

부인은 눈을 삼각으로 뜨더니 아이를 끌고 남편의 거실로 갔다.

"자, 아가야. 파파 앞에서 분명하게 얘기 해라. 파파가 하녀에게 무슨 짓을 했지?"

그러자 아이는 양친의 얼굴을 번갈아 보더니 말했다.

"파파가 하녀와 한 것은 …… 전에 파파가 여행을 떠났을 때 마마가 집사와 한 것과 같았어요 ……"

주인 것과 같다

사위를 얻었는데 그의 코가 너무 컸다. 모친은 걱정이 되었다. 코가 크면 그것도 크다니 딸이 혹시 지독한 고통을 받지 않을까 해서 걱정이 되어 견딜 수가 없었다.

그래서 하녀에게 돈을 주어 부탁하기로 했다. 하녀는 기꺼이 물러가더니 이튿날 아침에 부인에게 보고했다.

"마님, 걱정 없어요. 주인님의 그것과 같은 정도이니까요."

부엌의 얘기

편지를 하녀에게 부치게 한 다음에야 수신인을 적지 않은 것을 깨달았다. 하지만 우표를 붙일 때에 하녀가 그걸 발견하고 가지고 돌아올 것으로 생각하고 기다렸다.

그런데 하녀는 맨손으로 돌아왔다.

"편지는 어떻게 했지?"

"우체통에 넣었어요."

"받을 사람의 이름이 없는 것을 못 보았나?"

"알았습니다만 주인님이 그 사람을 내게 알리고 싶지 않겠지, 하고 생각했어요."

거꾸로

목사의 서재에 훌륭한 아폴로 상(像)이 있었다.

조각가는 이 걸작을 꼴불견인 포도잎으로 그곳을 가리지 않고 자연 그대로의 모습으로 노출시켜 놓았었다.

그런데 어느 날, 하녀 마리가 먼지를 털다가 손에 힘이 너무 들어갔던지 포도잎으로 가려질 부분이 떨어지고 말았다.

마리는 목사가 소중히 생각하는 조각을 망가뜨리고 몹시 당황했지만 다행히도 떨어진 부분이 한 덩이가 되어 있었고 따로 상처가 난 게 아니어서 그것을 풀로 부쳐놓고 태연한 얼굴을 하고 있었다.

하지만 목사는 서재에 들어서자마자 마리를 불렀다.

"마리, 어떻게 해서 아폴로 상을 부순 거야?"

마리는 자기의 잘못이 드러난 것을 알고 사색이 되어 입을 열지 못했지만 이윽고 의아스러운 표정으로,

"어머, 아셨어요? 제가 단단히 풀로 부쳐 놓았는데요."

"바보, 넌 그걸 거꾸로 부쳐 놓았지 않아! 이게 아래를 향하고 있어야 돼."

마리는 다시 놀라며 물었다.

"어머, 그래요? 목사님의 것은 언제나 위로 향해 있지 않아요!"

환희의 외침

어느 때 아브라함은 급한 용무로 민스크에 가야만 하게 되었다.

그러나 러시아의 한겨울은 냉엄하다. 도로는 얼어붙고 더군다나 무서운 눈보라가 친다.

아브라함은 세찬 바람 속을 구르듯 하면서 마차 가게로 가서 민스크에 가고 싶다고 했다.

"아니, 농담이겠지요? 이 눈보라 속에 민스크를 가다니 …… 우선 앞이 보이지 않을 겁니다. 이 눈보라가 그칠 때까지 기다리는 게 좋을 겁니다. 아마 사흘이면 그칠 겁니다. 무엇보다 위험합니다."

마차 주인은 콧구멍으로 워커 냄새를 풍기면서 중얼거렸다.

"아닙니다. 그래도 어떻든 가야 합니다. 대단히 중요한 거래니까요. 당신은 늘 10루불에 민스크까지 가지요? 우리 이렇게 하면 어떨까요?"

"아아니 어떻게 하든 천만에 말씀입니다. 이런 날씨엔 위험해서 민스크까지 가지도 못하고, 첫째 이런 눈에는 이리가 나와요. 당신도 도중에서 돌아서자고 할 겁니다."

"아닙니다. 나는 어떻게든 가야만 해요. 그러니 10루불이 아니라 50루불을 드리지요. 50루불 — 금화로 말입니다. 단 한 가지 조건

326

이 있습니다."

50루불이란 말을 듣자마자 주인은 마치 눈보라가 그치고 햇살이 비치기 시작한 것처럼 붉은 눈을 번뜩였다.

"그런데 그 조건이란 것은?"

"만일 내가 민스크까지 가는 동안에 조금이라도 외치는 소리를 내면 낭신에게 50루불을 드립니다. 그 대신에 찍소리도 내지 않으면 공짜로 합시다."

마차 주인은 잠깐 생각하더니 자신을 얻었는지,

"좋습니다. 그럼, 갑시다."

하고 말했다.

마차는 눈보라 속을 전속력으로 달렸다. 마차는 언 돌에 부딪치기도 하고 얼음덩이에 미끄러지기도 해서 당장이라도 굴러버릴 것처럼 흔들렸다.

그래도 아브라함은 입을 꾹 다물고 있었다. 얼굴은 새파래져 있었지만 꾹 참고 소리는 내지 않았다.

마차는 다시 스피드를 올리고 좁은 길을 달렸다. 마차는 당장이라도 언덕길을 굴러 강으로 곤두박질칠 것 같았고 급커브 길에서는 뒤집힐 것처럼 하면서 달렸다.

그래도 아브라함은 오랜 동안 작은 소리 하나 내지 않았다.

이제 민스크까지는 얼마 남지 않았다.

최후로 산길에 당도했다. 마차 주인은 점점 긴장되었다. 절벽의 허리를 통과해야 한다. 매우 좁은 길이다. 마차 주인은 공포로 얼굴이 비뚤어진 채 절벽의 얼어붙은 좁은 길을 전속력으로 달려갔다. 급커브다. 하지만 여기서도 속력을 줄일 수가 없다.

아브라함은 마차의 한쪽 바퀴가 절벽 위에서 헛돌며 구르고 있는 것을 알았지만 입술을 깨물며 꾹 참았다.

급커브를 벗어나자 눈보라 속에 민스크 마을의 불빛이 보였다. 민스크에 도착한 것이다. 마차 주인은 주머니에서 워커병을 꺼내 단숨에 전부 들이키더니 말했다.

"손님, 내가 졌소. 공짜로 좋습니다."

그러자 아브라함이 말했다.

"고맙소. 이제 좀 고백할 것이 있습니다. 사실은 자칫하면 고함을 칠 뻔 했습니다."

"아아, 그 절벽에서였군요. 나도 그렇게 무서운 적은 없었습니다."

"아닙니다. 무서움은 어떻든 참을 수 있었어요. 하지만 그 급커브에서 마차문이 열려 아내가 벼랑으로 떨어져 버렸을 때에 환희의 절규를 참는 것은 정말 힘들었습니다."

마찬가지

주인마님이 의자에 앉아 있었다. 젊은 하녀가 불려와서 그 앞에 섰다. 주인마님은 안경 너머로 하녀의 배를 살피고는,

"잔느, 너 임신하고 있는 거지?"

"네."

"아아니 어째서 임신을 한 거야? 부끄럽지도 않아!"

"왜 그러세요, 마님. 마님도 지금 임신하고 있지 않아요."

"하지만 난 주인 양반의 아이야."

"저도 그래요, 마님 ……"

양심의 소리

아이를 낳느라고 피에레트가 지독하게 고생하고 있었다.

남편인 쥬엘은 베드 주위를 서성거리면서,

"불쌍하게도! 힘들지? 모두가 내 탓이야."

그러자 피에레트는 고통스러운 진통 속에서 떠듬떠듬 대답했다.

"괜찮아요, 괜찮아요. 사실은 당신 때문이 아니니까요."

아이를 낳는 셔츠

한 목사가 가구상의 아내와 정을 통하고 있었다.

어느 날도 주인이 밤까지 돌아오지 않을 것으로 알고 베드에서 희롱을 하고 있는데 돌연 남편이 귀가해서 문을 두드렸다.

"이봐, 문 열어요. 무얼 꾸물대고 있는 거야?"

아내는 일순 사색이 되었지만 재빨리 연인에게 옷을 입혀 옆방에 숨기고 문을 열며 교태를 부렸다.

"뭐야, 벌써 잠들어 있었나? 사내라도 끌어들인 거 아냐?"

주인은 이곳 저곳을 살펴 보았으나 증거가 될 만한 것이 없었다.

"아이쿠, 저 감기가 걸렸나 봐요. 추워요. 어서 침대로 올라 오셔서 몸을 녹여 줘요."

그렇게 아내가 교태를 부리자 주인은 싫지 않은 표정으로 침대로 들었다. 그런데 발에 걸리는 게 있었다. 아내 몰래 끌어당겨 보니 남자의 셔츠였다.

그건 목사가 당황해서 입는 것을 잊은 채 도망친 것이었다. 주인은 뒷날의 증거를 위해 그것을 몰래 간직해 두었다.

이튿날 목사가 가구상으로 찾아왔다.

"허허, 목사님이 웬일이십니까? 어서 오십시오."

"제것을 돌려 받으려고 왔습니다."

"제것이라니요?"

"그렇게 시치미를 뗄 필요가 없습니다. 그 셔츠는 성(聖)니그토완의 셔츠로 부인이 아이가 아쉽다고 해서 효험있는 성스러운 셔츠를 빌려 드렸던 것입니다. 5,6일 전에 빌려 드렸으니까 이미 아이는 생겼을 테니 돌려 주십시오."

주인은 언짢은 기분이 일시에 풀려 기꺼이 셔츠를 돌려 주었다. 그리고 과연 10개월 후에 가구상의 아내는 아이를 낳았고 예의 목사가 그 아이의 대부가 되었다.

세 번이나

젊은 사내가 첫날밤의 일을 시작하기 전에 새색시를 끌어안으며,
"만일 당신이 결혼 전에 내 말을 들었으면 난 결코 당신을 아내로
맞아들이지 않았을 거야."
그러자 새색시가 대꾸했다.
"어머나, 전 그렇게 바보가 아네요. 이미 그렇게 했다가 세 번이
나 속았거든요."

버릇

신혼여행에서 돌아온 조셉이 회사를 나왔다. 모두가 그를 축하했
지만 그는 언짢은 얼굴을 보일 뿐이었다.
동료 중 하나가 걱정스러워 무슨 일이 있었느냐고 물었다.
"음, 아무래도 언짢은 기분이야."
"신부의 일인가?"
"음, 사실은 말이야. 결혼한 이튿날, 나는 베드에서 나오면서 얼
이 빠져서 신부의 베갯머리에 50달러 짜리를 놓고 말았어."
"뭐? 나쁜 버릇이 있었다고 엉덩이라도 채었겠군!"
"그게 아냐."
"그래? 신부가 그게 무슨 뜻인지를 몰랐겠지."
"아냐, 그게 이상하단 말야. 신부는 태연한 얼굴을 하고 2달러의
거스름돈을 내게 주는 거야."

증거

마리안느가 이혼소송을 제기했다.

재판관이 이유를 묻자,

"그 사람이 이제 나를 사랑해 주지 않기 때문이에요."

"그건 중대한 문제이지만 무엇인가 증거라도 있습니까?"
하고 재판관이 물었다.

"네, 있어요! 사실 얼마 전에 낳은 아이는 그 사람이 만들어 준 아이가 아니니까요."

탐구심

학생을 상대로 하숙을 치고 있던 듀폰 부인이 어느 정전의 밤에 하숙생의 누구인가에게 겁간을 당했다.

그것을 들은 주인은 화가 나서 아내를 닥달했지만 하숙생은 10명, 범인은 짐작조차 가지 않았다.

그런데 그로부터 3주 후에 아내가 보고했다.

"여보, 알았어요. 그날 밤의 범인을 알았어요!"

"누구야, 그 녀석이!"

"32호실의 M학생이예요."

"뭐, 그 럭비 선수? 그런데 그걸 어떻게 알았지?"

"나도 궁금해서 이 잡듯이 한 사람 한 사람 부닥쳐 봤어요. 그랬더니 M학생이란 것을 곧 알 수 있었어요."

오락세

그는 아내를 때린 일로 간이법원에 소환되었다.
재판관은 전후의 사정을 들은 다음에 유죄를 선고했다.
"피고에게 1백 10달러를 과한다. 피고는 장래 아내를 때리고 싶어지면 그것이 비싸게 먹힌다는 것을 상기할 필요가 있다."
그러자 피고는 어리둥절한 얼굴을 하고는,
"1백 달러면 1백 달러지 끝자리의 10달러는 무엇입니까?"
그러자 재판관은 엄숙한 콧수염에 미소를 띠우고 대꾸했다.
"그건 오락세야!"

내의문답

가난한 청년이 연인의 부친을 찾아와 결혼을 신청했다.
부친은 청년의 초라한 옷을 보고 냉담하게 물었다.
"자네의 급료는 어느 정도인가?"
"주급 30달러입니다."
"30달러? 그런 급료로는 딸아이에게 내의마저 변변히 사줄 수 있겠는가?"
그러자 청년은 분연히 대답했다.
"말이 나왔으니까 말입니다만 당신도 딸에게 허름한 내의밖에 입히지 못했지 않습니까?"

혼선

나는 과년한 딸이 하나 있는 미망인과 결혼했다.

그런데 나의 아버지가 그녀의 딸과 사랑에 빠져 결혼했다. 그러니 내 의붓딸과 결혼한 나의 아버지는 나의 사위가 된 것이다.

이윽고 나와 나의 아내 사이에 남자 아이가 태어났다.

그 아이는 나의 아버지의 처남이다. 나의 아버지는 나의 사위이기 때문에 나의 아들과 나의 아버지는 처남매부지간이 되는 것이다.

그리고 나의 아이는 그 아이의 아버지(즉 나)의 큰아버지이다. 내 계모(아내의 딸인)의 어머니 (즉 나의 아내)의 아이니까 나의 아들 임과 동시에 나의 큰아버지가 되는 것이다.

그런데 내 아버지의 아내(내 아내의 딸)도 남자아이를 낳았다.

그러니 그 아이는 내 사위의 아들이며 우리들 부부의 손자에 해당된다. 뿐만 아니라 그 아이는 내 아버지의 아들이니까 내 동생이다.

그런데 나의 아내는 나의 계모의 어머니이니까 할머니가 된다.

이렇게 해서 나의 아내의 남편이면서 동시에 아내의 손자가 된다.

즉 나의 아내는 나의 할머니이다. 그런데 할머니의 남편은 할아버지이니까 나는 곧 나 자신의 할아버지가 된다.

사람을 저주하면

그는 애인과 결혼하기 위해 아내를 죽이기로 결심했으나 완전범죄의 방법을 아무리 연구해도 어딘가에 틈이 있어 결국 범죄가 폭로될 것 같았다.

그래서 도서관에 가서 그 방면의 오랜 기록을 조사하는 사이에 한 가지 근사한 방법을 발견했다. 한 달 동안 끊이지 않고 격렬하게 애무를 계속하면 여자는 반드시 죽는다는 것이었다.

그로부터 25일이 되었다. 아내는 밤마다의 애무에 점점 젊어졌지만 그는 젓가락처럼 여위어 버렸다.

친구들이 걱정을 해서 의사를 찾도록 권했으나 그는 그것을 단호히 거절하고 마음 속으로 중얼거렸다.

"죽으라구, 죽이! 이제 5일 후에 저 색광(色狂)이 죽어도 누구도 내가 죽였다고는 하지 않을 테니까!"

하나로는

여자대학을 졸업하는 젊은 처녀가 소개장을 가지고 한 회사의 사장에 취직을 부탁하러 갔다.

마침 사장에게는 손님이 있어 한동안 기다려야만 했다. 그리하여 그녀는 사장의 여비서와 얘기를 주고받은 끝에,

"사장님 비서로 취직하려고 소개를 받아 왔는데 채용될까요?"

하고 묻자, 여비서는 약간 여윈 얼굴을 들고 그녀의 머리끝에서 발끝까지 훑어보더니,

"네, 채용해 주실 거예요. 사장님은 위궤양을 고치시고 식욕이 왕성해지셔서 저 하나로는 양이 차지 않는 모양이니까요."

내것!

마리우스와 포스텍이 카바레에서 술을 마시며 떠벌이고 있었다. 얘기는 서로의 염복(艶福)의 자만이었으나 아무래도 승부가 나지

않았다. 그래서 마리우스가,

"어때? 함께 칸느피엘의 대로를 거닐어 보지 않겠는가? 그리고 자기 것으로 한 일이 있는 여자를 만나면 내것이라고 말하기로 하자구. 그리고 그 내것의 수가 적은 쪽이 저녁을 사는 거야."

"좋아, 해 보자구!"

이렇게 해서 두 사람은 저녁의 번화한 대로를 걸어 갔다. 과연 '내것!', '내것!'의 연발이었다.

그런데 마침 마리우스의 아내가 딸을 데리고 왔다. 마리우스는 끝났다고 생각해서 큰소리로 '내것!' 하고 외쳤다.

그러나 포스텍이 틈을 주지 않고,

'내것!', '내것!' 하고 두 번 고함쳤다.

계산 착오

양장점을 하는 조지는 몇 번이나 외상값을 메리에게 독촉했으나 반응이 없었다. 조지는 더 이상 참지 못하고 어느 날 가게 앞을 그저 지나치려는 그녀를 끌고 가게 안으로 들어왔다.

"옷을 벗어요!"

"네? 좋아요. 얼마 주시겠어요?"

메리는 조지의 대답도 기다리지 않고 훌훌 옷을 벗어던지고 있었다.

나는 누구

신혼의 다니엘에게 프랑스 좌(座)의 일등석 표 두 장을 보낸 자가 있었다. 누구인지 알 수가 없었다.

동봉한 쪽지에는 '나는 누구일까요?'라고만 씌어 있었다.

다니엘은 누군가 막역한 친구의 결혼선물이라고 생각해서 그날 밤, 신부를 데리고 즐거운 마음으로 프랑스 좌로 구경을 갔다.

그런데 밤중에 돌아오니 방안이 어지럽게 흩어져 있었고 값진 물건은 모두 없어져 있었다. 그리고 테이블 위에 쪽지가 있었고 거기엔 먼저와 같은 필적으로,

"내가 누구인지 알았겠지요."

라고 씌어 있었다.

열쇠가 바뀌었다

중세의 한 기사가 십자군에 출정하면서 젊고 아름다운 아내의 허리에 정조대를 채우고 그 열쇠를 친구에게 맡기면서 말했다.

"자네에게 이 열쇠를 맡기겠으니 소중히 보관해 주게. 다만 3년이 지나도 내가 돌아오지 않을 때에는 전장의 이슬로 사라진 것으로 생각해서 자네 마음대로 이 열쇠를 사용해 주게."

이 기사가 고향을 떠난 2일째, 뒤를 쫓아 미친 듯이 달려오는 말이 있었다. 보니 그 말엔 예의 친구가 타고 있었다. 그는 말에서 뛰어내리기가 바쁘게 숨을 헐떡이며,

"이보게, 이 열쇠는 제것이 아냐!"

선과 후

"이봐, 로버트. 자네는 타이피스트 로렛터가 처녀라고 생각해?"

"물론 처녀일 거야, 스탱커."

"아냐, 난 그렇게 생각지 않아. 그녀는 처녀가 아냐."

점심시간의 이런 공연한 입씨름 끝에 미인 타이피스트 로렛터가 처녀냐 아니냐에 1달러씩을 걸기로 했다.

그로부터 며칠 후, 로버트는 회사 식당에서 스탱커와 만나자 1달러를 내놓으며 쓴웃음을 지었다.

"스탱커, 자네가 이겼어. 로렛터는 네가 말한 대로 처녀가 아니었어."

그러나 스탱커는 그 1달러를 돌려주고 다시 자기 주머니에서 1달러를 꺼내 로버트에게 주면서,

"아냐, 내가 진 거야. 로렛터는 자네가 짐작한 대로 훌륭한 처녀였으니까."

핫도그

프랑스의 관광객이 뉴욕의 스낵 바에 들어갔다.
"무엇이 됩니까?"
"핫도그가 있습니다."
"프랑스어로 얘기하면?"
"뜨거운 개입니다."
"달갑지 않은 요리군요. 어떻든 그걸 주시오."
보이가 긴 소시지를 가져 왔다. 프랑스인은 눈을 휘둥그렇게 뜨고 바라보고 있더니,
"이봐 보이. 아무리 개라지만 이렇게 외설적인 것으로만 생겨 있는 건 아니지 않는가!"

바쁜 남자

여자들에게 대인기인 플레이보이가 꽤 아름다운 처녀에게 다가가서,
"난 바빠. 예스인지 노인지 당장 대답해 주지 않겠어?"
하고 말했다.
처녀는 그 청년의 스마트한 모습에 한 눈에 반해 버려서,
"예스예요. 하지만 당신 집으로 가는 거예요. 아니면 우리 집으로 오실 거예요?"
하고 물었다.
그러자 플레이보이는 화를 내며 대꾸했다.
"그 따위 논의를 한다면 이미 틀렸어."

혼미 속의 혼선

결혼식 이튿날 아침, 스미스는 떨떠름한 표정을 하고 출근했다.
친구인 로버트가 괴이하여,
"이봐, 스미스. 첫날밤이 잘 안된 모양이지?"
"잘 되고 안 되고는 없어. 쥬리가 처음에는 '즐거워요. 이렇게 사랑해 주니, 피터' 하고 말하는 거야. 그리고 두 번째는 '제임즈, 즐거워요' 하고 말하더니 세 번째는 '이제 그만 견딜 수 없어요, 잭!' 하고 말하는 거야."

특기

한 노동자가 어느 공장을 찾아와서 조장에게,
"무엇인가 일을 시켜줄 수 없습니까? 저는 아내와 14명의 아이가 있어서 생활이 매우 어렵습니다."
하고 부탁했다.
조장은 상대의 얼굴을 물끄러미 바라보더니,
"그거 곤란한 일이군요. 무엇인가 일을 시켜 주겠소. 하지만 당신이 그밖에 또 무엇을 할 수 있겠소?"

충실한 하인

백작이 저택에 돌아와 침실의 문을 여니 하인이 마님과 ……
백작은 열화처럼 노해서,

"이봐, 잭. 무엇을 하고 있는 거야!"
하고 호통을 쳤다.

하지만 잭은 조금도 당황하지 않고,

"마님의 분부를 따르고 있습니다. 백작님이 저를 고용할 때 자네는 마님을 보살피기 위한 것이니까 마님의 말씀은 성심성의로 받들어야 하신다고 말씀하셨기 때문에 ……"

나도 불만

카페에서 술을 마시고 있는 헨리 앞에 한 사나이가 다가오더니,

"당신은 확실히 헨리 파머 씨지요?"

"네, 그렇습니다만?"

"저는 조지 시몬즈입니다."

"모르겠는데요."

"당신은 지난 주 토요일에 센트 폴 사원에 갔었지요?"

헨리는 수첩을 꺼내어 보더니,

"네, 확실히 갔었습니다."

"그때 예배당 안에서 한 여자를 데리고 호텔에 갔었지요?"

헨리는 다시 수첩을 살펴 보더니,

"네, 갔었습니다."

"그 여자는 제 아내입니다."

"설마 ……"

"사실입니다. 난 이튿날 그것을 알고 대단히 불만스럽게 생각했습니다!"

헨리는 다시 수첩을 들여다 보더니,

"나도 그렇게 만족스럽지 않았다고 썼군요."

생각해서

아내가 남편에게 말했다.

"나, 당신의 짓에 분개하고 있어요. 당신, 어젯밤에 이웃집 하녀와 공원의 어둠 속에서 밀회를 하고 있었지요. 내가 직접 목격했어요."

"그게 어쨌다는 거지?"

"당신들은 참으로 이상한, 꼴사나운, 짐승같은 꼴로 끌어안고 있었어요!"

남편은 크게 고개를 끄덕이며 대꾸했다.

"그대로야. 이상한, 꼴사나운, 짐승같은 꼴이었지. 그래서 당신에게 그런 꼴을 시키고 싶지 않으니까 이웃집 하녀를 끌어낸거야. 섭섭하게 생각지 말라구."

습관이 되어서

마리는 미남인 쥬랄에게 반해 하룻밤 멋지게 놀아보고 싶다고 생각해서 1년 전부터 유혹했으나 쥬랄은 그녀를 상대조차 하려하지 않았다. 그는 여자보다 남자가 좋았던 것이다.

하지만 그녀는 마침내 그를 침실에 끌어들여 옷을 벗기는데 성공했다. 그런데도 그의 남성은 반응이 없었다.

그녀는 퍼뜩 생각난 게 있어서 베드 속에서,

"당신, 버터를 잊었어요."

하고 말했다.

그러자 그는 곧 주방으로 들어가 버터를 들고 오더니 그걸 잔뜩 쳐바르고 그녀를 크게 즐겁게 해 주었다.

공동소유

신부가 당황해서 참회실에서 뛰어나와 집사의 방으로 뛰어들더니,

"이봐, 조르쥬, 큰일이야! 자네의 아내가 우리들 두 사람을 배신하고 있다는 것을 고백했어!"

하고 외쳤다.

정조대에 잘린 것

한 장군이 십자군에 참가하게 되었는데 출발하기 전에 아내에게 정조대를 채웠다.

그런데 그 정조대에는 이물(異物)을 삽입하려고 하면 가로치는 것 같은 역할을 하는 끔찍한 장치가 되어 있었다.

수년의 세월이 흘러 장군은 무사히 개선했다. 장군은 즉시 정조대를 조사했으나 아무런 이상이 없자 명예가 지켜졌다고 안심했다.

그러나 본래 의심이 많은 사람이었으므로 궁신들을 한 방에 모아 놓고 모두 바지를 벗겼다.

웬걸! 위에로는 시종장에서 아래로는 마굿간의 종에 이르기까지 모두가 끔찍한 상처가 나 있었다.

그런데 한 사람만이 그게 말짱했기 때문에 장군은 크게 기뻐하며,

"레노이, 너만은 신용할 수 있구나!"

하고 찬탄했다.

하지만 그는 잠자코 고개를 끄덕일 뿐이었다. 그는 혀가 잘려 버린 것이었다.

계산

아내가 아이를 안고 병원에서 돌아왔다.

그는 평소에 아내의 소행을 의심하고 있었지만 과연 아이는 전혀 자기를 닮은 데가 없었다.

분격한 그는,

"당신은 결혼 후에 몇 남자나 겪은 거야, 이 창녀!"

하고 호통을 치고 분을 이기지 못해 집을 나오고 말았다.

그리고 보도를 한 시간 가량 서성거리는 동안에 감정이 좀 누그러져 집으로 돌아와 무엇인가를 생각하고 있는 아내에게,

"됐어, 아까 내가 한 얘기는 생각하지 말라구."

하고 달래었다.

그러자 아내는,

"생각하지 않아요 …… 계산을 하고 있는 거예요."

검은 콘돔

남자아이를 무사히 낳았다는 전화를 받고 죠는 회사가 끝나기가 무섭게 병원으로 달려갔다.

그런데 아이가 검둥이처럼 시커먼게 아닌가. 그는 무심코 내뱉었다.

"이게 어찌 된 거야!"

하지만 아내는 침착하게 대꾸했다.

"당신이 틀렸어요. 건강하게 보일지 모르지만 검은 콘돔만을 사용했기 때문에 아이에게 그 검은 물이 든 거예요."

원수 갚음

집으로 돌아온 그가 문을 열었더니 아내가 아파트의 관리인과 자고 있었다.

그는 화가 나서 계단을 뛰어 내려가 관리인의 아내에게 지금 목격했던 얘기를 하고 어떻게는 원수를 갚아야 한다고 말했다.

관리인의 아내는 당장 이의없이 승낙하고 두 사람은 침대에 들어 세 번 네 번 열심히 원수를 갚았다.

그래도 관리인의 아내는 베드에서 일어설 기미가 없이 헛소리를 하듯이 계속 외쳤다.

"더 원수를 갚아요! 더 원수를 갚아요!"

대역

"로버트의 부인은 너무 젊어. 바람기가 대단한 모양이야."

"아냐, 그건 헛소문일 거야. 내가 그 사람을 알지만 주인을 끔찍이 생각한다구."

"그래요, 매우 끔찍이 주인을 생각하는 거야. 그래서 바람을 피우는 거래."

"……"

"이상할 것 없어. 주인에게 너무 밤의 서비스를 요구하여 일찍 죽게 되면 큰일이라고 해서 이웃집 남편을 대역으로 쓰는 모양이니까."

"……"

최소한의 살인

코엔은 근무처에서 돌아와 아내 스샤가 젊은 사나이를 끌어들여 바람을 피우고 있는 현장을 목격했다. 화가 치퀴 코엔은 권총을 뽑아 스샤를 죽여 버렸다.

코엔은 재판에 회부되어 재판장으로부터 심문을 받았다.

"피고는 왜 아내쪽을 살해했는가?"

"만일 아내를 죽이지 않고 사나이를 죽인다면 앞으로도 몇 사람을 죽여야 할지 모르기 때문입니다."

소원대로

모피상으로 성공한 아이젠슈타인은 새로 들어온 비서에게 한눈에 반해 버렸다. 그래서 그는 매일처럼 비서에게 추근거렸다.

고급 레스토랑에 가자고 했고 값비싼 반지를 사주겠다고 했으며 또 가게에서 가장 값비싼 모피를 가져가도 좋다고 했다. 하지만 비서는 전혀 그를 상대하지 않았다. 거절당할 때마다 아이젠슈타인의 욕망은 더욱 끓어올랐다. 날이 갈수록 그는 비서에게 점점 집요하게 달라붙게 되었다.

비서도 더 이상 참을 수가 없게 되었다.

오늘도 아이젠슈타인은 비서를 자기 방으로 불러 같은 말을 되풀이하며 추근거렸다.

"제발, 내가 하늘로 올라갈 대답을 해 줘!"

"좋아요, 그럼 당장 목을 매세요."

염려 없음

"어머, 노크도 없이 들어와서는 안되는 것쯤은 알지 않아요!"

아름다운 수영복의 처녀가 눈썹을 세우며 화를 내었다. 노인은 해수욕장의 탈의실의 젖은 타올이나 수영복을 챙기려고 들어온 것이다.

"입고 있었으니 다행이지 준비가 되지 않았을 때 들어왔으면 어떻게 하겠어요?"

"그런 위험은 없습니다, 처녀. 안으로 들어오기 전에 줄곧 열쇠구멍으로 엿보고 확인하니까요."

상대는

뚱뚱한 사나이가 좁은 길에서 근사한 차림을 한 여인과 마주쳤다. 어느 한쪽이 길을 비껴서지 않으면 지나갈 수가 없었다.

그러자 사나이가 멋대로 내뱉었다.

"당신은 매춘부 아닙니까?"

이런 무례에 조금도 움츠러들지 않는 여인이 대꾸했다.

"지금은 그렇지는 않지만 과거에 한 번 그런 일이 있었어요. 상대는 당신의 아버지이고 난폭해도 괜찮았어요. 게다가 우리가 자고 있는 하룻 밤 내내 입구에서 지켜 준 것은 당신이 어머니라고 부르고 있는 사람이었어요."

키스

치안판사가 집에 돌아오니 부하 직원이 자기 아내와 키스를 하고 있었다.

판사는 화가 치밀어,

"이 새끼! 무슨 짓을 하고 있는 거야!"

하고 힐문했다.

"무슨 짓이라니요. 사모님과 키스를 하고 있습니다."

"다시 키스를 하는 것을 들키면 다른 곳을 키스(목을 자르다)시켜 버리겠어."

"그렇습니다. 판사님이 돌아오시지 않았으면 다른 곳을 키스하고 있었을 겁니다."

뉘우침

한 사내가 묘지 앞에서 소리 높여 울고 있었다. 사내가 너무 오랜 시간, 묘 앞에서 움직이지 않고 울고 있는 것을 본 묘지기가 걱정이 되어 물었다.

"그 묘는 당신의 아버지입니까? 아니면 당신의 형제입니까?"

사내는 세차게 머리를 옆으로 흔들었다.

"그럼 당신의 아내입니까? 아니면 자식입니까?"

사내는 울먹이면서 더 세차게 머리를 옆으로 흔들었다.

"그럼 당신의 누이나 동생입니까?"

사내는 다만 머리를 옆으로 흔들며 하염없이 울음을 계속할 뿐이었다.

묘지기는 점점 호기심이 동해 고개를 들어 다그쳐 물었다.

"그럼 대체 누구의 묘입니까?"

그러자 사내가 대답했다.

"이건 지금 아내의 전 남편의 묘입니다."

질투의 보수

아이잭은 대단히 질투심이 강했다.

어릴 적부터 부모가 자기 형제에게 자기 몰래 장난감을 사 주거나 과자나 빵을 더 주는 것은 아닌가 해서 샘을 냈다.

학교에 들어가자 이번에는 급우의 점수가 조금이라도 좋으면 샘을 냈다.

물론 회사에 들어가서도 마찬가지였다.

하지만 그가 더욱 질투심을 불태운 것은 스샤와 결혼하고부터다.

아이잭은 우유배달원이나 신문배달원을 자기가 살고 있는 단지의 아파트의 2층에 있는 로비에는 들어오지 못하게 했다. 1층 로비 밖의 현관에 놓아 두게 하고 자기가 손수 가지고 올라 오는 것이었다.

물론 쇼핑에도 내보내지 않았다. 전기 수리나 하수구 수리도 자기가 했다.

그렇다고는 해도, 아무리 질투가 강한 아이잭이지만 역시 생활을 위해서는 회사엔 나가지 않을 수 없었다. 그래서 회사에 나가면 그는 몇 번이고 집으로 전화를 걸어 아내가 아무 일 없이 집에 있는가를 확인했다.

그런데 어느 날 아침 11시경, 아이잭은 예감이랄까, 아내가 틀림 없이 집에 사내를 끌어들여 놓고 있다고 믿은 것이다.

그래서 그는 급히 회사를 나와 택시를 잡아 타고 전속력으로 달려 집으로 돌아왔다.

그는 계단을 당황한 걸음으로 뛰어올라 몸을 부딪치듯이 문을 열어제치자 고함쳤다.

"스샤, 스샤! 숨기지 말고 사내를 내놔!"

아내 스샤는 잠옷을 입고 침실에서 눈이 휘둥그래져 내려왔다

"아니, 당신 무슨 말씀을 하고 있어요?"

"시치미 떼지 말고 사내를 내놔, 사내를!"

"아아니, 사내가 뭐예요, 당신 우스워요. 호호호."

스샤는 아이잭이 나간 다음 한 차례 자고 이제 겨우 눈을 뜬 것같이 보였다.

아이잭은 틀림없이 사내가 있을 것으로 확신하고 아파트 안을 온통 뒤지기 시작했다. 그는 아파트의 한 방, 한 방을 뒤져갔다.

그는 침실에서는 베드 밑까지 뒤졌다. 그리고 목욕탕을 뒤지고 다시 응접실로 뛰어가 테이블 밑을 살폈다. 커튼도 들쳐 보았다.

그리고 그는 사내가 창틀에 매달려 있는 게 아닌가 하고 생각했다. 그렇다. 그런 것이 틀림없다.

아이잭이 창으로 몸을 내밀자 바로 그 아래를 사내 한 사람 황급

히 바지 벨트를 조이면서 뛰어가고 있었다.

아이잭은 돌연 냉장고를 들어 올리더니 사내를 향해 내던졌다. 냉장고는 근사하게 사내를 맞췄다. 사내는 그 자리에서 죽었다. 사내가 죽은 것을 보고 아이잭은 겨우 제정신으로 돌아왔다.

사실은 아내가 사내를 끌어들였다는 것은 오로지 자기의 질투에서 나온 망상에 지나지 않았던 것이다. 질투 때문에 죄 없는 사람을 죽이고 말았다, 하고 생각하자 아이잭은 화장실로 들어가 목을 매어 자살했다.

의식이 돌아오자 아이잭은 천국의 긴 열 속에 서 있었다.

아이잭의 앞에는 그가 죽인 사내가 서 있었다. 이윽고 신 앞에 나가게 되어 먼저 아이잭이 죽인 사내가 신 앞에 섰다.

"내 아들아, 너는 어째서 여길 왔는가?"

그러자 사내는,

"나는 어느 날, 자명종이 울리지 않아 늦잠을 잤습니다. 그리고 눈을 떴을 때에는 11시가 가까웠습니다. 당황해서 양복을 입으며 뛰어가는데 어찌 된 일인지 위에서 냉장고가 떨어져 그것에 맞아 이곳으로 오게 된 것입니다."

신은 크게 고개를 끄덕이었다.

"그럴 수도 있지. 자, 천국으로!"

다음은 아이잭의 차례였다.

"나는 어릴 적부터 질투심이 강해 오늘 아침에도 아내가 바람을 피우고 있다고 잘못 생각해서 집으로 돌아와 창으로 아래를 내려 보았더니 한 사내가 당황해서 도망치고 있는 것 같아 위에서 냉장고를 던져 죽여 버렸습니다. 그리고 그 죄를 뉘우치고 자살을 한 것입니다."

아이잭이 대답하자 신이 말했다.

"그럴 수도 있지. 하지만 너는 이제 용서를 받았다. 천국으로 가라."

그리하여 두 사람은 신이 가리키는 낙원을 향해 걸어 갔다.

그때 아이잭은 자기 뒤에 서 있던 사내가 대답하고 있는 것을 들었다.

"어째서 여길 오게 되었는지 모릅니다. 나는 다만 냉장고 속에 있었을 뿐입니다."

사랑은 잠시의 쉼표

아빠에게서

30세가 되는 딸이 아직도 결혼하지 못한 것을 안타깝게 생각한 모친이 딸을 설득해서 신문의 구혼란에 다음과 같은 광고를 내었다.

'아름답고 이국적인 저택이 딸린 처녀임. 편안한 생활을 즐기고 싶은 신사와 서신교환을 바람.'

신문광고가 나간 며칠 후 모친이 걱정스럽게 물었다.

"어떠니? 편지가 얼마나 왔지?"

"한 통 뿐이었어요."

딸이 대답했다.

"누구지?"

하고 모친이 되물었다.

"말하고 싶지 않아요."

딸이 시무룩한 소리로 대답했다.

"하지만 이건 내 제안이었지 않니. 난 어쨌든 알 필요가 있어."

하고 모친은 재촉했다.

"그럼 좋아요."

하고 딸은 짜증어린 소리로 내뱉었다.

"아빠에게서요."

개심 미수

"쥬디, 내 빌게. 두 손을 모아 빌게. 이젠 바람을 피워 당신을 속상하게 하지 않을 거야. 절대로 바람을 피우지 않을 테니까 집을 나가라는 얘긴 이제 하지 말아요."

피터는 이렇게 애걸했다. 그러나 그건 말할 때 뿐이다. 쥬디는 남편의 심기를 전환시켜 보자고 생각하고서,

"그럼, 오늘 밤 여행을 가요. 그리하여 신혼여행 때의 기분으로 돌아가 새로 시작해요."

두 사람은 신혼여행 때와 마찬가지로 나이아가라 폭포로 가서 같은 호텔에 들었다.

그런데 베드에 들었으나 쥬디는 아이들이 걱정이 되어 잠이 오지 않아 실내 전화로 전화를 신청했다.

"여보세요. 미네소타의 8965번을 부탁해요."

그러자 그 소리를 들은 남편이 베드에서 선잠을 깬 소리로 황급히 말했다.

"이봐, 그 번호로 걸지 마. 내 여편네가 나올 테니까."

입막음돈

여인을 찾아 잠시 밀어를 나누다 돌아가려고 문을 나오는데 연인의 꼬마 동생이 쪼르르 따라 나오며,

"형, 나 형이 누나와 키스하는 것을 창밖에서 보았다."

하고 말했다.

죤은 누구에게도 그런 말을 하지 말라고 당부하면서 1달러를 주었다. 그러자 꼬마는,

"1달러씩 주지 않아도 돼. 난 지금까지 50센트만 받아왔으니까."

천국의 질투

어느 날 아담이 이브에게 말했다.

"이브, 아까 식품을 넣은 구덩이를 살피니 고기가 없었어. 지금부터 사냥을 나가 공룡이라도 한 마리 잡아 와야겠어. 점심은 걱정하지 않아도 돼."

"네, 다녀 오세요. 하지만 감기에라도 걸리면 안되니까 나뭇잎을 가리고 가세요."

하지만 아담은 그날도 그 이튿날도 돌아오지 않았고 3일째 저녁에야 빈 손으로 돌아왔다. 이브는 이상한 얼굴로,

"당신, 어딜 다녀 왔어요? 게다가 빈 손으로 왔잖아요. 공룡이 없으면 곰이라도 한 마리 잡아 오면 되잖아요. 그래요, 이제 추워지면 모피가 필요하다고 몇 번이나 말했는데 …… 아담, 당신 어디서 매음(賣淫)이라도 하다가 온 것 아녜요?"

이때 하느님이 멀리서 웃으면서 말했다.

"바보같은 소리. 이 세계에는 여자는 너 하나지 않은가! 팡팡 같은 게 어딨어?"

아담은 크게 하품을 하더니 풀 위에 누워서 코를 골며 잠들어 버렸다.

'그래, 늑골을 또 하나 뽑아 다른 여자를 만들었을 거야.'

이렇게 생각한 이브는 재빨리 남편 곁에 몸을 눕히고 남편의 늑골을 두 번 세 번 헤아려 보고 있었다.

연령

텔아비브의 사교계에서 40세가 된 루벤이 20세의 어린 처녀와 결혼했다. 20세나 나이 차가 있어 사교계에서는 갖가지 쑥덕공론이 퍼져갔다.

루벤은 어느 날, 사교계의 허풍쟁이인 노부인을 거리에서 만났다. 소문쟁이로 유명한 노부인이 재빨리 루벤에게 말을 걸어 왔다.

"어떻게 그런 굉장히 젊은 아내를 얻었지요?"

"아닙니다. 그런 일 없습니다. 나와 아내는 동년배입니다. 누가 그런 말을 했습니까?"

그는 당황해서 부인했다.

노부인은 정보에 달통해 있는 것을 자랑으로 알고 있는 사람이어서 상심한 것 같았지만 겉으로는 나타내지 않았다.

"하지만 부인은 처녀처럼 젊었지 않아요. 호호호."

"아닙니다. 그런 일 없습니다. 나이가 같습니다."

하고 루벤은 우겼다.

"그녀는 20세고 저는 40세 아닙니까. 그러니 그녀와 함께 되면 나는 10년 젊어지고 그녀는 10년 더 성장한 것으로 느낍니다. 그러니 내 나이에서 10세를 빼고 그녀에게 10세를 보태면 우린 똑같이 30세가 되지요."

변신

"아내와의 관계가 결혼하고서 역시 많이 변했어."

"어떻게?"

독신의 모세가 친구 야곱에게 물었다.

"결혼할 때까지는 내가 이야기를 하고 레베카는 열심히 듣고 있었지. 그런데 결혼하자 레베카가 혼자서 지껄이고 내가 듣는 역으로 바뀌었지 뭔가. 그리고 3년 후엔 우리 두 사람이 서로 큰소리로 고함을 치고 이웃사람들이 듣는 역이 되어 버렸어."

별거를 해도

폴란드의 한 도시에 유태인 부부가 살고 있었다.

남편은 선생이었다. 그는 이웃 도시의 유태인학교에 고용되어 자기만이 그곳에서 살게 되었다.

그런데 그는 자택에는 1년에 한 번밖에 돌아오지 않았다.

유태인은 다른 민족에 비해서 가정을 매우 소중하게 생각한다. 그래서 그 남자가 돌아오는 날 랍비가 걱정을 해서 남자의 집을 찾았다.

"어째서 더 자주 집에 오지 않는 겁니까? 그렇게 멀지도 않으니 매주 주말엔 집으로 돌아올 수 있지 않습니까?"

"천만에요. 내가 1년에 한 번 돌아오는 것은 아내의 해산 때문입니다. 생각해 보십시오. 그 도시로 간 지 이제 8년이 됩니다만 8명의 아이가 있습니다. 만일 매주말에 집에 온다면 도대체 아이가 몇이 되겠습니까?"

이상의 생활

이스라엘에서 이상의 생활이라면 미국의 월급을 받고 일본 여성을 아내로 하고 중국의 요리를 먹으며 영국의 집에 사는 것이라고 한다.

물론 미국의 월급, 일본인 아내, 중국의 요리, 영국의 집이라는 구성은 세계적으로 들먹여지는 이야기이다.

그건 그렇고, 어느 파티에서 최악의 생활이란 어떤 것이냐는 것이 화제가 되었다.

"우선 중국의 월급을 받고 일본 가옥에 살며 영국인 요리사를 고용하는 것일 거야."

하고 한 사람이 말했다.

"그럼, 어느 나라의 아내를 맞는 것이 가장 나쁘지?"

모두의 의견이 곧 일치되었다.

"물론, 미국인 아내를 맞는 거야."

명답

한 부인이 프랑스의 대작가 듀마 페일에게 물었다.
"선생님, 우정과 연애의 차이는 무엇입니까?"
듀마는 한참을 생각하더니,
"그건 낮과 밤의 차이지요!"

정전이 유죄

샤르르와 루이즈는 사랑하는 사이였는데 그 사랑을 아름답게 지켜보던 각각의 친구인 피엘과 마리도 어느 사이에 사랑하는 사이가 되었다.

그리하여 이 두 쌍의 남녀는 같은 교회에서 동시에 결혼식을 올렸고 신혼 여행도 함께 노르만디로 가게 되었다. 그리하여 첫날밤을 산마로 해안의 한 호텔에서 보내게 되었다.

네 사람이 함께 식당에서 식사를 마쳤을 때, 돌연 전기가 나가 호텔 안이 칠흙처럼 어두워졌다. 네 사람은 손으로 더듬으며 각각의 방으로 돌아왔다.

샤르르는 신앙이 깊은 남자여서 자기 전에 바닥에 무릎을 꿇고 두 사람의 생애가 행복하도록 긴 기도를 올렸다.

그리고 감격에 떨며 초야의 베드로 들어가려고 했을 때 전등이 켜졌다. 보니 베드 속에서 기다리고 있는 것은 루이즈가 아니라 마리였다.

샤르르는 당황해서 마리에게 잘못을 사과하고 뛰쳐 나가려고 했다. 그러자 마리가 그를 불러 세우고 말했다.

"이미 늦었어요, 샤르르. 피엘은 기도 같은 건 하지 않으니까요."

358

부지중에

죽어가는 아내가 남편을 베갯머리에 불러 놓고,

"제가 죽으면 당신 곧 재혼해도 좋아요. 하지만 한 가지만 약속해 줘요."

"아아, 무엇이든 약속하지. 당신의 마지막 부탁인데 ……"

하고 남편은 따뜻하게 대답했다.

"저, 내가 입던 내의만은 다음 부인의 살에 닿지 않도록 해 주세요."

남편은 부지중에 대답했다.

"걱정하지 말아요. 입히지 않아요. 첫째로, 그 여자는 당신보다 훨씬 스마트하니까 ……"

서둘러라

어느 억만장자에게 다섯 아들이 있었다. 그들은 모두 결혼했지만 하나도 아들이 없었다.

어느 날 억만장자는 자식들을 부부동반으로 만찬에 불렀다. 참으로 성대한 만찬이었다.

억만장자는 식사를 하기 전에 테이블에 엎드려 눈을 감고 소리 높이 기도했다.

"오오, 주여. 내 자식은 다섯 모두 결혼했지만 하나도 내게 손자를 안는 즐거움을 주지 않습니다. 저는 쓸쓸하기 그지 없습니다. 그래서 앞으로 탄생할 나의 첫손자의 몫으로 오늘 은행에 10만 달러를 예금했습니다. 주여, 하루라도 빨리 나의 기도가 이루어지도록 하여 주소서!"

그러나 그가 기도를 끝내고 눈을 떴을 때 테이블에는 한 사람도 남아 있지 않았다.

차가운 여자

한 시골의 농사꾼의 아들이 장가를 들어 산 속의 한 움막으로 신혼여행을 떠났다.

그런데 하룻밤을 머문 뒤에 혼자서 돌아왔다.

아버지가 이상해서,

"색시는 어떻게 되었지?"

"자기 집으로 보내 버렸어요."

"아니, 어째서?"

"그 계집이 숫처녀지 뭐예요. 그 나이가 되도록 남자를 모르는 그런 차가운 여자는 싫어요."

비원

한가한 사내들이 바에 모여 여자 얘기로 꽃을 피우고 있었다.

여자에 대한 기호는 각자가 달라서, 숫처녀가 청결해서 좋다, 아니 숫처녀는 우물우물해서 답답하다, 유부녀 쪽이 스릴이 있다, 아니 기교에 능한 창기(娼妓)가 역시 제일이라는 등 의논이 백출했다.

결국 결혼 5년 정도의 30세를 넘어선 미망인이 가장 좋다는 것으로 결론이 났다.

그러자 그것을 잠자코 듣고 있던 브라운이 긴 한숨을 토하며 중얼거렸다.

"아아, 내 아내가 빨리 미망인이 되면 좋은데!"

펌프의 녹물

"선생님, 어제 집사람이 아이를 낳았는데 아이의 살결이 구리빛입니다. 집사람은 분명히 내 아이라고 하지만 아무래도 납득이 가지 않습니다. 어떻게 된 것일까요?"

"그래요? 모를 일이군요. 그런데 당신의 빈도는 어느 정도입니까? 주에 1회 정도?"

"아닙니다."

"그럼 월에 1회 정도 ?"

"아닙니다. 저는 배를 타기 때문에 반 년이나 1년에 한 번 집에 돌아옵니다."

"아, 알았어요. 그러니까 펌프를 너무 쓰지 않아서 펌프의 녹물이 쏟아진 것입니다."

어린 처녀

마드리드의 영화관에서 체격이 늠름한 사내가 옆자리에 앉은 처녀에게 아무렇지도 않은 듯이 말했다.

"영화가 끝나면 내가 잘 아는 작은 호텔로 갑시다."

"싫어요, 그런 것."

"어째서 싫지요?"

"첫째로 어머니에게 야단 맞아요. 그리고 ……"

"그리고?"

"돌아가고 싶지 않으면 곤란해지니까요."

캘린더

한 숙녀가 창가에서 책을 읽고 있는 신사에게 다가가서 말했다.

"나, 당신의 책이 되고 싶어요."

그녀는 그에게 반하고 있었다.

"그랬으면 좋겠는데 ……"

하고 그는 대답했다.

"그럼 어떤 책이 되면 좋겠어요?"

"음, 캘린더가 좋겠어. 매년 새것과 교체할 수 있으니까."

납작코

브라운 씨는 여성에게 아첨하는 것으로 유명했다.

어느 날, 그는 추한 여성을 본 일이 없다는 의견을 폈다.

곁에 있던 납작코의 여성이 그 이야기를 듣고 그에게 말했다.

"나를 좀 봐요. 그리고 분명히 내가 추하다고 고백하는 게 어때요?"

"부인 —"하고 브라운 씨는 대답했다.

"아닙니다. 당신도 다른 여성들과 똑같이 하늘에서 떨어진 천사입니다. 그런데 착지(着地)할 때, 불행하게도 코가 제일 먼저 닿았기 때문이지만, 그것은 역시 당신의 죄가 아닙니다."

미인과 술

장교식당에서 크리스마스 만찬을 들고 있던 파커 소령이 말했다.
"난 결혼한다면 미인하고 할거야. 좀 전에도 영화배우를 봤지만
정말 아름다웠어. 그런 여자라면 당장이라도 결혼하고 싶거든."
그러자 옆자리의 군의가 말했다.
"내 친구 쇼의 말에 의하면, 일생 아름다운 여성과 함께 있고 싶
다고 바라는 것은 맛이 근사한 포도주가 좋다고 해서 1년 내내 그
포도주를 입안 가득히 물고 있기를 바라는 것과 다름 없다는 거
야."
"그렇지 않아."
하고 소령은 반론했다.
"오히려 시종 나쁜 포도주를 입안 가득히 물고 있는 것보다는 훨
씬 근사할 테니까."

수치

옥스퍼드까지 아이에게 세례를 주러 간 젊은 목사가 귀로에 길을
잃고 말았다.
대단히 춥고 비가 오는 밤에 겨우 한 오두막에 이르렀다.
"좀 재워 주시겠습니까? 그저 한쪽에서 몸만 말려도 ……"
목사는 간곡히 부탁했다.

"집에는 침대가 하나밖에 없습니다. 만일 안사람과 함께라도 좋다면 그렇게 하시죠."

오두막의 주인은 목사를 맞아들였다.

먼 길을 걸어오느라고 피로해진 목사는 저녁을 얻어먹은 다음 곧 침대에 들어가 잠이 들어 버렸다.

이튿날 아침 일찍, 오두막의 주인은 웨이트니 시장으로 나갔다. 그런데 산길에서 역시 시장으로 가는 이웃사람들과 만났다.

오두막의 주인이 싱글벙글 웃고 있는 것을 본 이웃사람들이 그 이유를 물었다.

"목사란 녀석이 눈을 뜬 다음, 내 여편네와 함께 동침했다는 것을 알면 얼마나 부끄러워할까. 하고 생각하기만 해도 우스워 죽겠지 뭐야."

파리행

"이봐 잭, 자네는 꽃의 도시인 파리에 가면서 아내를 데려 가지 않는 건가?"

"바보같은 소리! 아니 자네는 연회에 갈 때 도시락을 들고 가는가?"

쉴 수 없다

결혼하고서의 첫 일요일 아침.

남편이 베드에서 빠져 나가려니까 새색시가 바지춤을 잡아끌며

"어머, 아직 일러요. 오늘은 일요일이니까 천천히 몸을 쉬는 게 좋아요."

하지만 남편은 눈을 흘기듯 하면서 대꾸했다.

"틀렸어, 베드 속에선 어차피 몸을 쉴 수가 없지 않아."

더욱 나빠

두 사람은 결혼식 후 마치자 신혼여행을 떠나 사모닉 관광호텔에서 5,6일 체재하게 되었다.

그런데 호텔의 여러 손님들이 신혼부부라고 호기의 눈으로 볼 것이 신경이 쓰여서 신랑은 보이에게 팁을 듬뿍 주면서 결코 누구에게도 신혼부부라고 얘기하지 말 것을 당부했다.

그런데도 역시 주위의 손님들이 기이한 눈으로 그들을 보는 것이어서 신랑은 화가 나서 보이를 꾸짖었다.

그러자 보이는 뜻밖이라는 표정으로,

"아닙니다. 나는 하느님께 맹세코 누구에게도 두 분을 신혼부부라고 말한 일이 없습니다. 오히려 그 반대로 어떤 사람들이냐고 물으면 그분들은 신혼부부 같지만 사실은 가까운 친구 사이라고 말했을 뿐입니다."

개처럼

이윽고 내일이면 식을 올리게 되는 신부에게 전 날밤에 모친이 최후의 교훈을 주고 있었다.

"루이스, 내일 밤 남편이 무슨 짓을 해도 절대로 울거나 놀라서는 안돼! 너, 전에 본 적이 있지? 길에서 개들이 이상한 짓을 하는 것을. 남자와 여자도 그와 똑같은 일을 하는 거란다."

그런데 이튿날 신부는 어머니에게로 와서 훌쩍훌쩍 울었다.

"루이스, 왜 그러지? 내가 그만큼 일러 두었는데 ……"

"그런데 그이가 개처럼 하지 않았단 말이야 ……"

잠꼬대

남편이 잠꼬대를 시작했다. 아내가 그 소리에 눈을 떴다. 남편은 분명히 '스잔! 스잔!' 하는 게 아닌가.

아내는 카로리느란 이름이어서 남편을 흔들어 깨웠다.

"당신이 꿈에서 만나고 있는 그 스잔이란 여자는 대체 누구예요?"

"스잔 …… 스잔 ……"

하고 남편은 눈을 굴리며 중얼거리더니,

"아아, 그건 어제 걸었던 경마의 이름이야."

이튿날 남편이 회사에서 돌아와서,

"오늘 별일 없었지?"

"네 …… 아아, 있었어요! 당신이 걸었던 경마가 전화를 걸어 왔어요!"

처치 곤란

두폰 부인은 운이 없다. 남편이 장화만 벗으면 아이가 생겨 버리는 것이다. 아무래도 재미가 없다.

그래서 자신의 참회를 들어 주는 사제(司祭)를 찾아 상담했다. 열매를 맺지 않고 씨를 뿌리는 방법이 있다면 그녀의 남편에게 가르쳐 달라는 것이었다.

하지만 신부는 그녀의 말을 가로막고,

"그걸 전부 남편에게 책임을 지워서는 안됩니다. 부인도 주의하지 않으면 안됩니다."

"네? 제가요? 어떻게 말예요?"

"그렇습니다, 부인. 정신을 잘 차려서 남편이 힘을 쓰며 눈을 찌푸리려고 하면 슬쩍 몸을 빼게만 되면 ……"

"어머, 그건 안돼요."

"어째서입니까? 지극히 간단한 일인데 말입니다."

"하지만 신부님. 입으로 말하듯 그게 간단한 것이 아닙니다. 무엇보다도 남편이 눈을 찌푸리기 15분 전부터 저는 아찔해서 눈이 제대로 보이지 않게 돼 버리니까요."

포도의 잎

거실에서 15분 전부터 변함 없는 논쟁이 벌어지고 있었다.

아담은 최초의 인간이니 배꼽이 있을 수가 없는데 왜 그림에는 아담의 배꼽을 그리느냐는 문제였다.

분명한 해답을 얻지 못해 입씨름을 되풀이하고 있는데 돌연 누군가가 나서더니,

"그건 그렇고, 아담은 포도 잎으로 앞을 가렸는데 그건 어떻게 해
서 붙인 것일까?"
하고 물었다.
그러자 젊은 딸이 재빨리 대꾸했다.
"그건 물론 머리핀으로 붙였을 거예요!"

첫 체험

젊고 아름다운 모델이 젊은 화가 앞에서 옷을 벗었다. 젊은 예술
가는 감격한 나머지 두 팔을 크게 벌리고 외쳤다.
"이건 굉장해! 신의 걸작이야! 나는 지금까지 당신처럼 아름다운
모델은 본 일이 없어! 당신을 끌어안고 애무하도록 해 줘요!"
모델은 고개를 흔들며,
"어머, 능숙하군요. 어떤 모델에게나 늘 그렇게 말했군요."
"아냐!"
젊은이는 격렬하게 부인했다.
"난 하느님께 맹세해. 내게 이런 감격을 불러 일으킨 것은 당신이
처음이야! 다른 모델은 당신에 비하면 제로 이하야. 아아, 나는
너무 흥분해서 전신이 떨리고 있어. 난 당신이 필요해! 당신을 끌
어안고 애무하고 싶어!"
모델은 이러한 최대급의 찬사를 이겨낼 힘이 없었다. 그리하여 화
가의 젊디젊은 가슴팍에서 황홀한 즐거움을 맛보았다.
이윽고 자신으로 돌아온 모델은 아직도 뜨거운 어조로 물었다.
"당신, 지금까지 누굴 모델로 썼어요?"
"그렇군 —"
하고 화가는 생기있는 어조로 대꾸했다.

"사과가 세 개, 숫소 한 마리, 책 세 권, 그리고 농가와 수차야."

로맨스 그레이

그와 그녀는 노년에 접어든 독신자로 몇 년이나 같은 아파트에서 살고 있었다. 그런 어느 날 우연한 일이 인연이 되어 서로 친하게 되었다.

두 사람은 아파트의 눈을 속이고 거리에서 만나 저녁을 같이 들고 로드 쇼를 보러 갔다. 두 사람의 마음은 얼마쯤 젊은날의 정열을 되찾고 있었다.

그런데 그가 무슨 일인지 좌석 아래를 더듬으며 5분이 지나도록 얼굴을 들지 않는다. 그러자 그녀가 이상하게 생각해서 물었다.

"무얼 떨어뜨렸어요?"

"네에, 캬라멜을 ……"

"뭐, 땅에 떨어진 캬라멜을 찾아서 뭣 하겠어요?"

"하지만 그 캬라멜에 틀니가 박혀 있어요."

비싼 숙박비

뉴욕의 실업가가 여행 도중 플로리다에 이르자 2,3일 정양하기로 했다.

호텔에 들어서자 로비의 일각에서 요염한 자태로 다가오는 미인이 있었다.

은밀히 윙크를 하자 저쪽도 윙크로 답했다. 그리하여 두 사람은 친하게 되었고 마침내 곤토란 부부로 방을 잡았다.

그로부터 3일간 그는 마음껏 즐겼다. 그런데 보이가 가져 온 계산서엔 1천 달러 가까운 금액이 적혀 있었다.

그가 놀라서 지배인을 불러,

"이런 착오를 범하면 곤란하지 않소. 난 이틀밤밖에 묵질 않았지 않았소?"

하고 여인 모르게 작은 소리로 말했다.

그러자 지배인은 단호하게 대답했다.

"물론 선생님은 이틀입니다. 하지만 부인은 1주일 전부터 묵고 있었습니다."

맞지 않는 구두

모제스는 미인이며 정숙하고 열심히 일하는 신부와 살고 있었다.

그 모제스가 랍비를 찾아와 이혼의 허가를 구했다.

"모제스, 대체 무슨 불만이 있는 건가? 그녀는 미인이고 정숙하고 일 잘하는, 마을에서 보기 드문 아내가 아닌가?"

그러나 모제스는 슬픈 듯한 얼굴을 하고 오른쪽 구두를 벗어 랍비에게 내밀었다.

"이것은 가장 상품의 구두로 최상의 가죽을 쓴 것입니다. 하지만 아무리 구두가 좋다고 해도 맞지 않으면 무얼 합니까?"

침받이

프랑소와가 아내와 아기를 데리고 해수욕을 왔는데 낡은 해수욕 팬티가 줄어들어 아무래도 입을 수가 없었다.

"할 수 없어요. 아이의 침받이로 눈가깞을 하세요."
하고 아내가 말했다.

프랑소와는 아내의 말대로 아이의 침받이로 앞을 가리고 물에 들어갔다. 그리고 기분이 좋아 모래 밭에 벌떡 누워 있으니 오가는 여인들이 그를 보고 킥킥거리며 도망쳤다.

이상하다고 생각해서 자기 몸을 잘 살피니 바로 그 소중한 곳에 이렇게 씌어 있었다.

"커라. 빨리 커라. 마마가 기뻐한다!"

나눗셈

한 신사가 문을 두드렸다. 하인이 나왔다.
"주인 영감은?"
"시청에 가시고 집에 안 계십니다."
"시청에?"
"네, 결혼을 하기 때문입니다."
"허허, 하지만 영감은 일흔 다섯이라고 생각하는데 ……"
"그렇습니다."
"그럼 부인은 몇인가?"
"17세의 아가씨입니다."
"음, 다시 오지."
1주일 후에 그 신사가 다시 왔다. 그 하인이 문을 열었다.

"영감님은?"

"돌아가셨습니다."

"결혼한 지 얼마 되지 않잖는가!"

"그렇습니다."

"무슨 병이었는가?"

"산수 때문입니다."

"네, 17을 75로 나누는 게 아무리 해도 되지 않아 너무 수고를 하다 그만 ……"

검사

주인이 새벽 네 시경에야 집에 돌아왔다.

아내는 두 팔로 남편의 허리를 끼고 주인을 노려 보면서,

"오늘 밤도 친구들과 모임이 있느니 어쩌니 하지 말아요. 자, 빨리 침대로 들어요. 철저히 검사할 테니까요." 하고 화를 내었다.

분을 풀다

빈약한 체격의 주인이 갑자기 집에 돌아왔는데 아내가 레슬러와 같은 건장한 사내품에 안겨 있었다.

주인은 이빨을 갈며 주먹을 움켜쥐고 얼굴이 붉으락푸르락해서 방안을 서성거리더니 이윽고 사내가 가져온 우산을 발견했다.

그는 당장 그것을 집어들더니 무릎에 대고 꺾어 두 동강이를 내더니 커다란 한숨과 함께 기도했다.

"하느님, 제발 큰비를 내려 주소서!"

주정뱅이

주정뱅이가 엉망으로 취해서 역시 술에 취한 친구를 데리고 집으로 왔다.

그는 집안을 구경시키더니,

"어때, 어떤 방이나 근사하지? 벽지도, 장식도, 가구도 …… 그럼 침실을 구경시켜 주지. 저기 알몸으로 자고 있는 새하얀 살결의 여자가 나의 사랑하는 아내야. 그리고 아내를 껴안고 있는 것이 바로 나란 말씀이야!"

꼬끼댁꼬꼬

그는 교통사고로 남성이 중도에 잘려 버렸다. 하지만 의사가 교묘하게 처치해서 무사히 퇴원하게 되었다.

그 사정을 아는 친구가 거리에서 만나 궁금해서 물었다.

"수술의 결과는 어떤가?"

"음, 그저 그래. 사실은 수탉의 목을 붙인 것이야."

"허허, 그거 진기한 이야기군."

"그 덕분에 아내를 실망시키지 않게 되었지만 곤란한 것은 아내에게 다가가면 즐거워서 꼬기댁꼬꼬 — 하고 우는 거야."

컴퓨터

연구소에서 정교한 컴퓨터를 완성하여 공개실험을 하게 되었다.

이과대학의 한츠가 계원의 권유로,

"나의 부친은 어디에 있는가?"

하고 종이에 적어 기계에 넣었다.

그러자 "나일강에서 낚시를 하고 있다"는 답변이 나왔다.

한츠는 웃음을 터뜨리며,

"이 기계는 엉터리야. 우리 부친은 5년 전에 죽었어요."하고 말했다.

계원이 그것을 적어 다시 한 번 기계에 묻도록 권하자 한츠는 그대로 했다. 그랬더니 컴퓨터는 이렇게 대답했다.

"당신의 호적상의 부친은 5년 전에 죽었지만 진짜 부친은 지금 나일강에서 낚시를 하고 있다."

진정제의 효용

"선생님, 지난번엔 감사했습니다."

"아, 약은 계속 먹고 있습니까?"

"아닙니다. 그렇게 먹고 싶질 않아서 한 번만 먹었습니다. 하지만 버린다는 것도 아까워서 아내에게 먹였습니다."

"부인에게?"

"네, 그랬더니 아주 잘 들었습니다. 언제나 밤의 서비스가 부족하다고 잔소리를 하던 아내가 베드에 들자마자 코를 골게 되었으니까요. 덕분에 나도 편안히 자게 되어 매우 건강해졌습니다."

은혜를 받았다

할아범이 경찰에 끌려갔다는 말을 듣고 할멈이 당황해서 뛰어왔다.

"할아범, 무슨 나쁜 짓을 했기에 여길 와 있어요?"

"골목의 과부가 내가 자기를 겁간했다고 고소한 거요."

"아니 당신, 정말 그런 짓을 했어요. 과부에게?"

"안했지, 물론."

"그럼 사실을 말하고 빨리 가요."

"그런데 그렇게는 안돼."

"왜요?"

"내가 서장에게 그 과부를 겁간했다고 말해 버렸거든."

"아니 그런 바보스런 얘기가 어디 있어요! 자기가 하지도 않은 일을 했다고 하니 …… 어째서 그런 거예요?"

"너무나 즐거웠기 때문이오."

"무엇이?"

"이 나이가 되어 여자를 겁간하는 그런 성능 좋은 병기가 있을 수 있겠소. 이건 늘그막에 받은 은혜로운 일이 아니오."

남자의 의리

빌헬름에게서 전화가 걸려왔다.

"여보세요, 로베르트의 아내입니다만 간밤에 남편이 늦도록 특별한 대접을 받은 것 같은데 참으로 폐가 많았습니다."

"네, 네."

"부인에게도 폐를 끼쳤을 것 같으니 인사드려 주세요. 감사하다구요."

"네, 네."

곁에서 듣고 있던 아내가,

"무슨 전화예요? 네, 네만 되풀이하니 ……"

"로베르트가 간밤에 늦도록 여기서 대접을 받아 감사하다고 그의 아내가 인사를 해온 거야."

"어머! 로베르트는 안보이던데?"

"그러니까 들통이 나지 않게 네, 네하고 대답한 거지. 그게 남자의 의리라는 거야."

노익장

국도 가의 벤치에 세 노인이 앉아서 차들이 시원하게 달리는 것을 보고 있었다.

제1의 노인 — 나는 85세인데 어느 한군데 나쁘질 않아요. 귀가 조금 먼 것 뿐이지요.

제2의 노인 — 나는 89세인데 귀는 아직 잘 들립니다. 하지만 시력이 좀 약해져서 신문을 읽으려면 안경을 써야 해요.

제3의 노인 — 나는 93세지만 형씨들보다 훨씬 다행스럽군요. 도대체 눈도 귀도 옛날 그대로이니까요. 다만 근래에 기력이 좀 희미해진 것 같아요. 어젯밤은 눈을 뜨고 할머니에게 달려들었더니 '어머, 할아범. 좀 전에 끝냈는데 또예요?' 하고 웃는 게 아닙니까. 핫핫핫…….

경박한 짓

스튜어트 공작이 침실에서 마님에게 사랑을 베풀고 있었는데 갑자기 몸을 일으켜 전등을 켜고 마님 쪽으로 얼굴을 가져가더니,

"여보, 어딜 아프게 했소?"

하고 물었다.

"아니예요, 아무 데도 아프지 않았어요."

"그럼 왜 엉덩이를 움직인 거요? 천박한 여자들의 경박한 짓을 하는 게 아니오!"

서툴러

세 자매가 산으로 꽃을 꺾으러 갔다. 그런데 숲 속에서 젊은 남녀가 정신없이 사랑을 나누고 있는 것을 보았다.

6세가 되는 아이가,

"야, 저 사람들 무얼 하는 거지?"

하고 물었다.

8세가 되는 아이가,

"넌 바보로구나. 사랑을 하고 있는 거야."

하고 핀잔을 주었다.

그러자 11세의 아이가 내뱉듯이 한마디 했다.

"하지만 저건 너무 서툴러. 파파와 마마가 훨씬 잘 한단 말이야!"

마무리

아들이 없는 사내가 아들이 많은 선배를 찾아가 아내가 아들을 낳게 하려면 어떻게 하는 게 좋은가를 물었다.

"그건 간단해."

하고 선배가 말했다.

"먼저 캐비어(철갑상어의 알젓) 등 강정제를 잔뜩 먹인 다음 벌거 벗은 미녀와 미남을 보여 흥분시키고 적당히 술을 마시게 한 다음 집으로 돌아와 베드에 누이고 충분히 어루만지고 문질러 주는 거 야. 그리고 내게 전화를 해 주게. 곧 가서 마무리를 지어줄 테니 까."

그게 걸려서

한 연회에서 미망인인 고이체 부인이 신부에게 가까이 다가왔다. 남편이 살아 있는 동안에 바람을 너무 피워 부인은 신부의 신세를 많이 졌었다.

"우리 집 사람은 지금 어디에 있을까요? 신부님 아시겠지요?"

"물론 알고 있습니다."

"무사히 천국에 갔겠지요?"

"그런데 말입니다. 안타깝게도 주인은 지금 천국의 문전에서 고생을 하고 있습니다."

"어머, 왜 그래요?"

"무리가 아니지요. 주인은 살아서 너무 바람을 피워 그게 3미터나 뻗어서 천국의 문에 걸려 들어가지를 못하고 있습니다."

배멀미

호텔의 일실. 베드의 용수철이 사납게 삐걱거린다. 그러자 여자가 날카로운 소리로 말했다.

"당신, 그렇게 너무 흔들지 말아요. 나 토할 것만 같아요."

"왜?"

"프랑스에서 올 때의 기선을 생각하게 돼서 그래요."

안경

안경을 쓴 아가씨하고만 데이트를 하는 사내가 있었다.

친구들이 이상히 생각해서 이유를 물으니,

"그게 말이야, 여차하면 안경에 '후 — 하고' 김을 내뿜으면 눈이 보이지 않아 내가 무엇을 하든 모르게 되기 때문이지."

박정한 녀석

프란체스코의 아내는 아들의 방을 청소하다가 무심코 책상 서랍을 열었다가 깜짝 놀랐다. 보기에도 민망한 노골적인 포르노 사진 4,5매가 들어 있었던 것이다.

그녀는 구르듯이 계단을 뛰어내려 출근 준비를 하고 있는 남편에게 그 사진을 내밀며 신경질적으로 외쳤다.

"이걸 봐요! 이것이 안토니오니의 서랍 속에 들어 있었어요! 아직 열다섯밖에 안된 녀석이 이런 사진을 갖고 있다니 어처구니가 없

어 말문이 막혀버릴 지경이에요. 오늘 저녁에 단단히 야단을 치셔
야 해요!"

프란체스코는 그 사진을 열심히 한 장 한 장 들여다 보더니,

"음, 단단히 야단을 쳐주겠어. 이런 근사한 것을 손에 넣었으면서
내게는 보여 주려고도 않다니 참으로 박정한 녀석이냐!"

사랑의 시간

곤도라의 사공인 죠반니가 마침내 약혼을 하고 어느 날 밤 아리따
운 로니나를 호텔로 데려갔다.

그는 프론트에서,

"하룻밤 방을 빌리고 싶습니다."

하고 말하고는 주소와 이름을 용지에 적어 넣었다.

그 동안에 젊은 여종업원이 로니나를 방으로 안내했는데 계단을
오르며 속삭였다.

"당신은 꽤 사랑받고 있나 봐요. 죠반니는 어떤 여자를 데려와도
고작 두세 시간밖에 방을 빌리지 않았거든요."

떨어뜨린 것

현관에서 초인종이 울리며,

"부인, 남편을 데려 왔습니다."

하는 흐린 소리가 들렸다.

아내가 얼른 문을 열자 엉망으로 취한 남자 둘이 서 있었다.

"아아, 무거웠습니다. 팔이 빠져 버린 것 같습니다. 어떻게나 취했는지 계단 몇 개를 오르는데 죽을 힘을 다 썼지요 ……. 이봐, 눈을 뜨라구. 집에 왔어!"

두 사람은 이렇게 말하며 발치에서 소리를 질렀다. 그러자 아내가 얼빠진 소리로 외쳤다.

"어머, 그건 외투잖아요! 주인은 어디에 떨어뜨렸어요?"

"뭐, 외투뿐이라고?"

두 사람은 눈을 닦으며 발치를 보더니,

"아니 이게 어찌 된 거야! 확실히 둘이서 팔을 잔뜩 끼고 왔는데 그를 어디서 떨어뜨렸지?"

아담과 이브

에덴 동산에서 아담과 이브가 크게 싸움을 벌였다. 아담의 서비스가 시원찮다고 이브가 잔소리를 한데서 비롯된 싸움이었다.

아담은 이브를 때려 눕히고는,

"한 여자를 언제까지나 소중히 다루어줄 수 있어! 난 이제 당신에게 싫증을 느꼈어! 잔소리를 하면 천국의 아버지에게 부탁해서 늑골을 하나 더 뽑아 다른 여자를 만들어 달랄 거야!"

양손잡이

쥬리아와 죠반니가 서로 싫어하지 않게 되어 어느 날 영화관에 들어갔다.

"나, 당신의 왼쪽에 앉을까요, 오른쪽에 앉을까요?"
하고 쥬리아가 물었다.

그러자 죠반니는 빙그레 웃으며,

"어느 쪽이든 좋아. 나는 양손잡이니까."

25년째의 비극

예루살렘의 한 나이트클럽에 노래를 하는 사이사이에 조크를 하는 코미디언이 있었다. 이 코미디언은 객석을 돌며 그 손님이 어디서 왔는지, 이스라엘에서 무엇을 하고 있는지, 이스라엘의 인상은 어떤지 등을 인터뷰했다.

이 날도 이 코미디언 가수가 테이블에서 테이블로 언제나처럼 돌고 있었다. 그리하여 한 테이블에서,

"손님, 어디서 오셨습니까?" 하고 물었다.

유태계의 미국인인 듯한 초로(初老)의 부부가 앉아 있었다.

"미국의 시카고요."

하고 남편 쪽이 대답했다. 그런데 그는 하염없이 울고 있었다.

곁에는 다이어 목걸이에 다이어 팔찌의 부인이 앉아 있었다. 부인은 매서운 눈초리의 불쾌한 얼굴을 하고 있었다.

남편은 늘어선 샴페인 글라스엔 손도 대지 않고 흐느껴 울고 있었다.

"손님, 어째서 그렇게 울고 있는 것입니까?"

그러자 옆에서 부인이 나섰다.

"오늘은 우리의 결혼 25주년 기념일이에요. 그런데도 우리집 바보인 모제스는 울고 있는 거예요."

"모제스 씨" 하고 코미디언 가수가 남편에게 말했다.

"부인의 말씀처럼 결혼 25주년이라면 이 샴페인을 더 기울이면서 즐겁게 축복하는 게 어떻겠습니까?"

그러자 남편은 다시 소리를 높여 울더니 한참 후에야 울음을 그치고 말했다.

"자 들어봐요. 사실은 결혼하고 5년째 되던 날 아침, 지금도 생각납니다만 난 아내 레베카를 죽이려고 했습니다. 하지만 난 대학도 나왔고 해서 그냥 죽일 수는 없었지요. 우선 아는 변호사와 상담을 했습니다.

"레베카를 죽이면 어느 정도의 형벌을 받을까요?"

하고 묻자 변호사는 두툼한 육법전서의 페이지를 뒤적이더니 말했습니다.

"음, 징역 20년이오.' 하고 말했습니다. 생각해 보세요. 오늘이 25년째인데 나는 아직도 자유롭지 않은 것입니다."

뜻대로 안돼

랍비가 한 부인에게서 남편이 너무나 인정이 없어 이혼하고 싶다는 상담을 받았다. 그러면서 다만 한가지 이혼이 되지 않는 이유가 있다고 했다. 아이를 둘이서 똑같이 나누어 맡고 싶은데 9명이어서 나눌 수가 없다는 것이었다.

랍비는 매우 머리가 좋았기 때문에,

"그럼 1년만 함께 더 살다 아이를 하나 더 낳으면 헤어지면 되겠지요."

1년 반이 지났다. 랍비는 거리에서 그 부인과 딱 마주쳤다.

"어떻습니까, 잘 되었지요?"

"아니예요."

"하지만 아이를 낳은 것으로 들었는데요."

"네, 확실히 아이를 낳긴 했는데 그게 쌍둥이였어요."

해결안

9년 동안에 9명의 아이를 갖게 된 가난한 사람이 랍비에게 호소했다.

"아무리 열심히 일해도 아이가 태어나서 밥을 먹기에도 어렵습니다. 9명의 아이들과 아내를 어떻게 부양할 것인지 답답합니다. 나는 대체 무엇을 해야 되겠습니까?"

"아무것도 하지 마시오."

하고 랍비는 대답했다.

권리

유태인의 거리는 늘 혼잡하다.

막 시계가 5시를 가리키자 사람들이 근무처에서 쏟아져 나왔다. 거리는 시장을 보고 돌아오는 주부들로 북적거리고 있었다. 이 시간이면 버스 정거장에는 언제나 장사진이 쳐진다.

사라는 막 데파트에서 나온 참이었다. 그녀는 모자, 구두, 양복, 핸드백 …… 어떻든 무려 17개에 이르는 물건을 사서 가득히 안은데다가 두 손에는 몇 갠가의 종이봉지를 늘어뜨리고 있었다. 그리고 버스가 오는 것을 행열의 선두에서 기다리고 있었다.

그녀는 몸에 딱 들어붙는 옷을 입고 있었다. 버스가 왔다. 버스가 왔지만 더 이상 어떻게도 할 수 없이 물건을 안고 있는데다 버스의 발판이 높고 꼭 끼는 옷을 입고 있어서 탈 수가 없었다.

거기서 그녀는 스커트의 지퍼를 풀면 올라갈 수 있겠다고 생각해서 양팔에 안고 있는 물건을 어떻겐가 한 손으로 누르고 빈손으로 지퍼를 내리려고 했다.

그러자 젊은 남자가 갑자기 사라를 안아 올려 버스 속으로 실었다. 덕분에 사라는 버스에 타게 되었다.

그러나 젊은 남자는 그 옆에 앉아 사라의 손을 쥐고 놓지 않았다. 남자가 근사한 남자라면 또 모르겠지만 그렇지도 못했고 손에는 기분 나쁘게 땀이 배어 있었다.

"손을 놓아 주세요!"

사라가 말했다.

"도대체 아무리 내가 짐을 가지고 버스를 타느라고 애를 먹고 있다고 해도 알지도 못하는 당신이 나를 안아올려 버스에 태운다는 것은 아무래도 실례이고 대단한 뱃심이에요. 게다가 이렇게 손을 잡고 놓아주지 않다니 …… 손을 놓으세요."

그러자 남자는 잡고 있는 손에 더욱 힘을 주었다.

"하지만 말입니다. 내 지퍼를 세 번이나 열었다면 그게 누구든 손을 잡는 정도는 괜찮을 거라고 생각하는데요?"

여자가 있는 곳엔

짐승

"정말 놀랐어. 어젯밤 보이 프렌드와 공원엘 갔는데 …… 벤치나 잔디에서 젊은 아베크들이 달라붙어서 …… 신음하고 뒹굴고 ……아무리 어둠 속이라고는 하지만 정말 지독했어. 그야말로 짐승들이 었어."

"그래? 그래서 넌 어떻게 했지?"

"나? 부끄러워서 견딜 수가 없어서 곧 도망쳤어."

"그래서 그대로 집으로 돌아갔니?"

"아니, 그를 끌고 호텔로 달려 갔어."

보턴

버스 정류소. 뒤로 버튼을 채우는 매우 타이트한 드레스를 입은 부인이 버스를 기다리고 있었다.

이윽고 버스가 와서 부인이 타려고 했지만 너무 스커트 폭이 좁아서 스텝에 발을 올려 놓을 수가 없었다. 당황한 나머지 손을 뒤로 돌려 맨 밑의 버튼을 하나 풀렀다.

그리고 한 발을 스텝에 올려 놓으려 했으나 역시 실패. 뒤에서는 줄지은 손님들이 재촉을 하며 초조해 하고 있고, 그리고 차장은 빨리 오르라고 위에서 소리친다.

부인은 정신없이 두 번째의 버튼을 벗겼지만 역시 실패. 그래서 할 수 없이 엉덩이 부근까지 버튼을 벗겼으나 어찌된 일인지 스텝에 까지 발이 미치지 않는다.

차장은 빨리 오르라고 성화고 손님들은 마침내 화가 나서 소리친다. 그러자 그녀의 바로 뒤에 섰던 신사가 갑자기 그녀의 엉덩이를 양손으로 받쳐 혼신의 힘으로 버스 속으로 밀어 넣었다.

부인은 화를 내며 그 신사에게 말했다.

"어머, 난폭해요. 숙녀에게 실례지 않아요! 엉덩이를 끌어안다니! 그래도 신사예요?"

신사는 불쾌한 소리로 대꾸했다.

"숙녀들이 듣고 있어요. 이것 봐요. 당신은 내 바지의 버튼을 모두 벗겨 버리지 않았습니까!"

인생의 묘지

한 여자대학의 가정과 시간에 중년의 교수가 결혼식 복장에 대해 설명했다.

"신부의 의상은 옛부터 순백으로 정해져 있습니다. 왜냐하면 순백은 청정결백을 의미함을 동시에 여성의 행복을 의미하기 때문입니다. 이것을 역사적으로 고찰해 보면 ……"

그때 한 학생이 손을 들더니,

"그럼 신랑이 검은 양복을 입는 것은 무엇 때문이예요?"

하고 물었다.

교수는 강의의 순서가 뒤바뀌어 어떨결에 마침내 본심을 털어 놓고 말았다.

"그, 그렇지. 이것도 옛날부터의 관습이지만 내 경험에서 생각하자면 결혼은 남성에게 있어서 인생의 묘지이기 때문이라고 생각해요."

살아 있는 여자

호구조사를 나온 순경이,

"아, 댁의 주인은 돌아가셨군요."

"네, 4년 전에 돌아가셨어요."

"그럼 아이는"

"한 살과 세 살, 이렇게 둘이예요."

순경은 고개를 갸웃거리며,

"그건 좀 이상하군요. 주인양반이 4년 전에 돌아가셨다고 하시지 않았습니까?"

"네, 하지만 이상할 것 없어요. 주인은 돌아가셨지만 저는 살아 있으니까요."

실례한 청년

그는 큰길에서 매력적인 한 미녀와 만났다. 그리하여 그 아름다움에 매료되어 뒤를 쫓았다.

한참을 가다가 그녀가 책을 떨어뜨렸다. 그는 얼른 그걸 주었다. 그것이 계기가 되어 두 사람은 얘기를 나누며 나란히 걷게 되었다.

그리고 얘기를 나누는 동안에 공통의 취미를 발견, 급템포로 친밀하게 되었다.

헤어지면서 그는 랑데부를 청했다. 그녀는 일단 사양했지만 그의 간곡한 바람에 이기지 못해 이튿날 6시에 아파트로 그를 찾아가기로 약속했다.

이튿날 6시, 그는 차와 과자, 베르뭇(포도주의 하나) 등을 준비하고 기다렸다. 그녀는 10분 정도 늦게 와 주었다.

그녀는 지식도 많고 취미도 다양해 시간 가는 줄 모르고 얘기를 나누었다. 그는 참한 여자친구를 얻었다고 기뻐했다.

그런데 그로부터 세 번, 길에서 얼굴을 마주하게 되었으나 그녀는 전혀 모르는 사람처럼 인사도 받지 않았다.

한데 그로서는 그 이유를 알 수 없었다. 아프레 걸(전후적인 여성)에게 있을 수 있는 기묘한 성격 때문일 것이라고 냉소하면서도 답답하기 짝이 없었다.

그리하여 네 번째, 길에서 만났을 때 용기를 내어 물었다.

"대체 제가 어떻게 했습니까?"

그녀는 뾰루퉁해서 대답했다.

"아무것도 안했어요. 그래서 화가 난 거예요. 두 시간이나 함께 있으면서 아무것도 안한다는 건 여성에 대한 실례예요. 난, 당신 같은 사람은 딱 질색이예요."

접촉할 기회

처칠이 보수당을 이탈하여 자유당에 들어갔을 때, 그는 한 젊은 부인을 식사에 초대했다.

이 부인이 코케티쉬하게 그를 보면서 대담한 발언을 내뱉었다.

"당신에겐 내가 좋아할 수 없는 점이 두 가지 있어요. 처칠 씨."

"무엇입니까, 그것이?"

"당신의 새로운 정책과 그 콧수염이예요."

"이건 말입니다, 부인."

하고 그는 진지하게 말했다.

"아무튼 신경쓰지 마십시오. 당신에게는 그 어느 쪽도 접촉할 기회가 없을 테니까요."

여자의 희망

두 사람의 랍비가 인간 창조에 대해 이야기하고 있었다.

"어째서 신은 최초에 아담을 만들고 그 다음에 여자인 이브를 만든 것일까?"

하고 한 랍비가 말했다.

"그건 간단하지."

하고 다른 한 사람의 랍비가 말했다.

"만일 남자를 여자 다음으로 만들었다면 신은 여자의 희망을 들어야만 했을 거야. 그리고 그 여자의 희망을 듣고 있었다면 아무것도 못했을 거야."

자선흥행

버너드 쇼가 모금을 위한 자선흥행에 참석하여 곁에 있는 귀족의 미망인에게 댄스의 상대가 되어 줄 것을 청했다.
"어머, 쇼 선생. 나 같은 사람에게 춤을 청해 주시다니요 ……"하고 미망인은 눈빛을 번뜩이며 기뻐했다.
쇼가 대답했다.
"이건 자선흥행이 아닙니까."

가능성

저명한 댄서 이사도라 던컨이 버너드 쇼에게 러브레터를 보냈다.
우생학상 둘이서 아이를 만들면 얼마나 근사하겠느냐는 것이었다.
'나의 육체와 당신의 두뇌를 가진 아이를 생각해 보세요.'
쇼는 곧 답장을 보냈다.
'그건 알지만, 만일 불행히도 내 육체와 당신의 두뇌를 타고나면 어떻게 되겠습니까.'

응답

대단히 매력적이긴 하지만 좀 수다스러운 부인이 전시회에서 화가 서전트 씨에게 뛰어와 외쳤다.
"어머, 서전트 씨. 제9실의 당신의 그림은 정말 훌륭했어요. 너무나 당신다운 그림이어서 나도 모르게 키스를 하고 말았어요."

"그래요, 부인? 그런데 그림이 당신에게도 응답의 키스를 해주었습니까?"

"아니요."

"네, 그것이 나답지 않은 점입니다."

소중한 하녀

새클린이 막 사 입은 밍크 코트를 친구들에게 자랑했다.

"그런 훌륭한 코트를 사 주다니 넌 참으로 좋은 남편을 만났구나. 정말 행복하겠어!"

하고 친구들이 부러운 듯이 말했다.

"행복한지 어떤지는 모르지만 남편이 꼼짝없이 사 줘야 할 곤경에 빠진 거야."

"어머, 무슨 일인데?"

"하녀와 키스하는 현장을 발각당했지 뭐야."

"그럼 넌 코트를 얻고 그 아이는 당장 쫓겨났겠구나."

"천만에! 소중하게 기르고 있지. 난 아직도 드레스와 모자, 구두 등 얼마든지 얻을 게 있으니까."

열쇠 구멍

아직 아이라고만 생각하고 있는 딸의 모습이 아무래도 이상하다. 마음 탓인지 배가 불러 있는 것처럼 보인다.

걱정하던 나머지 모친이 은밀히 물으니 사실이 그랬다. 이미 5개월 전부터 보일 것이 보이지 않는다는 것이다.

부친이 화를 내며 아내를 꾸짖었다.

"이런 일이 생긴 것은 당신의 감독 소홀 때문이야. 요즈음의 아이는 조숙하니까 보다 주의해서 단단히 열쇠를 채워 두어야 했던 거야!"

"하지만 아버지, 그건 헛수고예요. 그 열쇠구멍은 어떤 열쇠로도 열리거든요."

염려 무용

어떤 연만한 남편이 임종을 앞두고 젊은 아내를 베갯머리에 불러 당부했다.

"당신에게 자주 오는 그 아니꼬운 장교가 있지만, 그 친구는 벌레보다 싫으니 내가 죽은 다음 그 친구와는 결혼하지 않겠다고 약속해 줘요. 그러면 안심하고 눈을 감을 수 있겠소."

그러자 아내는 침착하게,

"염려하시지 않아도 좋아요. 전 이미 다른 사람과 약속이 되어 있으니까요."

섹스

어느 스타일 북의 잡지사에서 여자 편집자를 공모하였다.

오늘은 입사시험일. 시험장으로 바뀐 회의실은 마치 꽃밭처럼 아름다웠다.

시험관은 먼저 인쇄한 용지를 한 장씩 나누어 주고 주소, 성명, 연령, 체중, 신장, 흉위 등을 비롯해서 특기, 취미, 희망 등의 일신상의 것을 각 란에 적게 했다.

그런데 이 경우는 수험생이 여자들 뿐이어서 필요가 없었지만 성명란 옆에 '섹스(性別)'란이 있었다.

용지를 회수한 시험관은 무심코 그 난을 살피다가 토끼눈이 되었다.

물론 '여'라고 쓴 것이 대부분이었지만 그 중에는 금발, 적모(赤毛), 경험 없음, 23회, 때때로, 비밀 등 생각지도 않은 회답이 섞여 있었던 것이다.

네, 네

미국의 한 유명한 여배우가 당장 이혼하고 싶어서 변호사를 찾았다.

"그렇다면 멕시코로 가세요. 그곳 법원은 간단하게 이혼을 시켜 줍니다."

"하지만 전 스페인어를 전혀 모르는데요."

"걱정하지 마십시오. 무엇을 묻거든 '네, 네'하고만 대답하면 됩니다."

그리하여 이 여배우는 멕시코로 가서 이혼을 신청했다.

법정이 열렸고 그녀는 가르쳐 준 대로 '네, 네'로 일관했다. 마지막에 방청인들이 요란하게 박수를 쳤다.

그녀는 이것으로 이혼이 되었다고 생각했다. 그런데 서기가 그녀에게 다가와서 영어로 말했다.

"당신의 이혼은 허락되었습니다. 하지만 '네'를 한 번 여분으로 하는 바람에 재판장과 결혼하기로 결정되었습니다."

선수

그는 처음으로 아버지가 된 감격의 눈물을 흘리며 아내에게 키스를 하고 요람 속의 아이를 들여다 보았다.

그런데 아이가 거무튀튀한 게 아닌가.

그가 놀라 난처해서 쩔쩔매며 돌아서려니까 아내가 거친 소리로 그를 불러 세웠다.

"이 얼간이! 당신은 그 세네갈의 하녀와 놀아난 거예요! 그래서 그 애의 색깔이 이 아이에게 묻은 거예요!"

혹이 달려서

한 처녀가 다섯 번째로 아버지 없는 아이를 낳았다.

"다섯 아이의 아버지가 모두 다릅니까?"

하고 산부인과 의사가 물었다.

"아니에요. 모두 같아요."

"그럼 왜 결혼하지 않습니까?"

"저는 이제 결혼하고 싶다고 했지만 그는 귀찮은 듯이 혹이 몇이나 달린 여자는 싫다고 하지 뭐예요."

비너스

초야를 보낸 신부가 마마에게,
"결혼같은 것은 누가 생각해 낸 거야?"
"그거야 비너스의 여신이지."
"미운 여신이야. 그런 짓을 시키다니 …… 천박하게!"
그로부터 4,5일이 지나서,
"마마, 비너스의 여신이 아직 살아 있어?"
"그야 살아 있지. 신이니까."
"그래? 살아 있다면 됐어."
"왜, 싸움이라도 하러 갈 거니?"
"아아니, 근사한 머플러라도 선물하려구."

화성의 여자

우주비행사가 처음으로 화성여행에서 돌아왔다. 동료들이 그를 둘러싸고 물었다.
"화성의 여자는 어떻게 생겼던가?"
"음, 지구의 여자와 거의 같아. 다만 유방이 등에 붙어 있었어."
"아니 그럼 잘 때 불편하겠는데 ……"
"하지만 춤을 출 땐 근사하지."

가을이 되면

전라(全裸)의 스트립퍼가 무대로 나와서는 무화과의 커다란 잎을 손에 들고 춤을 추며 능숙하게 앞을 가렸다.

관객들이 일제히,

"그 거추장스러운 잎은 치워 버려!"

하고 고함쳤다.

그러자 스트립퍼는,

"지금은 여름이에요. 잎이 없을 수 없어요. 하지만 가을이 되면 자연히 떨어질 거예요."

목숨이나 돈

중년을 넘어선 부부가 아페닌 산맥을 차로 달리고 있는데 숲속에서 5,6명의 산적이 튀어나와 차를 세우더니 두목이 권총을 겨누며,

"목숨이나 돈을!"

하고 위협했다.

그러자 아내가 남편에게 말했다.

"당신 내려요. 당신은 내 목숨이니까요."

쥬피터

로마의 박물관에서 안내인이 큰소리로 설명했다.

"이 커다란 석상(石像)은 쥬피터 신입니다. 쥬피터 신은 황홀한

미남자나 훌륭한 준마(駿馬), 그리고 황금의 비로 변신했습니다."
그것을 들은 여자들이 웅성웅성 중얼거렸다.
"어머! 정말 여자의 마음을 잘 아는 신이었나 봐."

일장일단

두 초등학생이 학교에서 돌아오면서,
"너, 데로르티 알아?"
"음, 가슴을 젖통 있는 데까지 판 여자들 옷이지 뭐야."
"그건 일장일단이 있어."
"어째서?"
"내 큰누나는 댄스 파티에 그걸 입고 갔다가 신랑감을 낚았지만 작은 누나는 기관지염에 걸려 버렸거든."

일거양득

베를린의 청년이 쮸리히에 와서 호숫가의 근사한 방 하나를 빌렸는데 매일 밤 다른 처녀를 끌어들이는 것이었다.
1주일쯤이 지나자 주인마님이 주의를 주었다.
"그런 짓을 하면 몸이 결단나요. 소중한 바캉스이니 좀더 몸을 편히 쉬도록 해요."
"아닙니다. 괜찮습니다. 베를린에 있을 때에도 이랬으니까요. 게다가 바캉스의 덕분에 묵으러 오는 처녀들이 방값을 반씩은 다시 내어주니 일거양득이 아닙니까."

무전여행

베를린의 여대생이 바이마르의 괴테 유적지를 방문하려고 무전여행에 나섰다. 그리하여 트럭을 하나 세워 조수석에 앉게 됐다.

"여자들은 역시 괴테가 좋은 모양이지요? 바캉스 시즌이 되고부터 바이마르에 보내 준 여자는 당신까지 일곱 사람째입니다. 지금까지의 여자들은 모두 내 품 속에서 몇 번이나 절정에 올라 즐겁게 울었습니다."

"어머! 당신, 무서운 사람이군요. 나 여기서 내리겠어요!"

"뭐 그렇게 두려워하지 않아도 좋습니다. 싫다면 무리하게 강요하지는 않으니까요. 그리고 바이마르에 도착하기까지는 아직도 멀 뿐만 아니라 당신도 마음이 변할지 모르니까요."

지혈제

신혼의 초야가 밝았다. 커튼을 물들이는 햇살을 받으며 신랑이 말했다.

"당신은 처녀가 아니었나?"

"어머, 왜요?"

"그런데 피가 ……"

"아아, 의사에게 부탁해서 1주일 전부터 지혈제를 먹었거든요."

쌍둥이의 부친

쌍둥이를 낳은 아내가 진지한 얼굴로 의사에게 물었다.
"저 쌍둥이의 부친이 따로따로인 경우도 있습니까?"
"그런 일은 없습니다. 두 쌍둥이든 세 쌍둥이든 부친은 같습니다.
어째서 그걸 묻지요?"
"그런데 남편이 아이를 보고 하나는 자기를 닮았지만, 또 하나는
우유 배달부를 닮았다고 언짢아 했거든요."

생명보험

중년을 넘어선 부인이 은행에 와서 울면서 5만 마르크의 수표를
내밀었다. 죽은 남편의 생명보험금을 탄 돈이었다.
창구의 행원은 미망인이 언제까지나 울음을 그치지 않는 것에 동
정을 해서 위로하는 얼굴로 말했다.
"역시 주인을 몹시 사랑하셨던 모양이군요."
그러자 미망인은 눈물을 닦으며 말했다.
"그래요, 만일 그 사람이 살아돌아온다면 이 돈의 반쯤은 주어도
좋다고 생각할 정도예요."

결혼상담소

결혼상담소의 여사무원이 중년 여인의 사진을 보이며,
"이 분은 미망인이지만 처녀와 다름 없어요."

"하지만 미망인이 어떻게 처녀와 다름 없다는 얘기입니까?"
"미망인이 된 것은 이미 12년 전의 일이고, 더구나 결혼생활은 불과 반 년밖에 하지 않았으니 섹스에 대한 것은 전부 잊어 버렸을 테니까요."

미망인의 유언

젊은 공증인 듀폴이 68세의 미망인의 유언 제작에 불리어 왔다.
미망인은 아이가 없었기 때문에 재산을 3등분하여 고아원과 박물관에 3의 1씩을 기부하고 나머지 3분의 1은 남성적인 서비스를 정성 껏 해 주는 사람에게 주겠다고 했다. 그리고,
"당신이라도 좋아요."
하고 미망인은 미소를 지었다.
듀폴은 집으로 돌아가 아내를 납득시키고 미망인에게로 다시 돌아왔다.
그런데 남편이 2일이 지나 3일이 되었는데 돌아오지 않자 아내가 걱정이 되어 전화를 걸었다. 그러자 남편은,
"걱정하지 않아도 좋아. 최후의 3분의 1은 이미 받았어. 박물관에 기부하기로 한 3분의 1도 오늘 밤엔 얻을 거야. 그리고 이제 2일 밤만 자면 고아원에 기부하기로 한 것도 내 것이 돼."

명 중

유명한 미녀 스파이 마타하리가 형장으로 끌려 나왔다. 12명의 병사가 그녀에게 총을 겨누었다.

그런데 그녀는 알몸이 되어 탄환을 받고 싶다고 했다. 자기의 풍만한 육체를 보여 병사들의 초점을 흐리게 하자는 최후의 간계였다.

그러나 그녀는 '쏘아!'의 호령이 떨어지기 전에 폭 쓰러져 죽어버렸다. 바지의 단추가 한 개 격한 세로 그녀의 이마를 명중시켰던 것이다.

불감증

한 상류부인이 신문기자와 이야기를 나누는데 그 신문기자가 올스트립(全裸)을 숭배한다고 말했다.

부인은 양손으로 얼굴을 가리며 외쳤다.

"어머! 지독해!"

그는 놀라서 부인을 응시하며 물었다.

"어째서입니까? 그렇게 말하는 쪽이 부도덕한 게 아닐까요? 우리는 전라에 익숙해 있어서 브리지드 바르도가 실오라기 하나 걸치지 않은 자세로 나타나도 불순한 생각같은 건 전연 일어나지 않습니다."

그러자 부인은 지지 않고,

"그러니까 나체주의자들은 불감증이라는 거예요!"

체 면

큰 상점의 주인이 임종을 목전에 두게 되었다.
아내가 눈물을 흘리며 그 베갯머리에 꿇어앉아,
"여보, 나 당신이 하느님의 나라로 가기 전에 진심으로 잘못을 빌고 싶어요."
"무어지?"
"실은 우리 집 대리인과 죄를 범하고 말았어요."
빈사의 병인이 벌떡 일어서며 소리쳤다.
"괘씸하게! 당신은 그런 여자였는가! 그럼 에퀄 뿐인가?"
"사실은 회계과장 리처드와도 ……"
"음, 그거 재미 있군. 그런 추남과 말이야! 그리고 ……"
"지배인인 버튼과도 ……"
"그런 풋내기와도? 그리고 ……"
"그렇게 다그치면 머리가 어지러워져요. 더 이상 묻지 말아 줘요. 우리 집에서 일하는 자는 모두 알고 있으니까요."

밍크코트

"나, 밍크코트를 입을 수 있으면 무엇이든 하겠어."
하고 젊은 여배우가 친구들에게 말해 왔는데 과연 7,8개월이 지나 훌륭한 밍크코트를 입고 친구들 앞에 나타나 친구들을 크게 부럽게 했다. 하지만 그녀는 배가 불러 코트의 단추를 채울 수가 없게 되어 있었다.

신유행

아내가 패션잡지를 읽고 있다가 큰소리로 남편을 불렀다.

"이봐요. 남성 복장에 대혁명이 일어났어요! 단추가 없는 셔츠가 유행하기 시작했어요."

남편은 못마땅한 얼굴로 대꾸했다.

"아니 그런 게 신유행이야? 당신은 이미 10년 전부터 단추 없는 셔츠만을 내게 입히지 않았어! 떨어진 단추 하나 제대로 달 줄을 몰라서!"

신의 가르침

두 사람의 랍비가 논쟁을 하고 있었다.

문제는 신이 전능하다면서 아담이 자고 있는 동안에 늑골을 한 대 뽑아 그것으로 이브를 만들었다는 것에 대해서였다.

"신이라면 좀더 쉽게 이브를 만들 수 있었을 게 틀림없다. 그런데도 왜 아담이 자고 있는 동안에 늑골을 훔쳐서 만든 것일까?"

"그건 극히 간단하지. 요컨대 그것은 신이 인간에게 교훈을 준 것이야. 훔친 물건에는 대수로운 것이 없다는 것을 가르치기 위해서 라구."

바람 바람 세계의 바람

1
미 국

사는 보람

그녀는 매우 아름다운 처녀였지만 연인이 베트남에서 전사하여 고독에 휩싸여 울고 있었다.

마침내 그녀는 자살을 하려고 알몸이 되어 권총을 가슴에 겨누었다. 하지만 아름다운 유방의 부풀음을 찌부러뜨리는 게 슬퍼서 총구를 숙여 배로 가져갔다.

하지만 사랑스럽고 근사한 허리를 망가뜨리는 게 섭섭해서 다시 총구를 숙였다. 그러자 자신도 모르는 사이에 총신이 깊이 들어가 버렸다.

이건 곤란하다고 몇 번인가 뽑아 내려 하고 있는 동안에 그녀는 이상하게도 살 희망을 되찾았다.

타이피스트

타이피스트가 타이프를 치면서 지껄이고 있었다.
"새로 온 비서과장은 정말 미남이야. 첫눈에 온몸이 마비되는 것
같았어."
"나도 그래. 옷 입는 솜씨도 스마트하고."
그때 세 번째의 타이피스트가 끼어 들었다.
"그래, 게다가 옷을 벗는 게 정말 빨랐어."

비 서

사장 ── 기티 양은 갖가지 자격증도 갖고 있고 머리도 좋게 보이
　　　　니 내 비서로 채용하도록 하지.
키티 ── 고맙습니다, 사장님.
사장 ── 그럼 곧 일을 시작하도록 하지.
키티 ── 아아, 그건 곤란해요. 오늘 당장부터라고는 생각지 못해
　　　　서 내의를 갈아입지 않고 왔으니까요.

빈 통조림

　식품점에서 여주인이 이거야말로 근사한 것이라고 하마의 엉덩이
통조림을 권했다.
　그런데 이건 진품이라고 생각하고 집에 돌아와 부지런히 통조림
을 열었더니 통 속이 텅 비어 있었다.

화가 나서 당장 그걸 들고 식품점으로 가서 항의하자 여주인은 태연히,

"그래요? 하지만 그건 우리 책임이 아닙니다. 엉덩이의 어떤 구멍에 해당된 모양이니 당신이 불운했던 거예요."

크게 다르다

결혼을 곧 맞을 제인이 그 길의 선배인 안나에게 물었다.

"음, 그때의 느낌이 약혼 시절과 결혼한 다음이 어떻게 다르니?"

"물론 크게 달라. 소파가 침대가 되고 낮이 밤이 될 뿐만 아니라 아무리 시간이 걸려도 태연하니까."

보이 헌트

"지난 밤 영화관에 갔는데 지독한 일을 당했어."

OL이 친구들에게 이야기했다.

"왜, 어떻게 됐는데? 사내가 손장난이라도?"

"으음, 하지만 그게 다섯 번이나 자리를 바꾸고 나서야."

벗는 값

묘령의 처녀가 약국에 들어가 10센트 동전을 넣고 체중을 재었다.

바늘은 65㎏를 가리켰다.

"어머, 이럴 리가 없어!"

하고 그녀는 중얼거리며 오버를 벗고 재고, 구두를 벗고 재고, 다시 바지를 벗었다. 그러더니,

"이거 어쩌지? 동전이 없지 않아."

하고 말했다.

그러자 곁에 있던 한 신사가 동전 대여섯 개를 주면서,

"아가씨, 이걸 써요."

뉴 욕

아들 — 아버지, 저 뉴욕에 가겠습니다. 거기엔 일자리가 얼마든지 있고 누드춤도 볼 수 있고 돈만 있으면 어떤 여자도 품에 안을 수 있다는데. 이런 텍사스 시골에서 썩을 이유가 없어요.

아버지 — 그래? 뉴욕이 그렇게 좋은 곳이냐? 그럼 나도 함께 가자.

양 손

젊은 여자를 한 손으로 안고 다른 한 손으로 차를 운전하고 있는 사내를 발견한 순찰자의 순경이 뒤쫓아 와서 차를 세우고 말했다.

"양손을 써요, 양손을!"

그러자 사내가 곤란하다는 얼굴을 하고 대꾸했다.

"하지만 양손으로 이 여자를 안으면 운전을 할 수 없지 않습니

까."

방법 없음

"나 이제 결혼생활이 싫어서 견딜 수가 없어."
하고 젊은 재클린이 친구에게 푸념을 했다.

"어째서?"

"바로 반년 전에 결혼하고는 잭이 한 번도 안아 주질 않아."

"그럼 이혼해 버려."

"그게 안되는 거야. 잭은 내 남편이 아니니까 말야."

노할 때

헐리웃에서 촬영 사이에 '여자가 남자에게 화를 내는 것은 어떤 때인가'에 대한 한 설문조사가 화제가 되었다.

어떤 여자는 '돈을 충분히 주지 않을 때'라 했고, 다른 여자는 '사내가 성질을 부릴 때'라고 했다.

거기에 대단한 인기 여배우가 끼어 들더니,

"그건 뜻밖에 침실에 뛰어 들어 할 일은 안하고 돈을 빌려 달라고 했을 때야."
하고 말했다.

선중일기

영국의 호화여객으로 대서양을 건넌 미국의 여배우의 일기에 이렇게 적혀 있었다.

화요일 ― 아무 일도 없었음.

수요일 ― 선장과 만났다. 스마트한 미남자이다.

목요일 ― 선장이 자꾸만 내 마음을 사로잡았다.

금요일 ― 선장과 오랜 동안 갑판을 산책했다.

토요일 ― 선장은 내가 자기의 희망에 따르지 않는다면 배를 침몰시키겠다고 말했다.

일요일 ― 선내 안식(安息).

월요일 ― 나는 8백 명의 생명을 구했다.

나 신

패션 모델이 연인에게 물었다.

"당신, 내가 이렇게 근사한 옷을 입고 있지 않아도 사랑해 줄 거예요?"

"그거야 보지 않고는 모르지. 어디 훨훨 모두 벗어 보라고."

무용지물

세일즈맨 잭이 비행기 시간에 늦어 할 수 없이 집으로 돌아왔다.

그런데 침실에서 아내가 얼핏 불량배 같은 사내에게 몸을 맡기고 있었다.

잭은 깜짝 놀라 고함쳤다.

"메리! 어째서 사내를 침실에 끌어 들였지?"

"아무것도 아니예요."

아내가 대답했다.

"이 사람이 종을 울리며 무엇인가 남편이 쓰지 않는 것을 달라고 해서요."

사내는 걸인이었던 것이다.

회춘의 기쁨

70세가 된 할아버지에게 손자가 찾아왔다.

"오오, 필립, 씩씩하구나."

"네, 물론입니다."

"몇 살이 되지?"

"스무 살입니다."

"그럼 애인도 있겠지?"

"네, 넷입니다."

"오오, 그거 굉장하구나. 그 넷과 어느 정도 만나지?"

"매일입니다."

"그래도 몸이 잘 견디는구나."

"잘 아는 의사가 강정제를 만들어 줍니다."

"그래? 그 강정제를 내게도 좀 나누어 줄 수 있겠니? 좀 시험해 보고 잘 들으면 50달러를 주겠다."

할아버지는 그 강정제로 회춘(回春)의 기쁨을 맛본 모양이었다. 손자가 그 결과를 들으려고 가니까 1백 50달러를 주었다.

"할아버지, 50달러로 약속했는데요?"
"음, 덤인 1백 달러는 할머니의 사례다. 또 부탁하자꾸나."

키 스

"넌 지구가 회전하고 있다는 걸 확실히 느낀 적이 있니?"
"없어, 한 번도."
"으음, 넌 진짜로 키스를 해 본 적이 없구나."

모범적인 사내

미국의 일간신문이 현상금을 걸고 보다 성실하며 품행단정한 사내를 모집했다.

대륙의 구석구석에서 몇 만의 편지가 쇄도했는데 그 중에 이런 것이 있었다.

"나는 한 방울의 술도 마시지 않으며 담배도 피우지 않습니다. 물론 섹스도 않습니다. 집안에 문지기를 두어 여자와도 만나지 않습니다. 그리고 매일 열심히 일하며 극히 평화스럽고 규율 바른 생활을 하고 있습니다. 밤에는 일찍 자고 아침에는 일찍 일어나며 영화도 극장도 구경 가지 않으며 일요일에는 빠짐없이 미사에 나갑니다. 이러한 청정무구(淸淨無垢)한 생활을 이제 4년이나 계속하고 있지만 아직도 1년은 계속되겠지요. 내 형기는 5년이니까요."

대망을

"메리, 한 번만이라도 좋으니까 나에게 키스 좀 해 줘. 나, 네가 좋아 참을 수가 없어."

워싱턴 대학 2년생인 스미스가 신입생인 메리에게 필사적으로 설득했다. 그러나 메리는 얼굴을 놀리고 내뱉듯이 말했다.

"싫어! 한 번으로 좋다는 그런 야심이 없는 사람, 난 질색이야, 넌 미국인이 아냐."

한번 더

한 사내가 로스차일드 가(家)의 한 아들을 찾아와서,

"당신은 내 딸 카잘린에게, 열 일곱의 순진한 처녀에게 손을 대어 그 아이가 임신을 하였으니 그 책임을 지시오."

"좋습니다. 출산 비용 일체를 부담하고 아이를 낳으면 매월 5천달러의 양육비를 드리지요. 그러면 되겠습니까?"

"네, 좋아요. 다만, 만일 딸아이가 유산을 하면 다시 한 번 기회를 주십시오."

때린다

"미남 아저씨, 놀다 가요. 10달러예요."

밤의 뒷골목에서 여인이 속삭였다.

"음, 그래도 좋지만 난 여자를 때리는 버릇이 있어, 그때에."

"그럼 20달러예요."

"하지만 난 지독하게 때리는데?"

"어머, 무서운 사람. 그럼 30달러."

남자는 승낙하고 여자의 방으로 가서 30달러를 주었다.

그런데 일이 진전되어도 전혀 때리지 않자 여인은 걱정이 되어,

"당신, 왜 안 때려요?"

하고 물었다. 그러자 사내는,

"이제 그 차례야. 좀 전의 그 30달러를 그대로 돌려 주지 않으면 돌려줄 때까지 때리겠어."

처녀증명서

워싱턴 대학에서 윤리시간에 교수가 학생들의 풍기문란에 분개,

"이 클라스의 여학생 중에 한 명이라도 처녀가 있는가!"

하고 개탄하였다.

메리는 크게 화가 나서 강의를 마치자 곧 산부인과로 달려가 처녀증명서를 받아다 이튿날 그 교수에게 내밀었다.

하지만 교수는 그 증명서를 흘끗 바라보더니 비웃듯이 외쳤다.

"이게 무슨 소용이 있어? 이건 어제 날짜가 아닌가!"

2

프랑스

기록 돌파

젊은 사내가 새로 낚은 여자의 옷을 부지런히 벗기고 있었다.

앞으로 왔다 뒤로 갔다 하면서 지퍼를 내리고 끈을 풀며 손이 어지럽게 움직이고 있었다.

그런데 —

여자는 시계를 손에 들고 시간을 재고 있었다. 이윽고 여자가 완전히 알몸이 되었다. 그 순간 여자는,

"15분 30초! 고마워요. 당신이 기록을 깼어요. 지금까지의 기록 보유자인 쥬르는 16분 30초였거든요!"

아들 증명

샤르르는 10세의 아들이 있다. 이름은 도넌.

그는 일찌기 학교에서 성교육을 받았지만 역시 나이가 나이여서 모르는 점이 많아 혼자서 이것저것을 공상하며 씨름했다.

도넌은 마침내 참지 못하고 아버지에게 물었다.

"아빠, 아빠는 내 아빠라는 걸 증명할 수 있어?"

샤르르는 깜짝 놀라서,

"도넌, 그런 건 장난으로도 묻는 게 아냐."

하고 나무랬다. 도넌은 고개를 갸웃거리더니,

"어, 아빠도 증명할 수 없구나."

하고 실망한 듯 중얼거렸다.

샤르르는 아내를 절대로 믿고 있지만, 그건 아이에게 증명이 될 수 없어서 머리가 터지도록 생각한 끝에 마침내 해답을 얻었다.

"아니다, 그건 간단한 일이야. 넌 아빠를 많이 닮았지 않니? 그것이 증명이야."

하지만 도넌은 얼굴을 찌푸리며 중얼거렸다.

"그럼 내가 신부를 얻어 아이를 낳아도 그건 아빠의 아이일지도 모르잖아요?"

치 한

지하철 속에서 젊은 처녀가 획 돌아서더니 소리를 꽥 지르며 뒤에서 있던 중년 남자의 따귀를 때렸다.

중년 남자는 뺨을 어루만지며,

"내가 무얼 잘못 했습니까?"

하고 물었다.

"아무 것도 안했어요. 이미 10분 전부터 왜 내 엉덩이를 치켜 세웠어요!"

"허허 알았어요. 그럼 함께 다음 역에서 내려 호텔을 찾읍시다."

원스 모어

"내 그녀는 영국인인 모양이야."
"어째서?"
"사랑을 끝낼 때마다 곧 원스 모어라고 하니까."

남편과 아들

지당의 아내 ─ 남편은 여자만 보면 손을 대니 길에서 아이들이 놀고 있는 걸 보면 혹시 지당의 자식이 아닌가 하고 생각할 정도야.
마리우스의 아내 ─ 그 정도면 그래도 괜찮아. 난 왜인지 내 배를 아프게 한 세 아이가 이웃집 여자의 아이같은 기분이 들 정도야.
올리브의 아내 ─ 그래서 난 이웃 남자의 아이들만을 낳기로 하고 있어.

고양이

아직 팔팔한 중년 부인이 두 아이에게 천연두 주사를 맞히기 위해 의사를 불렀다. 부인은 주사를 마치자,
"내게도 주사해 주시지 않겠어요?"

"물론입니다, 부인."

그녀는 스커트를 걷어 올리고 희뿌연 탄력있는 넓적다리를 드러내 놓았다. 거기에 고양이란 놈이 냉큼 뛰어 들었다. 그것을 보고 부인은,

"선생님, 내 이 암코양이에게도 주사해 주세요."

그러자 의사는 당혹해서 손을 흔들며 대답했다.

"어림 없어요. 내 나이로는 아무래도 아무래도!"

증 인

시골의 젊은이가 부녀 추행죄로 기소되어 법정에 섰다.

목격자는 열 살 밖에 되지 않은 어린 아이였다. 그 아이를 불러서 본 것을 자세히 이야기하게 했다.

"이 아저씨가 저 아주머니를 잡고 스커트를 머리끝까지 걷어 올렸어요. 그러더니 팬티를 벗기고 땅바닥에 넘어뜨리고 위에 올라탔어요."

"그래서 어떻게 했지?"

"그리고는 엉덩이를 흔들기 시작하기에, 나는 저리 가라는 신호라고 생각해서 저쪽으로 갔으니까, 그 다음 일은 아무 것도 못 보았어요."

예쁜 용기

구두시험에서 선생이 의학과 학생에게 물었다.

"모유가 동물의 젖보다 우수한 이유를 들어 보게."

학생은 한참을 생각하고 있더니 이렇게 대답했다.

"첫째로 용기가 훨씬 아름답습니다."

누구의 아들

초등학교 1학년생인 토토는 대단한 개구쟁이어서 어떻게 손을 쓸 수가 없었다. 어머니가 지쳐서,

"정말 골치 아픈 아이다. 넌. 토토, 넌 도대체 누구의 자식이기에 그 모양이냐?"

하고 한숨을 쉬었다.

그러자 토토가 갑자기 풀이 죽어서,

"속상해, 내가 누구 자식인지 어머니도 모르다니."

하고 슬퍼했다.

콜 걸

콜걸이 형사부장에게 조사를 받고 있었다.

"주소, 성명은?"

여자는 교태가 넘치는 얼굴로,

"어머, 그건 알려 드려도 소용이 없을 거예요. 어차피 형사부장님 정도에선 나를 부를 돈이 없을 테니까요."

레스의 극치

보드레일에서 '저주받은 여자들'로 불리우는 여자들만이 가는 나이트클럽의 마담이 탐방기자에게 즐거운 사랑의 추억을 얘기했다.

"이름은 말할 수 없지만 어떤 젊고 아름다운 부인이 광란의 하룻밤 뒤에 내 가슴에 파고들며 당신의 아이를 낳고 싶다! 라고 말했지요."

첫날밤

그 ― 음, 당신 지금 분명히 맹세하는 게 좋아. 내가 최초의 남자지?

그녀 ― 그건 신의 이름으로 맹세해요. 당신은 내 최초의 남자예요. 하지만 남자들은 모두가 같은 것을 묻는군요.

유부녀

신혼여행의 호텔에서 신부가 콧소리로 물었다.

"여보, 결혼한 뒤에도 지금처럼 절 영원히 사랑해 줘요."

"그거야 물론이지. 난 옛날부터 유부녀를 무척 좋아했으니까?"

토토의 생각

시골의 친척이 무더기로 파리 구경을 와서 듀랑의 집에 묵게 되었다.

있는 대로의 방을 침실로 하여 어떻게 잘 곳을 만들었으나 사촌인 여덟 살의 토토는 재울 데가 마땅치 않아 자기의 외동딸인 브랑슈와 함께 재우기로 했다. 브랑슈는 열 여덟 살이었다.

그런데 토토가 이렇게 말하며 거절했다.

"안돼요. 난 누나와 자기엔 아직 어려요."

인간의 명예

쟝과 쟌느는 사촌 사이로 고교 2년과 1년생이다. 어릴 때부터 매우 친했다.

오늘도 두 사람은 나란히 목장을 가로지르는 길을 따라 돌아오고 있었다.

때는 봄. 푸르른 초원에서 염소 한 쌍이 일을 벌이고 있었다. 쟝은 그것을 보고,

"어때, 우리 둘이서 저 양처럼 해 볼까?"

하고 유혹했으나,

"싫어!"

하고 쟌느는 돌아보지도 않고 대꾸했다.

한참을 가니 이번에는 한 쌍의 개가 같은 짓을 하고 있었다.

"어때, 저 개처럼 할까?"

"싫어!"

다시 한참 가니 돼지 한 쌍이 같은 짓을 하고 있었다.

"어때, 저 돼지처럼 할까?"

"싫어!"

하더니 얼마쯤 걸어 가다가 쟌느는 멈춰 서서 말했다.

"나, 양이나 개나 돼지 따위 동물의 흉내를 내는 건 싫어. 하지만 어머니와 아버지처럼 하는 거라면 좋아."

갈라진 금

어쩐지 지하실 바닥이 축축했다. 포도주 통이 갈라져 새고 있는 모양이었다.

신부는 하녀를 데리고 지하실로 가서 벽에 줄지어 서 있는 통을 열심히 조사했으나 어디서 새는지 통 알 수가 없었다. 그리하여 하녀에게 통 위에 배를 걸치고 통 뒤쪽을 살펴 보도록 일렀다.

하녀는 통 위에 배를 걸쳤는데 스커트가 덜렁 걷어 올려졌다.

익살스러운 신부가,

"마리, 갈라진 금을 찾았어!"

하고 고함쳤다.

"어머! 잘 됐어요. 빨리 메워 주세요, 신부님."

신부는 기꺼이 대답하고 갈라진 금을 메워 주었다.

모 델

한 화가가 아틀리에에서 아름다운 모델 아가씨와 즐겁게 얘기를 주고받고 있었다.

　돌연 열쇠 구멍에서 열 쇠가 돌아가는 소리가 들렸다. 그러자 화
가는 당황해서 말했다.

　"이거 안되겠어. 틀림없이 아내야. 서둘러 옷을 벗으라구!"

3

영 국

불임증

제임스 부부가 의사를 찾아 결혼 후 몇 년이 지났으나 아이를 낳지 못하고 있다고 호소했다.

의사는 호르몬요법을 권했으나 반년이 되어도 효과가 없었다. 그래서 수술밖에 방법이 없다고 생각해서 먼저 부인을 수술키로 하고 남편의 입회를 허락했다.

아내는 수술대에 올랐고 간호원은 예의 그곳의 숲을 헤쳤다.

그러자 남편이 얼간이처럼 소릴 질렀다.

"이게 어떻게 된 거야! 숲 속에 그런 입이 열려 있으리라고는 생각조차 못했어요!"

로맨틱

브라운이 금발의 실비어와 친해져 어느 날 밤 테임즈 강의 다리 부근에서 만나 레스토랑으로 식사를 하러 갔다. 그리고 꽤 취해서 공원으로 갔다.

살랑살랑 바람이 부는 신록의 계절, 실비어는 숨이 막힐 것 같은 신록의 향기에 잔뜩 취해 로맨틱하게 브라운을 끌어안고 긴 키스를 했다. 그리고 흥분한 소리로 중얼거렸다.

"어머, 벌레가 울고 있어요. 무슨 벌렐까요? 참 로맨틱해요."

그러자 브라운이 한결 억세게 그녀를 끌어안으며 속삭였다.

"벌레소리가 아냐. 저건 말이야, 남자들이 바지의 지퍼를 내리는 소리야."

배멀미

아직 젊은 여자가 약국엘 오더니,

"이번에 퀸 엘리자베스 호로 세계의 바다를 돌게 되었는데 뱃멀미약 10상자와 콘돔 20상자를 주세요."

하고 말했다.

약제사는 두 물건을 건네 주고는 혼자 중얼거렸다.

"그렇게 배의 요동에 약하면서 어째 그보다 훨씬 흔들리는 짓을 하려는 거지?"

이 변

만찬회 후에 많은 손님들이 널따란 정원을 한 바퀴 산책하기로 했다. 달빛조차 없는 칠흑같이 어두운 밤이었다.

젊은 필립은 곁에서 걷고 있는 여인의 몸을 와락 껴안고 그 귀에 정열을 담아 속삭였다.

"난 당신을 사랑하고 있습니다. 이미 당신에게 빠졌습니다. 만일 허락하지 않는다면 나는 죽어 버리겠습니다. 레오노라양!"

그리고는 상대의 입에 혀를 밀어넣었다.

여자는 남자의 정열에 압도되어 마침내 나무에 기댄 채 기나긴 포옹을 했다. 여인은 최후를 위해 숨을 몰아쉰 후 작은 소리로 말했다.

"당신이 너무 서둘러서 말할 틈이 없었지만 나는 레오노라가 아니라 레오노라의 어머니예요."

"아, 어머니입니까, 그거 근사한데!"

필립은 또다시 여자를 끌어안더니 뜨거운 입술을 밀어 넣었다.

여자는 도연한 채 상대가 하는 대로 맡겼다.

어젯밤

일요일 아침, 멍하니 눈을 뜬 아내가 아직도 꿈속을 헤매면서 남편에게 안기어 들며 달콤한 소리로 속삭였다.

"당신, 어젯밤 정말 좋았어요."

"무슨 잠꼬대야, 메어리. 난 철야로 포커를 하고 막 돌아와서 베드에 들어왔을 뿐이잖아?"

"네?"

428

브라운

스미스와 제임즈가 귀가길에 바에 들려 위스키를 들이키면서 지껄였다.

마침내 얘기가 여자에 대한 것에 이르자 제임즈가 말했다.

"엊그제 들은 얘긴데, 영국 여자의 눈은 대체로 엷은 블루이지만 남편의 눈을 속이고 바람을 피우기 시작하면 블루가 브라운으로 변한다는 거야."

스미스는 맑은 블루의 아내의 눈을 떠올리면서 듣고 있었다.

그로부터 잠시 후 집에 돌아오니 아직 그럴 시간도 아닌데 아내는 베드에서 조용히 자고 있었다.

스미스는 그 잠든 얼굴을 보면서 제임즈의 얘기가 퍼뜩 생각나자 아내의 눈꺼풀을 살짝 열어 보았다.

그러더니 돌연,

"브라운이야!"

하고 큰소리로 외쳤다.

그러자 베드 밑에서 친구인 브라운이 기어 나오더니,

"어떻게 나라는 걸 알았지?"

하고 물었다.

공 주

영국 왕실의 젊은 공주가 유서도 깊은 대공(大公)가의 손자와 결혼하게 되어 웨스터민스터 사원에서 성대한 식을 올렸다.

공주는 물론 섹스의 '섹' 자도 모르는 순진무후한 처녀였지만 대공가의 손자는 그 길의 베테랑,

그 리드 솜씨는 서행하다가는 급행, 급행하다가는 서행, 손가락을 쓰고 — 날이 밝을 무렵엔 공주는 쾌감의 절정에 올라가 있었다.

마침내 이웃방에서 숨을 죽이고 동정을 엿듣고 있던 여관(女官)들의 귀에도 공주의 절규가 들려왔다.

"참으로 좋아요, 참으로 좋아요! 숨이 넘어갈 것만 같아요. 이렇게 좋은 것은 서민들의 여인들에겐 분에 넘쳐요. 엄히 금지시켜야만 해요."

칫 솔

죤은 누나가 샤워를 하고 있는 것을 열쇠 구멍으로 엿보고 있었다. 마마가 그를 보고 엄히 작은 소리로 꾸짖었다. 하지만 호기심 덩어리인 죤이 갑자기 물었다.

"누나의 배 밑의 검은 게 뭐야?"

마마는 대답이 궁한 나머지 잠시 망설이다가,

"그건 칫솔이야."

"그래? 그럼 요즈음 파파는 누나 칫솔로 이를 닦는 거구나!"

여 심

버나드 쇼가 런던의 한 고귀한 부인에게 물었다.

"가령 10만 파운드를 주겠다고 하면 당신은 사랑하지도 않는 남자와 하룻밤을 같이 자겠습니까?"

"물론 기꺼이."

"5만 파운드라면?"

"거절하지요. 그런데 어째서 그런 것을 묻지요?"

"실은 대영제국의 최고위 층 여성이 얼마에 몸을 파는가를 조사하고 있는 중입니다."

올드 미스

상당히 나이가 든 올드 미스가 그린 파크에서 치한에게 걸려 욕을 보았다.

그녀는 치한(痴漢)을 벌해 달라고 경찰에 고소했다.

그로부터 3개월이 지났을 때 경찰에서 치한을 잡았으니 확인해 달라는 연락이 왔다.

치한은 그녀의 얼굴을 보자 싱글싱글 웃음을 띠우며 말했다.

"어떤 여자가 고소를 했나 했더니 당신이었군. 그날 밤 당신은 전혀 싫은 빛이 아니었지 않은가? 한 번도 아니고 세 번이었으니까."

"그건 그래요. 하지만 처음으로 남자의 사랑을 받은 거예요. 그런데 당신은 비열해요. 다음 데이트 약속도 없이 뺑소니를 치다니! 실례라고 생각되지 않나요?"

차와 여자

거스틴이 운전을 잘못해서 사고를 냈다. 다행히 부상은 당하지 않았으나 본네트가 아코디언처럼 찌부러져 버렸다.

그는 차에서 겨우 **빠져** 나오면서,

"이거, 빌린 것이 이 모양이니 ……"

하고 걱정이 되어 중얼거렸다.

거기에 젊고 예쁜 여자를 대동하고 지나가던 신사가,

"맞아요. 차와 여자는 남에게 빌려 주지 말라고 했어요."

하고 참견을 했다.

그러자 거스틴은 그의 여자를 힐끔힐끔 바라보면서 대꾸했다.

"여자는 걱정없습니다. 당사자에겐 상처 하나 내지 않고 그대로 고스란히 돌려드릴 테니까요."

최음제

노 남작과 결혼하게 된 마음씨 고운 폴레트는 걱정이었다.

'영감이 연로해서 첫날밤에 만족할 수 있을까' 하고.

그래서 아는 약국으로 가서 사정을 이야기하자 효력 발군이라는 환약 한 상자를 주며 놀기 전에 두 알만 먹게 하라고 했다.

이튿날 폴레트는 다시 약국에 와서,

"참으로 훌륭한 밤이었어요! 남작님은 두 알로는 부족하다고 하면서 한 상자를 모두 드셨어요. 그리고 일곱 번이나 나를 사랑해 주고 오늘 아침, 대만족해서 숨을 거두셨어요! 모든 것이 당신 덕분이예요."

4

독 일

쾌 락

한 여자대학에서 중년의 여교수가,

"여러분, 여자에겐 정조가 가장 소중합니다. 사내의 유혹을 받게
되면 한 시간의 쾌락을 위해 일생이 엉망이 되어도 좋은지 어떤지
를 가슴에 손을 얹고 생각해 봐야 해요."

하고 말하며 흑판에 커다란 글씨로 '정조'라고 썼다.

그리고 돌아서니 교탁 위에 작은 종이쪽지가 올려져 있었다. 무심
히 손에 들고 보니,

"교수님, 쾌락을 한 시간이나 가질 수 있는 방법을 가르쳐 주세
요."

라고 씌어 있었다.

현장 검증

"젊은 처녀들은 사내가 사랑을 고백할 때 반드시 아래를 바라보는데 그게 어떤 이유인지 아는가?"

"그거야 부끄럽기 때문이겠지."

"아냐, 틀려. 사실인지 아닌지 바지의 그 고도(高度)를 확인하려는 거야."

벽의 색

대단히 내성적인 연인 한 쌍이 교외의 작은 호텔을 찾았다.

프론트의 사내가,

"방의 벽 색깔은 장밋빛이 좋겠습니까, 푸른빛이 좋겠습니까?"

하고 물었다.

그러자 사내는 작은 소리로 대답했다.

"어느 쪽이라도 좋습니다. 곧 불을 끌 테니까요."

산타크로스

산타크로스가 작은 연돌을 겨우 내려갔는데 그 방에는 전라의 근사한 여인이 혼자 자고 있었다.

"제기랄! 또 틀렸군!"

하고 그는 중얼거렸지만 자고 있는 미녀를 한참 바라보는 동안에 진퇴가 분명치 않은 소리로 말했다.

"곤란하군! 이 여인에게 무엇인가를 하면 난 이제 천국에 갈 수 없을 테고, 그렇다고 아무것도 하지 않고 가려면 이놈이 걸려 연돌을 오를 수가 없지 않아!"

후 불

매우 매혹적인 젊은 여자가 제한속도를 훨씬 넘는 속도로 차를 몰고 있었다.

백차가 달려와 차를 세우고 포켓에서 수첩을 꺼내 조서를 받으려고 했다.

그러자 여인이 교태를 보이며 말했다.

"어머, 지금 어음을 끊을 필요는 없어요. 돈은 호텔에 가서도 좋아요."

10회 분

여자는 손님을 자기 방으로 데리고 가자,

"의자 위라면 10마르크, 침대라면 1백 마르크예요."
하고 말했다.

그러자 손님은 1백 마르크를 나이트 테이블에 올려 놓으며,

"알았소. 그럼 의자 위에서 10회 분이요."

만년필

헌츠가 의사의 진료를 받고 나오면서 난처한 얼굴을 했다.

좀 부끄러운 그곳의 병인데다 그것을 1주일 동안 매일 밤 밀크컵에 담그라는 지시를 받았기 때문이었다.

할 수 없이 집으로 돌아온 그는 욕실에 틀어박혀 의사의 말대로 하고 있었다.

그 때 아무것도 모르고 들어오던 아내가 눈이 휘둥그래져,

"어머 그걸! 만년필처럼 빨아들이는 거군요!"

구멍과 마개

술통을 만드는 빌헬름에겐 어여쁜 딸이 있었다.

그는 잘못되면 안되겠다고 걱정해서 서둘러 딸을 결혼시키기로 했다.

그래서 4명의 사내를 뽑았으나 누가 좋은지 판단을 내릴 수가 없었다.

그래서 자기 생업의 후계자로 알맞은 자로 정하자고 생각해서 술통의 마개를 만들어 보게 했다.

각자에게 작은 나무토막을 주니 세 사람은 당장 일에 착수했으나 한 사람은 그것을 받으려고조차 않았다. 그가 이상하게 생각해서,

"자네는 마개를 만들지 않겠는가?"

하고 물었다.

"아니 구멍도 보여 주지 않고 마개를 만들라니 그 자체가 무립니다!"

현미경

"으음, 당신은 무엇이든 잘 아니까 묻는데, 현미경이 뭐지?"

"그건 무엇이든 크게 하는 기계야."

"그래, 이제 알았어. 왜 우리 주인이 내 손을 현미경 같다고 하는지를 말이야."

테크닉

한 사내가 아내가 잘 다니는 산부인과 병원을 찾아 원장에게 호소했다.

"아내가 몸이 무거워지고부터는 전혀 만족하지 않으니 어떻게 안되겠습니까?"

"그건 곤란하겠지. 당신은 손가락을 쓰나요?"

"아니오, 손가락 따위는 안 씁니다."

"그러니까 느끼지 않는 거요. 부인은 임신한 뒤로 물건보다 손가락에 민감해진 모양이오. 실제로 내가 진찰하는 중에도 세 번이나 느껴서 애를 먹었으니까요."

어떤 포즈

한 처녀가 진통을 일으켜 산부인과로 운반되어 왔다. 의사가 진찰을 한 다음에 말했다.

"자, 용기를 내요. 좀 힘든 모양이니까요. 무사히 출산하는 가장 좋은 방법은 임신하지 않았을 때의 자세를 취하는 것이오."

그러자 처녀는 통증으로 끙끙거리면서 왼발을 두 손으로 얼굴 가까이까지 끌어 올리고 오른발을 비틀어 밖으로 꺾은 뒤에 머리를 뒤로 젖혔다.

의사가 놀라서,

"묘한 자세군요!"

하고 말하자 처녀가 대답했다.

"내 연인의 폭스바겐의 좁은 조수석에선 이런 자세가 아니면 사랑을 할 수가 없어요."

아니오

젊고 매력적인 여자가 의사에게 물었다.

"임신하지 않으려면 어떻게 하면 좋아요?"

의사는 즉석에서 대답했다.

"나인(아니오)이라고 말하는 것이지요."

대신에

어린 처녀가 의사에게 와서,

"선생님, 선생님은 임신하지 않는 방법을 아시지요?"

하고 물었다.

"물론 알고 있어요. 컵 가득히 와인을 마셔요."

"전에 말입니까, 후에 말입니까?"

"아니오, 전도 후도 아니오. 대신이에요."

더듬음

아름다운 부인이 자수사에게 와서,
"이 숏 팬티에 문자를 수놓아 주세요."
"어떤 문자지요?"
"이 문자를 읽었으면 손을 빼시오."
"그럼 서체는 무엇으로 할까요."
"점자(點字)로 해 줘요."

5

이태리

분에 넘침

빈약하게 생긴 사내가 뚱뚱하고 커다란 스트리트 걸에게 잡혔다.

"실은 난 돈이 없어. 5백 리라밖에 줄 수 없어."

"헤에! 노랭이. 당신, 떠도는 유태인 아냐? 하지만 좋아요. 어떻든 가요."

여자가 옷을 벗자 그는 끔벅끔벅 하체를 바라보고 있더니 흥이 깨진 소리로,

"내게는 그런 훌륭한 것은 분에 넘쳐요. 3백 리라 정도의 작은 것은 없소?"

손가락

바에서 술에 취한 두 사람이 지껄이고 있었다. 한 사람이 말했다.

440

"난 결혼하는 날 밤까지 애인에게 손가락 하나 까딱하지 않았어. 그만하면 모범 청년이 아닌가!"

하지만 상대는 웃음을 터뜨리며 대답했다.

"도대체 뭘 이야기하고 있는 거야. 손가락 따위는 사용치 않아도 되지 않아."

쓸 모

얼룩말이 사회 견학을 하려고 우리에서 도망쳤는데 먼저 암소를 만나,

"넌 무슨 쓸모가 있지?"

하고 물었다.

"난 우유를 생산하지."

하고 대답했다.

다음엔 양을 만나 같은 것을 물으니,

"난 털실을 생산해."

하고 대답했다.

세 번째는 훌륭한 말을 만나 같은 것을 묻자, 말은 그녀의 주위를 한 번 돌더니,

"어떻든 그 파자마를 벗으라고. 그럼 내 쓸모를 가르쳐 줄 테니까."

하고 대답했다.

낯선 사내

남편이 예정보다 빨리 여행에서 돌아와 보니 아내가 베드에서 낯선 남자에게 안겨 있었다.

남편은 놀라서 화를 내며 물었다.

"이게 뭐하는 짓이야! 이 사내는 누구야!"

그러자 아내가 얼이 빠진 소리로,

"어머, 그랬군요! 당신 대체 누구예요?"

하고 사내에게 물었다.

찌꺼기

부랑자가 애걸했다.

"부인, 나는 5일 전부터 아무것도 못먹고 있습니다. 무엇인가 찌꺼기라도 좋으니 조금만 주실 수 없습니까?"

"찌꺼기라면 전날의 스프의 찌꺼기라도 좋은가요?"

"네, 훌륭합니다."

"그럼 내일 아침에 와요. 오늘 밤의 찌꺼기를 줄께요."

산 다리

나폴리의 찌는 여름. 모두가 밖으로 나가 해풍에 더위를 식히고 있었다.

한 집의 4층에서 더위에 시달린 한 처녀가 창을 열어 놓은 채 하나를 벗고 둘을 벗다가 마침내 알몸이 되었다.

그 맞은편의 같은 높이의 방에서 젊은 사내가 그 또한 알몸이 되어 있었는데,

"이놈이 이제 더 참을 수 없게 되었어. 이 산 다리를 건너서 이리 오라구."

하고 소리쳤다.

처녀는 산 다리를 곰곰이 바라보더니,

"좋아, 나도 가고 싶어. 하지만 돌아올 땐 어떻게 하면 돼?"

영화관에서

딸이 옆자리의 모친에게

"내 오른쪽 옆자리의 사람이 아까부터 내 허벅지를 자꾸만 더듬어요."

하고 작은 소리로 말했다. 모친은,

"어머, 나쁜 놈이구나. 자, 자리를 바꾸자."

하고 자리를 바꿔 앉았다.

그런데 5분이 지나자 모친이 교태로운 미소를 보이면서 사내의 귀에 소근거렸다.

"당신, 그렇게 조심하지 않아도 좋아요!"

골동품상

골동품상의 할아버지가 새로 들어온 젊은 하녀를 설득해서 밤이

면 밤마다 아내의 눈을 속이고 하녀의 베드로 스며들었다.

이윽고 아내가 이를 눈치 채고 하녀를 추궁했고 일체를 자백받았다.

그리하여 어느 날 밤 전기를 끄고 하녀의 베드에 누워 기다리고 있었다.

거기에 주인이 들어와 말없이 달려들었다. 아내는 따귀를 때리며,

"이 얼간아! 골동품상을 하면서 헌것과 새것도 구별 못해!"

소 문

남편이 집에 돌아와 살며시 문을 여니 아내가 젊은 우유 배달부와 즐겁게 일을 벌이고 있었다.

남편이 자기도 모르게 울컥하여 호통을 치자 아내가 혀를 차며 소근거렸다.

"당신, 빨리 문 닫아요! 밖에서 보면 아파트에 소문이 날 거 아네요?"

스커트 안의 포켓

영화관에서 양가의 부인의 지갑을 훔쳤다고 해서 젊은 사내가 재판에 회부되었다.

재판관이 그 부인에게 물었다.

"지갑은 어디에 넣었습니까?"

"스커트의 안쪽 포켓입니다."

"그럼 범인이 스커트 자락 안으로 손을 뻗은 것이군요."

"네, 그렇습니다."

"그런데 당신은 그것을 몰랐습니까?"

"아니오, 알고 있었습니다."

"그럼 왜 그때 그 자의 손을 뿌리치지 않았습니까?"

"난, 지갑이 목표라고는 생각지 못해서 ……"

도 둑

카로리나는 격한 쾌감에 휩싸여 꿈을 꾸듯 사내를 새차게 껴안았다. 그리고 눈을 감은 채 중얼거렸다.

"자콥, 당신 출장에서 언제 돌아왔어요?"

그러자 상대가 대꾸했다.

"난 자콥이 아니오. 도둑질을 하러 들어온 사내요."

카로리나는 그제야 놀라서 사내의 두 어깨를 밀쳤다. 하지만 사내는 더욱 사납게 카로리나를 포옹하며,

"그렇게 거칠게 굴면 당장 일어나서 도둑질을 시작하겠어."

하고 말했다.

그녀는 갑자기 잠잠해지면서 사내의 가슴에 얼굴을 묻었다.

기억력

백 세에 가까운 노인이 말했다.

"나는 기억력이 대단히 비상해서, 젖에 매어달려 있을 때의 모친

의 냄새를 기억하고 있소."

그러자 같은 연배의 노인이,

"그런 정도의 기억은 자랑할 게 못돼요. 나는 1백 년 전의 볼르게 제 공원을 기억하고 있어요. 갈 때는 부친과 함께 갔지만 돌아올 때는 모친과 함께 온 거요."

로테이션

"저 여자는 연인이 많이 있는 모양이지?"

"그런 모양이야. 그런데 모두가 볼처럼 둥글둥글한 사내들이야."

"그건 이상한 일이 아냐. 연인들의 로테이션을 순조롭게 하기 위해서는 잘 구르는 쪽이 좋으니까."

아담과 이브

에덴 동산에서 아담과 이브가 큰 싸움을 벌였다. 사건의 발단은 아담의 서비스가 시원찮다고 이브가 잔소리를 한데서 비롯되었다.

아담은 이브를 때려 눕히고 외쳤다.

"같은 여자를 언제까지나 그렇게 비위를 맞춰 줄 수 있어! 계속 성가시게 조잘대면 천국의 아버지에게 부탁해서 늑골을 하나 뽑아 다른 여자를 만들어 달랄 테니까!"

모친의 충고

신혼여행 가는 딸을 마중 나온 모친이 공항 로비의 기둥 그늘로 딸을 끌고 가서는,

"알겠지? 어젯밤에도 얘기한 것처럼 오늘밤도 허벅지를 딱 붙이고 가까이 오지 못하도록 해야 해. 그래도 뚫고 들어오면 아파요, 하고 우는 거야. 그럼 들통이 나지 않으니까."

6

스페인

고 행

극락의 수문장 성 베드로가 지옥에 가서 악마에게 여기저기를 안내받았다.

그런데 한 사내가 한 손엔 포도주 병을 들고, 또 한 손엔 아름다운 처녀를 끼고 지나가는 것이었다.

성 베드로가 놀라서,

"아아니 저게 당신들의 고행이란 말이오?"

악마가 웃음을 터뜨리더니,

"겉으로 판단하시면 안됩니다. 그건 최대의 고행입니다. 도대체 그 병의 바닥에는 구멍이 뚫려 있고, 처녀에게는 구멍이 없으니까요."

사랑과 물

젊은 남편이 집으로 돌아와,

"나 목이 잘렸어. 이제부턴 사랑과 물로 살아가야만 해."

하고 말했다.

이튿날 남편이 취직을 하느라고 뛰어다니다가 집에 돌아오니 아내가 알몸으로 계단의 난간에 가랑이를 벌리고 올라 타고는 미끄러지고 있었다.

"당신, 무슨 짓을 하고 있는 거야?"

"우리의 저녁 식사를 준비하고 있는 중예요."

강 간

재판관 ― 좋아요. 즉 당신이 매니큐어를 바르고 돌아오는 것을 이 사람이 따라와서 당신이 방에 들어가자 곧바로 뛰어들어 욕을 보였다는 거군요. 그런데 어째서 저항하지 않았소?

그녀 ― 그것이 불가능했습니다. 붉은 에나멜이 아직 마르지 않았으니까요.

비 소

그녀는 정부와 결혼하기 위해 남편을 비소로 독살하려던 혐의로 검거되어 재판에 회부되었다.

변호사가,

"배심원 여러분, 이 사건에는 증거가 없습니다. 비소는 흔적도 발견되지 않았습니다."
하고 외쳤다.

그때 그 뒷자리에서 피고가 일어서서 자신에 찬 소리로 말했다.

"난 확실히 비소를 먹였습니다. 불행히도 남편은 살아 있는 모양이지만 몸 속에는 비소가 남아 있을 것입니다. 제발 남편을 해부하여 조사해 주십시오."

하룻밤도

그는 아내를 장사지냈다. 그리고 폭포처럼 눈물을 쏟았다.

친구들이 그를 불쌍히 여겨 한 사람이 이렇게 말하며 위로했다.

"자네 그렇게 안달하지 말게. 1,2년이면 어느 여자와 만나 사랑이 싹틀지도 모르지 않는가."

그러나 그는 울먹이면서 말했다.

"터무니 없는 소리. 1,2년 다음이라니! 도대체 오늘 밤부터 누구와 자야 좋단 말인가."

행복한 죽음

중년 독신녀가 오랜 동안 잡종의 암캐를 기르며 매우 사랑했고 함께 나이를 먹어가고 있었다.

그런데 어느 날 밤, 늠름한 숫캐가 눈을 회번뜩이고 정원으로 뛰어들어와서는 그 암캐에게 올라탔다.

암캐는 감동한 나머지 그만 그 자리에서 죽고 말았다. 이튿날, 숫캐의 주인이 찾아왔다. 그러자 노처녀는 눈물을 글썽이며,

"할 수 없지요. 그것도 운명이겠지요. 게다가 그 아이도 행복한 기분으로 죽었으니까요."

하고 숙연하게 말했다.

결 혼

"여호아의 신이 이브를 만들 때 아담을 잠 재우고 늑골을 하나 뽑았는데, 왜 잠을 재운 것이지?"

"그거 매우 어려운 질문이군. 사랑은 맹목이라는 것을 가르치려는 것인가?"

"아냐, 어떤 여자를 맞아도 잔소리를 하지 말라고 해서야."

콘돔

하녀가 주인 부부의 침실을 청소하다가 부드럽고 주름 투성이인 고무 제품을 발견하고 그것을 손에 들고는 고개를 갸웃거리고 있었다.

그때 부인이 들어와서 웃음을 터뜨리며,

"너희 나라에선 이런 것을 사용해서 사랑을 하지 않니?"

하고 물었다.

그러자 하녀는,

"우리나라에서도 사랑은 하지만 귀중한 그곳의 껍질을 벗기는 일은 없어요."

하고 대답했다.

점쟁이

미신에 강한 젊은 여인이 점쟁이를 찾았다. 장래의 운명을 알 수 있다고 생각하자 가슴이 뛰었다.

여자 점쟁이는 그녀의 손과 얼굴을 살피면서 트럼프 카드를 들추며 자신있게 말했다.

"당신은 가까운 장래에 일생을 같이 할 남자를 만나게 됩니다."

그러자 젊은 여인은 괴상한 소리를 내며 외쳤다.

"근사해! 하지만 지금의 남편은 어떻게 하지요?"

의외의 행운

마드리드의 호텔에서 50안팎의 여인이 상기된 소리로 프런트를 불렀다.

"여보세요, 여보세요. 내 방의 옷장에 젊은 남자가 숨겨져 있습니다. 무언가 굉장히 흥분한 모양이니 곧 와인 한 병과 컵 두 개를 부탁해요."

팬 티

"음, 급료를 올려 달래야겠는데 사장님께 뭐라고 말하지?"
하고 한 여비서가 동료에게 상의했다.
"그래 …… 지금의 급료로는 팬티도 살 수 없다고 하면 어떨까?"
"어머, 그랬다가는 정말 팬티를 입지 않았느냐고 스커트를 걷어 올리고 조사할 거야."

가벼운 여자

프에데리코는 돈 판이라는 평판이었다. 올 여름에도 아름다운 아가씨를 차례차례 바꾸어 가면서 유명한 해수욕장을 순례하고 있었다.
그런데 오늘 밤, 평판이 나쁜 아가씨를 데리고 한 바에 나타났기에 친구가 그를 한쪽 구석으로 불러 이렇게 말했다.
"이봐, 저런 누구와도 자는 엉덩이가 가벼운 아가씨를 데려 오다니, 너답지 않아?"
"하지만 그건 의사의 명령이야."
"의사의 명령?"
"음, 의사가 말야. 난 너무 피로해 있으니 뼈가 부러질 일은 일체 해선 안된다는 거야."

양심의 가책

젊은 처녀가 정신과 의사를 찾아 이렇게 호소했다.

"선생님, 난 딱 질색이예요. 남자 친구와 데이트할 때마다 이튿날 아침 그의 베드에서 눈을 뜨게 되지만 늘 매우 나쁜 짓을 한 기분이 들어 양심의 가책을 받게 되거든요."

"허허, 알았어요. 냉정히 거절할 힘을 주었으면 하는 거군."

"아녜요. 그렇지 않아요."

하고 처녀는 외쳤다.

"무엇인가 양심의 가책을 느끼지 않을 약을 원하는 거예요."

수면제

"잠을 잘 자지 못하는가요?"

"네, 매일 밤 날이 새도록 자질 못해요."

"그건 매우 곤란한 일이군요. 당신은 결혼했습니까?"

"1주일 전에 결혼했어요."

"그렇다면 이상한데요. 일단 진찰을 해 보아야겠습니다."

"아, 아녜요. 수면제는 주인에게 먹일 거니까요."

법의 자락

신출내기 젊은 중이 사원에 파견되어 왔는데 곧 스님이 데리고 있는 어여쁜 하녀에게 눈독을 들였다.

그래서 어느날 밤 낭하의 구석으로 하녀를 밀어붙이고는 한 손으로는 껴안고, 또 다른 한 손으로는 스커트를 걷어 올렸다.

그러나 긴 법의 자락을 걷어 올리면 스커트가 내려가 버린다. 또 당황해서 스커트를 걷어 올리면 법의 자락이 내려가 버린다.

　그래서 스커트를 걷어 올렸다가 법의를 걷어 올렸다가를 되풀이 하고 있는데 스님이 문으로 고개를 내밀며,

　"법의 자락은 입으로 무는 거야, 이 얼간아!"

방년 13세

　그녀는 '앗' 하고 놀랄 만큼 아름다운 아가씨였다. 그녀는 유혹하는대로 그의 방으로 들어왔다. 그리고 옷을 벗기 시작했다. 그런데 그는 돌연 걱정이 되어 물었다.

　"너 몇 살이지?"

　"열 셋."

　그는 당황해서 외쳤다.

　"열 셋이라고! 열 세 살에 이런 짓을 하다니!　당장 옷을 입고 돌아가 줘!"

　그녀는 이상하다는 듯이 웃음을 머금고 말했다.

　"어머, 매우 미신적이군요! 그렇다면 나이의 일은 잊어 버려요."

초심자

　초등학교 운동장 한 구석에서 남자아이가 여자아이를 나무에 밀어붙이고 성심성의로 고백을 하고 있었다.

　"아아, 나의 프레러. 넌 나의 천사야. 넌 내가 키스하고 싶어 견딜 수 없는 첫 여자야. 난 지금까지 너밖에 사랑한 일이 없어!"

천사는 상대의 가슴에 안기면서 마음 속으로 투덜거렸다.

"난 정말 운이 나빠. 모두가 초심자밖에 없으니."

7

스위스

프라이버시

젊은 처녀가 대학의 시험을 치르는데 구두시험에서 시험관이,
"최초의 남자는 누구지?"
하고 물었다. 물론 시험관은 '아담'이라는 답을 요구한 것이지만, 처
녀는 분노로 얼굴이 홍당무가 되어,
"선생님, 프라이버시에 속하는 문제는 대답할 수 없습니다."
하고 잘라 말했다.

끈질긴 추적

그가 아무리 애원을 해도 그녀가 그의 요구를 들어주려 하지 않자
그는 그녀를 하루 종일 쫓아 다녔다.
마침내 저녁 무렵엔 그도 지쳐서 목장의 저쪽으로 사라져 갔다.

그런데 그날 밤, 그녀가 막 자려고 할 때 그가 슬쩍 스며든 것이다. 이것을 알았을 때 그녀는 얼마나 놀랐을까! 그러나 그 열정에 압도되어,

"어머, 지독하게 질기군요!"

라고 밖에 말하지 않았다.

모두 안다

착실한 주인이 핏기가 서린 얼굴로 집에 뛰어들어 아내를 다그쳤다.

"이 창녀! 난 무엇이든 다 알고 있어!"

아내는 얼굴을 들지도 않고,

"어머, 큰소리 치지 말아요. 그럼 묻겠는데, 영 플라워의 높이는 몇 천 미터예요?"

레즈비언

중년의 두 쌍의 부부가 성 유희를 하기로 의논을 하다가 아내를 바꾸는 것으로는 시원찮으니 호모와 레즈비언이 되어 보자는 것에 의견이 일치되었다.

그래서 하룻밤, 일찍이 없었던 소동이 벌어졌는데, 아내들은 레즈에 열을 올리더니 피로에 지쳐 끌어 안으면서 서로가 남편을 버리고 부부가 되자고 맹세해 버렸다.

양손에 쥐고

깜찍할 정도로 아름다운 한 처녀가 스키를 타러 왔다가 호텔 예약을 잊었는데 객실이 없었다.

그런데 호텔의 한 지배인이 그녀를 동정해서 이렇게 말했다.

"우리 호텔에 굉장히 큰 베드가 놓인 방이 있는데 유명한 신사 두 사람이 묵고 있습니다. 그분들에게 부탁해서 베드 한 구석에서라도 쉬는 게 어떻겠습니까?"

두 신사는 기꺼이 승낙해서 처녀를 가운데에 두고 잤다. 물론 청정결백한 하룻밤이었다.

그런데 이튿날 아침 두 남자는 피로에 지쳐 축 처져서 일어나질 못했다.

이에 반해서 처녀는 장미꽃처럼 생기있는 얼굴을 하고 베드를 내려와 화장을 하면서 두 남자에게 말했다.

"저, 어젯밤 이상한 꿈을 꾸었어요. 끝없는 슬로프를 미끄러져 가는데 여기저기에 장애물이 있어 양손으로 스키자루를 꽉 쥐고 힘차게 장애물을 헤쳐 나갔어요."

아내 운

"난 아내 운이 나빠."

40을 넘은 신사가 친구에게 털어 놓았다.

"처음 아내는 세일즈맨과 도망쳤고, 다음의 아내는 고깃집 젊은 녀석과 배가 맞아 버렸고, 세 번째 아내는 여러 남자와 노닥거려 골탕을 먹였지. 그런데 이번 여자는 도대체 말이 안돼."

"그녀가 자네를 괴롭히기라도 한다는 건가?"

"아냐, 내가 아무리 괴롭혀도 나갈 생각을 않는 거야. 천하의 옹고집이지!"

구두까지

호텔 방에서 남편은 이미 베드로 들어가고 아내가 막 옷을 다 벗었는데 남편이,
"여보, 구두를 밖에 내다가 놓아요. 보이가 내일 닦도록 말이오."
하고 말했다.
아내는 알몸인 채 구두를 들고 밖으로 나가는데 그 순간에 바람이 불어 문을 닫아 버렸다. 그때 보이가 저쪽에서 왔다.
아내는 크게 당황해서 구두뒤꿈치로 그곳을 가렸다. 보이는 고개를 갸웃거리며,
"아무리 그렇기로 구두까지 거기에 키스를 하는 줄은 몰랐어."
하고 중얼거렸다.

모래투성이

젊은 남녀가 레먼호 언저리의 작은 모래깊에서 희롱을 하고 있었다. 돌연 사내가 물었다.
"잘 되고 있지?"
"아녜요, 지금 자긴 모래를 문지르고 있는 거예요."
"그럼 조금 방향을 바꿔야겠군. 이러면 어때?"
"아직 모래예요."

"제기랄, 이번에는 어때?"

"잘 됐어요."

"그래? 하지만 난 아직도 모래를 문지르고 있는 것처럼 저그럭거리는데?"

분 수

강도가 로잔느의 보석점에 침입, 피스톨을 들이대며 가락지를 내놓으라고 위협했다.

"이 반지는 얼마 하는 거야?"

"30만 프랑입니다."

강도는 그 가락지를 되돌려 주고,

"그게 아니야. 5천 프랑 정도의 것을 찾아 보라구. 아내에게 생일 선물로 줄 거야. 하지만 그걸 산 것으로 생각하게 하고 싶으니까."

8

벨기에

다루는 방법

전쟁 중의 일이다. 프랑스 병사와 영국 병사가 벨기에의 시골 민가에 머물게 되었다.

영국 병사는 프랑스어는 매우 능숙했으나 여자에게 인기가 없었다. 그런데 프랑스 병사는 백발백중이었다.

그래서 프랑스 병사가 영국 병사를 동정하여 어느 날 자기의 제복을 빌려 주었다.

영국 병사는 그 덕택으로 곧 그래졀인 젊은 처녀와 친하게 되어 달밤의 들녘을 산책하게 되었다. 하지만 그는 2,3회의 키스만을 하고 마을로 돌아왔다. 그러자 그녀가 그에게 말했다.

"당신 영국인이죠? 프랑스인이라면 이미 나를 몇 번이나 잔디밭에 뉘었을 테니까요."

어머니도

신혼의 밤, 한 차례 전희가 벌어지자 신부가 느닷없이 위로 올라왔다.

그는 엉뚱하게도 가짜에게 걸렸다고 후회를 하고 있는데 일은 그대로 속행되었다. 그런데 일막이 끝나고 보니 그녀는 틀림없는 처녀였다. 그래서 그는,

"당신은 처녀인 것 같은데 어째 처음부터 그런 포즈를 취하지?" 하고 물었다.

그러자 신부는 놀라서,

"어머 잘못 됐나요? 어머니가 아버지와 할 때 언제나 위로 올라가기에 나는 그렇게 하는 것으로만 생각했어요."

전 화

전화가 요란하게 울렸다. 아내가 수화기를 들고 있더니 이윽고 수화기를 손으로 가리고는 곁의 남편에게 말했다.

"누군지 모르지만 제게 데이트를 신청하는군요."

남편은 눈을 세모로 뜨고,

"되지 못한 소리! 뭐라고 대답할 생각이야?"

"기다려 줘요. 혼을 내 줄 테니까."

그리고 얼른 수화기의 손을 떼고,

"네, 네, 기뻐요. 그럼 다섯 시에 언제나의 그곳에서요." 하고 부드럽게 작은 소리로 얼른 말해 버렸다.

의연금

신부가 교구의 한 집 한 집을 방문하여 타락한 여성들을 구제하기 위한 의연금을 모았다.

그런데 한 남자만이 돈을 내려고 하지 않았다. 그는 이렇게 말하며 거절했다.

"신부님, 저는 이미 하고 있습니다. 언제나 그 계집들에게 손에서 손으로 직접 건네 주고 있으니까요."

신부 교육

"어머니, 저 용돈이 없어요. 아버지에게 부탁해 줘요."

"네가 직접 부탁해라."

"왜요? 지금까지 어머니가 하셨지 않아요."

"하지만 말이다. 넌 3개월 후면 결혼을 하게 되니 이젠 남자에게 용돈을 타는 공부를 시작해야만 돼."

실 수

진바지를 입은 청년이 초미니 스커트의 소녀에게 말했다.

"이봐, 우리 동거하는게 어때. 그리고 몇 개월 뒤에 실수를 저질 렀다고 생각하면 깨끗이 헤어지면 되지 않아?"

"그것도 좋은데."

하고 소녀가 대답했다.

"하지만 그 저지른 실수는 누가 떠 맡는 거지?"

속삭임

그는 대단한 미남인데 근래 목구멍이 아파 소리를 잘 낼 수가 없었다. 그래서 의사를 찾아 초인종을 눌렀다. 중년의 부인이 문을 열었다.

"선생님 계십니까?"

하고 그는 들릴락말락한 소리로 물었다.

그러자 부인은 윙크를 하며 역시 들릴락말락하는 소리로 대꾸했다.

"밖에 나가셨어요. 그러니 빨리 들어와요."

개처럼

결혼식을 마친 날 밤 신랑이 신부에게,

"우리 이번에는 개가 하는 것처럼 하자구. 싫어?"

"좋아요. 어머님은 무엇이든 남편의 말에 따르는 것이 아내의 의무라고 늘 말씀하셨으니까요. 하지만 여러 사람에게 내 얼굴이 많이 알려져 있으니까 길바닥으로 끌고 다니는 것만은 용서해 줘요."

스트립 극장

15,6세의 소년이 신부에게 고해하기를,
"스트립 극장은 벌거벗은 여자가 춤을 추는 곳이니 가서는 안된다
고 아버님이 엄히 금지시키셨는데 어제 그만 가고 말았습니다."
"그건 잘못이지. 그래서 넌 보지 못할 것을 보고 말았구나."
"네, 맨 앞줄에 아버님이 앉아 계신 것을 보고 말았습니다."

그럼 왜

한 사내가 친구에게 와서,
"이봐, 자네는 젖이 배까지 늘어진 여자가 좋은가?"
"아니."
"허벅지가 물렁물렁한 소시지 같은 여자가 좋은가?"
"아니."
"그럼 어째서 내 아내를 유혹하는 거지?"

조 숙

유치원의 여자아이가 소꿉놀이를 하면서 지껄였다.
"난 아기를 재우는 방법을 알아."
"그런 건 누구나 아는 거야. 나는 아기를 재우지 않는 방법을 안
단 말야."

10

소 련

10만 회

그녀는 세 쌍둥이를 낳았다. 그래서 크게 기뻐하며 병원에 온 모친에게 말했다.

"의사의 얘기로는 세 쌍둥이는 10만 회에 한 번 있는 일이래요."

"어머, 그럼 넌 이 1년 동안 식사니 세탁이니 쇼핑은 어느 시간에 했지?"

배 려

모스크바의 고리키 공원에서 경관이 순찰을 하고 있는데 한 사내가 모래땅에 구멍을 파고 있었다.

경관이 당황해서 소리쳤다.

"이봐, 당신. 거기서 무얼 하고 있는 거야?"

"보시다시피 작은 구멍을 파고 있습니다."

"무엇 때문에?"

"오늘 밤 여기서 어느 아가씨와 데이트를 하기 때문입니다."

"허허, 데이트를 위해 구멍을 판다는 게 무슨 뜻이지?"

"사실은, 그 아가씨는 꼽추입니다."

돼지 새끼

머슴이 주인 부부가 집을 비운 사이에 돼지 새끼 두 마리를 잡아 한 마리를 딸과 함께 구어 먹었다.

그리고 또 한 마리는 남에게 발각되지 않도록 딸의 뱃속에 숨겨 놓고 몰래 먹자고 생각해서 딸을 거기에 뉘어 놓고 돼지 새끼를 감췄다.

그로부터 몇 개월이 지나 딸은 배의 아이가 움직이기 시작한 것을 돼지 새끼가 살아난 것으로 생각해서 큰 접시 위에 사타구니를 벌이고 앉아서,

"돼지 새끼야, 나오너라, 나오너라."

하고 중얼거리며 힘을 썼다.

불 능

이반이 분개한 얼굴로 친구에게 말했다.

"요즘 의사들은 이 녀석이나 저 녀석이나 모두 돌팔이들이야! 내 주치의는 나를 임포라고 분명히 말했는데, 아내의 주치의는 아내

가 임신이라고 말했단 말이야!"

양심의 가책

북빙양을 항해가고 있던 기선이 난파되었으나 다행히도 두 청년과 한 소녀가 뗏목을 타고 작은 무인도에 표착했다.

그로부터 1개월이 지나자, 소녀는 청년들과 한 짓에 양심의 가책을 느껴 자살해 버렸다.

다시 1개월이 지나자, 청년들은 그녀의 사체에 대해 한 짓에 양심의 가책을 느껴 그녀를 얼음 속에 묻었다.

또 다시 1개월이 지나자, 청년들은 남자들끼리 한 짓에 양심의 가책을 느껴 소녀의 시체를 파내었다.

어머니 생각

제정 러시아 시대의 일이다. 부농의 딸 에카테리너가 젊은 머슴 이반에게 반해서 양친에게 부탁해서 양자로 만들었다.

그녀는 날이 감에 따라 성의 놀이에 열을 올려 밤낮없이 이반을 혹사시켰다.

그리하여 이반은 마침내 자기 아내를 만족시킬 수가 없게 되자 어느 날 밤, 아내에게 이렇게 말했다.

"남자의 도구는 말이야, 김을 매는 호미와 마찬가진 거야. 너무 많이 쓰면 못 쓰게 되지. 하지만 모스크바에는 사내의 도구를 건장하게 하는 의사가 있는 모양이야. 어머니에게 돈을 좀 얻어 오라구. 모스크바에 가서 본래대로 고쳐 올테니까."

아내는 곧 상당한 돈을 모친에게서 얻어냈다. 이반은 그 돈을 가지고 모스크바로 가서 2주간 산해진미를 사 먹으며 유쾌하게 놀았다.

그리고 도구가 본래대로 건장해진 것을 알자 아내에게로 되돌아 왔다.

아내는 당장 시험해 보니 전보다도 건장해서 크게 기뻤다.

"하지만 돈은 다 썼나요?"

"음, 의사란 놈이 내 도구를 여러 가지로 조사하더니 이건 이미 수리할 수가 없게 되었다면서 새로운 것으로 갈아 끼워야 한다고 해서 새것으로 바꿨지."

"어머! 그럼 전의 그건 어쨌어요?"

"그거야 물론 버렸지."

"어머, 아까워라! 가져 왔더라면 좋았을텐데! 어머니는 그걸로도 잘 맞았을지도 모르지 않아요."

고소공포증

비대하고 큰 덩치의 여인이 발가숭이로 베드에 누워 있었다.

그리고 베드 가장자리엔 좁쌀 만한 난장이같은 사내가 엉덩이를 걸치고 있었다.

여인이 개에게라도 말하듯이,

"옷을 벗어요!"

하고 명했다. 사내가 슬픈 얼굴로 옷을 벗자 곧,

"이리 올라 와요!"

하고 불렀다. 사내는 엉금엉금 베드로 기어 올라 갔다. 그러자 여인이 외쳤다.

"내 위로 올라 가요!"

사내는 산이라도 오르듯 여인의 위에 올랐으나 마침내 울음을 터뜨리며,

"무서워요! 골짜기에 처박힐 것 같아요!"

하고 아우성쳤다.

증 거

아내가 눈을 삼각으로 뜨며 외쳤다.

"당신, 여자를 밖에 두고 지금까지 날 속였어요. 이제 내게 싫증을 느낀 거죠! 당장 이혼해요!"

남편이 따뜻하게 대꾸했다.

"이혼은 하지 않아. 달리 여자를 두고 속인 게 바로 당신에게 질리지 않은 증거라는 것을 몰라?"

그만 해!

15세가 된 에카테리너가 집에 돌아와 모친에게 보고했다.

"지하철을 탔는데 옆의 아저씨가 내 팔을 잡고 자기 무릎에 앉히더니 내 배를 어루만졌어요. 그리고는 다시 스커트 속에 손을 넣고 ……"

모친은 화를 내며 외쳤다.

"그만 해! 내 가슴이 두근거리지 않아!"

10

중근동

할례사

텔 아비브에서 한 관광객이 진열장에 주먹 만한 시계추가 달린 커다란 시계가 장식되어 있는 가게에 들어가,

"시계를 고쳤으면 하는데요 ……"

하고 부탁했다.

그러자 굉장히 나이가 든 유태인이 나오더니,

"여긴 시계점이 아닙니다. 사실은 할례사(割禮師)입니다."

"그렇다면 어째서 커다란 시계를 진열장에 내놓은 것입니까?"

"그럼 무엇을 내놓아야 합니까? 실물을 내놓을 수는 없지 않습니까!"

저 축

나이가 든 욕심쟁이가 매우 젊은 아가씨와 결혼을 했다.

이튿날 아침 할아버지는 성자처럼 코를 골며 자고 있었다.

그러나 신부는 아예 녹초가 되어 눈노 뜰 수가 없고 다리가 후들거려 겨우 화장실로 기어 갔다. 그리고 갑자기 여윈 얼굴을 거울에서 보면서,

"그 사람, 40년간이나 저축했다고 하기에 틀림없이 돈이라고 생각했는데 ……"

하고 중얼거렸다.

할 렘

부왕(父王)이 죽자 아랍의 젊은 왕자가 375명의 미녀가 있는 할렘을 물려 받았는데, 왕자는 측근에게 이렇게 말했다.

"난 새디스트 캠프에 몰린 모기같아. 할 줄은 알지만 누구부터 시작해야 좋을지 눈이 빙빙 돌아 아무것도 안된단 말이다."

남성적

고대 이집트의 초등학교. 서예 시간에 선생이,

〈우리 이집트인은 세계에서 가장 남성적이다.〉

라는 문자를 상형문자(象形文字)로 쓰라고 명했다.

아이들은 파피루스 종이 위에 몸을 가다듬고 열심히 그리기 시작

했다. 그런데 돌연 한 아이가 손을 들더니,
"선생님, 남성적이란 자는 불알이 하나입니까, 둘입니까?"

천국의 문

사뮤엘과 사라는 오빠와 누이 동생으로 둘의 나이를 합해서 15세.
어느 날, 사라가 아버지인 이삭에게 물었다.
"오빠의 다리 사이에 있는 쬐그만 게 뭐야, 내겐 없는데?"
파파는 대답에 궁해 한참을 생각하고 있다가,
"그건 천국의 문을 여는 열쇠야."
"그럼 난 천국에 못가지 않아. 열쇠가 없으니까."
"으음, 네게는 천국의 문의 자물쇠가 붙어 있어. 자라게 되면 알
게 돼."

종 기

더러운 고을의 지저분한 호텔에 한 사내가 핀세트로도 잡을 수 없
을 연약한 여인을 데리고 들어왔다.
그런데 5분 후에 극에 이르러 남자는 절규했다.
"아아, 나는 행복에 젖었어!"
그러나 여자는 얼굴을 찌푸리며 대답했다.
"틀려요! 당신은 농 속에 빠져 있는 거예요. 너무 열중해서 내 종
기를 모두 터뜨린 거예요.!"

뜨거운 여자

터키의 대관(大官) 둘이서 지껄이고 있었다.
"자네는 할렘의 50명의 여자 중에서 오늘 밤의 상대를 선택한다면 어떻게 하겠는가?"
"그런 것쯤이야 간단하지. 여자들을 모아 놓고 종자를 시켜 물을 퍼붙는 거야. 그리고 제일 김이 나는 여자를 선택하는 거지."

절름발이

"어때요, 예쁘지요? 당신의 아내로 잘 어울릴 거예요."
중매장이가 사진을 보이며 권했다.
"이 아가씨라면 두세 번 만난 적이 있습니다. 하지만 약간 발을 절고 있던데요."
"하지만 그건 걸을 때 뿐이에요."

부의 비애

바람쟁이로 평판이 나 있는 미인을 아내로 둔 클레타 섬의 남자가 임종을 목전에 두었다.
그는 가쁜 숨을 몰아쉬며 아내에게 물었다.
"아이들이 모두 내 아이들인지 아닌지 가르쳐 주오. 난 곧 죽을테니 사실대로 이야기해 주오."
"알겠어요. 말하겠어요. 하지만 당신, 정말 곧 죽겠지요?"

역설 남녀 소사전

정　조 ― 고대어. 오늘날엔 거의 쓰이지 않음. 자물쇠를 잠궈
　　　　두는 보물.

아　이 ― 토요일의 산물. 부주의에 의한 과도한 애정의 산물.

교　제 ― 결혼 전에 남자를 여자의 올가미에 씌우기 위한 책략.

이　혼 ― 천하의 일대사처럼 울고 아우성치고 안달이 나서 소
　　　　동을 부리지만 뒤가 우습게 되는 유희.

간　통 ― 유부녀가 몰래 집어 먹는 것. 쾌감과 스릴에 넘쳐 아
　　　　무리 정숙한 여인일지라도 내심 이것을 동경하는 정
　　　　신적 욕구.

바　람 ― 유부남이 몰래 집어 먹는 것. 변화를 구하는 시적 충
　　　　동. 이 충동을 느끼지 않는 남자는 천치와 다름없다.

처　녀 ― 여성의 보물이지만 가지고 있으면서 쓰지 못할 우려
　　　　가 있다.

키　스 ― 연애의 오트밀. 한때의 공복을 달랠 수는 있으나 배
　　　　를 채우기엔 이르지 않는다.

결　혼 ― 원죄에의 어쩔 수 없는 충동.

결 혼 식 ― 스스로 꽃다발의 냄새를 흐리게 하는 장례식.

여　성 ― 젊을 때는 애교로, 나이가 들면 애교없이 남자에게서
　　　　모든 것을 빼앗는 동물.

소　녀 ― 인생의 꽃. 하지만 그 꽃에는 독성이 있어 해를 거듭
　　　　함에 따라 강해진다. 이 꽃을 핧으면 마비성의 증상
　　　　에 시달린다.

경　험 — 처녀를 빼앗긴 여자의 끝없는 추억. 눈물과 미소로 입증된다.

남　성 — 늑골이 하나 부족한 동물, 그 뼈를 도로 찾으려고 늘 여자에게 들어 붙어 떨어지지 않는다.

연　애 — 여성에게서 전염되는 일종의 뇌염. 이에 걸린 남자는 야행성 동물이 된다.

포　옹 — 애정의 전당표. 꾸물거리다가는 날라갈 우려가 있다.

직　감 — 주로 여성의 취각. 남편의 바람기를 사물에 대한 기분에 의해 알아낸다.

웅변가 — 외박을 하고 온 주인에게 한 마디도 못하게 하는 여자.

브라자 — 싫은 남자에겐 불감증으로 생각케 하는 교묘한 장치.

열　심 — 17세의 신부를 얻은 70노옹의 초야의 모습.

평범인 — 정년까지의 월급과 보너스를 세밀히 계산하는 남자.

휴양지 — 피로를 풀기 위해 가서 피로해서 오는 곳.

양　심 — 길에 흘린 동전 줍고 손가락 끝이 더러워진 것을 후회하는 마음.

평　화 — 여우와 이리의 바보 시합. 일시적 휴화산.

동의어 — 명목은 다르나 실질적으로는 같은 것. 처와 첩이 그렇다.

인　생 — 더러운 공기를 마셔 콧구멍을 시커멓게 했을 뿐인 일.

하　품 — 아내를 가진 자가 입을 벌릴 수 있는 유일한 기회불　　안 — 도락을 하고 밤중에 돌아온 남편이 문의 손잡이에 손을 가져 갔을 때의 기분.

독 신 자 — 들개. 자유롭긴 하지만 언제나 굶주리고 있다.

처　　녀 — 남 앞에선 플라토닉 러브를 예찬하고 몰래 혀를 내미는 새침떼기.

심　　장 — 사랑의 근원으로 젊은 남녀들이 머리보다 중요하다고 생각하는 부분이지만, 이 기관이 어째서 사랑과 관계가 있는지를 아직도 과학은 규명하고 있지 않다.

머　　리 — 여자의 모든 부분을 다 보고 나서야 조사해 보려고 생각하는 장소.

본　　능 — 남녀 공히 상대를 본 순간에 일이 될 것인지 아닌지를 직감하는 능력.

충　　동 — 지나가는 처녀에게 자기도 모르게 휘파람을 불고 싶어지는 욕구를 의미하는 정신과 의사의 용어.

열 등 감 — 남자들이 자기가 사모하는 여자에게 미치지 못한다고 생각케 하는 이상심리. 단 이 심리는 결혼을 하면 우월감으로 대치된다.

도　　취 — 알콜 또는 연애에서 받는 황홀감이지만 깨어나면 두통을 느끼게 되며 게다가 인간의 덧없음을 통감케 된다.

로 맨 스 — 어리석은 자의 백일몽. 여성이 특히 빠지기 쉬운 심리적 상태이지만, 남녀 공히 이 상태가 되면 일종의 광적 양상을 나타내어 손을 잡고 거리를 헤매고 남의 눈에 관계 없이 키스를 한다.

섹　　스 — 생활의 조미료. 이것을 가하면 생활의 풍미를 살리지만 다량을 쓰면 구토를 일으키고 전신쇠약도 일어난다.

질　　투 — 이성을 독점하고 있다는 자신에 파탄이 일어났을 때의 초조감. 이것이 가벼울 때는 애정의 자극제가 되나 병적으로 앙양되면 때때로 비극에 이른다.

유 모 차 — 행복한 정사의 선전카.

방　　심 — 신뢰심이 강한 선량한 남편의 실패.

내　　조 — 음으로 양으로 남편의 행동을 감시하여 때로는 발톱과 이빨까지 써서 남편의 생활을 지옥으로 만든 아내에의 노후의 찬사.

염　　려 — 정사의 맛을 더하는 조미료. 일종의 스릴감을 준다.

참　　회 — 즐거운 로맨스의 추억을 말하는 일종의 자만스러운 얘기. 그러나 여성의 경우에는 공상적인 로맨스가 많으며, 정신적인 마스터베이션으로 볼 수 있다.

잠 꼬 대 — 양심의 고백. 수면에 의해 허위의 베일이 벗겨진 진실의 소리.

수　　염 — 키스의 전희. 여성은 수염의 감촉에 의해 입술이 닿기 전에 먼저 쾌감의 전율을 느낀다.

역　　사 — 밤에 만들어지는 얘기.

구　　애 — 정견 발표와 같은 허위의 나열. 똑같이 공약이라는 먹이를 던지지만 성공의 새벽엔 모두 잊는다.

실　　감 — 기대를 배신하는 환멸. 말하자면 로맨스의 화원을 짓
　　　　　밟는 이리.

나　　신 — 천국의 모습. 하지만 이 세상은 지옥이어서 나신은
　　　　　불손한 것이 되어 법률로 벌한다. 그러나 침실 또는
　　　　　예술이라는 천국에 한해 허용된다.

궁 둥 이 — 여성의 신체 중에서 보다 크고 보다 가볍고 거기에
　　　　　보다 차가운 장소.

가　　슴 — 뜀의 명수. 특히 젊은 여성은 일이 있을 때마다 뛴다.

유　　방 — 근대인에게는 본래의 목적을 잃고 아예 애완용의 기
　　　　　관이 되었다.

파 자 마 — 독신 남녀의 잠옷. 기혼자는 화재시의 준비로 침대
　　　　　가장자리에 둔다.

회　　춘 — 절벽의 도중의 디딤바위. 다음의 전락이 한결 두렵다.

싫　　증 — 결혼생활 5년의 남자의 비애.

장 례 식 — 어떤 악인도 선인으로 추도되는 원숭이 연극. 일생
　　　　　최후의 수치.

공 처 가 — 일생을 접시닦이와 세탁에 헌신, 결국 인생을 비관해
　　　　　서 자살을 결의하고서도 아내의 허가를 얻는 남자.

허 니 문 — 밀월. 사내가 꿀 속에 빠진 벌처럼 움직일 수 없게 되
　　　　　는 1개월.

미 망 인 — 남자가 모두 정력적이고 믿음직하게 보이는 여자.

향 수 병 — 일종의 귀소 본능. 특히 남성이 이윽고 옛집의 굴을

연모하는 동물적 본능.

삼 각 형 — 델타지대. 역삼각형은 번성한 숲으로 신비경으로 불리운다.

밀　회 — 랑데뷰, 데이트로 이름은 변했지만 변하지 않는 것은 언제나 남몰래 만나는 스릴.

선　물 — 통역. 남과 여는 '사랑해' 하는 한 마디에도 의미가 다르다. 이 쌍곡선을 잇는데는 선물이라는 통역이 필요하다.

환　멸 — 초야의 이튿날 아침의 속았다는 인상. 하지만 어떤 여자도 그것을 입에 올리지 않는다. 후일을 기대하기 때문이다.

초　야 — 옹색하고 거북하고 덥고 졸리고 갑갑하고 언짢은 하룻밤.

묘　령 — 보는 것, 듣는 것, 느끼는 것 모두가 무의식 중에 섹스를 간질이는 연령.

정　부 — 코끝이 긴 남자의 코를 꿰어 끌고 다니는 여자.

임　신 — 밤중에 의사에게 전화를 걸어 '여보세요, 나 지금 임신할 것 같은데 어떻게 막을 방법이 없습니까?' 하고 물어온 여자가 있다지만 이건 대답이 곤란하다.

매 춘 부 — 엘레베이터. 오르락 내리락 참으로 바쁜 여성.

자　위 — 독신자의 상습. 쓸쓸할 때에 한하지 않는다.

암　호 — 유부녀의 정부가 주인의 부재를 확인하는 전화. '해

안은 개어 있습니까?', '배를 띠울 수 있습니까?' 등등

간 호 원 ― 갖가지 수치에 무감동을 강요당하는 여자.

권 태 기 ― 결혼한 부부에게 2년 내지 3년 주기로 돌아오는 상대
혐오감. 일부일처제의 반자연성에서 오는 필연적 결
과. 하지만 이 기간을 넘어서려면 남녀 공히 적당히
바람을 피우는 방법밖에 없다.

불 감 증 ― 너무나 청교도적인 여자의 병. 그러나 스릴에 찬 관
계를 가지면 간단히 낫는다. 반대 묘법이다.

플라토닉 ― 플레이와 토닉의 합성어. 즉 사내에겐 유희, 여자에게
는 감정의 역할을 한다.

샐러리맨 ― 노력은 상사에게, 정력은 아내에게, 돈은 바의 호스티
스에게 털리는 남자.

피해망상 ― 어두운 밤길을 걷는 여자의 기대. 어둠으로 용모나 나
이가 드러나지 않으니까.

걸프랜드 ― 겉은 푸르지만 알맹이는 벌겋게 익어 있는 수박.

히스테리 ― 여자가 남자를 굴복시키기 위해 쓰는 보다 유효한
수단.

올드미스 ― 일생 노 히트, 노 런, 노 에러로 보내는 성녀.

새침떼기 ― 아이는 배추 속에서 생기는 것으로 믿고 있는 시늉을
하는 여자.

정지신호 ― 적의 신호등이지만 이 색의 전등은 여자의 방, 파출
소, 화장실, 병원의 표시인 점에 깊은 의미가 있다.

일부일처 — 여성에게 정복된 남성의 모습. 가장 부자연적인 사회 제도.

인과관계 — 감추면 감출 수 있다고 알고서 하지 않을래야 않을 수 없는 바람기의 마음.

열쇠구멍 — 서양 문명의 맹점. 그보다도 유일의 맹점.

보이프렌드 — 처녀들의 남성 연구용 모르모토.

┌─────────┐
│ 판권   │
│ 본사   │
│ 소유   │
└─────────┘

정통 **한국인의 해학**

2014년 7월 10일 인쇄
2014년 7월 15일 발행

엮은곳 편집부
기획편집 문기획
펴낸이 최상일
펴낸곳 태을출판사
주 소 서울특별시 중구 동화동 52-107(동아빌딩내)
전 화 02·2237·5577
팩 스 02·2233·6166
등 록 1973년 1월 10일 제 4-10호

ISBN   978-89-493-0455-7   03800

• **주문 및 연락처**
우편번호 100-456
서울특별시 중구 동화동 52-107(동아빌딩내)
전화 02·2237·5577 **팩스** 02·2233·6166